新诗研究丛书
洪子诚 主编

为新诗赋形

闻一多诗歌语言研究

肖学周 著

湖南省省级重点建设学科
湖南文理学院文艺学学科项目资助

图书在版编目(CIP)数据

为新诗赋形:闻一多诗歌语言研究/肖学周著.—北京:北京大学出版社,2014.10

(新诗研究丛书)

ISBN 978-7-301-24899-7

Ⅰ.①为… Ⅱ.①肖… Ⅲ.①闻一多(1899~1946)—新诗—诗歌研究 Ⅳ.①I207.25

中国版本图书馆 CIP 数据核字(2014)第 225098 号

| 书　　　名：为新诗赋形——闻一多诗歌语言研究
| 著作责任者：肖学周　著
| 责 任 编 辑：张雅秋
| 标 准 书 号：ISBN 978-7-301-24899-7/I·2816
| 出 版 发 行：北京大学出版社
| 地　　　址：北京市海淀区成府路 205 号　100871
| 网　　　址：http://www.pup.cn　新浪官方微博:@北京大学出版社
| 电 子 信 箱：pkuwsz@126.com
| 电　　　话：邮购部 62752015　发行部 62750672　出版部 62754962
| 　　　　　　编辑部 62752499
| 印　刷　者：三河市北燕印装有限公司
| 经　销　者：新华书店
| 　　　　　　965 毫米×1300 毫米　16 开本　19 印张　274 千字
| 　　　　　　2014 年 10 月第 1 版　2014 年 10 月第 1 次印刷
| 定　　　价：45.00 元

未经许可,不得以任何方式复制或抄袭本书之部分或全部内容。
版权所有,侵权必究
举报电话:010-62752024　电子信箱:fd@pup.pku.edu.cn

"新诗研究丛书"·出版说明

推动中国新诗研究的深入开展,出版相关的有一定学术质量的研究成果,是北京大学中国新诗研究所的工作重点之一。为此,在北京大学出版社的支持下,拟定了组织出版"新诗研究丛书"的计划。丛书的选题主要是:

一、新诗理论研究;

二、新诗史,包括断代史、流派史、诗刊史等;

三、诗歌文本阅读和重要诗人研究;

四、新诗文化问题研究;

五、有价值的新诗研究资料;

六、其他。

北京大学中国新诗研究所
"新诗研究丛书"编委会
2005 年 4 月

目 录

自序　赋形期大匠 ………………………………………………… 1

引论　闻一多诗歌语言问题的提出 ………………………………… 1
　第一节　"回到闻一多":意义和难度 ………………………… 1
　第二节　闻一多的诗歌成就及其研究现状 …………………… 6
　第三节　本书的研究对象与基本框架 ………………………… 14

第一章　闻一多的诗歌语言观念及其模式 ……………………… 19
　第一节　闻一多的诗歌语言观念 ……………………………… 19
　　一　闻一多的诗歌道路 ……………………………………… 19
　　二　语言变革时代的形式焦虑与个体抉择 ………………… 25
　　三　闻一多诗歌语言观念的演变轨迹 ……………………… 34
　第二节　诗歌空间与诗歌语言 ………………………………… 44
　　一　诗歌空间问题的提出 …………………………………… 44
　　二　从现实空间到诗歌空间 ………………………………… 50
　　三　诗歌语言在诗歌空间中的两重性 ……………………… 58
　　四　闻一多诗中的时空体 …………………………………… 63
　第三节　闻一多诗歌语言的主要模式 ………………………… 70
　　一　闻一多诗中的再现语言:《春光》 ……………………… 71
　　二　闻一多诗中的抒情语言:《大鼓师》 …………………… 75
　　三　闻一多诗中的象征语言:《闻一多先生的书桌》 ……… 81
　　四　闻一多诗中的智性语言:《奇迹》 ……………………… 86

第二章　闻一多诗歌语言的弹性与限度 ………………………… 93
　第一节　视觉空间中的廓线与色彩:绘画美 ………………… 94

一　闻一多的美术成就 ………………………………… 94
　　二　闻一多诗中的绘画语言 …………………………… 102
　　三　东方文化的画廊:《忆菊——重阳前一日作》 …… 108
第二节　听觉空间中的韵律语言:音乐美 ………………… 113
　　一　听觉空间中的诗歌合流 …………………………… 113
　　二　闻一多诗中的音乐美 ……………………………… 119
　　三　可歌可泣的悼亡之作:《也许——葬歌》………… 127
第三节　静态空间中的造型语言:建筑美 ………………… 132
　　一　建筑美的可行性与自由度 ………………………… 132
　　二　诗歌的雕塑美问题 ………………………………… 138
　　三　双重建筑的卓越尝试:《心跳》…………………… 144
第四节　动态空间中的肢体语言:舞蹈美 ………………… 147
　　一　闻一多的"脚镣"之舞 …………………………… 147
　　二　演讲者的自由舞 …………………………………… 154
　　三　激情的爆发与节制:《发现》……………………… 158
第五节　现实空间中的冲突语言:戏剧性 ………………… 162
　　一　闻一多的叙事欲望与戏剧活动 …………………… 162
　　二　口语叙事及其戏剧性的范例:《天安门》………… 168
第六节　文本空间中的智性语言:诗性批评 ……………… 172
　　一　闻一多的诗性批评及其语言风格 ………………… 172
　　二　激情与沉思融合的奇迹:《唐诗杂论》…………… 178

第三章　闻一多诗歌语言的来源及其转化 ……………………… 184
　第一节　闻一多的翻译实践与文化观念 …………………… 184
　　一　闻一多的翻译实践 ………………………………… 184
　　二　闻一多的文化观念 ………………………………… 192
　第二节　闻一多诗歌语言的中国血脉 ……………………… 199
　　一　"赋比兴"语言及其现代转化 …………………… 199
　　二　从律诗到新格律诗 ………………………………… 207
　　三　意象采集和故事新编 ……………………………… 214

第三节　闻一多诗歌语言的外来营养 ························· 224
　　一　唯美语言、象征语言及其汉化尝试 ····················· 224
　　二　商籁体的翻译与创作 ································· 232
第四节　中西合璧的典范:《死水》 ····························· 239
　　一　《死水》的创作时间 ································· 239
　　二　《死水》研究述评 ··································· 245
　　三　《死水》的美与丑 ··································· 250

结论　闻一多诗歌语言的当代意义 ··························· 256
　第一节　诗歌形式:在格律与自由之间 ······················· 257
　第二节　诗歌语言:在文本与现实之间 ······················· 263
　第三节　诗体演变:在诗歌与非诗之间 ······················· 268

附　录 ··· 275
　　一　闻一多年谱简编 ····································· 275
　　二　闻一多诗集 ··· 276
　　三　闻一多诗学文集 ····································· 284

主要参考文献 ··· 288

后记　凝聚词语的力量 ····································· 292

自序　赋形期大匠

新诗建设之初，整体趋势是对旧体诗的形体加以破坏，似乎破坏力度越大，就可以获得更多的解放和自由。在这种大背景下，新诗的形体成了一个值得思考的问题，其核心是新诗要不要有自己的形体，以及如何建设新诗的形体。尽管很早就有人探讨这个问题，但是直到"新月派"诗人出现以后才形成了一个"小气候"。在新月派的代表人物中，兼具诗人与批评家双重身份的闻一多成了为新诗赋形的核心人物。

众所周知，旧体诗的成熟首先在于它形成了绝句和律诗等完善的形体，并在形体内部规定了相应的韵律元素，从而可以让诗人更好地表现流动多变的复杂感情。对于任何一个有鉴赏力的诗歌读者来说，旧体诗的成就都是不可否认的。既然如此，就不能不思考旧体诗的成就与旧体诗的形体之间的辩证关系。对于优秀诗人来说，诗歌的形体并未阻碍他们的表达，反而促成了感情表达的细致与深入。这同样是不可否认的。由此来看，新诗的形体便不是可有可无的事，至少对于怀抱高远目标的新诗建设者来说是这样的。正是从这个意义上，我把闻一多作为新诗的一个起点，准确地说，是新诗形体建设的一个起点。

这样说并非要否定胡适作为新诗创始人的位置和意义，而是旨在揭示新诗建设的多元性。在我看来，胡适为新诗确立的起点主要体现在语言方面，即用白话文替代文言文。我注意到，前几年去世的诗人张枣（1962—2010）对这个问题也有过讨论。他运用艾略特在《传统与个人才能》中提出的"诗歌秩序"理论，认为"当下的创作，也改变了传统的过去的秩序"，从而将鲁迅确定为"中国新诗或现代诗歌的真正奠基人"："这个人是谁呢？他显然不是文学史轻易确立的胡适。当然不是。胡适是一个语言改革者，而不是诗人。他的一切诗歌领域里的写作对今天而言无丝毫意义。也就是说，今天的写作使他不正确了。我们新诗的第一个伟大诗人，我们诗歌现代性的源头的奠基人，是鲁迅。

鲁迅以他无与伦比的象征主义的小册子《野草》奠基了现代汉语诗的开始。"①当然，这是张枣对新诗史的一种解读和"重写"，但他也只是从一个方面揭示了新诗的起源，即鲁迅是新诗现代性的起点。对于新诗建设这样一个庞大的工程来说，任何一个诗人的贡献可能只是某一个方面。本书并非有意倡导新诗的"多起点"论，也不抹煞胡适作为新诗"元起点"的意义，而是从诗歌形体的特定角度揭示闻一多对新诗建设做出的贡献，把闻一多作为新诗形体建设的起点、新诗初期杰出的赋形者。迄今为止，为新诗赋形的任务尚未完成。"赋形期大匠"，闻一多之后，新诗期待着新的赋形者。

对于当代诗歌的成就，批评家有截然不同的看法：有人认为这是中国新诗发展的最好时期，有人认为当前的诗歌只是虚假的繁荣，还有人认为诗歌已陷入危机。这些说法也许都不免有身在庐山的嫌疑。我的判断是新诗还不成熟，理由之一是新诗的形体塑造尚未完成。当然，早就有人反对将新诗形体稳定化、单一化，但是我还没有见到有人武断地反对新诗应该有自身的形体。诗史证明：一个时代诗歌的成熟，总是伴随着诗体的成熟，《离骚》的成就和楚辞体是分不开的，"古诗十九首"的成就和五言诗是分不开的，杜诗的成就和律诗是分不开的。当然，诗歌形体可参差可规整。唐诗繁荣时，古风与近体诗是并存的，代表诗艺高度的却是近体诗。而闻一多正是倾向于让新诗诗体规整的诗人和批评家。从现有的新诗来看，形成独特诗风的诗歌并不缺乏，但是塑造出完善的诗体并以此对其他诗人产生影响和召唤力的诗人还不多见。就此而言，闻一多仍是当代诗人完善新诗诗体的一个起点。

---

① 张枣：《文学史、现代性与鲁迅的〈野草〉》，见《当代作家评论》2011年第1期，第180—181页。

引论 闻一多诗歌语言问题的提出

第一节 "回到闻一多":意义和难度

盖棺论定是一种至今有效的中国文化传统。它包含的观念是:只要一个人还活着,他就有可能变化,甚至会发生完全否定过去的巨变。所以评价一个在世的人很难,即使对他做出评论也未必有效,因此人们在这方面往往惜墨如金。为了增强自身言论的价值,许多研究者习惯于探讨不在尘世的人,以使自己的研究成为"定论"。闻一多一生多变,他去世已逾半个世纪,但"论定"尚未达成。对于像闻一多这样深厚博大的人来说,所谓的"定论"尤其会不可避免地处于不确定之中。在这种研究众多而定论尚无的情况下,一个试图加入闻一多研究者行列的人必须为自己找到充分的理由,否则,就没有加入其中的必要。我之所以研究闻一多,完全是由闻一多的重要性决定的。同时我很清楚,这是一种和难度纠缠在一起的重要性。

此处的重要性是闻一多作为一个诗人的重要性,换句话说,闻一多是个重要诗人。在我看来,所有重要诗人都是当代诗人,无论生活在遥远的古代还是刚刚过去的那个世纪,重要诗人都辐射着一种令后人难以回避的影响力。闻一多就是这样一个对后世辐射性很强的诗人。这里的"后世"其实就是处于不断流动中的"当代",就此而言,闻一多是一个具有当代性的诗人,一个仍然"活着"的诗人。这可以从闻一多之后的中国诗人的创作和言论中得到证实。何其芳(1912—1977)、卞之琳(1910—2000)等人都曾努力探索过建设现代格律诗的方案。"半逗律"的提出者林庚(1910—2006)甚至预言"二十一世纪将可能会成为格律诗的世纪"①。当然也有不同的声音,艾青(1910—1996)是自由体诗的大家。解放后,他在一篇评价闻一多的专论中写道:"丰富的想象,正确的感觉力,鲜明的色彩,是闻一多的诗的艺术的特点。但这些特点,却常常被一种愈来愈严格的近乎形式主义的规律约束着,有时使他的诗成了不自然的雕琢,以致限制了他的原来是异常热情的心胸,形成一种矛盾,虽然他曾试验用口语写格律诗,也一样不能克服这个矛盾。"②上述观点无论是对闻一多的赞成、否定还是批判性的吸收,事实上都是对闻一多的应和,体现了闻一多的影响力和辐射性。正如闻一多的卓越研究者许芥昱(1922—1982)总结的:

> 今天在大陆上要讨论诗歌,如大家不把政治思想当做唯一的标准,那就会谈到闻一多关于格律问题的意见。最近的一次全国性关于诗歌形式的争辩是在一九五九年,也是从闻一多的意见出发的。那次的争辩一直继续到一九六〇年代的上半。何其芳(死于一九七七年),当时中国文学研究所的所长,就很尊重闻一多的理论。朱光潜、董楚平、王力等语言文学家都参加了这个讨论。结论虽不一致,至少大家同意闻一多已经说服了后来诗人,应该有技巧,并有目的地利用中国语言的内在音乐性,诗歌的发展才会得到好处。③

这表明,闻一多之后的许多诗人都不同程度地经历了"回到闻一多"的过程。之所以是"回到闻一多",是因为新诗形体建设的起点是由闻一多奠定的。对于旧体诗而言,胡适(1891—1962)是个理论上的破坏者,郭沫若(1892—1978)是个创作上的破坏者。这里的"破坏"并无贬义,用当时的词语来说就是"革命"或"解放"。辩证法大师黑格尔

---

① 龙清涛:《林庚先生访谈录》,见《新诗格律与语言的诗化》,林庚著,经济日报出版社,2000年,第158页。
② 艾青:《爱国诗人闻一多》,见《艾青全集》第3卷,花山文艺出版社,1991年,第282页。
③ [美]许芥昱:《新诗的开路人——闻一多》,卓以玉译,香港波文书局,1982年,第193页。

(1770—1831)认为问题的"解决并非说矛盾和它的对立面就不存在了,而是说它们在和解里存在"①。也就是说,任何事物的发展都会经历"正"(事物本身)、"反"(对立面)与"合"(正与反的统一)三个阶段。就中国诗歌来说,格律严谨的旧体诗是"正",诞生于"诗体的大解放"口号中的新诗是"反",以新月派诗人为主的新格律诗是"合",该派诗人既接受了用白话写诗的基本观念,又试图衔接中国旧体诗的传统,用一定的格律纠正当时新诗中几近混乱的自由,致力于建设新诗的形体。新月派的理论主将是闻一多,尽管他并非新格律诗的最早倡导者,但新格律诗的基本观念由他确定下来,并发生了广泛而深远的影响,因此闻一多被公认为新格律诗的代表人物。从这个角度来说,对格律诗派历史贡献的评价集中体现为对闻一多的评价。

　　无论从作品的质量还是影响来看,闻一多在中国新诗史上的地位都是比较突出的。新诗诞生的第一个十年共出版诗集八十二部,闻一多占了两部,《死水》的成就明显高于《红烛》。在这方面,汉学家与中国学者的观点高度一致:"好些日本研究现代中国文学的汉学家都一致公认《死水》是闻一多诗歌创作生命中的顶点,也是一九三零年代白话诗的极峰。"②但是,闻一多在百年(甚至在更长时段里)新诗史上的地位如何,目前尚未达成共识。王瑶(1914—1989)说:"……新诗发展到闻一多的时代,任务的重点已经由'破旧'转向了'立新'。在这个意义上,我们可以说,闻一多与郭沫若是代表了新诗发展的不同阶段的,所以闻先生的诗歌理论不仅是他个人的一种主张,而且是反映了新诗发展史上的历史要求的。"③这个分析把闻一多和郭沫若加以比较,从而突出闻一多的创新性,是很中肯的看法。孙作云(1912—1978)认为

---

① [德]黑格尔:《美学》第1卷,朱光潜译,见《朱光潜全集》第13卷,安徽教育出版社,1990年,第64页。
② 许芥昱:《新诗的开路人——闻一多》,卓以玉译,波文书局,1982年,第111页。有学者主张用"现代汉语诗歌"取代白话诗和新诗等不同说法,见《现代汉诗的百年演变》,王光明著,河北人民出版社,2003年,第7页。
③ 王瑶:《念闻一多先生》,见《闻一多研究四十年》,季镇淮主编,清华大学出版社,1988年,第126页。

《死水》是"新诗演变中最大枢纽。若无《死水》则新诗也许早就死亡……"①强调《死水》在新诗演变中的重要地位是可以理解的,到此文发表的30年代中期为止,"最大"也许可以成立,但后一句未免太夸张了。没有闻一多,中国新诗照样会发展。相比而言,倒是他在后文所说的"《死水》是承前启后划时代的作品"比较符合实际。程光炜认为"闻一多是在中国新诗理论漫长的调整期中举足轻重的理论家"②。还有学者认为:"在中国新诗发展史上,闻一多是一个标志着新诗从初创期转入成熟期的重要诗人。"③且不说这种观点是否正确,一个显著的问题是:新诗还不到十年就已经"转入成熟期"了吗?那么,闻一多究竟处在新诗发展史上的哪个时期:初创期,演变期,调整期,还是成熟期?

我的看法是闻一多处于新诗的起点期。这里的"起点"并非一个孤立的点,而是"大起点",是新诗初期的凝缩体。众所周知,新诗的元起点是《尝试集》。然而,胡适功在提倡,创作能力并不突出,因此闻一多将《女神》视为新诗的真正起点:"若讲新诗,郭沫若君底诗才配称新呢,不独艺术上他的作品与旧诗词相去最远,最要紧的是他的精神完全是时代的精神——二十世纪底时代精神。"④在新诗史上,《女神》确曾一度构成对《尝试集》的挑战。20世纪50年代胡适遭到批判时,《女神》更被公然认为是新诗的起点。⑤ 在我看来,胡适只是新诗的理论起点,郭沫若是新诗的创作起点,闻一多是新诗创作的另一个起点,他们奠定了新诗的两种基本写法:自由诗和格律诗。就此而言,朱自清在《〈中国新文学大系·诗集〉导言》中所做的分类是准确的,而且不乏先见之明:"若要强立名目,这十年来的诗坛就不妨分为三派:自由诗派,

---

① 孙作云:《论"现代派"诗》,《清华周刊》第43卷第1期,1935年5月15日。见《中国现代诗论》(上编),杨匡汉、刘福春编,花城出版社,1985年,第225页。
② 程光炜:《闻一多新诗理论探索》,《文学评论》1998年第2期。
③ 林植汉:《论闻一多对新诗发展的贡献》,见《闻一多研究四十年》,季镇淮主编,清华大学出版社,1988年,第227页。
④ 闻一多:《〈女神〉之时代精神》,见《闻一多全集》第1卷,湖北人民出版社,1993年,第110页。
⑤ 参见《"新诗集"与新诗历史起点的驳议》,即《"新诗集"与中国新诗的发生》第8章,姜涛著,北京大学出版社,2005年。

格律诗派,象征诗派。"①"象征诗派"并非从诗体而言的,该派作品大多属于半自由半格律体诗。但三派之间存在着密切关系:闻一多从诗体上实现了对郭沫若的纠正,而戴望舒又纠正了闻一多。他在《论诗零札》中写道:"诗不能借重于音乐,它应该去了音乐的成分。""诗不能借重绘画的长处。"②这些观点发表于1932年11月的《现代》第2卷第1期上,无疑是对闻一多观点的反驳。从旧体诗到自由体新诗(在理论上以胡适为代表,在创作上以郭沫若为代表),再到新格律诗(以闻一多为代表),以及半自由半格律体诗(以戴望舒为代表),它们共同构成了新诗的第一个时期。可以说,这是中国新诗史上的第一个回合,体现了黑格尔所说的事物发展的"正反合"规律,这三个阶段共同构成了新诗的第一个时期,我把它称为新诗的"大起点"。

这样一来,胡适和郭沫若的主体形象是"解放者",以破坏为主;而闻一多的主体形象是"融合者",以建设为主。按照"正反合"的发展规律,构成新诗发展起点的人物既包括与旧体诗对立的胡适和郭沫若,也包括新诗与旧体诗的融合者闻一多。由此可见,闻一多之后的许多诗人之所以"回到闻一多",是因为闻一多完成了新诗发展史上的一次关键转向:从混乱无序到追求形式,因而他的创作和理论成为后人反思新诗、建设诗体的参照对象。但是,"回到闻一多"并非对闻一多的全面肯定,也不是要完全遵循闻一多,更不意味着止步于闻一多,而是从他对新诗格律的坚持和对新诗形体的探索出发,把他作为一个有待完善和不断修正的参照点,从而在对古今中外的诗歌融汇中推进新诗的发展。

基于这种考虑,本书力求把闻一多放在整个新诗发展的格局中加以讨论,这无疑给本书的写作造成了一定的难度:一方面要"回到"闻一多,另一方面要揭示闻一多的"当代性",这就要求研究者在闻一多的时代和当代的时光隧道中来回穿梭,从不同的地点相互观看:既能站

---

① 朱自清:《〈中国新文学大系·诗集〉导言》,见《中国现代诗论》(上),花城出版社,1985年,第247页。
② 《戴望舒诗全编》,梁仁编,浙江文艺出版社,1989年,第691页。

在当代看闻一多的时代,又能站在闻一多的时代看当代。在此过程中,既要尽量逼近客观事实,又不能陷入"泛当代性"或"伪当代性"的陷阱中,其难度不言而喻。不过,一些有成就的现代文学研究者已经对此有所反思,并提出了相应的解决办法。解志熙(1961—)教授的"古典化"观点就很有启发性。他说:"我所谓'古典化'的本意,只不过是强调:现代文学研究应注意在当代性和历史感、主体性和客观性、批评性的激情和学术性的规范之间,达成某种合理的均衡。"①不仅如此,难度还体现在研究的有效性方面。值得考虑的一个问题是,在闻一多的研究者中,有多少人达到了闻一多的水平? 如果一个研究者不具备研究对象的水平,他的研究是否具有合法性? 即使强行研究,如何保证研究的有效性? 又如何使研究真正取得进展? 这是每个研究者必须正视的问题。针对闻一多研究来说,闻一多本人的高度势必使许多研究者处于他散发的压力场当中。事实上,面对闻一多这样一个文化巨人,太多的研究者注定只能成为永久的受益者,终其一生也很难增加什么新东西。但是,这并不意味着闻一多研究已无可能,特别是在局部突破方面。而且,研究者感到难度与有所创新的距离往往不远,其中的关键也许是要找到全新的角度和有效的方法。综上所述,无论是闻一多本人对研究者造成的难度,还是由追溯研究对象所处的历史语境引发的难度,既然已被闻一多的魅力所吸引,我都会尽力克服。

第二节 闻一多的诗歌成就及其研究现状

本雅明(1892—1940)在他的博士论文《德国浪漫主义的批评概念》中曾提出浪漫主义关于艺术作品判断理论的三个基本命题,即"判断的调和原则,进行等级价值判断的不可能性原则,和低劣作品的不可批评性原则"②。根据其中的最后一个原则,低劣作品是不值得批评

---

① 解志熙:《"古典化"与"平常心"》,见《现代文学研究论衡》,河南大学出版社,2005年,第101页。
② [德]本雅明:《德国浪漫主义的批评概念》,见《本雅明文选》,陈永国、马海良译,中国社会科学出版社,1999年,第16页。

的。因此,本节考察的一个问题是,闻一多的作品是否值得批评,或者说闻一多的作品是否具有可批评性。

首先我要批驳一种江湖流言,说什么闻一多的诗其实写得并不怎么样,只是由于他的死才出了名,这自然是不懂诗的俗见。闻一多以其壮烈的死给后人留下了太深的印象,而且他恰好死于两个政党激烈斗争的夹缝里,这就使他再也摆脱不了和政治的干系。讨论闻一多的诗而不涉及政治是不可能的,但本文仅限于讨论闻一多诗中的政治,而无意全面分析闻一多的政治观。我的基本判断是,对于闻一多来说,政治只是一个具有同情心和正义感的知识分子在那个混乱的时代里遭遇到的社会现实。也就是说,闻一多并非一个政治诗人,更不是一个因为政治而获得或增强诗歌声誉的诗人。在我看来,闻一多的政治观主要体现为一种现实感,其核心是民主观念。如果把闻一多视为政治诗人或服务于某个政党舆论的宣传诗人,这种观点貌似对闻一多的推崇,其实降低了他的意义。诚如谢泳(1961—)所说的,闻一多的意义在于他是一个反对任何专制的知识分子:

> 他本来是一个对政治生活没有兴趣的人,但最终却为政治缠绕,以致在很多人眼中,他已不是一个学者,而成了一个斗士;他已不是一个知识分子的形象,而是一个战士。其实,这些都不是真正的闻一多,真正的闻一多首先是一个知识分子,是一个在任何时候都难以和他所处的时代达成同一的人。①

诗歌与政治其实是闻一多早期文艺救国思想的两个方面,二者具有内在的一致性。在某种程度上,政治可以视为其诗歌热情的延续或变相表现形式。五四期间,他从事的是宣传工作,并未参加游行。他早期对政治的参与主要是一种热情的参与,诗性的参与,《提灯会》可以为证。"大江"时期的闻一多仍然主要停留在文艺救国的层面上,他的主要活动无非是编杂志、写诗歌而已,用他自己的话说,"我无才干,然

---

① 谢泳:《血色闻一多》,同心出版社,2005年,第1页。

理论之研究,主义之鼓吹,笔之于文,则吾所能者也"①。直到后期参加民盟,他才真正介入了政治活动,并于1944年12月25日第一次参加游行。② 因为当时的社会矛盾太尖锐了,在他看来,除了行动,别的途径一概显得无能为力。于是,他挺身而出,"从不问政治到问政治,从无党无派到有党有派",并因此付出了宝贵的生命。不考虑闻一多与政治的复杂关系,自然无法理解闻一多的某些诗歌。尤其是晚年,闻一多甚至认为"政治是最尖锐的人生""政治乃是诗的灵魂"。③ 但与诗歌相比,闻一多对政治的热情并不持久,他选择的是时而参与,时而远离。如果那个时代的矛盾不太尖锐,闻一多可能会满足于他的诗歌政治和书斋生活。在1944年的五四历史座谈会上,闻一多说:"五四以后不久,我出洋,还是关心国事,提倡 Nationalism,不过那是感情上的,我并不懂得政治……"如果用"不懂得政治"来概括闻一多的一生也许不妥,但它至少可以证明闻一多是个政治热情大于辨别力的人,他最后走向政治有点被逼上梁山的意味,或者说是"时代的逼迫"与"思想的觉悟"相遇的结果:"这一转变,从客观环境说,是时代的逼迫,从主观认识说,是思想的觉悟。""今天客观的情势不是在逼迫着每一个中国人,为他自己生存的条件和生存的权利,不得不加入一个团体来奋斗吗?"④当然,闻一多走向政治不仅仅是为了自己,而是由于他目睹了太多黑暗与苦难。正如他的学生许芥昱所说的:

> 他自始至终是一个理想主义者,正义感太强,不是一个革命家,没有一套具体行动的方案。他很猛烈的抨击中国的传统,那并不能证明他对中国社会有一个彻底的了解。他到死为止都还是一

---

① 闻一多:《致家人》,见《闻一多全集》第12卷,湖北人民出版社,1993年,第203页。
② 季镇淮:《闻一多先生年谱》,见《闻一多全集》第12卷,第513页。
③ 闻一多:《在诗歌朗诵晚会上的发言》,见《闻一多萃语》,闻黎明编,岳麓书社,1996年,第65页。闻一多在读《整风文献》的笔记中写道:"政治是最尖锐的人生,人生观即政治观——反对政治与不管政治也是一种政治,社会动物即是政治动物。"见《闻一多萃语》,第283页。
④ 闻一多:《民盟的性质和作风》,《闻一多全集》第2卷,湖北人民出版社,1993年,第441、446页。

个想象丰富的诗人,不是一个社会的分析家。他最后一次态度的转变主要的也是一个对当时急转直下的政治经济军事而发的强烈情感反应。①

据闻一多本人讲,他是抱着一个"傻念头"从事政治的:"用教育的手段和教育态度来改造政治,把整个国家社会变成一个学校,我们相信政治本来就应该照我们这样做,不照我们这样做的政治,本来就不应该存在。"②与其说这是政治观,不如说是书生之见。不过,值得称许的是,闻一多投身的政治是一种站在底层申诉意愿的民主政治,而不是为了加入上层集团,对他人实施奴役的官僚政治。一个鲜明的例子是,他拒绝了老同学顾一樵(1903—2002)推荐他到教育部任职的好意,因此妻子还和他闹了一场不小的别扭。"我一生不愿做官,也实在不是做官的人。"③这是他的人生信条。之所以谈论闻一多的诗歌与政治的关系,只是想表明闻一多的诗歌声誉不是建立在政治因素上的,更不是用他的死换来的。

对闻一多诗歌成就的一个著名评价来自朱自清(1898—1948),他不只一次谈到闻一多是"唯一的爱国诗人"④。"唯一"自然是强调,暂且撇开不谈,问题是何谓"爱国诗人"?具体地说,闻一多爱的是什么国?他爱的是杜甫的国,岳飞的国,陆游的国,还是生活于其间并最终暗杀他的中华民国?事实上,在闻一多生活的那个时代,现代意义上的国家尚未真正形成,闻一多生前对此已有所警觉。1945年,闻一多在和一个学生谈话时说:"我们一向说爱国,爱国,爱的国家究竟是什么样子,自己也不明白,只是一个'乌托邦'的影子……"⑤这无疑颠覆了

---

① 许芥昱:《新诗的开路人——闻一多》,卓以玉译,波文书局,1982年,第167页。闻一多的话可以证实这种观点。
② 闻一多:《民盟的性质和作风》,见《闻一多全集》第2卷,第441、446页。
③ 闻一多:《致高孝贞》,见《闻一多全集》第12卷,第316页。
④ 朱自清:《中国新文学大系·诗集导言》,见《中国现代诗论》(上),花城出版社,1985年,第245页。
⑤ 何善周:《千古英烈 万世师表》,见《闻一多纪念文集》,三联书店,1980年,第264—265页。

"爱国诗人"这个说法。许芥昱曾就此发表过精彩论述:

> 多半讨论闻一多的人,无论是批评他的或是盲目赞美他的,都把闻一多的爱国心看做他个人道德最突出的一点,很少注意到闻一多对他祖国的感情包括了好些个因素,而这些因素所发生的作用强弱不同。在念书的时候,他的爱国心受了岳飞的爱国诗词的鼓动,岳飞尽忠的对象是帝王。他又受了陆游那些爱国诗的鼓动,而陆游的诗是因宋朝受金人的侵略而起。十九世纪英国的浪漫诗把闻一多献身的对象从祖国转移到别的目标上去了。除了他积极鼓吹大江会的政治主张那几年,闻一多成年以后的爱国心是一直隐藏在别的观念的底下的,最后他的注意力转向政治,那时他表现出来的爱国情操也不过是一个很纯朴对同胞受苦难的同情心而已。①

把爱国情操归结为同情心,貌似降低了爱国的分量,其实可能恰如其分。因为闻一多在《文艺与爱国》中也曾将爱国视为"伟大的同情心"②。一个可资比较的对象是屈原。在《读骚杂记》中,闻一多谈到屈原自杀的三种原因:泄忿说、洁身说和忧国说。他认为:"三说之中,泄忿最合事实,洁身也不悖情理,忧国则最不可信。然而偏是忧国说流传最久,势力最大。"③也许这是一切伟人的命运,因为他们已经被偶像化了。最近,学者们倾向于将闻一多界定为"文化爱国主义"者④,把闻一多所爱的对象从国家转向了文化,这显然更符合闻一多作品的实际:"我爱中国固因他是我的祖国,而尤因他是有他那种可敬爱的文化的

---

① 许芥昱:《新诗的开路人——闻一多》,卓以玉译,波文书局,1982年,第196—197页。
② 闻一多:《文艺与爱国》,见《闻一多全集》第2卷,第134页。
③ 闻一多:《读骚杂记》,《闻一多全集》第5卷,湖北人民出版社,1993年,第4页。
④ [法]Perrin Viviane Wenqian:《闻一多文化爱国主义话语的追溯》,见《闻一多殉难60周年纪念暨国际学术研讨会论文集》,陆耀东等主编,武汉大学出版社,2007年,第31—47页。此外,还有人将闻一多界定为"民族主义"者或"文化民族主义"者,见朱华阳:《闻一多:民族主义的文化表达与思想实践》,《2004年闻一多国际学术研讨会论文选》,陆耀东等编,武汉大学出版社,2005年,第47页。

国家。"他甚至认为东方文化是"人类所有的最彻底的文化"。① 本书把闻一多界定为一个热爱中国传统文化的诗人。尽管闻一多的诗歌有鲜明的文化倾向,并在纪念方玮德(1908—1935)时提出诗人应成为"文化的代言者"的观点,但他并非一个文化诗人,他的诗歌声誉也不是由于诗中包含了文化因素而获得的。

除了朱自清之外,吴晗(1909—1969)是另一个和闻一多关系密切的人。他将闻一多和美联系在了一起:"一多一生都在追求美,不只是形式上的美,而是精神上的美、真、善。早年搞诗是为了美,中年弄文学也是为了美,晚年努力于民主运动也是为了美,追求的方式有变化,目标却从来没有变。"②许芥昱也持这种看法,他认为闻一多一生追寻的美有两种:理想的美和中国文化传统中的美。③ 在我看来,这是个比较准确的概括,尤其是对闻一多早期来说;闻一多早期是个追求唯美主义的诗人,后来的活动不能说与美无关。但《死水》出版前后,他事实上已经转向了现实主义,美作为一种内心倾向不能说消失了,但受到了抑制,至少已经不占主要地位了。也就是说,他并没有唯美到底。说他晚年努力于民主革命是为了美并不错,但过于迂回,直接的说法也许应该是为了抵制现实中的某些黑暗因素。上述情况表明,如何评价闻一多作品的成就也许对我们还是一个考验。

相对来说,倒是一个汉学家对闻一多诗歌成就的评价值得注意。诺贝尔文学奖评委马悦然(1924—)曾在不同场合表示:如果闻一多在世,他将是诺贝尔文学奖的有力竞争者。也就是说,闻一多的诗歌成就不在于别的,只在于他的诗歌本身。2005 年 10 月 17 日,《南方周末》专访马悦然,马悦然认为闻一多的诗集《死水》是已经达到"世界文学顶尖水准的作品"。他说:

> 闻一多,1946 年被枪杀了。他的《死水》和《红烛》很好,非常

---

① 闻一多:《〈女神〉之地方色彩》,见《闻一多全集》第 2 卷,第 121、123 页。
② 吴晗:《闻一多的道路·序言》,转引自《艺术家闻一多论纲》,闻立鹏、张同霞著,见《追寻至美》,山东美术出版社,2001 年,第 5 页。
③ 许芥昱:《新诗的开路人——闻一多》,波文书局,1982 年,第 197 页。

好。他的《死水》我认为是非常伟大的作品——这是/一沟/绝望的/死水,清风/吹不起/半点/漪沦。《死水》是闻一多在诗歌构建方面最成功的实验,是五四运动期间诗歌中最悲哀的一首诗,是现代中国文学中韵律最完美的挽歌式的诗歌。他的诗有一种建筑的美,他是个诗歌建筑家,他的诗歌都有一个美丽的形式,非常好。他有一些短诗诗意很像唐朝时代的绝句。闻一多不光是伟大的诗人,也是一位杰出的学者,他是五四运动之后非常杰出的作家。他还有一首诗《闻先生的书桌》,写得非常好,写他书桌上的笔墨、纸砚,他看着那些东西就开始发牢骚。他的诗歌都是用民间语言写出来的,像《飞毛腿》,完全是用北京的拉车夫的语言写的——"我说飞毛腿那小子也真够别扭,管保是拉了半天车半天歇着",这首诗非常好。①

由此来看,闻一多的作品绝不低劣,符合可批评性原则。事实上,闻一多研究已经取得了丰硕的成果。据统计,到目前为止,研究闻一多的论文达 4657 篇,硕士论文 20 篇,博士论文 1 篇,专著 21 部。但是,从研究现状来看,不能不让人深感"愧对闻一多"。因为许多闻一多研究者处于闻一多的水平之下,所以研究者普遍陷入对研究对象的仰视状态,不少论文停留在对闻一多观点的复制、分类、梳理、引用、赏析和比较的层面上,在创造性地开掘推进方面还显得比较薄弱。这在一定程度上制约了闻一多研究的进程。研究闻一多的专著以传记为主,有些专著尽管有特定的角度和问题意识,也采用了传记的结构模式,这些专著直接论述闻一多诗学的地方并不多,但为闻一多诗学研究提供了丰富的背景材料。以闻一多诗学为中心的学术专著主要有《新诗的开路人——闻一多》([美]许芥昱著,卓以玉译,香港波文书局,1982年),《闻一多美学思想论稿》(俞兆平著,上海文艺出版社,1988年),《闻一多诗学论稿》([台]李子玲著,文史哲出版社,1996年),《诗人闻

---

① 见《闻一多研究动态》第 58 期。早在 1983 年,瑞典就出版了由马悦然翻译的闻一多、艾青诗合集《死水与黎明》,见《艾青全集》第 5 卷,第 679 页。

一多的世界》(唐鸿棣著,学林出版社,1996年),《闻一多与饶孟侃》(王锦厚著,电子科技大学出版社,1999年),《闻一多诗学论》(陈卫著,广西师范大学出版社,2000年),《壁垒间的桥梁——闻一多与艾略特诗论启示录》(吴艳著,长江文艺出版社,2004年)等。其中初步建构闻一多诗学体系框架的著作是《闻一多诗学论稿》和《闻一多诗学论》,以及《闻一多美学思想论稿》。

《闻一多诗学论稿》是李子玲的硕士论文,书中研究的重点包括两方面:"一、研究闻氏的诗论及其所受西方的影响;二、研究闻氏如何把诗论实践在其诗歌创作中。"①全书七章,其重心是三至六章,三、四章分别探讨闻一多前后两期的诗歌理论,五、六章结合《红烛》与《死水》分析它们所受的西方影响。《闻一多诗学论》是陈卫在她的博士论文基础上扩充而成的。全书分五章:意象论、幻象论、情感论、格律论和技巧论。从总体上看,《闻一多诗学论稿》具有一定的体系性:从闻一多诗论到所受的西方影响(横向),又从闻一多诗论到他的诗歌创作(纵向)。但其缺陷也十分明显,因为闻一多诗学既受到西方诗学的影响,更受到中国传统诗学的滋养。对于一个以研究《诗经》、楚辞和唐诗卓然成家的诗人来说,不把这些丰硕成果纳入闻一多诗学体系显然是不完整的。相对而言,《闻一多诗学论》的体系性不强,该书仅仅铺陈了闻一多诗学的五个方面,却不曾侧重这些方面之间的相互关系,全书看起来像一个四分五裂的平面,只能称得上建构闻一多诗学的一个地基。②《闻一多美学思想论稿》尽管并非研究闻一多诗学的专著,但诗歌美学在该书中占据中心位置。全书理论性很强,并初步建构了一个闻一多诗学体系的框架。到目前为止,也许它仍然代表着闻一多诗学研究的高度。

---

① [台]李子玲:《闻一多诗学论稿·序》,文史哲出版社,1996年,第1页。
② 在方法论上,该书倒有一个整体构想:"本书将采用三个视点对闻一多进行多观照:一是对闻一多的诗学观念作本义上的寻源和阐释;二是用他的诗歌创作来印证补充他的诗学观念;三是运用现代的诗学观念和诗歌创作现状去验证闻一多的诗学观。"(见《闻一多诗学论·引言》)但这种方法论并不能代替、也未促成论文的体系性。

第三节 本书的研究对象与基本框架

尽管已经出现了不少研究闻一多诗学的论文和专著,但我觉得仍然有必要提出这个问题:闻一多诗学是否成立?一个明显的道理是,并非任何一个诗人都会形成自己的诗学。闻一多有自己的诗学吗?或者说闻一多是否具备形成其独特诗学的实力?如果具备的话,其诗学包括哪些部分,有何特点?如此等等都值得追问。就我的阅读经验来看,我认为闻一多本人在其有生之年尚未建立一套自己的诗学,但他构想了一个庞大的中国文学史计划。这在《四千年文学大势鸟瞰》中可以看得十分清楚。这篇文章将整个中国文学分成了四个阶段八个时期,其中的四个阶段是:第一段,本土文化中心的抟成(1000年左右);第二段,本土文化区域的扩大(从"三百篇"到"十九首",1291年);第三段,从曹植到曹雪芹(1719年);第四段,未来的展望——大循环(公元1918—?)。① 但是由于他不幸英年早逝,这个计划终成断章,令人痛心。编成《闻一多全集》后,朱自清对闻一多的诗歌成就做了如下总结:

> 闻先生对于诗的贡献真太多了!创作《死水》,研究唐诗以至《诗经》《楚辞》,一直追求到神话,又批评新诗,钞选新诗,在被难的前三个月,更动手将《九歌》编写现代的歌舞短剧,象征着我们的青年农民的严肃的工作。这样将古代与现代打成一片,才能成为一部"诗的史"或一首"史的诗"。其实他自己的一生也就是具体而微的一篇"诗的史"或"史的诗",可惜的是一篇未完成的"诗的史"或"史的诗"!这是我们不能甘心的!②

诚如朱自清所言,闻一多对诗歌的贡献很多。在我看来,这些贡献

---

① 闻一多:《四千年文学大势鸟瞰》,见《闻一多全集》第10卷,湖北人民出版社,1993年,第22—36页。

② 朱自清:《开明版〈闻一多全集〉序》,见《闻一多全集》第12卷,第450页。

并非闻一多诗学,但它们足以构成闻一多诗学的基本材料,除了这里提到的诗歌创作、新诗批评、古诗研究之外,构成闻一多诗学的基本材料还包括他的诗歌理论、诗歌翻译以及对外国诗歌的评论。这表明闻一多不仅将古今打成了一片,而且将中外打成了一片;不仅将创作与理论打成了一片,还将翻译与批评打成了一片。这就使得闻一多诗学具有广阔的视野和独特的深度。尽管闻一多各方面的作品并不以多著称(事实上我遗憾他写得太少),却毫不减弱他出众的创作和批评才能。在我看来,闻一多的鉴赏力整体上大于创作力,因而我很看重他的批评作品,尤其是他对《女神》的批评以及那几篇唐诗杂论。闻一多的批评没有长篇大论,他长于独到而精深的判断,而不屑于机械琐细地论证,这有点接近中国古代诗话,但它比诗话更有力。他的评论大多体现了浓郁的诗人气质与敏锐的批评眼光的有机融合,语气中无不洋溢着十足的自信,以至于使他的观点显得不容质疑。在我的印象中,像闻一多这样深刻自信而富于才华的评论家在整个新诗史上并不多见。这无疑是促成闻一多诗学的一个有力确证。

但由于闻一多的著述具有未完成性,其诗学的整体框架尚未形成,因而有赖于闻一多研究者的梳理和重构。除了李子玲与陈卫等人研究之外,有论者对闻一多诗学的结构体系做了如下归纳:

> 闻一多诗学理论的结构大致由四个层面构成:第一个层面是诗的节奏研究,它包括诗的节拍与韵律等发声因素的研究,闻一多认为这是诗的形式研究的基础,所以这也是他着力最多的部分;第二个层面是诗的语言研究,它包括诗的语义及语言单元的视觉功能的研究;第三个层面是诗的意象的研究,这是对由情感和意境构成的诗的特殊形式体系的总体功能的研究;第四个层面是诗的总体性质的研究,也就是对诗学理论中一些带根本性的艺术观念问题的研究。这四个层面构成一个整体,形成了闻一多所独创的现

代诗学理论体系。①

我觉得这个概括还不够完善。在节奏、语言、意象与观念这四个层面中,节奏其实是由语音因素体现出来的,因而属于诗歌语言的一个方面,意象源于语言视觉形象的组合,而观念则是语义的交织连缀。由此可见,这四个层面并不在一个平面上,语言是个核心性因素,其余三个因素都是借助语言的不同功能实现的。遗憾的是,目前从语言的角度研究闻一多诗学的著作还没有出现,相关论文也不多。仅有蒋晓梅的《在语言困境中挣扎的诗人——浅论闻一多的语言体验》和欧阳骏鹏的《论闻一多对新诗及新诗语言的贡献》等寥寥几篇。② 德国图宾根大学的 Brigitte Hoehenrieder 在《闻一多关于中国"语言文字"的研究》中谈到了闻一多的语言研究,但针对的并非诗歌语言。③ 基于对闻一多诗学研究现状的总体把握,陆耀东(1930—2010)在 2004 年闻一多国际学术研讨会的开幕词中列举了一些值得研究的新课题,其中有一项就是"闻一多对新诗语言的探索"。④ 本书旨在在前人探索的基础上继续推进闻一多诗学体系的建构,我选取的角度是语言,即从语言入手建构闻一多诗学体系。因为语言是诗歌最表层的东西,也是诗歌最深层的东西。它不仅可以把闻一多诗学的相关问题融会在一起,而且能有力地突出闻一多诗学的特色。事实上,包括"三美"在内的诗歌形式以及诗歌内容都与诗歌语言密切相关,我把这些统称为闻一多诗歌语言问题,并作为本文的研究对象。

本书主要包括三章,第一章分析闻一多的诗歌语言观念及其模式。

---

① 陈山:《闻一多诗学理论的结构和体系》,见《闻一多研究四十年》,季镇淮主编,清华大学出版社,1988 年,第 278 页。

② 《在语言困境中挣扎的诗人——浅论闻一多的语言体验》,见《北方论丛》2004 年第 1 期;《论闻一多对新诗及新诗语言的贡献》,见《湖北教育学院学报》2007 年第 12 期。

③ 见《闻一多研究动态》第 30 期。

④ 陆耀东:《2004 年闻一多国际学术研讨会的开幕词》,见《2004 年闻一多国际学术研讨会论文选》,陆耀东等编,武汉大学出版社,2005 年,第 4 页。需要说明的是,本书的立论早于读到此书之前。事实上,本书的研究对象闻一多是我的导师耿占春先生建议的,后来又听了耿老师关于诗歌语言的讲课,最终确定了这个题目。

闻一多的诗歌创作经历了"古瓦"时期(旧体诗,1916—1919)、"红烛"时期(自由体新诗,1920—1922)和"死水"时期(新格律诗,1923—1928)三个阶段。无论是从诗歌创作还是从诗歌观念来说,闻一多都已经摆脱了单纯的语言工具观,把诗歌语言上升到了本体的高度。闻一多的诗歌语言观念大致经历了三个阶段:"四原素"说(即幻象、感情、音节、绘藻),"杂语"式诗歌语言(包括"三美"说和"弹性"说)和"鼓点"式诗歌语言。对于闻一多诗学来说,任何语言都存在于特定的语境中。诗歌语言既是建构诗歌的基本材料,又是诗歌空间的营造者。因此,本书把闻一多诗歌语言放在诗歌空间里加以探讨。诗歌空间源于现实空间和内心空间在词语里的汇合。现实空间的核心是身体,内心空间的核心是思维,诗歌空间的核心是词语,从身体感觉到内心思维,再到词语表达,它们明显具有内在的连续性。所谓创作其实就是实现这三个空间的转换:从现实空间到内心空间的转换,以及从内心空间到诗歌空间的转换。而闻一多的诗歌语言模式正是在现实空间、内心空间和诗歌空间的基础上形成的不同对应关系。作为一种特殊的话语方式,诗歌语言可以是诗人对客观世界的描述(再现语言),也可以是对主观感受的表现(抒情语言);可以是对客观世界与主观感受契合关系的发现和表达(象征语言),也可以是对客观现实所做的批评或讽喻(智性语言)。再现语言、抒情语言、象征语言和智性语言,这就是闻一多诗歌语言的主要模式。

  第二章探讨的是闻一多诗歌语言的弹性和限度问题。闻一多显然经历了一个从"纯诗"到"杂诗"的转化过程,这既是他诗歌探索的内在逻辑,也是特定诗歌境遇压迫的结果。从"纯诗"到"杂诗"其实就是从纯粹的诗歌语言转向驳杂的诗歌语言。简言之,即对诗歌语言的弹性和限度加以试验。因此,闻一多20年代提出"三美",有意将"绘画的美""音乐的美"和"建筑的美"融入诗歌。40年代,他又提出诗歌的小说化和戏剧化理论,力图将小说语言和戏剧语言的优势引入诗歌当中。这就是闻一多不断发展的诗歌语言观。如果说"三美"就已经呈现出"非诗化"的倾向,那么,诗歌的小说化和戏剧化则意味着"非诗化"更进了一步。本章适当扩展闻一多的"非诗化"观点,提出诗歌的

"舞蹈美"和"雕塑美"问题,并将闻一多的诗歌批评纳入讨论范围。这样一来,闻一多诗学的整体格局包括视觉空间中的线条语言(绘画美)、听觉空间中的韵律语言(音乐美)、静态空间中的造型语言(建筑美)、动态空间中的肢体语言(舞蹈美)、现实空间中的冲突语言(戏剧性)和文本空间中的智性语言(诗性批评)等。

第三章意在挖掘闻一多诗歌语言的来源及其转化途径。闻一多的诗歌语言是继承与创新的产物。翻译实践构成了闻一多诗歌语言的重要资源,而翻译实践又与文化观念交织在一起,二者处于相互激发的状态。闻一多站在融合中西的独特文化立场上,以富于个性的批评精神,在不同时期坚持"予受并重"的主张,尽管在具体实践中,这种主张往往受到现实语境的制约和影响,呈现出一些变异情况,但从总体上说,闻一多的文化观念是健全的。在考察其翻译实践和文化观念的整体背景下,本章试图勾勒一条从诗歌语言来源到诗歌文本的转换轨迹,并揭示其变异情形及其文化观念。具体而言,本章将分别讨论闻一多诗歌语言与中外诗歌语言传统的内在关系,主体是"赋比兴"语言、唯美语言和象征语言,核心是律诗和商籁体,并以其名诗《死水》为例加以具体分析。

结论部分旨在归纳闻一多诗歌语言的意义和影响,并试图从中找出推进当前新诗发展的某些可能。大体上,从诗歌形式、诗歌语言以及诗体演进三方面探讨自由与格律、文本与现实以及诗歌与非诗的关系。在自由与格律方面,坚持格律诗代表着诗歌的高峰,新诗尽可以自由发展,但应以格律为核心,讲究形式感,至少不能完全摆脱形式;在文本与现实的关系方面,强调新诗应与现实形成丰富的对应关系,而不能满足于语言游戏;在诗歌与非诗方面,赞同新诗的发展是一个不断"非诗化"的过程,但"非诗化"存在着相应的限度。当代先锋诗歌有拓展诗歌边界之功,但也应小心谨慎,以免使诗歌成为"非诗"。

第一章　闻一多的诗歌语言观念及其模式

在本书中,"诗歌语言"特指闻一多诗歌中的语言,兼指闻一多诗中融合其他艺术语言形成的"杂语"式诗歌语言以及诗歌批评语言,总之,是和闻一多诗学密切相关的语言,因而并不包括那些脱离诗歌语境的语言文字研究。闻一多生活在一个诗歌语言急剧变革的时代,在形式焦虑的催逼下,他经历了从放弃旧体诗到走向新诗,然后主张新格律诗,最终中断写诗的复杂过程。在其诗学探索过程中,闻一多诗歌语言先后经历了"四原素"说、"杂语"式诗歌语言和"鼓点"式诗歌语言等不同阶段,并形成了再现语言、抒情语言、象征语言和智性语言等多种诗歌语言模式。

第一节　闻一多的诗歌语言观念

一　闻一多的诗歌道路

研究闻一多的诗歌语言,有必要先概述一下他的诗歌道路。有论者将闻一多的诗歌创作分为三个时期:"第一个时期是1922年7月留学美国之前在清华学校读书期间的诗歌创作;第二个时期是1922年7月至1925年5月在美国留学期间的诗歌创作;第三个时期是1925年5月留学归来后的诗歌创作。"①这个划分依据的是留学美国这个外在事件,而没有考虑到闻一多诗歌的内在连续性,有失偏颇。在我看来,闻一多的诗歌创作包括"古瓦"时期(旧体诗,1916—1919)、"红烛"时期(自由体新诗,1920—1922)和"死水"时期(新格

---

① 陈敢:《闻一多诗歌创作与诗歌理论浅探》,见《湖南文理学院学报》2008年第5期,第90页。

律诗,1923—1928)三个阶段。① 其中,旧体诗为"正",自由体新诗为"反",新格律诗为"合"。闻一多在短短十四年里踏遍了中国诗歌的全程。

在这三个阶段中,首先要重视闻一多的旧体诗。因为旧体诗不仅是闻一多诗歌创作的第一个阶段,而且是他后来写作新诗的参照物。也就是说,旧体诗在闻一多的新诗创作中并未消失,起初是被警惕的对象,后来逐渐渗透到他的新诗创作中。在从旧体诗向新诗的转变过程中,闻一多显得并不灵敏。因为胡适"尝试"创作新诗的时间是1916年,1918年1月,新诗第一次出现在《新青年》杂志上。而闻一多直到1919年还在写旧体诗。1920年,闻一多才转向了新诗创作,并发表了第一首新诗《西岸》,从此走上了新诗创作的道路。1921年7月4日,闻一多把自己所写的古诗文编为一集,名曰《古瓦集》。② 编选《古瓦集》,其实是闻一多向旧体诗告别的仪式。至此,闻一多完成了从旧体诗到新诗的转向。

从"古瓦"时期到"红烛"时期的界限比较明显。《红烛》中的作品写成于1920年至1922年之间。除序诗外,全书分五部分,即李白篇、雨夜篇、青春篇、孤雁篇和红豆篇。其中,孤雁篇和红豆篇中的诗均创作于美国。1922年12月26日,闻一多给梁实秋写信,先报告自己完成了红豆诗四十二首,并将诗集删减至一百零三首。③ 至此,《红烛》定稿。但该书直到1923年9月才由泰东书局出版。

一个值得讨论的问题是,闻一多何时从"红烛"时期转入了"死水"时期?或者说,闻一多何时从自由体新诗转向了新格律诗?我认为其理论起点是《律诗的研究》(1922年3月8日),其创作起点是长诗《园内》(1923年3月):

---

① 1928年1月,《死水》出版后,闻一多的诗歌只有《武昌艺术专科学校校歌》《奇迹》《凭藉》《我懂得》《八教授颂》等几首,不能构成一个新的阶段,只能视为他诗歌创作的尾声。

② 闻一多:《〈古瓦集〉序》,见《闻一多青少年时代旧体诗文浅注》,群言出版社,2003年,第1页。

③ 闻一多:《致梁实秋》,见《闻一多全集》第12卷,第124页。

第一章 闻一多的诗歌语言观念及其模式

这首诗底局势你们可以看出是一首律诗的放大。第三四节晨曦夕阳为一联,第五六节凉夜深更为一联;再加上前后的四节共为八节,正合律诗的八句。中间四节实是园内生活之正体。晨曦底背景是荷花池,夕阳底是体育馆,凉夜底是大礼堂,深更底是高等科大楼。每景有一主要的颜色,晨曦是黄,夕阳是赤,凉夜是蓝,深更是黑。①

由此来看,《园内》已经体现出将律诗和新诗融为一体的努力,具有从自由体新诗向新格律诗过渡的倾向。在给朋友们的信中,闻一多坦然宣告了他此时的"复古倾向":"末章底 appeal 恐怕同学们读了,要瞋目咋舌,退避三舍罢?但是这种论调他们便在美国也是终究要听到的。倒不如早早地听惯了好,省得后来大惊小怪,不知所措。"②这表明身在异域的闻一多已经开始在诗歌创作方面师法中国古人了,而这和他此时的整体文化转向是一致的。

1925年4月,闻一多在给梁实秋(1903—1987)的信中谈到自己的诗风"剧变"问题,并在信中抄了自己所写的几首旧体诗。这些诗预示了闻一多即将走向新格律诗的道路。因为他不仅采用了旧体诗的形式,而且表达了对中国传统文化的强烈皈依心理。第一首诗的题目是《废旧诗六年矣。复理铅椠,纪以绝句》:

六载观摩傍九夷,吟成愲舌总猜疑。
唐贤读破三千纸,勒马回缰作旧诗。③

从1919年告别旧体诗到写出这首诗的1925年,其中的间隔恰好

---

① 闻一多:《致吴景超、梁实秋》,见《闻一多全集》第12卷,第154页。关于《园内》的文化意味,可参见本章第2节第4部分。
② 闻一多:《致吴景超、梁实秋》,见《闻一多全集》第12卷,第155页。
③ 闻一多:《致梁实秋》,见《闻一多全集》第12卷,第222页。

是六年,这六年是闻一多写作新诗的六年。① 然而,留学美国之后,闻一多却对西方文化和自由体新诗产生了怀疑。此时重读唐诗,一种巨大的魅力不禁使他"勒马回缰作旧诗"。唐诗不但坚定了闻一多"穷途舍命作诗人"的决心,而且为他确立了新的榜样:"神州不乏他山石,李杜光芒万丈长。"从此以后,闻一多全面调整自己的新诗创作,并最终走向了新格律诗的道路:1926 年发表《诗的格律》,1928 年出版诗集《死水》。《死水》中的诗歌大多发表于 1925 年至 1927 年之间,但《闻一多先生的书桌》创作于 1924 年。由此可见,闻一多的新格律诗转向经历了一个漫长的过程。在我看来,写作新格律诗既是闻一多坚持诗歌探索的结果,也和他的异国境遇及文化转向有关。在领略西方文化优势的同时,闻一多感受最深的是华人被歧视的窘境。1923 年 1 月 14 日,他在给家人的信中说:"一个有思想之中国青年留居美国之滋味,非笔墨所能形容。俟后年年底我归家度岁时当与家人围炉絮谈,痛哭流涕,以泄余之积愤。"② 正是这种"受气"的境遇使闻一多对西方文化产生了抵触情绪,并于 1922 年底宣称"我失了基督教的信仰"③,从而完成了对中国传统文化的回归。这是促成他转向写作新格律诗的基础。

以上是闻一多诗歌创作的三个时期。闻一多的后半生几乎中止了诗歌创作,但他的活动仍然和诗相关。闻一多去世后,《闻一多全集》(开明版)的主编朱自清对他的一生做了以下总结:

> 闻一多先生为民主运动贡献了他的生命,他是一个斗士,但他又是一个诗人和学者。这三重人格集合在他身上,因时期的不同而或隐或现。大概从民国十四年参加《北平晨报》的诗刊到十八

---

① 只有《蜜月著〈律诗底研究〉,稿脱赋感》(1922 年 3 月 8 日)是个例外。这个例外其实大有深意,因为它出现在闻一多完成《律诗底研究》之后。《律诗底研究》意在证明律诗的优越性,所以他在完稿之日用一首律诗表达了自己的愉悦之情。其中有两句尤其值得注意:"手假研方剖旧,眼光烛道故疑西。"这表明当时闻一多已经对新诗有所怀疑。

② 闻一多:《致家人》,见《闻一多全集》第 12 卷,第 138 页。

③ 闻一多:《致吴景超》,见《闻一多全集》第 12 卷,第 122 页。闻一多从 1916 年就开始接触基督教,并于 1920 年左右接受了基督教洗礼。

第一章　闻一多的诗歌语言观念及其模式

年任教青岛大学,可以说是他的诗人时期,这以后直到三十三年参加昆明西南联大的五四历史晚会,可以说是他的学者时期,再以后这两年多,是他的斗士时期。学者的时期最长,斗士的时期最短,然而他始终不失为一个诗人;而在诗人和学者的时期,他也始终不失为一个斗士。①

这个概括突出了闻一多不同时期的身份,但未能全面揭示闻一多与诗歌的关系。在我看来,闻一多的一生可以分为诗歌创作、诗歌研究和诗歌行动三个阶段,实际上这和朱自清的概括是一致的。但是,闻一多的诗歌创作并非始于民国十四年(1925年)。据记载,闻一多首次发表诗歌的时间是1916年,但此时他并无意成为诗人,而是在演说、排戏、绘画等方面锻炼自己。三年之后,闻一多在1919年2月10日的日记中写道:"枕上读《清诗别裁》,近决志学诗。读诗自清明以上,溯魏汉先秦。读《别裁》毕,读《明诗综》,次《元诗选》,次《宋诗钞》,次《全唐诗》,次《八代诗选》,期于二年内读毕。"②从此以后,闻一多似乎有意做个诗人了。尤其是1922年,闻一多不仅积极筹划出版诗集,而且试图与梁实秋等人创办杂志,"径直要领袖一种之文学潮流或派别"③。这时,闻一多的诗歌创作势头如此强劲,以至于并未因赴美留学而稍减。尽管他进入的是芝加哥美术学院,事实上却在全力把自己培养成诗人。到芝加哥以后,他很快接触到美国诗人桑德堡(Sandburg)和罗威尔(Lowell)等人,听他们演讲读诗,并将自己的新诗翻译成英语,在美国的诗刊上发表。正是在这种对诗歌的狂热痴情的推动下,《红烛》于1923年9月出版了。由此可见,闻一多的诗人身份至少应该始于

---

① 朱自清:《闻一多全集·序》,见《闻一多全集》第12卷,第442页。朱自清对闻一多三重人格的概括影响很大,至今仍被一些人沿用。值得注意的是另一种评价。闻一多早期的朋友梁实秋对"斗士"明显持否定态度。闻一多的学生许芥昱称他为"诗人、艺术家和学者"。这些观点无疑把闻一多从政治斗争中剥离了出来,侧重于从对象本身做出评价。种种迹象表明,梁实秋和许芥昱可能是真正理解闻一多的人,他们都看到了闻一多并非一个具有明确方向的人,而是始终生活在矛盾中:现实与理想,感性与理性,诗歌与社会,如此等等。
② 闻一多:《仪老日记》,见《闻一多全集》第12卷,第421页。
③ 闻一多:《致梁实秋、吴景超》,见《闻一多全集》第12卷,第80页。

1923年。如果从第一首新诗发表的时间算起,闻一多从1920年就是一个诗人了。

1928年,《死水》出版后,闻一多的诗歌创作热情基本上冷却了。他将主要精力投入了中国古诗研究中。早在1926年,闻一多在给饶孟侃(1902—1967)的信中就表达了这种想法:"数月来仅得诗一首,且不佳。惟于中国文学史,则颇有述作。意者将来遂由创作者变为研究者乎?"①值得注意的是,闻一多从诗歌创作到诗歌研究的转向是伴随着中年危机来临的。1933年9月29日,他向朋友坦陈自己"不能适应环境",因而被迫从现实生活转向学术研究,并把它称为"向内发展"。在此前后,徐志摩(1897—1931)坠机身亡、朱湘(1904—1933)跳江自杀、方玮德因病早逝,用闻一多的话说,朋友们"死的死,穷的穷",他本人也预感到潜伏在体内的死神:"近来身体极坏。一个人在失眠与胃病夹攻之中,实在说不定还能活多久。"②

如果说闻一多从诗歌创作转向诗歌研究关系到个人的精神危机,那么,从诗歌研究转向政治活动则主要是民族矛盾与社会危机激发的结果。1946年2月22日,闻一多在给亲人的信中谈到了他的这次转向:

> 曩岁耽于典籍,专心著述,又误于文人积习,不事生产,羞谈政治,自视清高。抗战以来,由于个人生活压迫及一般社会政治上可耻之现象,使我恍然大悟,欲独善其身者终不足以善其身。两年以来,书本生活完全抛弃,专心从事政治活动(此政治当然不指做官,而实即革命)。③

朱自清把这次转向之后的闻一多界定为"斗士"当然可以理解。不过,也可以把他的"斗士"之举视为一种特殊的诗歌行动,一种史诗般的讲

---

① 闻一多:《致饶孟侃》,见《闻一多全集》第12卷,第237页。
② 同上书,第266页。
③ 闻一多:《致闻家驷》,见《闻一多全集》第12卷,第402页。

第一章 闻一多的诗歌语言观念及其模式

演与献身。早在1926年三·一八惨案后,闻一多就写过这样一段热情洋溢的文字:

> ……陆游一个七十衰翁要"泪洒龙床请北征",拜伦要战死在疆场上了。所以拜伦最完美,最伟大的一首诗,也便是这一死。所以我们觉得诸志士们三月十八日的死难不仅是爱国,而且是伟大的诗。我们若得着死难者的热情的一部分,便可以在文艺上大成功;若得着死难者的热情的全部,便可以追他们的踪迹,杀身成仁了。①

这段话不仅是闻一多对他钦佩的诗人的由衷礼赞,而且几乎可以视为他的一句谶语。诗人往往能预感到自身的命运,而谶语则是诗人预感的自然流露。由此来看,这个发表"最后一次的讲演"的人最终倒在枪弹之下并非出于一时的冲动,而是胸怀祖国、追求进步的诗人与黑暗时代相遇的必然结果。正如闻一多所说的:文艺与爱国皆源于同情心。一个人见红叶落地而流泪,却视人民流血于不顾,这无疑是不近人情的行为,更有悖于诗人博大的同情心。就此而言,闻一多为争取民主的实现而付出的努力就是一种特殊的诗歌行动:不再用文字表达心中的感受,而是用热血直接抵制现实的黑暗,这种行动就像他笔下的红烛在燃烧,直至照亮中国这一沟黎明前的死水。仿照闻一多对拜伦(1788—1824)的评价,完全可以说,1946年7月15日,倒在枪声和血泊中的闻一多也是一首伟大的诗。

二 语言变革时代的形式焦虑与个体抉择

诗人不仅是运用词语的人,还是被词语运用的人,甚至是"词语造成的人"(史蒂文斯语)。作为一位五四时代的诗人,闻一多很早就经历了一次语言变革的震荡:从文言文到白话文。文言文即书面语,白话文是口语。事实上,整个中国文学史就是口语文学与书面文学并存互

---

① 闻一多:《文艺与爱国》,见《闻一多全集》第2卷,第134页。

渗的历史,其基本类型是民歌和文人创作。《诗经》以民歌为主,《楚辞》为文人创作,但也有对地方民歌的吸收与改造。从诗歌语言的角度来说,在书面文学和口语文学之间往往存在着这样一条规律:当文人创作陷入低谷时便转向民歌,从民歌中汲取活力,从而推动诗歌向前发展。五代时出现的"词"本来是民间曲子词,后来被文人吸收,成为宋代诗歌的主要形式。一般来说,这是一种个人的主动选择,有时也具有相当的普遍性,甚至会形成一种潮流,但并无强行推进的痕迹。而五四新文学的突出特点是采取人为的文化断裂措施,在全国范围内整体推行白话文学,大有将文言文学一举歼灭之势。这当然不符合中国文学的优良传统和语言自身的发展规律,也有悖于作家创作的主体性。然而,大势所趋,白话文学终于被普遍接受了,其结果是制造了大量不像诗的诗,甚至造成了对诗歌语言的糟蹋。这是文化激进主义必然付出的代价。究其原因,语言"始终是前一时代的遗产",它具有强大的稳定性:"语言之所以有稳固的性质,不仅是因为它被绑在集体的镇石上,而且因为它是处在时间之中。这两件事是分不开的。无论什么时候,跟过去有连带关系就会对选择的自由有所妨碍。"① 当然,语言也会有变化,但是自然的渐变。与普通语言相比,诗歌语言的稳定性更强,因为它们处于既定的诗歌形式当中。正如索绪尔(1857—1913)所说的:"文学语言是凌驾于流俗语言即自然语言之上的,而且要服从于另外的一些生存条件。它一经形成,一般就相当稳定,而且有保持不变的倾向。对文字的依靠使它的保存有了特殊的保证。"②

对诗歌语言实施人为激变的新诗成效如何呢?不妨考察这样一个问题:五四诗人中有多少人一直坚持写新诗(如徐志摩、朱湘、戴望舒等)?有多少人从来就不写新诗,或写过新诗后来又转向写旧体诗(如钱锺书、冯友兰、吴宓、郁达夫、朱光潜、鲁迅、李叔同、毛泽东、俞平伯、郭沫若、沈从文、饶孟侃等)?又有多少人放弃了写诗(如胡适、康白情、朱自清、冰心、宗白华等)?就五四那一代诗人来说,新诗虽然已经

---

① [瑞士]索绪尔:《普通语言学教程》,高名凯译,商务印书馆,1980年,第111页。
② 同上书,第194页。

兴起,但体诗仍很有优势。上面这个简要的名单也许就能说明一部分问题。对此,郁达夫(1896—1945)有一段自供:"目下在流行着的新诗,果然很好,但是像我这样懒惰无聊,又常发牢骚的无能力者,性情最相宜的,还是旧诗,你弄到五个字,或者七个字,就可以把牢骚发尽,多么简便啊。"①郭沫若也说过相似的话:"旧诗词这个东西,表现得好,特别是巧妙地表现了新的内容,使人深深感到又有纪律又有自由。"②事实上,如果把创作力衰竭的因素排除之外,我认为后两种人在某种程度上体现了对新诗的抵抗、否定和质疑,而闻一多几乎囊括了这三种人的所有经历:起初写旧体诗,五四后改写新诗,后来又写旧体诗,并试图用旧体诗改造新诗,最后干脆不再写诗。由此可见,白话新诗的推行给闻一多造成了多么巨大的精神动荡。这种精神动荡产生于外来压力和个体抉择之间的冲突,并直接造成了闻一多诗歌创作的形式焦虑和语言困境。

七绝《读项羽本纪》是闻一多"初学诗底'破题儿第一遭'",该诗发表于1916年11月13日《清华周刊》第89期。③ 1944年7月1日,闻一多创作了最后一首新诗《八教授颂》。④ 闻一多写诗时间跨度近三十年,约占其一生的三分之二。但他的诗歌主要写于《死水》出版(1928年1月)之前。各集中的诗歌创作时间简况如下:旧体诗集《古瓦集》(1916—1919),自由体新诗集《红烛》(1920—1922)⑤,新格律诗集《死水》(1924—1927)⑥。除《古瓦集》外,闻一多的旧体诗还有七律《蜜月著〈律诗底研究〉,稿脱赋感》(1922年3月8日),《致梁实秋》信

---

① 郁达夫:《骸骨迷恋者的独语》,转引自《"新诗集"与中国新诗的发生》,姜涛著,北京大学出版社,2005年,第37页。
② 程光炜:《中国当代诗歌史》,中国人民大学出版社,2003年,第31页。
③ 同期还发表了闻一多的《拟李陵与苏武诗三首》。该诗在《古瓦集》中题为《项羽》,排在下卷首位。见《闻一多全集》第1卷,湖北人民出版社,1993年,第275页。
④ 本打算写八首,只完成一首。见《闻一多全集》第1卷,第262页。
⑤ 《真我集》是闻一多最早的新诗集,写于1920至1921年间。共15首,其中有4首后来收入《红烛》。另有两首译诗。孙敦恒认为这15首诗全部写于1920年。见《闻一多〈真我集〉之我见》,《闻一多四十年》,季镇淮主编,清华大学出版社,1988年,第377页。
⑥ 《集外诗》中的诗大致与《死水》同期,《死水》可以视为其精选集。

中的四首七绝(1925年4月),七绝《讽哲学家》(1937年)。① 从总体上看,闻一多的旧体诗(共四十五首)与新诗(共一百七十四首)写作大致呈交错状态,这无疑体现了他诗歌创作中的形式焦虑。由此可以判断,闻一多始终没有完全转向新诗,或者说他写的是他自己心目中的新诗。此外,闻一多还写了两首英语诗:Another "Chinee" answering, The meeting is done。② 前者的形式比较自由,由于是对某美国人写的一首英文诗的回答,因而相应地使用了英语;后者在形式上比较整齐,写的是在美国的一段情感经历,用英语写既是出于对语境的应和,也可以看作诗人的主动选择。当然,用英语写诗只是闻一多的偶尔尝试,并非闻一多诗歌语言的主要方面,但它毕竟构成了闻一多诗歌语言的一个新维度,不容忽视。③

为了集中揭示闻一多诗歌创作中的形式焦虑,这里着重分析闻一多为什么从写旧体诗转向了写新诗,为什么他又要用旧体诗改造新诗,为什么他在写新诗后又不断返回旧体诗,并最终中断写诗?在我看来,这些问题不仅反映了闻一多的诗歌语言观念,而且集中体现了闻一多的形式焦虑以及他对诗歌语言的个体抉择。首先看一下他走向白话新

---

① 本诗《闻一多全集》未收,内容如下:"唯有哲学最诡恢:金公眼罩郑公杯,吟诗马二评红袖,占卜冗三用纸枚。"冯友兰在引用此诗后做了如下解释:"这是为了嘲戏哲学系的人而做的。哲学系的金岳霖眼睛怕光,经常带一副眼罩。郑昕喜欢喝酒。第二句是指他两人说的。当时吴宓有一首诗,其中有'相携红袖非春意'之句,我认为不很得体,第三句就是指此而言。第四句是说沈(冗三)有鼎,他正在研究周易占卦的方法,用纸枚代替蓍草。"见冯友兰:《三松堂自序》,《冯友兰全集》第1卷,河南人民出版社,2001年,第88页。

② 前一首为《另一个"支那人"的回答》,发表于1924年3月28日的《科大之虎》上,见闻黎明、侯菊坤:《闻一多年谱长编》,湖北人民出版社,1994年,第235页;后者见于闻一多1924年10月写给梁实秋的信,现收入《闻一多全集》第1卷,第208页,并说明写于1925年春,矛盾。如信的日期准确,此诗当写于1924年10月之前。梁实秋曾在《谈闻一多》中谈到这两首诗,他认为前一首诗"功力雄厚,辞藻丰瞻",并对后一首做了如下说明:"一多的这一首英文诗,本事已不可考,想来是在演戏中有了什么邂逅,他为人热情如火,但在男女私情方面总是战战兢兢的在萌芽时就毅然掐死它,所以这首诗里有那么多的凄怆。"见《谈闻一多》,传记文学出版社,1987年,第41、56页。

③ 闻一多还有一封《致亲爱的朋友们》(1922年8月27日)的英语信,谈论美国诗坛状况以及自己的诗歌见解,是一篇重要的论诗书信。见《闻一多全集》第12卷,湖北人民出版社,1993年,第54页。早在清华读书时,闻一多还和同学王际真用英语通信,但未收入全集,不知原信是否现存。

第一章　闻一多的诗歌语言观念及其模式

诗的过程。

　　（1919 年）2 月 27 日。学报编辑会议，某先生提倡用白话文学，诸编辑率附和之，无可如何也。
　　3 月 4 日。学报用白话文，颇望成功，余不愿随流俗以来讥毁。①

这两则日记的间隔不过一周，闻一多对白话文学的态度却发生了微妙的变化：从"无可如何"到"不愿随流俗以来讥毁"。由此可见白话文学推行的大势以及对闻一多造成的压力，并使他不得不"默认"了白话文学。1920 年，闻一多在给弟弟的信里说："白话文现在已经通行了，我赞成。"②此时，闻一多借助一首译诗完成了对文言文的清算。这首译诗是《点兵行》，完成于 1920 年春天。它被闻一多称为"殿尾的一首文言诗"，也许他打算不再写旧体诗了，所以在小序里写道：

　　译事之难，尽人而知，而译韵文尤难。译以白话，或可得仿佛其，文言直不足以言译事矣。而今之译此，犹以文言者，将使读原诗者，持余作以证之，乃知文言译诗，果能存原意之仿佛者几何，亦所以彰文言之罪也。③

值得注意的是，闻一多在这里把翻译的难度归咎于文言文，从而完成了

---

① 闻一多：《仪老日记》，见《闻一多全集》第 12 卷，第 424、425 页。一个可参照的例子是朱光潜。他在自传中谈到对白话文的态度时说："我始而反对，因为自己也在'桐城谬种'之列，可是不久也就转过弯来了，毅然决然地放弃了古文和文言，自己也学着写起白话来了。"（见《朱光潜全集》第 1 卷，安徽教育出版社，1987 年，第 2 页）但朱光潜写诗时仍用文言文，尽管他的诗数量不多。

② 闻一多：《致闻家驷》，见《闻一多全集》第 12 卷，第 24 页。该信保存不完整，引文后的两个字是"你也"，估计是闻一多劝他弟弟也赞成白话文。

③ 又名《点兵之歌》，见《闻一多全集》第 1 卷，湖北人民出版社，1993 年，第 293 页。引文中的"或可得仿佛其"似应为"或可得其仿佛"。

对文言文学的批判。这种逻辑很独特,但并不严密,确有为白话文学"敷衍面子"的嫌疑。① 1920年9月24日,闻一多发表第一首新诗《西岸》。② 1921年3月3日,写了《敬告落伍的诗家》,将那些用文言文写诗的人称为"落伍的诗家",并以迟到的觉醒者身份宣告:"我诚诚恳恳地奉劝那些落伍的诗家,你们要闹玩儿,便罢,若要真做诗,只有新诗这条道走,赶快醒来,急起直追,还不算晚呢。"③这标志着他不仅确立了白话文学的立场,而且试图让更多的人尽快加入进来。从总体上来看,他诗歌语言立场的滑动不是主动的选择,而是被迫的顺应。然而,一旦完成这个转变之后,他似乎又变得十分激进。其实这并不表明闻一多已完全信奉白话文学了,对于性情多变的闻一多来说,白话文学只是一种新的可能,一种"颇望成功"的前景。事实上,他对语言变革的慎重态度从文体上看得更加清楚。1921年7月,完成语言转向之后的闻一多将此前的文言写作命名为《古瓦集》,这意味着他要和文言文学从此告别,因而存为一集,做个"纪念品"。在序中回顾自己1919年的心境,他写道:"这时已经作了白话散文,文言诗却还舍不得丢掉。"④这表明他用白话写散文之后,仍然想坚持用文言文写诗。其原因在于,改变语言对诗的影响最大。对于诗人来说,改变语言就意味着改变世界,改变自我。因为诗歌语言有独特的存在状态和结合方式,很难把它和诗歌形式、形象思维以及传统文化完全剥离开来。在我看来,这正是导致闻一多迅速转向质疑白话新诗的内在依据。

对于闻一多来说,赞同新诗和质疑新诗几乎是同步的。写完《敬告落伍的诗家》两个月后,他发表了以下意见:"我并不是说做新诗不应取材于旧诗,其实没有进旧诗库里去见过识面的人决不配谈诗。"⑤1921年底,闻一多用英语做了一场关于诗歌节奏的报告。在我看来,这个报告是有针对性的。明确地说,闻一多研究诗歌节奏正是为了批

---

① 《古瓦集·序》,见《闻一多青少年时代旧体诗文浅注》,群言出版社,2003年,第2页。
② 《清华周刊》第191期,见《闻一多全集》第1卷,第28页。
③ 闻一多:《敬告落伍的诗家》,见《闻一多全集》第2卷,第38页。
④ 《古瓦集·序》,见《闻一多青少年时代旧体诗文浅注》,第2页。
⑤ 闻一多:《评本学年〈周刊〉里的新诗》,见《闻一多全集》第2卷,第51页。

第一章 闻一多的诗歌语言观念及其模式

评新诗,一种"妄图打破规律"的自由诗:

Ⅸ、自由诗
A.妄图打破规律
1.在排字形式上对诗节的影响
2.文字游戏
3.在抛弃节奏方面的失败
B.目的性不明确
C.令人遗憾的后果
1.平庸
2.粗糙
3.柔弱无力①

毋庸置疑,闻一多是最早批评新诗的新诗写作者之一,他的批评没有落空,而且击中了要害。在我看来,他之所以如此"早熟",是因为他对诗歌语言非常敏感。事实证明:语言是批评诗歌的最佳角度,因为诗的所有问题最终都可以归结为语言问题。仅仅运用语言的人自然可以把语言视为工具。而对于那些时常被语言运用的诗人来说,语言是一种有其自身独立性的存在物。在某种程度上,一个诗人成就的高低跟他诗中语言的独立性是成正比的。如果一首诗的语言全部出自诗人的支配,无论安排得多么精致,也终究是匠人之作。真正的好诗往往是思维贯通之后语言自行涌动的结果。杜甫说"下笔如有神",其实哪里有神,"神"只不过是按照自身冲动运行着的语言而已。就此而言,优秀诗人就是尊重并培植语言独立性的诗人,是将语言视为本体而非工具的诗人。

有人认为闻一多从根本上是个语言工具论者,但有其独特性,因为他一方面将语言视为形式,另一方面又特别重视语言,从而成为语言工

---

① 闻一多:《诗歌节奏的研究》,见《闻一多全集》第2卷,第59页。

具论的反驳者。① 这个判断看到了闻一多对待语言的双重性与过渡性,但对他的语言本体论思想评价不足。其主要依据是闻一多不曾提出"语言就是思想"的观点。事实上,他不止一次表达过这种看法。在《先拉飞主义》中,闻一多不同意罗斯金(1819—1900)重"思想"轻"语言"的观点,因而对罗斯金的观点做了如下批评:

> 罗斯金的主意是要艺术有一种最高无上的道德的目的,他以为艺术的价值是随着这目的之有无或高下为转移的,所以他注重的是绘画的"思想",不是"语言"。这话当然不错,可是问题不是那样简单。试问到底那里是"思想"和"语言"的分野?在绘画里,离开线条和色彩的"语言","思想"可还有寄托的余地? ……②

闻一多认为"艺术的最高目的,是要达到'纯形'pure form 的境地"③,对于绘画来说,"纯形"是线条和色彩(即绘画语言),对于诗歌来说,"纯形"就是语言。20 年代的闻一多深受唯美主义的影响,他不是不重视诗歌语言,而是太重视诗歌语言了,否则的话,他不会把"纯形"视为"艺术的最高目的"。"语言即思想"的观点还体现在闻一多的《庄子》研究中。他认为《庄子》中的文辞不只是工具,也是目的,是"辞令正式蜕化成文学了",甚至称道它是思想与文字"经过化合作用的第三种东西"。闻一多谈论庄子的赞叹语气足以和他谈论杜甫时相媲美:"读《庄子》,本分不出那是思想的美,那是文字的美。那思想与文字,外型与本质的极端的调和,那种不可捉摸的浑圆的机体,便是文章家的极致。"④

诗人就是在语言上不妥协的人,尽管在语言变革时代闻一多走向了新诗,但他有自己的新诗观,有自己的语言本体立场,因而他敢于对

---

① 蒋晓梅:《闻一多的语言体验》,见《北方论丛》2004 年第 1 期。
② 闻一多:《先拉飞主义》,见《闻一多全集》第 2 卷,第 159 页。
③ 闻一多:《戏剧的歧途》,见《闻一多全集》第 2 卷,第 148 页。
④ 闻一多:《庄子》,见《闻一多全集》第 9 卷,湖北人民出版社,1993 年,第 11 页。

第一章　闻一多的诗歌语言观念及其模式

当时新诗中的种种不良倾向进行批评,并把批评新诗与批评新诗的倡导者和诗坛名将结合在一起。在《〈冬夜〉评论》中,他批评了胡适的"自由诗"音节。在《〈女神〉之地方色彩》中,他批评了郭沫若等人从用词到思想普遍欧化的倾向:"现在的一般新诗人——新是作时髦解的新——似乎有一种欧化底狂癖,他们的创造中国新诗底鹄的,原来就是要把新诗做成完全的西文诗(有位作者曾在《诗》里讲道他所谓后期底作品'已与以前不同而和西洋诗相似',他认为这是新诗底一步进程,……是件可喜的事)。《女神》不独形式十分欧化,而且精神也十分欧化的了。"如果新诗是这种"新"法,闻一多声称他是反对的。在他心目中,新诗之"新"与众不同:

> 但是我从头到今,对于新诗底意义似乎有些不同。我总以为新诗竟至是"新"的,不但新于中国固有的诗,而且新于西方固有的诗;换言之,它不要做纯粹的本地诗,但还要保存本地的色彩,他不要做纯粹的外洋诗,但又尽量地吸收外洋诗底长处;他要做中西艺术结婚后产生的宁馨儿。①

不难看出,闻一多心目中的"宁馨儿"就是后来他倡导的新格律诗。对于闻一多来说,写作并倡导新格律诗是他的抉择,后来不再写诗也是他的抉择。归根结底,这些抉择产生于闻一多与诗歌形式之间的缓和与紧张关系:写新格律诗时,闻一多似乎解决了他与诗歌形式之间的紧张关系,但这种解决只是一种缓解。闻一多自然相信:"真正的现代艺术,不仅在内容上,而且在形式上都是新的。新的感受与旧的形式,是合不到一起的。新的感受只有出现在它自己的,从它的基础上有机地成长起来的形式中,而不是借用旧形式的时候,才能够获得完备的意义。"②但是,他又时常被旧体诗的强大魅力所压倒:"顾吾作诗即佳,

---

① 闻一多:《〈女神〉之地方色彩》,见《闻一多全集》第2卷,第118页。
② [俄]普罗可菲耶夫:《德拉克洛瓦论美术和美术家·前言》,见《德拉克洛瓦论美术和美术家》,平野译,河北教育出版社,2002年,第8页。

能胜古人?"①就此而言,闻一多中断写诗是形式焦虑再次激化的结果。② 1944年5月8日,闻一多发表演讲《新文艺和文学遗产》,把他对诗歌语言的经验做了如下总结:"文学新旧不是什么文言白话之分,因为古文所代表的君主旧意识要不得,所以要提倡新的。"这表明文言与白话不仅是个语言问题,更是思想意识问题。在闻一多看来,文言文代表的是君主意识,白话文代表的是民主意识。这个演讲不仅体现了闻一多的语言本体论思想,而且揭示了他后来不再作诗的原因:

> 从五四到现在,因为小说是最合乎民主的,所以小说的成绩最好,而成绩最坏的是诗。这是因为旧文学中最好的是诗。而现在做诗的人渐渐地有意无意地复古了。现在卞先生(之琳)已经不做诗了,这是他的高见,做新诗的人往往被旧诗蒙蔽了渐渐走向象牙塔。③

这里说的当然是事实,但并不表示新诗的失败。至少对闻一多而言,他写得最好的是新诗,而不是旧体诗。在我看来,闻一多这段话显示了新诗超越旧体诗的难度,字里行间隐含着他对诗歌的形式焦虑。

三 闻一多诗歌语言观念的演变轨迹

在我看来,闻一多的诗歌语言观念大致经历了三个阶段。"四原素"说是开端,"杂语"式诗歌语言是发展。"杂语"式诗歌语言包括

---

① 闻一多:《致母亲》,见《闻一多全集》第12卷,第173页。
② 闻一多中断写诗的原因也许不只一个,但诗歌形式的焦虑无疑是最内在的因素。在这个问题上,也许最值得信赖的是熊佛西的回忆。闻一多回清华任教后,熊佛西曾当面询问闻一多为什么不写诗了。闻的回答是:"我已发现我在创作方面无天才。诗,只好留给那些有天才的人们去写。过去,我觉得我搞的玩艺儿太多,太杂,结果毫无成就,今后我愿意集中精力来研究中国文学。"见《闻一多纪念文集》,三联书店,1980年,第74页。闻一多的学生季镇淮在《闻一多先生与中国传统文学研究》中也提供了旁证:"闻先生后来也认为读古书久了,诗情斫伤殆尽可做不出诗来了。"见《闻一多研究四十年》,清华大学出版社,1988年,第143、144页。许芥昱对此也有比较全面的分析,见《新诗的开路人——闻一多》,波文书局,1982年,第131—132页。
③ 闻一多:《新文艺与文学遗产》,见《闻一多全集》第2卷,第216页。

第一章　闻一多的诗歌语言观念及其模式

"三美"说和"弹性"说,其中"三美"说是高潮,"弹性"说是顶点。在最后一个阶段里,尽管闻一多没有提出明确的诗歌语言观点,但从他推崇的诗人田间来看,可以归纳为"鼓点"式诗歌语言,一种富于力量和现实针对性的诗歌语言。以上三个阶段的诗歌语言观从总体上对应着闻一多不同时期的艺术观念:从唯美主义、象征主义,最终回归到现实主义。

"四原素"说探讨的是"纯粹"的诗歌语言,或者说是诗歌内部的语言。在致吴景超(1901—1968)的一封信中,闻一多认为诗有"四大原素":"幻象、感情、音节、绘藻"。① 这封书信表明"四原素"说并非首次提出。由此上溯,"四原素"说当发源于《评本学年〈周刊〉里的新诗》,该文写于1920年5月28日。闻一多首先将诗的原素分为内外两组,认为"诗底真价值在内的原素,不在外的原素",并表明该文将"首重幻象,情感,次及声与色底原素"。由此可见,"幻象,情感"为内的原素。该文最后做了如下总结:"《一回奇异的感觉》以幻象、音节胜,《给玳姨娜》以情感、藻绘胜。"② 在这里,闻一多已用音节与藻绘替代了"声与色底原素",诗歌"四原素"说初具雏形。后来,闻一多对《冬夜》的评论也是从音节、幻想(象)和情感等方面展开的:

> 诗底真实精神其实不在音节上。音节究属外在的质素,外在的质素是具质成形的,所以有分析,比量底余地。偏是可以分析比量的东西,是最不值得分析比量的。幻想,情感——诗底其余的两个更重要的素质——最有分析比量底价值的两部分,倒不容分析比量了;因为他们是不可思议,同佛法一般的。最多我们只可定夺他的成分的有无,再多许可揣测他的度量底多少;其余的便很难象前面论音节论的那样详殚了。③

---

① 闻一多:《致吴景超》,见《闻一多全集》第12卷,第156页。这是一封信的摘录文。从《闻一多全集》来看,闻一多很少摘录自己写给别人的信,只有这封是个例外,由此可见他对"四原素"说的重视。
② 闻一多:《评本学年〈周刊〉里的新诗》,见《闻一多全集》第2卷,第40、52页。
③ 闻一多:《〈冬夜〉评论》,见《闻一多全集》第2卷,第76页。

与前述观点相比,这段文字延续了内外原素的划分,并深入揭示了诗歌内在原素的神秘性,认为幻想和情感非常重要,但不能分析比量。这表明诗歌"四原素"说已经成为闻一多批评诗歌的基本依据。

尽管20年代的闻一多已经接受了西方文化,但"四原素"说主要源于对中国传统诗学的归纳。他的"四原素"说建立在清代诗人袁枚论诗的基础上:"随园老人所谓'其言动心'是情感,'其色夺目'是绘藻,'其味适口'是幻象,'其音悦耳'是音节。"①他的笔记手稿中有这样一段话,也揭示了中国诗论对"四原素"说的影响:

> 诗中首重感情,次则幻象。幻象真挚,则景无不肖,无情不达。前人知此秘者莫如梅圣俞。他常对欧阳修说:"必能状难写之景,如在目前,含不尽之意,见于言外,然后为至矣。"又说:"作者得于心,览者会以意",殆难指陈以言也。虽然,亦可略道其仿佛。②

"四原素"的核心无疑是情感,而情感却是由动心之"言"蕴涵或呈现的,"言"即诗歌语言,后面的"色""味"和"音"对应于人的三种感官,事实上,它们都是由语言的不同功能实现的。恐怕谁也不会否认:诗歌中的声音其实是对现实声音和心灵声音的摹拟,这种摹拟是借助语言的听觉功能("音节")实现的。同时,诗歌语言的听觉功能也有力地促进了中国诗歌的抒情传统,形成了律诗、词、曲等多种富于魅力的诗体模式。而"绘藻"则是由语言的视觉功能实现的。③ 汉字属于象形文字,视觉功能非常突出,甚至被闻一多视为"绘画文字"。④

一般而言,"幻象"源于幻觉,主要是幻视与幻听,而这里却是由语言的味觉功能实现的,因为闻一多把"其味适口"与"幻象"对应了起

---

① 袁枚的说法如下:"诗者,人之性情也。近取诸身而足矣。其言动心,其色夺目,其味适口,其音悦耳,便是佳诗。"见《随园诗话》补遗卷一。
② 刘烜:《闻一多评传》,北京大学出版社,1983年,第91—92页。
③ 由于音节与绘藻既是诗歌语言本身的特点,也和"三美"中的音乐美和绘画美联系密切,具有明显的过渡性。本书将在第二章中加以论述。
④ 闻一多:《字与画》,见《闻一多全集》第2卷,湖北人民出版社,1993年,第205页。

第一章　闻一多的诗歌语言观念及其模式

来。相对而言,语言的味觉功能较弱。看到"粉红色的碎瓣的绣球菊"这句诗,读者不难"看到"它的形状,甚至"嗅到"它的香气,却不容易体会它的味道。毕竟,词与物并不完全对应,而是局部对应,甚至是一种人为的组合。所以,看到"菊花"这个词一般不如看到现实中的一朵菊花那样产生立体交叉的丰富感觉,但语言本身确实包含着这种可能性,而且诗歌语言的意义在于它力图克服日常语言的局限,将无数简单的替代性符号变成富于感情和活力的诗歌语言。"民以食为先",中国是个饮食业发达的国家,饮食经验构成了中国人的核心审美经验之一。据《说文解字》,"美"是个会意字,是"羊"与"大"的组合。古人以羊为主要副食品,羊愈肥大味道愈鲜美可口,因而"羊大则美"。① 事实上,"其味适口"中的"味"已经不再局限于单纯的饮食经验,而获得了鲜明的美学意义。这并非闻一多的发明。在中国传统诗学里,孔子很早就把饮食与听音乐联系在了一起。在齐国听了《韶》乐之后,孔子慨叹"三月不知肉味"。南北朝时期,钟嵘提出"滋味"说并把它用于诗歌批评,从而完成了对"味"的美学转化。后来又出现了"韵味"(司空图)、"趣味"(袁宏道)、"神味"(高步瀛)等不同说法。在这些词语中,"味"已经从感官层面逐渐深入到精神世界,从而呈现出与诗歌的感情融合互渗的趋势。闻一多之所以将幻象视为诗歌的内在原素,正因为幻象注重的不是对现实物象的客观摹拟,而是通过想象创造的情感载体,即借助一种更空灵的意象实现与内心感情的深度契合。

作为闻一多诗学的早期观点,"四原素"说勾勒了从语言到感情的两条路线:一条是通过绘藻营造幻象寄寓感情,一条是通过音节传达感情,二者交汇并存于诗歌内部。"四原素"说为闻一多早年的诗歌批评提供了有效的理论支撑,但在诗歌"四原素"中,他过于重视幻象,语言只是其中的一个潜在原素,或者说语言是以被分解的形态(即音节与绘藻)存在的。总体上不太显豁,不够独立。

1926年5月13日,《晨报·诗刊》第7号发表了闻一多的著名诗

---

① 《说文解字》对"美"的解释如下:"甘也,从羊从大。羊在六畜,主给膳也。"后来,现代学者又提出"羊人为美"(李泽厚等)、"色好为美"(马叙伦)等不同说法。

论《诗的格律》。文中提出诗歌的"三美"原则:"……诗的实力不独包括音乐的美(音节),绘画的美(词藻),并且还有建筑的美(节的匀称和句的均齐)。"①在他看来,音乐美的核心是音尺,绘画美的核心是廓线(包括色彩),建筑美的核心是均齐。在某种程度上,"三美"说几乎成了闻一多诗学的代名词,是他诗学中最广为人知的观点。一般情况下,"三美"说常常被视为关于新诗格律或诗歌形式的观点,这种认识固然不错,但过于浮表。曼德尔施塔姆认为:"……语言和文学形式的生命并不像折断或摧毁一件东西那样简单,而是各种物种、血统的杂交和交配,是将各种果实嫁接到同一棵树上。"②就此而言,"三美"不仅是诗歌形式问题,更是诗歌语言问题。在我看来,"三美"说可以视为"四原素"说的局部扩展。很显然,"音乐的美"源于"四原素"中的"音节","绘画的美"源于"四原素"说中的"绘藻"(被称为"词藻")。但它们只是表面的接近,事实上语境已经发生了变化。在"四原素"中,音节和绘藻都属于诗歌的内部语言,而在"三美"中,"音乐的美"主要指的是音尺,来自对音乐语言的吸收,"绘画的美"指的是廓线和色彩,来自对绘画语言的化用,因而属于其他艺术语言融入诗歌语言后形成的复合语言。"三美"中的"建筑的美"为新增内容,而且被闻一多视为"一支生力军"。其核心是均齐,来自建筑语言的启发。他如此看好这种新型语言,以至于宣称"增加了一种建筑美的可能性是新诗的特点之一"③。在该文中,闻一多将格律的原质分解为视觉和听觉两方面。"音乐的美"属于听觉方面。"绘画的美"与"建筑的美"均属于视觉方面;但前者是由具体语言(词藻)描述出来的细节意象,而后者是由群体语言(节的匀称和句的均齐)组合起来的诗歌形体。作为新格律诗的核心观念,"三美"说是闻一多"纳诗于艺术之轨"的纲领,是为新诗开辟"第二纪元"的创举:

---

① 闻一多:《诗的格律》,见《闻一多全集》第2卷,第141页。
② 曼德尔施塔姆:《獾穴》,见《第四散文》,学林出版社,1998年,第217页。
③ 闻一多:《诗的格律》,见《闻一多全集》第2卷,第141页。

第一章　闻一多的诗歌语言观念及其模式

《诗刊》谅已收到。北京之为诗者多矣！而余独有取于此数子者，皆以其注意形式，渐纳诗于艺术之轨。余之所谓形式者，form 也，而形式之最要部分为音节。《诗刊》同人之音节已渐上轨道，实独异于凡子，此不可讳言者也。余预料《诗刊》之刊行已为新诗开辟一第二纪元，其重要当与《新青年》、《新潮》并视，实秋得毋谓我夸乎？①

从接受的角度看，"三美"说固然是闻一多诗学的标志性观点，但他的诗歌语言观念并未就此止步。在 1943 年 12 月发表的《新诗的前途》中，他无比自信地写道："新诗所用的语言更是向小说戏剧跨近了一大步，这是新诗之所以为'新'的第一个也是最主要的理由。"由此，他提出了"弹性"说："诗这东西的长处就在它有无限的弹性，变得出无穷的花样，装得进无限的内容。"②诗歌之所以具有无限的弹性，自然源于诗歌语言的无限弹性。在我看来，最能代表闻一多诗歌语言观念的并非"三美"说，而是"弹性"说。"弹性"说其实是"三美"说的延续和扩展。闻一多认为，要使新诗不断得到发展，必须不断更新诗歌语言。所以，仅仅融会音乐语言、绘画语言和建筑语言是不够的。由于小说和戏剧容易被大众接受，所以，闻一多认为诗歌还应融合小说语言和戏剧语言的优势："在一个小说戏剧的时代，诗得尽量采取小说戏剧的态度，利用小说戏剧的技巧，才能获得广大的读众。"③"弹性"说既是闻一多对新诗发展的理论指导，也是他对自己创作经验的总结。早在《死水》时期，他就创作了不少具有戏剧性的诗歌，如《天安门》《罪过》等。

从"三美"说到"弹性"说，可以看出闻一多不断拓展的诗歌语言轨迹。从 20 年代中期一直到 40 年代初期，他将推动诗歌发展的目光集中在诗歌形式和诗歌语言上，致力于吸收其他艺术语言来丰富诗歌语言，这些观点非常接近巴赫金（1895—1975）分析小说时采用的"杂语"

---

① 闻一多：《致梁实秋、熊佛西》，见《闻一多全集》第 12 卷，第 233 页。
② 《诗歌的前途》发表于 1943 年 12 月《火之源文艺丛刊》第 5、6 集合刊。该文节选自《文学的历史动向》，见《闻一多全集》第 10 卷，第 20 页。
③ 闻一多：《文学的历史动向》，见《闻一多全集》第 10 卷，第 20 页。

和"多声"。尽管它们命名有异,实质却是相同的。因而,我把它称为"杂语"式诗歌语言。事实证明,语言杂交不仅是推动诗歌发展的有效方法,也是丰富诗歌语言的正确方向:"杂交,一般来说是各种不同语言形式,甚至类型产生的动因;杂交,是新形式形成的源泉。"①

1943年是闻一多思想的过渡期。在这一年里,他不仅提出了诗歌"弹性"说,明确否定了他早年坚持的"纯诗"观:"太多'诗'的诗,和所谓'纯诗'者,将来恐怕只能以一种类似解嘲与抱歉的姿态,为极少数人存在着"②,并发表了《时代的鼓手——读田间的诗》。这篇评论意味着闻一多的诗歌语言观进入了最后一个阶段,即"鼓点"式诗歌语言:

> 这里没有"弦外之音",没有"绕梁三日"的余韵,没有半音,没有玩任何"花头",只是一句句朴质,干脆,真诚的话,(多么有斤两的话!)简短而坚实的句子,就是一声声的"鼓点",单调,但是响亮而沉重,打入你耳中,打在你心上。③

> ……它所成就的那点,却是诗的先决条件——那便是生活欲,积极的,绝对的生活欲。它摆脱了一切诗艺的传统手法,不排解,也不粉饰,不抚慰,也不麻醉,它不是那捧着你在幻想中上升的迷魂音乐。它只是一片沉着的鼓声,鼓舞你爱,鼓动你恨,鼓励你活着,用最高限度的热与力活着,在这大地上。④

闻一多早年对"锣鼓式的音节"是否定的,所谓"那锣鼓式的音节决定学不得"。⑤ 因为当时他正热衷于用长句表达复杂的生活。而对田间的肯定无疑完成了一个纠正。值得注意的是,1945年,闻一多托郭沫若购买一套马雅可夫斯基诗全集。⑥ 马雅可夫斯基的阶梯诗正是

---

① 巴赫金:《马克思主义与语言哲学》,见《周边集》,河北教育出版社,1998年,第423—424页。
② 闻一多:《文学的历史动向》,见《闻一多全集》第10卷,第20页。
③ 闻一多:《时代的鼓手》,见《闻一多全集》第2卷,第199页。
④ 同上书,第201页。
⑤ 闻一多:《评本学年〈周刊〉里的新诗》,见《闻一多全集》第2卷,第51页。
⑥ 许芥昱:《新诗的开路人——闻一多》,波文书局,1982年,第187页。

第一章　闻一多的诗歌语言观念及其模式

田间(1916—1985)"鼓点式"诗歌的源头。"鼓点"式诗歌语言意味着闻一多在诗歌语言与现实生活之间建立了直接的对应关系。其意义在于它体现了一种新型关系,这种关系不是建立在诗歌语言和其他艺术语言之间,而是建立在诗歌语言与当时的社会现实之间,并因此获得了直接的现实针对性和震撼人心的力量。在我看来,这与他早年激赏郭沫若,推崇力量型写作是一脉相承的,只是在战争的特殊背景下才得到了发挥和阐释。

尽管闻一多始终是个关注现实的诗人,但其现实关怀长期处于唯美倾向和现代风格的笼罩下,致使他并未成为一个纯粹的现实主义诗人。有人认为:"闻氏前期的诗论明显地受到了西方浪漫主义诗人的影响,这可从他的前期诗集——《红烛》,得到印证。在后期的诗论里……他保留了西方浪漫主义的主观性,同时又著重反映现实生活,形成了浪漫主义和现实主义的结合。闻氏后期的诗歌创作——《死水》诗集,具体地表现了闻氏如何在这种结合的基础上进行创造。"①我认为这个判断并不准确。与其说闻一多前期是浪漫主义诗人,不如说他是唯美主义诗人。他钦佩的济慈(1795—1921)具有唯美主义倾向,他倾慕的艺术信条是"为艺术而艺术",并一再声称自己是"极端唯美论者","主张纯艺术主义者"。② 这表明《红烛》时期的闻一多是个注重幻象的唯美诗人。《死水》也并非"浪漫主义与现实主义的结合",其突出特点是以富于现代性的象征艺术隐喻当时的中国社会现实,《荒原》等现代派作品对《死水》的影响是显而易见的。就此而言,《死水》时期的闻一多是个讲究"三美"的现代主义诗人。

闻一多后期很少写诗。作为一个诗歌批评者和研究者,他逐渐呈现出回归现实的趋向。其成因是多方面的,我认为最值得注意的是以下两点:一是人到中年的非审美心境,二是当时的中国社会状况,尤其是抗战以来的民族危机和政治腐败对他的刺激。前者在给饶孟侃的信

---

① 李子玲:《闻一多诗学论稿》,文史哲出版社,1996年,第1页。
② 闻一多致梁实秋等友人信,见《闻一多全集》第12卷,第95、80、161页。

(1933年9月29日)里被称为"向内走"。① 在为《烙印》写的序(1933年7月)里,闻一多高度评价了臧克家(1905—2004)那首外形并不完美的《生活》,而对那种"浪漫的姿态"以及"英雄气概的表演"不以为然。之后将臧克家比作孟郊,并对苏轼(代表艺术性)对孟郊(代表现实性)的批评提出反批评。序文最后,这位老师告诫他的学生"千万不要忘记自己的责任"②,其现实倾向非常鲜明。后者则可从1939年初发表的《宣传与艺术》中看出端倪。在宣传与艺术之间,闻一多仍然倾向于宣传的艺术性,强调宣传"必须是一件艺术作品"③。他在比较杜甫和元结的差异时指出:"元结和杜甫同是新乐府的前驱,他们的区别在元是有意的创作,如《贫妇词》、《舂陵行》、《贼退示官吏》等诗,都是发于理智而不是由感情发出的,带着政治宣传的性质;杜甫的作品完全是出于自然感情的流露,不是有计划做出来的。"④这些言论表明闻一多开始关注宣传了,关注宣传就意味着关注社会现实。1943年12月,他在中法大学发表演讲《诗与批评》,进一步强调诗的宣传功能,将诗歌的价值论("诗是不负责的宣传")与效率论("诗是美的语言")加以调和,倾向于让诗成为"负责的宣传":"诗人用了文字的魔力来征服他的读者,先用了这种文字的魅力使读者自然地沉醉,自然地受了催眠,然后便自自然然地接受了诗人的意见,接受了他的宣传。"⑤在此基础上,闻一多梳理了一部个人与社会的文学简史,认为"《诗经》时代只有社会,没有个人"。陶渊明与谢灵运将个人主义发展到极端,而杜甫则从小我走向大我,并成为个人社会的代表。他将宣传归结为良心,将艺术归结为文心,从而提出伟大艺术应该做到文心与良心相结合的论断:"两汉时期文人有良心而没有文学,魏晋时期则有文学而没有良心,盛

---

① 《致饶孟侃》,见《闻一多全集》第12卷,第265页。许芥昱对当时闻一多"向内走"的心境做过精彩分析。他认为闻一多之所以最终留校任教主要是出于家庭责任感。见《新诗的开路人——闻一多》,波文书局,1982年,第109—110页。
② 闻一多:《〈烙印〉序》,见《闻一多全集》第2卷,第176页。
③ 闻一多:《宣传与艺术》,见《闻一多全集》第2卷,第190页。
④ 《闻一多论古典文学》,郑临川编,重庆出版社,1984年,第123页。
⑤ 闻一多:《诗与批评》,见《闻一多全集》第2卷,第217页。

第一章　闻一多的诗歌语言观念及其模式

唐时期则文心与良心二者兼备,杜甫便是代表。他的伟大就在这里。"①

在此转型期间,诗人田间的出现加速并完成了闻一多向现实主义诗歌的转变:"从注意形式及内容到注意思想性及适当的形式。"②闻一多在一次新诗社诗歌朗诵会上的发言表明他此时的艺术观深受延安文艺思想的影响:"朗诵诗的对象,是大家,是许多人在一起,这样就能互相认识和团结,单是这一点已经应提倡朗诵诗了,而且朗诵诗尤其应该朗诵给人民大众听,应该是他们的,今天尤其要强调这一点,所以更该强调朗诵诗。但是渡过了这个难关以后,今天需要热情呼喊需要简单有力的诗句的人民,到了那个时候,他们的水准将被提高了,他们的生活将有好些人优裕些,应该为今日所唾弃的图画美的诗,那时将会兴盛起来。而且为了争取今天那些知识分子(因为他们总是偏执着'诗应该是玄妙的',他们看轻朗诵诗),所以为了改变他们,就应该采用他们的方式去说服。故此一直在今天图画美也不可完全丢掉!"③这里的"朗诵诗"代表诗歌的大众性,"图画美"代表诗歌的艺术性。他的观念显然是眼下应以大众性为主,以艺术性为辅,并认为艺术性在战后会兴盛,成为主导性因素。

闻一多的最后一首未竟之作《八教授颂》既保持了丰富的想象力,又体现了鲜明的现实主义诗风:批判立场和嘲讽语气。全诗不分节,句子长短不一,有"鼓点"的痕迹:

新中国的
学者,
文人,
思想家,
一切可敬佩的二十世纪的经师和人师!…………

---

① 《闻一多论古典文学》,郑临川编,第122页。
② 薛诚之:《闻一多烈士永生》,见《闻一多纪念文集》,三联书店,1980年,第224页。
③ 《闻一多萃语》,闻黎明编,岳麓书社,1996年,第235—236页。

>请接受我这只海贝,
>
>听!
>
>这里
>
>通过辽远的未来的历史长廊,
>
>大海的波涛在赞美你。①

尽管"鼓点"式诗歌语言因与现实过于接近以及与现实的对应比较单一而难以实现艺术的超越,但它是那个时代最需要的诗歌语言,仅凭这一点,它就获得了自身的价值。由于英年早逝,惯于求变创新的闻一多的诗歌语言就像这首《八教授颂》一样突然中断,而且永远中断了,其未完成性令人遗憾。

第二节 诗歌空间与诗歌语言

一 诗歌空间问题的提出

"诗在语言的活动中所显示出来的人类想象力的和精神的结构,仿佛是一组无限扩展着的同心圆,中心是语言结构的张力场。它向外扩散,容纳了生命的秘密,大自然的和谐,推而广之构成了对于存在整体的感应或应和。"②这段文字可以视为对诗歌空间的精彩描述。作为一个诗人兼画家,闻一多对空间是非常敏感的。试看他描述的一段原始舞蹈:"……原始人在舞的艺术中最奇特的创造,是那月夜丛林的背景对于舞场的一种镜框作用。由于框外的静与暗,和框内的动与明,发生着对照作用,使框内的一团声音光色的活动情绪更为集中,效果更为强烈,藉以刺激他们自己对于时间(动静)和空间(明暗)的警觉性,也便加强了自己生命的实在性。"③这简直是一幅用文字绘出的画。闻一多常常将时间与空间相提并论,认为"文学本是占时间又占空间的一

---

① 闻一多:《八教授颂》,见《闻一多全集》第1卷,第262页。
② 耿占春:《隐喻》,河南大学出版社,2007年,第119页。
③ 闻一多:《说舞》,见《闻一多全集》第2卷,第210页。

第一章 闻一多的诗歌语言观念及其模式

种艺术"①,但并未从理论上加以深究。倒是和他同时代的宗白华(1897—1986)提出了"时空合一体"的概念:

> 中国人的宇宙概念本与庐舍有关。"宇"是屋宇,"宙"是由"宇"中出入往来。中国古代农人的农舍就是他的世界。他们从屋宇得到空间观念。从"日出而作,日入而息"(《击壤歌》),由宇中出入而得到时间观念。空间、时间合成他的宇宙而安顿着他的生活。……一个充满音乐情趣的宇宙(时空合一体)是中国画家、诗人的艺术境界。②

宗白华提出"时空合一体"的时间是1949年。这个思想令人吃惊,因为它和巴赫金的"时空体"概念极其接近。也许"时空合一体"观念受到康德(1724—1804)思想的影响。早在五四时期,宗白华就写了一篇文章评介康德的空间思想,文中说:"是故空间者,万象所同具,时间者,万变所同循;宇宙之间,未有一事一象,能离此而存焉。"③但他此处的分析是从汉字入手的,尤其值得注意的是,在20年代末研究易经时就提出"鼎卦"为"中国空间之象","革卦"为"中国时间生命之象"的观点。④ 尽管巴赫金30年代末就提出了"时空体"的概念,但他出名很晚,其著作被译成汉语时宗白华已经去世了。因此可以说,"时空合一体"概念出自宗白华对中国文化的归纳,其中也许有康德思想的影响。而"时空体"概念是巴赫金融合爱因斯坦的相对论思想和康德哲学的产物:"文学中已经艺术地把握了的时间关系和空间关系相互间的重要联系,我们将称之为时空体。……对我们来说,重要的是这个术语表示空间和时间的不可分割(时间是空间的第四维)。我们所理解

---

① 闻一多:《诗的格律》,见《闻一多全集》第2卷,第141页。
② 宗白华:《中国诗画中所表现的空间意识》,见《宗白华全集》第2卷,安徽教育出版社,1994年,第431页。
③ 宗白华:《康德空间唯心说》,见《宗白华全集》第1卷,安徽教育出版社,1994年,第15页。
④ 宗白华:《形上学》,见《宗白华全集》第1卷,第612、616页。

的时空体,是形式兼内容的一个文学范畴。"①

由于时间比较抽象,而且寄寓在空间中,所谓"空间的第四维",所以本书倾向于将时间凝聚于空间之中,侧重于探讨空间问题。不可否认,通过绘画训练获得的空间感极大地促进了闻一多诗歌的形式感。正如他所说的:"我是受过绘画的训练的,诗的外表的形式,我总不忘记。既是直觉的意见,所以说不出什么具体的理由来,也没有人能驳倒我。"②由此不难看出闻一多对诗歌的形式感是多么固执,简直不容质疑。由此可见,从空间入手是理解闻一多诗歌语言的最佳途径。

和闻一多大致生活在同一个时期的俄国诗人兼画家沃洛申(1877—1932)认为:"写出感受过的和经历过的东西——是不可能的。可以创作出的只是那种以暗示形式存在于我们身上的东西。那时候这就是现实。现实的潜在可能性将成为艺术中积极的现实:光彩夺目的、惊人的、人人都经历过不知多少次的现实——代数式的现实。经历过的东西——描写出来的东西——总是一种差的转述,而不是现实本身。在文学中总是要分清对现实的转述和创作出来的现实。"③撇开其中的创作观念不谈,这段话的意义在于区分了两种现实:一种是"现实本身",即"感受过的和经历过的东西";另一种是"创作出来的现实",即在作品中呈现出来的现实。诚如沃洛申所言,"现实本身"与"创作出来的现实"是有差异的,其中的关键在于"内心现实"的加入。也就是说,"现实本身"首先要被转换成"内心现实",然后才会成为"创作出来的现实"。对于诗歌来说,"现实本身"是客观存在的事物,"内心现实"是客观事物与主观感受的融合,而"创作出来的现实"则是由词语合成的作品。

诚如康德所言,尘世万物都是空间性的存在:"……一切对象绝无例外,皆在空间中表现。对象之形状、大小及其相互关系皆在空间中规

---

① [俄]巴赫金:《小说的时间形式和时空体形式——历史诗学概述》,白春仁译,见《小说理论》,河北教育出版社,1998年,第274页。
② 闻一多:《论〈悔与回〉》,见《闻一多全集》第2卷,第166页。
③ [俄]沃洛申:《我的灵魂的历史》,许贤绪译,学林出版社,1998年,第24页。

第一章 闻一多的诗歌语言观念及其模式

定,或能在空间中规定者。"①当现实事物被纳入内心时,现实事物所在的空间也会随之被纳入诗人的内心世界,形成与之对应的内心空间,并最终通过词语投射在作品里,凝结为隐显各异的诗歌空间。就此而言,"描写经验就意味着描写产生这种经验的经验环境,对感受的描述就是描述感受在其中形成的感知空间"②。本雅明认为:"……对于空间原则起决定作用的是:它在观念上完成确定者与被确定者的同一性。位置是对这一统一体的表达;空间应理解为位置与被置物的同一性。"③针对诗歌空间而言,"被置物"即源于现实事物的意象,"位置"即"被置物"周围的环境,二者形成一种相互渗透的关系。正如德拉克洛瓦(1798—1863)在描述普吕东的绘画时所说的:"他先要设计一个有深度的空间,然后在其中摆上人物,使人物处于空气和光的环境里。"④此句中的人物即"被置物",空气和光就是"位置"。本雅明认为诗歌的秩序就是关于"位置的真理"。这并非对物的漠视,而是对物和物所处空间的双重重视。一般来说,人们大多重视物,而忽视物所处的空间。所以桑塔雅纳(1863—1952)纠正说:"爱与恨的各种表现,只能产生于社会之中,诗人的任务在于表现这些感情充分迸发时的环境。"⑤就此而言,诗歌创作就是把事物及其现实空间纳入内心空间并转换为意象充盈的诗歌空间的整体过程。

综上所述,诗歌空间首先是一个语言组成的空间,它存在于语言的现实中,并按照某种秩序形成一个特定的词语场。布朗肖(1907—2003)从形式和本质两方面对此做了精彩的总结:

从这个角度来看,我们会发现诗歌就如一个浩瀚的词语天地,

---

① [德]康德:《纯粹理性批判》,蓝公武译,商务印书馆,1960年,第51页。
② 耿占春:《失去象征的世界》,北京大学出版社,2008年,第189页。
③ [德]本雅明:《评弗里德里希·荷尔德林的两首诗》,见《经验与贫乏》,王炳钧、杨劲译,百花文艺出版社,1999年,第11页。
④ [法]德拉克洛瓦:《普吕东》,见《德拉克洛瓦论美术和美术家》,平野译,河北教育出版社,2002年,第81页。
⑤ [美]桑塔雅纳:《诗歌的基础和使命》,见《西方现代诗论》,杨匡汉、刘福春编,花城出版社,1988年,第18页。

这些词语之间的关系、组合及能力,通过音、像和节拍的变动,在一个统一和安全自主的空间里得以体现。这样诗人把纯语言变为作品,而这作品中的语言回归到了它的本质。

这个本质的体现者,便是诗人,而这个空间,便是诗歌的空间,在那里无任何现在的东西,在那里,在不在场的内部,一切都在诉说,一切全回到了精神的领悟中,这领悟是敞开的和非静止的,而是永恒运动的中心。①

其次,诗歌空间应生成一个美妙的意境。诗歌语言在把现实物象转换成诗歌意象时并不剥离其周围的环境,就像移栽一棵树时要带上土,捕捉一条鱼时要就着水。只有这样才能使生命和活力得以延续,并使意象在相应的语境中获得丰富的语意空间。烘云托月,计白当黑,虚实相生,如此等等都是对此的形象概括,并成为中国艺术的优良传统。正如宗白华总结的:"中国诗词文章里都着重这空中点染,抟虚成实的表现方法,使诗境、词境里面有空间,有荡漾,和中国画面具同样的意境结构。"②事实上,中国诗歌的空间意识在"意境"这个概念中体现得非常鲜明。"境"这个字源于汉代的佛经翻译,意思是"心所攀缘的外物"。这表明它是一个揭示"心"与"物"关系的词。从结构上来看,"境"是个形声字,意为事物的边界。就此而言,"意境"可以理解为意之境,即诗歌的表意空间,其中的两个元素是"意"(核心)和表"意"之"象"(包含着边界)。当然,诗中的意象往往不只一个,它们彼此融合,纵横交织,共同确定一首诗的边界。

最后,诗歌空间是个封闭的空间,这使得它在具备完整性的同时获得了神秘性。在某种程度上,西方的商籁体和中国律诗在结构上比较接近。闻一多曾和他的学生陈梦家(1911—1966)谈过这种诗体:

---

① [法]莫里斯·布朗肖:《文学空间》,顾嘉琛译,商务印书馆,2003年,第23、138页。
② 宗白华:《中国艺术意境之诞生(增订稿)》,见《宗白华全集》第1卷,安徽教育出版社,1994年,第370页。

第一章 闻一多的诗歌语言观念及其模式

　　最严格的商籁体,应以前八行为一段,后六行为一段;八行中又以每四行为一小段,六行中或以每三行为一小段,或以前四行为一小段,末二行为一小段。总计全篇的四小段,(我讲的依然是商籁体,不是八股!)第一段起,第二承,第三转,第四合。……"承"是连着"起"来的,但"转"却不能连着"承"走,否则转不过来了。大概"起""承"容易办,"转""合"最难,一篇的精神往往得靠一转一合。总之,一首理想的商籁体,应该是个三百六十度的圆形;最忌的是一条直线。①

这段话无疑是对诗歌空间封闭性的最好说明。所谓"起"即开始,"合"即合拢,这两个词体现了诗歌空间的完整性和封闭性。同时,诗歌虽短却十分注重容量,因此,好的诗歌还要有丰富性,这主要是由"承"和"转"完成的,"承"是对"起"的顺向展开,而"转"是对"起"和"承"的逆向转折,也就是说,它突然转向了和既定方向相反的方向,闻一多认为"转"要有"悬崖勒马的神气与力量"②,因而这一部分往往是诗中最新颖的地方,甚至是全诗的高潮。"转"的难度在于开辟一个全新的方向,"合"的难度在于将诗中的两个方向合拢在一起。就此而言,一首诗的完成意味着一个诗歌空间的建立。而诗歌空间的封闭性必然蕴涵着一定的神秘性。如果说时间的秘密是变化和生死,那么空间的秘密就是静止和封闭。诚如巴什拉(1884—1962)所言:"大凡神秘的东西都是封闭的",其原因在于"事物必须关闭,深刻的品质才会被妥藏"。③封闭之所以显得深刻或神秘,是因为它造就了一种内部。对于一个拥有内部的事物,人们总想找到一把打开它的钥匙。就此而言,诗歌空间就像一座建筑物,它四面皆墙,上下封闭,但留有门窗,可供进入或窥视:

---

① 闻一多:《谈商籁体》,见《闻一多全集》第2卷,第168页。
② 闻一多:《论〈悔与回〉》,见《闻一多全集》第2卷,第166页。
③ [法]加斯东·巴什拉:《科学精神的形成》,钱培鑫译,江苏教育出版社,2006年,第102—103页。

这样,"诗",这所为诗人所建筑的一个多面体和对称的语言的神殿,就像那些已沉没于地下的古老的庙宇一样,以某种方式囊括了宇宙的无限性。它布满了"循环的回廊","反旋的楼梯",它无形地支撑着一个外部或内部的宇宙。在这个多面体对称的奇妙组合中,在万物的诸多相似性的辉煌映射里,那无从辨认的智慧,无以为名的热情,恒久的困惑与启示,瞬息的直觉和悬念,可解的与不可解的一切都将在极其吉祥的对称中相遇。借助于这神圣的话语的力量,诗把我们的生命托付给另一个世界。①

二 从现实空间到诗歌空间

诗是一座建筑物,诗人的心灵、才智所建立起的精神建筑物。读一首诗就像由诗人引导着进入一座建筑物。这里所讲的结构并非词句章节、声韵这样的外在的结构,也不是散文的起、承、转、合等章法的结构,而是诗的内在构思的结构。这种结构是诗人的思想境界的结晶。当诗人有了诗思和诗情之后,他能不能写一首好诗,就看他能不能设计一个建筑来体现他的诗思和诗情,诗的诞生是自外界的空间(现实)转变成诗人内在的时间(情、思)又以外界的空间(第二次空间、诗的空间)来表现,这第二次空间要求一种符合诗人的思想和感情的建筑设计。每一座建筑物都是一首凝固的音乐,它用空间、线条来表现出建筑师心中的节奏、情操、思想。而每一首诗也有这样一种结构。当诗人要徐徐展开一个真理时,诗的结构常常是起始略平淡、缓慢而在结尾时奇峰突起,猛然揭示给读者一个真理,诗至此结束了,但在读者的头脑里仍然余音缭绕。②

---

① 耿占春:《隐喻》,河南大学出版社,2007年,第161页。
② 郑敏:《诗的魅力的来源》,见《诗歌与哲学是近邻》,北京大学出版社,1999年,第65—66页。

第一章　闻一多的诗歌语言观念及其模式

九叶诗人郑敏(1920—　)的这段话显然受了闻一多的影响,或者说发展了诗歌"建筑美"的观点。尤其具有启发性的是,这段话是从创作与欣赏两个角度谈论诗歌"建筑美"的,但显然侧重于前者。根据郑敏的创作经验,写诗就是建筑,就是"自外界的空间(现实)转变成诗人内在的时间(情、思)又以外界的空间(第二次空间、诗的空间)来表现"的过程。在我看来,蕴涵情思的"内在的时间"显然也是一种空间性的存在,即内心空间。这样一来,"诗的空间"就不是"第二次空间",而是"第三次空间"了。由此可见,郑敏这段话其实牵涉到现实空间、内心空间和诗歌空间。写诗就意味着实现这三个空间的转换。

现实空间以身体为核心。所谓空间感其实是身体的空间感:"拥有一个身体就是拥有变化平面和'理解'空间的能力,就像拥有嗓音就是拥有变调的能力。"①这里权且把身体的感觉分为视觉听觉、嗅觉触觉和味觉三个层面。身体的每种感觉可以同时发生作用,而人与世界的关系首先是一种视听关系。当眼睛作用于世界,就会形成可行可止的视觉空间。当耳朵作用于世界,就意味着随身携带听觉空间。因此,观察与倾听是进入诗歌写作的必经之路,是积累诗歌素材的主要手段。观察其实是被看到的事物(客观)与想看到的事物(主观)的统一;而倾听几乎不受时间限制,一个人甚至在睡眠时也不会丧失倾听的能力。无论视觉还是听觉都有主观性的一面,甚至在某些情况下会出现幻觉:幻视和幻听。

黑格尔认为:"艺术的感性事物只涉及视听两个认识性的感觉,至于嗅觉、味觉和触觉则完全与艺术欣赏无关。"②尽管大多艺术形式只与视听有关,但诗人却不愿受此局限,而是力求更大限度地表现生活。法国诗人波德莱尔(1821—1867)在《应和》中试图打破不同感觉的界限,实现感觉的会通与联欢:

---

①　[法]莫里斯·梅洛-庞蒂:《知觉现象学》,姜志辉译,商务印书馆,2001年,第320页。
②　[德]黑格尔:《美学》第1卷,朱光潜译,见《朱光潜全集》第13卷,安徽教育出版社,1990年,第46页。

> 如同悠长的回声遥遥地汇合
> 在一个混沌深邃的统一体中,
> 广大浩瀚好象黑夜连着光明——
> 芳香、颜色和声音在互相应和。①

在波德莱尔看来,身体的各种感官是同时发挥作用的。视觉、听觉、嗅觉、味觉和触觉是一个彼此交融、相互应和的整体。所谓"芳香、颜色和声音在相互应和"就是人的嗅觉、视觉和听觉的相互应合。美国诗人史蒂文斯(1879—1955)认为:"天气是对自然界的嗅觉,诗是一种嗅觉。"②这无疑是对特定诗歌氛围的敏锐表达,好诗是弥漫着嗅觉空间的。而讲究"建筑美"的闻一多不仅要刻意营造诗歌的可视性,还有意追求诗歌的可触摸效果,从而使他的诗歌呈现出一种触觉空间:

> 插在长颈的虾青瓷的瓶里,
> 六方的水晶瓶里的菊花,
> 攒在紫藤仙姑篮里的菊花;
> 守着酒壶的菊花,
> 陪着螯盏的菊花;
> 未放,将放,半放,盛放的菊花。③

这段诗中的菊花无疑是可嗅可触的,因为诗人在写菊花时连同他在现实生活中嗅到的香气(来自菊花、酒壶和螯盏)和抚摩花的手感(插、攒)都写了进去,所以呈现出相应的嗅觉空间和触觉空间。在现实生活中,视觉听觉以及嗅觉都是不受距离限制的,尤其是后两种,在身体和被感觉物之间甚至可以横亘着障碍物,因而这三种空间都比较广阔。而触觉和味觉就不同了,当一个人触摸和品味时,就意味着身体与被感

---

① [法]波德莱尔:《波德莱尔美学论文选》,郭宏安译,人民文学出版社,1987年,第4页。
② [美]史蒂文斯:《最高虚构笔记》,陈东飚、张枣译,华东师范大学出版社,2009年,第252页。
③ 闻一多:《忆菊》,见《闻一多全集》第1卷,第94—95页。

第一章 闻一多的诗歌语言观念及其模式

觉物之间的距离太近或距离为零。但是,近距离并不意味着空间的狭小,它会随着触摸的幅度和触摸的时间而扩展延伸;同理,零距离并不意味着空间的消失,而是表明空间的内化,就此而言,味觉空间处于从现实空间到内心空间的过渡状态,甚至成为内心空间的一部分。① 在诗歌"四原素"说中,闻一多之所以将幻象与"其味适口"对应起来,就是这个道理。

内心空间以思维为核心。在给吴景超的信中,闻一多将幻象分为两类:

> 幻象分所动的同能动的两种。能动的幻象是明确的经过了再现、分析、综合三种阶级而成的有意识的作用。所动的幻象是经过上述几个阶级不明了的无意识的作用,中国的艺术多属此种。画家底"当其下手风雨快,笔所未到气已吞",即所谓兴到神来随意挥洒者,便是成于这种幻象。②

"幻象"其实是一种心理现象,它发生在诗人的内心空间里。按照闻一多的意见,"幻象"中既有诗人明确表达的意象,即"能动的幻象",还裹挟着诗人自己都没有意识到的意象,即"所动的幻象"。一般而言,只有"能动的幻象"才能通过相应的语言表达出来,因为它是有意识的,并且经过了"再现、分析和综合"这三个阶段,属于清晰思维。而"所动的幻象"则是无意识的产物,处于难以用语言描述的混沌层面。但是,在某些灵感活跃的瞬间,这种无意识会突然从混沌转向清晰。在这种特定的场合下,如果诗人能抓住时机,就可以用语言捕获其中的一部分。瓦雷里(1871—1945)曾对此做过如下描述:"我沉湎于一种优雅的神姿,阅读,笔墨生涯。词语的涌现即是文章,它们的铿锵的节奏便是诗;而词语的震荡的形成是由预先的沉思所致,词语在其清脆

---

① 新诗中写触觉的成功之作是戴望舒的《我用残损的手掌》,"秀色可餐"这个词是对味觉美的诗意表达。
② 闻一多:《致吴景超》,见《闻一多全集》第1卷,第156页。

的振响中,敏捷地进行着精纯而华美的组合,即使我笔下已有神来之笔,但却总是暗藏着玄机,而仅露一鳞半爪。"①由此可见,所谓灵感无非是被语言捕捉到的无意识。正是从这个意义上,布朗肖认为"思维的语言是最佳的诗的语言",他甚至把思维直接称作"纯粹的话语"。②

闻一多认为中国艺术多属"所动的幻象",这既符合中国艺术的抒情写意传统,也是由虚实相生这种艺术方式决定的。在某种程度上,正是"虚"语言克服了"实"语言的局限并使之完善。从根本上来说,"虚"语言体现的是一种更纯粹更深沉的生命冲动。巴什拉认为:"诗歌形象是语言中的突现,它永远略高于能指的语言。"③这里的"诗歌形象"正是闻一多所说的"所动的幻象"。它之所以"永远略高于能指的语言",是因为它是"语言中的突现",是一种突然出现的异常,是一种因捕捉到沉睡在无意识深处的原型而成就的灵动语言。事实上,也只有这种语言才能揭示幻象之"幻"和诗人之情。

诗歌空间以词语为核心。由于词语把"现实本身"转变成了"创作出来的现实",所以词语被称为"第二现实"。④ 同时,词语不仅是对客观事物的反映或反应,还有可能是"意志的凝缩"。换言之,围绕词语存在着多种对应关系。耿占春认为:"每一个词都在三个向度上与他者发生关系,这是:词与物,词所指称的对象;词与人,即词的符号意象给人的语言知觉;词与(其他的)词,一个词在整个语言符号系统中,在具体的文本结构中的位置。"⑤结合闻一多诗歌语言的特点,在"词与物"的关系这个基础上,本书侧重于讨论词语与现实的关系,并倾向于用"词与心"代替"词与人",从而主要形成两组关系,即词与物,词与心。在闻一多诗歌语言中,有些词与物对应,比较客观,是再现语言;有

---

① [法]瓦雷里:《论诗片段》,见《瓦雷里诗歌全集》,葛雷、梁栋译,中国文学出版社,1996年,第41—42页。
② [法]莫里斯·布朗肖:《文学空间》,顾嘉琛译,商务印书馆,2003年,第20页。
③ [法]加斯东·巴什拉:《空间的诗学》,张逸婧译,上海译文出版社,2009年,第13页。
④ [俄]沃洛申:《我的灵魂的历史》,许贤绪译,学林出版社,1998年,第33页。
⑤ 耿占春:《隐喻》,河南大学出版社,2007年,第123页。

第一章　闻一多的诗歌语言观念及其模式

些词与心对应,比较主观,是抒情语言。有些词则侧重于揭示客观现实与主观感受之间的关系:如果客观现实与主观感受之间具有相似性,那就是隐喻性的象征语言;如果客观现实与主观感受之间存在回应性,那就是批评性的智性语言(如讽喻、反讽等)。

以上分述了三个空间:现实空间、内心空间和诗歌空间,其核心身体、思维和语言具有内在的连续性。下面分析两次转换:从现实空间到内心空间的转换,以及从内心空间到诗歌空间的转换。如果把诗歌空间比作一张照片,诗人的内心空间就像一架摄影机,把现实空间纳入它的镜头里。其间发生的变化很多,但主要有两种:一是现实事物及其空间从实际存在变成了印象和记忆,二是现实事物及其空间由于被压缩而变小,因被取舍而变形。关于第一点,最经典的论述来自里尔克(1875—1926):

> 为了写一行诗,必须观察许多城市,观察各种人和物,必须认识各种动物,必须感受鸟雀如何飞翔,必须知晓小花在晨曦中开放的神采。必须能够回想异土他乡的路途,回想那些不期之遇和早已料到的告别;回想朦胧的童年时光,回想双亲,当时双亲给你带来欢乐而你又不能理解这种欢乐(因为这是对另一个人而言的欢乐),你就只好惹他们生气;回想童年的疾病,这些疾病发作时非常奇怪,有那么多深刻和艰难的变化;回想在安静和压抑的斗室中度过的日子,回想在海和在许许多多的海边度过的清晨,回想在旅途中度过的夜晚和点点繁星比翼高翔而去的夜晚。即使想到这一切还是不够的,还必须回忆许多爱之夜,这些爱之夜各个不一,必须回忆临盆孕妇的嚎叫,脸色苍白的产妇轻松的酣睡。此外还得和行将就木的人作伴,在窗子洞开的房间里坐在死者身边细听一阵又一阵的嘈杂声。然而,这样回忆还不够,如果回忆的东西数不胜数,那就必须还能够忘却,必须具备极大的耐心等待这些回忆再度来临。只有当回忆化为我们身上的鲜血、视线和神态,没有名称,和我们自身融为一体,难以区分,只有这时,即在一个不可多得

的时刻,诗的第一个词才在回忆中站立起来,从回忆中迸发出来。①

这段话的经典性在于它准确地描述了诗人如何将现实空间里的事物纳入内心空间,并促使它向诗歌空间转换的过程,其核心无疑是内心空间。闻一多也曾做过类似的描述,但比较空泛,仅用"想象"二字概括了内心空间的意义:"我自己做诗,往往不成于初得某种感触之时,而成于感触已过,历时数日,甚或数月之后,到这时琐碎的枝节往往已经遗忘了,记得的只是最根本最主要的情绪的轮廓。然后再用想象来装成那模糊影响的轮廓,表现在文字上,其结果虽往往失之于空疏,然而刻露的毛病决不会有了。"②内心空间中的活动主要是构思,构思首先要实现物象与感受的融合,同时使相关物象围绕感受加以集中,而集中就意味着综合,以使诗歌更具有概括力和普遍性。"死水"就是一个极具概括力的隐喻性时空体。在指导一个文学爱好者的创作时,闻一多表达了如下意见:"你要引起读者的同情,必须注意文学的普遍性,然后读者便觉得那种经验在他自身也有发生的可能,他便不但表同情于姑娘,并且同情于你。然后读者与作者契合为一,——那便是文学的大成功了。"③

好像是天生为了与概括和集中相适应,现实事物及其空间被纳入内心时会变小,以一种缩影的状态存在着。当艺术家把一座高山画在纸上时,他无疑把高山缩小了;当闻一多把整个国家写进《死水》时,他无疑把国家缩小了。这表明内心空间像摄影机一样有一种天生的透视能力,宗炳在《画山水序》中对此做了绝妙的描述:"且夫昆仑山之大,瞳子之小,迫目以寸,则其形莫睹,迥以数里,则可围于寸眸。诚由去之稍阔,则其见弥小。今张绢素以远暎,则昆、阆之形,可围于方寸之内。竖划三寸,当千仞之高;横墨数尺,体百里之迥。是以观画图者,徒患类

---

① [奥]里尔克:《布里格随笔》,见《外国精美诗歌读本》,耿占春主编,山东友谊出版社,2009年,第263—264页。
② 闻一多:《致左明》,见《闻一多全集》第12卷,第245—246页。
③ 同上书,第245页。

第一章　闻一多的诗歌语言观念及其模式

之不巧,不以制小而累其似,此自然之势。如是,则嵩、华之秀,玄牝之灵,皆可得之于一图矣。"当诗人和画家把千里变成咫尺后,读者却能从咫尺中看出千里之势,这正是缩影的魅力。因此,巴什拉认为"诗人总是倾向于小中见大":"我们想起波德莱尔,他在谈到戈雅的版画作品时说道'缩影中的宽广画面',他还会这样说釉彩画家马克·鲍德:'他懂得在小中创造大。'"①

而在围绕核心感受取舍物象时,诗人往往会打破事物在现实空间中的既定关系,并在内心空间里对相关意象加以重组。正如巴赫金在评价拉伯雷的创作时所说的:"这一艺术方法的实质,首先就可以归结为破坏一切习惯的联系、事物间和思想间普通的毗邻关系,归结为建立意想不到的毗邻关系、意想不到的联系,其中包括最难预料的逻辑关系('不合逻辑的现象')和语言关系(拉伯雷所特有的语源、词法、句法)。"②在这方面,诗歌与小说并无不同。就此而言,内心空间是一个全新的空间,是对现实空间的重建:"里尔克在他晚年的一首诗中说,内部的空间'体现着事物'。它使事物从一种语言进入到另一种语言,从外来的,外部的语言进入完全内部的语言,甚至进入语言的里面,当语言在寂静中并且透过寂静,命名并把名词变成一种静静的实在。'超过我们并体现事物的那个空间'是最佳的使之改观者和体现者。"③

当内心空间的建构大致完成之后,它会带领或偕同诗人自觉地向诗歌空间转换:"一切真正伟大的艺术家、诗人或者画家,不仅有创造成功的构思和能力,而且应该善于用最生动的方式,把构思体现出来。"④如果说从现实空间到内心空间是从实到虚的变形过程和从大变小的吸纳过程,那么,从内心空间到诗歌空间就是一个从虚到实的复原过程和从小变大的输出过程。但这里的"实"不再是实物,而是词语,

---

①　[法]加斯东·巴什拉:《空间的诗学》,张逸婧译,上海译文出版社,2009 年,第 186 页。
②　[俄]巴赫金:《小说的时间形式和时空体形式——历史诗学概述》,白春仁译,见《小说理论》,河北教育出版社,1998 年,第 364 页。引文中的艺术方法指的是"现实主义幻想"。
③　[法]莫里斯·布朗肖:《文学空间》,顾嘉琛译,商务印书馆,2003 年,第 137 页。
④　[法]德拉克洛瓦:《写实主义和理想主义》,见《德拉克洛瓦论美术和美术家》,平野译,河北教育出版社,2002 年,第 195 页。

一种融合着诗人感受的符号：

> 从可见之物变成不可见之物，如果这种变化是我们的使命，如果它是转换的真实，那么有一处，在那里我们看到这变化得以完成而并没有消失在"极短暂"状况的模糊隐约中：这就是话语。说话，这在本质上就是把可见之物改变为不可见之物，就是进入不可分割的空间，进入到存在于自身之外的内在深处。说话，这就是建立在这个点里：在那里，话语需要回荡和被听到的空间，在那里，空间在变成话语的运动本身的同时，成为知晓的深度和颤动。①

尽管词语将可见之物变成了不可见之物，但它克服了物的客观性和短暂性，并在诗歌中赋予它一个相对稳固的位置，使它和诗歌空间形成一个不可分割的整体："诗人的努力正在于穿透语言的截面而铸成同时说话的语言空间。"②这时候，词语既是建构诗歌空间的材料，也是诗歌本身。这就是诗歌语言的两重性。

三　诗歌语言在诗歌空间中的两重性

> ……诗既不是生命，严格地说，也不是生命的摹本。它们有区别，不仅因为一个具有较多的体，一个具有较为完美的形，也因为两者是具有不同的种类的存在。一个在接触我们时，把我们当作在空间和时间里占一定位置的存在，并具有被那位置所决定了的、种种的感情、意愿和目的：它诉诸想象，但是还更多地诉诸其他。在诗中，和我们相遇的事物，并不处于这种时间和空间的系统里，或者说，即使它现在或过去具有这种位置，它却离开了这位置所原

---

① ［法］莫里斯·布朗肖：《文学空间》，顾嘉琛译，商务印书馆，2003年，第138页。
② 耿占春：《隐喻》，河南大学出版社，2007年，第188页。

第一章 闻一多的诗歌语言观念及其模式

有的许多事物……①

布拉德雷(1846—1924)这段话意在区分"生命"(现实空间)与"诗"(诗歌空间)的差异。在我看来,造成这种差异的主要原因是语言。作为一种替代性符号,语言的功能处于替代与不可替代之间,或者说,它替代的仅仅是一种可能,而不是一种现实。因此,借助语言完成的复原只是一种象征性的复原,而不是真正的复原。这是语言的优越性和局限性所在。然而,借助读者,尤其是那些具有相同经历的读者的联想,这种复原会被完成得更出色,甚至超过诗人的预想。同时,诗歌语言是一种力图不断克服自身局限的语言,这也是它在诗歌空间中作为材料与本体的双重性决定的。如果把诗歌比作建筑,把词语比作砖石,可以说砖石既是建筑材料也是建筑本身,同理,词语既是诗歌材料也是诗歌本身。正如布朗肖概括的:"作品完全就是被用来造就它的那东西,作品是使其本性和它的材料,使它的实在的荣耀成为可见的和在场的那种东西:诗歌中动词的韵律,音乐中的乐音,绘画中成为色彩的光线,房屋里成为石块的空间。"②

写诗与建筑之所以有相通之处,是因为它们大致遵循了相同的原理:"建筑就是秩序与布局、优美的风格、结构各部分之间的和谐、得体和配置。"③闻一多也许还不知道,当他正在创作新格律诗,并把"建筑美"作为自己的创作目标时,和他生活在同时期的俄国诗人曼德尔施塔姆(1891—1938)也在做着几乎相同的事。他们二人有许多相似之处:因反对专制而英年早逝(被暗杀或被流放),热爱并继承祖国的传统文化,曾是诗歌流派的领袖(新格律诗派和阿克梅派),写诗讲究"建筑美"。他们二人都在变革时代体现出回归古典的倾向,闻一多钟情于律诗,曼德尔施塔姆认为"艺术革命不可避免地导致古典主义":"诗

---

① [英]布拉德雷:《为诗而诗》,见《西方现代诗论》,杨匡汉、刘福春编,花城出版社,1988年,第30页。
② [法]莫里斯·布朗肖:《文学空间》,顾嘉琛译,商务印书馆,2003年,第227页。
③ [意]米开朗基罗:《致教皇保罗三世》,见《我,米开朗基罗,雕刻家》,初枢昊译,上海人民出版社,2007年,第196页。

歌是一把犁,它能翻耕时间,把时间的深层和黑土都翻到上面。"①闻一多宣称诗人要"带着脚镣跳舞"②;曼德尔施塔姆也宣告:"让整条因果链从头到尾为之颤栗,我们将学会'更轻松自如地穿戴活动的存在镣铐'。"③相对来说,曼德尔施塔姆的诗歌成就更加突出,这一方面是因为他始终坚持写诗,另一方面是由于他对词语更加敏感,对艺术更加执著。以建筑师自居的曼德尔施塔姆认为"顺利进行建筑的首要条件是,必须对三维空间顶礼膜拜,不把世界视为累赘和不幸的偶然,而将它视为上帝赐予的宫殿"。他深刻地认识到诗人与空间的对立与和谐关系:"……建筑,意味着与空廊战斗,为空间催眠。"这就意味着诗人既要竭力开拓空间,又要把建筑安置在妥帖的空间里。为了使自己的诗歌获得开阔而明晰的空间感,曼德尔施塔姆倾向于将建筑结构引入自己的诗歌内部:"……我则将哥特式结构引进词与词的关系,就像巴赫在音乐作品中确立哥特式结构一样。说不定哪一个疯子才会在不相信材料的真实性的情况下同意建造,因为他必须克服材料的强度不足。卵石在建筑师手中变成了实体。"④这段话体现了曼德尔施塔姆对词语的充分信任,一方面他相信词语的真实性,将词语视为"实体",另一方面也包含了他克服词语局限性的自觉意识。

不仅如此,曼德尔施塔姆甚至认为人体也是一座建筑,这座建筑密封完好,并通过五官与外界保持联系,而且富于活力,可以移动。因而他对词语的认识更深了一层,认为"词就是肉体和面包"。这就超越了简单的词与物的对应关系,把词语视为身体的基本元素和必须的营养,任何生命都不可或缺:"难道物是词的主人?词就是人的灵魂的化身。活生生的词并不表示物体,而是像选择住所一样地自由选择物体的这一或那一意义,物和可爱的躯体。词围绕着物自由地徘徊,就像灵魂围

---

① [俄]曼德尔斯塔姆:《词与文化》,见《第四散文》,安东译,学林出版社,1998年,第198页。
② 闻一多:《诗的格律》,见《闻一多全集》第2卷,第137页。
③ [俄]曼德尔斯塔姆:《阿克梅派的早晨》,见《第四散文》,安东译,第194页。
④ [俄]曼德尔斯塔姆:《阿克梅派的早晨》,见《第四散文》,安东译,第191—192页。

第一章 闻一多的诗歌语言观念及其模式

绕着被抛弃的,却未被遗忘的躯体。"① 相对而言,闻一多的"建筑美"关心的并非具体的词语,而是诗行,是"节的匀称和句的均齐":"原来文学本是占时间又占空间的一种艺术。既然占了空间,却又不能在视觉上引起一种具体的印象——这是欧洲文字的一个缺憾。我们的文字有了引起这种印象的可能,如果我们不去利用它,真是可惜了。所以,新诗采用了西文诗分行写的办法,的确是很有关系的一件事。"② 闻一多之所以重视诗行,是因为他把诗行看成了建筑诗歌的基本单位,由诗行合成诗节,再由诗节合成一首诗,并把一首诗看成一座整体的建筑。

无论是把词语作为诗歌建筑的基本单位,还是把诗行(词语的组合)作为诗歌建筑的基本单位,一首诗歌建筑必然具备内与外的双重结构。外在结构固然是词语的堆砌,内在结构同样是词语的融合。这自然从另一个层面证明了词语在诗歌空间中的两重性,同时也对诗歌语言提出了一个新的要求,即诗歌语言应保持适当的透明度,只有这样的语言才能折射出诗歌的双重结构。对此,布朗肖发表了精彩之见:"诗歌是这样的东西:以它为基点,词语成为自身的外表和这种外表向其敞开却又将其闭上的基础深度。"③ 由此可见,理想的诗歌语言正如着衣的人体,一方面向外敞开,另一方面保持着封闭状态,从而为读者从外到内的探询提供可能性与吸引力。黑格尔认为理想的作品风格应该在"静穆自持和面向观众"中获得平衡④,正是由于这个道理。因为诗歌空间具有封闭性,如果诗歌语言毫不透明,就会将人拒之门外。但是,完全透明的诗歌语言也不可取,因为它会被人一览无余。就此而言,诗歌语言应该是半透明的,只有这样才能保证诗歌的神秘性,而适宜的神秘性又会增强诗歌的吸引力。

闻一多非常重视诗歌语言,他对新诗的批评几乎没有一篇不涉及到诗歌语言问题,只是比较分散,但值得梳理。闻一多对诗歌语言的基

---

① [俄]曼德尔斯塔姆:《词与文化》,见《第四散文》,安东译,第200页。
② 闻一多:《诗的格律》,见《闻一多全集》第2卷,第141页。
③ [法]莫里斯·布朗肖:《文学空间》,顾嘉琛译,商务印书馆,2003年,第227页。
④ [德]黑格尔:《美学》第3卷(上册),朱光潜译,见《朱光潜全集》第15卷,安徽教育出版社,1992年,第10页。

本观点是:"美的灵魂若不附丽于美的形体,便失去他的美了。"①在这句话中,"美的灵魂"指的是感情,"美的形体"指的是由词语组成的诗歌形体。从闻一多本人的诗歌创作来看,其诗歌语言透明度偏高。造成这种现象的原因主要有两个:一是他重视诗歌语言的表现力。闻一多认为:"声与音的本体是文字里内含的质素;这个质素发于诗歌底艺术,则为节奏,平仄,韵,双声,叠韵等表象。寻常的语言差不多没有表现这种潜伏的可能性底力量,厚载情感的语言才有这种力量。诗是被热烈的情感蒸发了的水气之凝结,所以能将这种潜伏的美十足的充分的表现出来。"②这个区分针对的主要是日常语言和文学语言。闻一多认为文学语言(即"厚载情感的语言")比日常语言(即"寻常的语言")更有表现力。早期的闻一多对诗歌语言的表现力和艺术性都很重视,并倾向于用诗歌语言的艺术性增强表现力。他说:

> 诗能感人正在一种"龙文百斛鼎,笔力可独扛"之处,这种力量(英文当译为 intensity)有时一个字便可带出,如东坡底"欲把笙歌暖锋镝"底"暖"字直能吓煞人。克兹所谓"不是使读者心满意足,是要他气都喘不出",便是这个意思。造成这种力量,幻象最要紧。③

"幻象"在闻一多早期诗歌观念里扮演了太重要的角色,以至于他既要用它增强诗歌的表现力,又要用它增强诗歌的神秘性。尽管闻一多非常重视神秘,认为"真诗人都是神秘家"④,但是表现力与神秘性不易兼得,所以在创作过程中他往往倾向于让表现力冲淡神秘性。到了后期,闻一多更重视诗歌语言的表现力,甚至不再考虑诗歌语言的艺术性。他将田间推崇为"时代的鼓手"。在为《西南采风录》和《三盘鼓》

---

① 闻一多:《评本学年〈周刊〉里的新诗》,见《闻一多全集》第2卷,第42页。
② 闻一多:《〈冬夜〉评论》,见《闻一多全集》第2卷,第64页。
③ 闻一多:《评本学年〈周刊〉里的新诗》,见《闻一多全集》第2卷,第41页。克兹(Keats)现译济慈。
④ 闻一多:《评本学年〈周刊〉里的新诗》,见《闻一多全集》第2卷,第41页。

写的序言中,他极度称道人性的野蛮力以及"药石性的猛和鞭策性的力"①,而闭口不提诗歌语言的艺术性,这其实是闻一多的战时诗歌语言观,其有效性与权宜性是并存的。

造成闻一多诗歌语言透明性的另一个原因牵涉到他对口语和书面语的看法。杜甫是他最钦佩的诗人之一,直到晚年他还把杜甫视为一等的诗人。但是在《人民的诗人——屈原》中,闻一多否定了杜甫的语言:"杜甫是真心为着人民的,然而人民听不懂他的话。"②严格地说,这不是对杜甫的否定,而是对杜甫的语言(书面语)的否定。从整体上来说,这仍然从属于闻一多战时诗歌语言观念的一部分,但也和他诗歌语言观念的发展存在着一定的连续性。早在1931年,他就提出了"清新"说,其实质就是用俗话写新诗:"然子沉有一缺点,即词句太典雅,最易流为 Mannerism,此不可不知。闲尝论作新诗,须肯说俗话,敢说俗话,从俗处入手,始能'清新'也。"③此时的闻一多几乎不再写诗,他对朱湘诗歌典雅语言的批评在某种程度上也可以视为自身的困惑。此前闻一多尝试性地写了一些口语诗,如《罪过》《天安门》《飞毛腿》《洗衣歌》等,这些诗采用了俗话,尽管有提炼,但仍然显得比较透明,这可能让他感到有些失望,最终没有在这条路上走得太远。而他对典雅的诗歌语言又心怀质疑。就此而言,闻一多中断写诗也许和这种语言困境不无联系。

四 闻一多诗中的时空体

我以为诗同一切的艺术应是时代底经线,同地方底纬线所编织成的一匹锦;因为艺术不管它是生活底批评也好,是生命底表现也好,总是从生命产生出来的,而生命又不过是时间与空间两个东西底势力所遗下的脚印罢了。在寻常的方言中有"时代精神"同

---

① 闻一多:《〈三盘鼓〉序》,见《闻一多全集》第2卷,第229页。
② 闻一多:《人民的诗人——屈原》,见《闻一多全集》第5卷,第30页。
③ 闻一多:《致曹葆华》,见《闻一多全集》第12卷,第255页。

> "地方色彩"两个名词,艺术家又常讲自创力(originality),各作家有各作家底时代与地方,各团体有各团体底时代与地方,各不皆同;这样自创力自然有发生的可能了。我们的新诗人若时时不忘我们的"今时"同我们的"此地",我们自会有了自创力,我们的作品自既不同于今日以前的旧艺术,又不同于中国以外的洋艺术。这个然后才是我们翘望默祷的新艺术了!①

这段话集中揭示了闻一多的诗歌创新观念,其中的关键词是"今时"和"此地",它们分别对应着"时代精神"与"地方色彩"。二者的结合正是他心目中的诗歌时空体,是"新艺术"的核心体现。相对来说,闻一多更重视"此地",即地方色彩。在他看来,地方色彩的充分发展不仅是建设世界文学的必要条件,同时也是创新诗歌的重要维度。基于这种认识,闻一多对当时新诗中充满洋名词的状况十分不满:"现在的新诗中有的是'德谟克拉西',有的是泰果尔,亚坡罗,有的是'心弦''洗礼'等洋名词。但是,我们的中国在那里?我们四千年的华胄在那里?那里是我们的大江,黄河,昆仑,泰山,洞庭,西子? 又那里是我们的《三百篇》,《楚骚》,李,杜,苏,陆?"②他在这里提到了两组具有代表性的中国事物,一组是地方名胜,一组是诗篇和诗人(体现的是历史文化)。他不仅在批评中有针对性地纠正了新诗中的这种不良倾向,还在自己的诗歌创作中力图从地理和历史两方面展现博大精深的中国文化。

因此,闻一多诗中的时空体具有鲜明的中国特色。本文大致把它们分成三类。第一类是家园时空体,以《二月庐》《故乡》和《你看》为代表。对于闻一多来说,祖国时空体是家园时空体的扩展形式,以《死水》和《荒村》为代表。作为一对相关的时空体,"死水"(隐喻时空体)正是"荒村"(现实时空体)的隐喻,二者一虚一实,以不同手法绘制中

---

① 闻一多:《〈女神〉之地方色彩》,见《闻一多全集》第2卷,第118—119页。
② 同上书,第119页。

第一章　闻一多的诗歌语言观念及其模式

国的画卷。① 值得注意的是，即使在留学异域的三年里，闻一多诗歌中的时空体仍然是思念中的家乡和祖国，以《太阳吟》和《长城下之哀歌》为代表。在他的诗歌中，这类时空体的数目较多；第二类是校园时空体，闻一多在清华大学读书十年，写了一些反映校园生活的诗歌，以《园内》为代表。第三类为其他时空体，如《西岸》中的"西岸"时空体，《也许》中的"坟墓"时空体，《天安门》中的"天安门"时空体等。本节主要就《太阳吟》和《园内》中的时空体分析闻一多的诗歌建筑技术。

先看《太阳吟》中的家国时空体。《太阳吟》最早出现在1922年9月24日夜给吴景超的信中，发表于1922年11月25日《清华周刊》第260期《文艺增刊》第1期。② 此诗写成于闻一多留学美国之初，其基本心境是"想家"，所谓"不出国不知道想家的滋味"。但是，他向吴景超强调："我想你读完这首诗，当不致误会以为我想的是狭义的'家'。不是，我所想的是中国的山川，中国的草木，中国的鸟兽，中国的屋宇——中国的人。"③ 这个强调可以理解。闻一多说过："我们热爱祖国的思想就是由热爱乡土的思想发展出来的。"④ 在某种程度上，是他的现实处境造就了此诗的时空体，因为他远在美国芝加哥，而不是中国北京，所以，此诗中的"家乡"从一个单纯的家园时空体变成了一个合成的家国时空体。但是作为一首思念诗，此诗中的家国时空体是虚拟的，也就是说，它出现于诗人的想象中。具体而言，这个时空体以闻一多的家乡湖北浠水为中心，旁及"北京城（里的官柳）"，最后扩大到"东方"和整个东半球。与之对应的现实时空体是美国芝加哥及其扩展物西半球。将这两个时空体联系在一起的是"奔波不息的太阳"。在这首诗中，最活跃的是"太阳"这个时空体，它"每日绕行地球一周"，正是这个动态时空体将东（虚）西（实）两个半球合为一体，从而营造了此诗的阔大意境。就此而言，《太阳吟》是一首以想象见长的诗歌，读此诗很容易想到屈原的《离骚》，但后者的想象力更超脱，更决绝，他始终不肯回

---

① 对"死水"时空体的论述见第三章第四节。
② 闻一多：《太阳吟》，见《闻一多全集》第1卷，第92—94页。
③ 闻一多：《致吴景超》，见《闻一多全集》第12卷，第77页。
④ 闻一多：《与彭兰谈话》，见《闻一多萃语》，闻黎明编，岳麓书社，1996年，第19页。

到现实中来;而闻一多的想象却是围绕现实展开的,想象正是他怀念家国的一种方式。

　　作为闻一多的一首早期诗,《太阳吟》具有较强的抒情性:全诗十二节,每节三行,诗行比较整齐,全诗"自首至尾皆为一韵"。每节均以"太阳啊,什么什么的太阳"领起,以一种呼唤和吁求的语调陈述自己内心的愿望,似乎将太阳视为了能满足自己愿望的魔术师。从内在结构上来说,本诗的抒情性主要建立在"幻象"的基础上。在想象中,诗人通过三次转换表达了他对家国日益强烈的思念之情。前两节的太阳全是写实,此时,"我"与太阳的关系是敌对的,因为它"逼走了游子底一曲还乡梦"。在同期创作的《晴朝》里,闻一多甚至说无论异域的太阳多么明亮,也照不进"游子底漆黑的心窝坎"。该诗从第三节开始转入想象,因为太阳每天从东到西旋转,经过自己的家乡,因此诗人便幻想骑着它回家,或者通过它了解家乡的消息。在七、八两节中,诗人与太阳相比,其共同点是都在奔波,无家可归或者以四海为家。此时,诗人把太阳看成了一个和自己同病相怜而自强不息的朋友。事实上,这两节融合了《我是一个流囚》的诗意,该诗表达了自己离开家国的被驱逐感。九、十两节再次回到现实之中,用异域景色反衬家乡的美好。最后诗人以太阳为故乡,所谓"我看见你时就当回家一次"。至此,诗人似乎在想象中暂时平息了自己的思乡之情,但只是"似乎"而已。诗人闻一多不得不像"孤雁"一样在异域忍受三年的思乡之苦,直到回国的那一天:"这真是说不出的悲喜交集;/我又投入了祖国的慈怀。"(《回来了》)值得注意的是,《太阳吟》的抒情性是建立在韵律感上的,该诗一韵到底。在新诗中坚持用韵,这是闻一多诗歌的特色之一。他在给吴景超的信中说:"现在我极喜用韵。本来中国韵极宽;用韵不是难事,并不足以妨害词意。既是这样,能多用韵的时候,我们何必不用呢?用韵能帮助音节,完成艺术;不用正同藏金于室而自甘冻饿,不亦愚乎?《太阳吟》十二节,自首至尾皆为一韵,我并不觉得吃力。这是我的经验。你们可以试试。"①

---

①　闻一多:《致吴景超》,见《闻一多全集》第12卷,第78页。

第一章 闻一多的诗歌语言观念及其模式

《太阳吟》表明家园感是人类最深刻的感情之一,这也是闻一多诗歌的基本主题。从根本上说,家园集合了一个人的出生地、童年记忆与归宿感等多种元素。正如海德格尔(1898—1976)所说的:

> "家园"意指这样一个空间,它赋予人一个处所,人唯在其中才能有"在家"之感,因而才能在其命运的本己要素中存在。这一空间乃由完好无损的大地所赠予。大地为民众设置了他们的历史空间。大地朗照着"家园"。如此这般朗照着的大地,乃是第一个"家园"天使。①

在这里,海德格尔将家园扩展到整个大地;如果从时间的角度加以扩展,母亲的子宫是人类最初的家园(房屋),而坟墓(棺椁)则是最终的家园。

再看《园内》中的校园时空体。闻一多一生与清华有缘,起初受教于清华,后来执教于清华,对清华的感情非同一般。除了早年所写的旧体诗《清华体育馆》和《清华图书馆》之外,《园内》是闻一多反映清华校园生活的长诗力作。② 闻一多是早期新诗人中致力于写长诗的诗人。其长诗主要有《李白之死》(181 行)、《剑匣》(191 行)、《园内》(311 行)、《渔阳曲》(168 行)、《长城下之哀歌》(168 行)和《南海之神》(152 行)。其中,《园内》写得最长。1923 年 3 月 6 日,在给梁实秋的信中,他第一次提到《园内》:"景超嘱作描写清华生活底诗。我开始作了一首《园内》,旷了两天课;诗还没有作完,课可不能再旷了。"此时,闻一多已经拟定了大纲和每章的序曲,将全诗分成三部分:园内之昨日、今日(包括晨曦、夕阳、凉夜和深更四节)和明日,并说已经写完了第二章的第二节"夕阳"。3 月 17 日,他致信吴景超和梁实秋,报告"《园内》底大功告成了"。1923 年 4 月 23 日,此诗发表于《清华生活

---

① [德]海德格尔:《返乡——致亲人》,见《荷尔德林诗的阐释》,孙周兴译,商务印书馆,2000 年,第 15 页。
② 闻一多:《园内》,见《闻一多全集》第 1 卷,第 193—207 页。

十二周年纪念号·清华生活》,诗后注明"一九二三年三月十六日二稿"。在 1923 年 7 月 20 日致家人的信中,闻一多又对该诗做了多处修改,为第三稿。尽管《园内》是应吴景超之约而写的,但他说两年前就已"拟作这样一首诗"。由此可见,这首诗和《长城下之哀歌》一样属于"野心和希望极大"之作,是闻一多超越自我极限的一次尝试:"这是一个 gigantic attempt。两个多月没有作诗,两个多月的力气都卖出来了,恐怕还预支了两个月底力气。"①

作为一位训练有素的诗歌建筑师,闻一多当然具备写长诗的实力和经验:"我觉得布局 design 是文艺之要素,而在长诗中尤为必需。因为若是拿许多不相关属的短诗堆积起来,便算长诗,那长诗真没有存在底价值。有了布局,长篇便成了一个多部分之总体 a composite whole,也可视为一个单位。宇宙底一切的美,——事理的美,情绪的美,艺术的美,都在其各部分间和睦之关系,而不在其每一部分底充实。诗中之布局正为求此和睦之关系而设也。"②从全诗来看,《园内》中的时空体其实并不局限于"园内",诗人把它置入了中国大地上,如第二章写到校园中的少年学子来自全国各地:

> 从长城东头,穿过山海关,
> 裹着件大氅,跑进园来了;
> 从长城西尾,穿过潼关,
> 坐在驴车里拉进园来了。
>
> 从三峡底湍流里救出的少年
> 病恹恹地踱进园里来了;
> 漂过了南海,漂过了东海,
> 漂过了黄海,漂过了渤海的少年,
> 摇着团罗扇,闯进园里来了;

---

① 闻一多:《致梁实秋》,见《闻一多全集》第 12 卷,第 150 页。
② 闻一多:《致吴景超、梁实秋》,见《闻一多全集》第 12 卷,第 154 页。

第一章　闻一多的诗歌语言观念及其模式

　　风流倜傥的少年
　　碧衫儿荡着西湖底波色，
　　翩翩然飘进园里来了。

　　在我看来，甚至把此诗的时空体说成以校园为中心的整个中国也不错，因为诗中所写的不同时期的校园与当时的中国具有对应关系：校园的昨日与中国的历史同是寂寞的，今日的校园则充满了生命的活力和改造一切的精神，而明日的校园必将是辉煌的。在这一章中，诗人以飘扬的校旗为核心意象，并用校旗这个动态时空体象征万人的努力工作。尤其可贵的是，诗人的眼光甚至没有局限在中国，而是把西方也纳入了自己的视野，认为他们的生活过于机械，因而试图用中国传统文化改造他们：

　　云气氤氲的校旗呀！
　　你便是东来的紫气，
　　你飘出函谷关，向西迈往，
　　你将挟着我们圣人底灵魂，
　　弥漫了西土，弥漫了全球！

　　值得注意的是，在闻一多发表的第一首新诗中，作为隐喻性时空体的"西岸"代表的是西方文化，当时的闻一多表达了对西方文化的倾慕以及文化交流的愿望。而留学美国之后的他却在中西文化冲突的氛围中产生了一种危机意识："我国前途之危险不独政治，经济有被人征服之虑，且有文化被人征服之祸患。文化之征服甚于他方面之征服千百倍之。杜渐防微之责，舍我辈其谁任！"①因此，这首诗中便出现了"万人要为四千年底文化／与强权霸术决一雌雄"这样激烈的句子。在同期创作的《长城下之哀歌》中，"长城"时空体体现的是一种文化防御观念。正如闻一多所说的："这是我悲恸已逝的东方文化的热泪之结

---

① 闻一多：《致梁实秋》，见《闻一多全集》第12卷，第215页。

晶。诗长数千言,乃系一诗人碰死于长城之前的歌词。"①由此可见,《园内》中的文化扩张意识不是孤立的,它和《长城下之哀歌》中的文化防御主义其实都是中西文化冲突在诗人心中的不同表现形式。

  从闻一多诗歌创作的整体情况来看,其长诗并不如短诗那样成功。与《红烛》相比,《死水》出现了一些新情况,如集中全是短诗,注重格律,数量减少,成就反而更高。很显然,长诗不是中国古诗的传统,如果排除炫技的成分,他写长诗也许是受了西方诗歌的影响。对闻一多影响较大的济慈认为:"……长诗是一种创造力的检验,我认为这种创造力是诗歌的北斗,正如幻想力是船帆,而想像力则是船舵一样。我们的大诗人写短诗吗?我是指以故事的形式——这同一种创造力作为诗人的优点近年来似乎确实被人们忘记了。"②此外,他写长诗可能是出于竞争心理。超越郭沫若,这几乎是闻一多开始写新诗时就确定的一个目标。因为郭沫若写过长诗《凤凰涅槃》(239 行,1920 年),所以他也有意进行这方面的尝试。从序曲、结构到句式,《园内》和《凤凰涅槃》都有相似之处,而同中之异则显示了闻一多的争胜之心。在给弟弟的信中,他不无得意地写道:"《园内》恐怕是新诗中第一首长诗。"③

第三节 闻一多诗歌语言的主要模式

  中国第一部诗歌总集《诗经》形成了"赋""比""兴"的优良传统。在我看来,"赋"就是早期的再现语言,"比"就是早期的象征语言,"兴"就是早期的抒情语言。此外,中国古诗还有一种注重感悟或旨在揭示某种哲理的传统,其中个别诗歌题目中还会有个"感"字,可以视为诗歌的智性语言。如前所述,在现实空间、内心空间与诗歌空间的转换过程中,词与物以及词与心之间形成了多种关系。这些关系构成了闻一多诗歌语言的两种主要模式:一种是感性语言,一种是智性语言。

---

 ① 闻一多:《致梁实秋》,见《闻一多全集》第 12 卷,第 149 页。
 ② 《济慈书信选》,王昕若译,百花文艺出版社,2005 年,第 23—24 页。
 ③ 闻一多:《致闻家驷》,见《闻一多全集》第 12 卷,第 162 页。

第一章 闻一多的诗歌语言观念及其模式

感性语言是指他诗歌创作中所使用的语言,它又可以细分为再现语言(侧重于客观现实)、抒情语言(侧重于主观感受)和象征语言(侧重于揭示客观现实与主观感受之间的相似性关系);而智性语言则是指由客观现实引发的主观感受以及对客观现实所做的针对性批评,这种语言主要见于闻一多的诗歌评论以及少量诗歌中。

一 闻一多诗中的再现语言:《春光》

严格地说,诗歌当中根本没有纯粹的再现语言。正如闻一多所说的:"绝对的写实主义便是艺术的破产。"①因为所有的诗歌都是诗人从内心空间里"取"出来的。即使一个诗人非常客观,能让自己的感情接近于零度,这样写出来的诗歌也毫无意义,因为它不表达感情。德拉克洛瓦认为:"甚至连最固执的写实主义者,在描绘自然时,也不得不采用一些虚构的手法。"②所以,对于诗歌来说,纯粹的再现语言既不可能,也没有意义。事实上,再现语言是诗歌写作的基本功,如果一首诗中没有再现语言,它就不能成为诗歌。尽管中国诗歌的传统是抒情,但直抒胸臆的诗歌并不多见,一般是借景抒情,因而需要借助再现语言作为基础。与抒情相比,象征其实是一种冷抒情方式,而且象征诗歌也必须先刻画意象,或者直接把感情寓于意象之中,因此同样不能脱离再现语言。也就是说,再现语言具有双重性:"语言在呈现的诗学视野中仍然具有自身的二重性质:语言既指涉事物,又是事物本身。但是,在显现的语言意识中,事物取得了直接在场的资格。词语与事物不是通过象征发挥其意旨作用,而是事物在语言这种透明的媒介中直接在场,在语言中显现和呈现事物自身。"③

一般来说,诗歌中的再现语言主要用于写景、状物、叙事,甚至包括陈述心情。中国古诗中所谓的"赋"就是借助语言对事物的呈现。白

---

① 闻一多:《诗的格律》,见《闻一多全集》第 2 卷,第 138 页。
② [法]德拉克洛瓦:《写实主义和理想主义》,见《德拉克洛瓦论美术和美术家》,平野译,河北教育出版社,2002 年,第 193 页。
③ 耿占春:《失去象征的世界》,北京大学出版社,2008 年,第 45—46 页。在该书中,"呈现的诗学"又被称为"再现的诗学",与本书所说的"再现语言"是一致的。

古以来,西方诗歌就注重"摹仿",具有强大的写实传统,再现语言极为发达。正如亚里士多德(前384—前322)所说的:

> 史诗的编制,悲剧、喜剧、狄苏朗勃斯的编写以及绝大部分供阿洛斯和竖琴演奏的音乐,这一切总的说来都是摹仿。
>
> 有一种艺术仅以语言摹仿,所用的是无音乐伴奏的话语或格律文(或混用诗格,或单用一种诗格),此种艺术至今没有名称。……不过,人们通常把"诗人"一词附在格律名称之后,从而称作者为对句格诗人或史诗诗人……①

摹仿的实质是表示"两项事物和它们的某种对应"②,这种对应性主要侧重于二者在外表上的相似。后来,"摹仿"说被形象地演变成了"镜子"说。"镜子"说始于柏拉图(前427—前347)的《国家篇》第十卷,而以达·芬奇(1452—1519)的观点最有代表性:"画家的心应当像一面镜子,将自己转化为对象的颜色,并如实摄进摆在面前所有物体的形象。应该晓得,假设你不是一个能够用艺术再现自然一切形态的多才多艺的能手,也就不是一位高明的画家。"③同时,达·芬奇把用这种方法创作出来的作品称为"第二自然"。"摹仿"传统致使西方诗歌长期处于"镜子"式的语言状态中,直到浪漫主义兴起后才有所变化,但并未消失。现代诗人博尔赫斯(1899—1986)在谈到自己的诗艺时仍然坚持"镜子"式的语言:"艺术本就应该如同是那面镜子,/向我们展示出我们自己的面容。"④

在"四原素"说中,再现语言是由"绘藻"实现的。但是,从总体上说,闻一多的诗歌中,以再现语言为主的作品并不多见。这是由他的艺

---

① [古希腊]亚里士多德:《诗学》,陈中梅译,商务印书馆,1996年,第27—28页。
② [美]艾布拉姆斯:《镜与灯》,郦稚牛等译,北京大学出版社,2004年,第6页。
③ [意大利]列奥纳多·达·芬奇:《达·芬奇论绘画》,戴勉编译,广西师范大学出版社,2003年,第28页。
④ [阿根廷]博尔赫斯:《诗艺》,林之木译,见《博尔赫斯全集》(诗歌卷上),浙江文艺出版社,2006年,第200页。

第一章 闻一多的诗歌语言观念及其模式

术观念决定的。在《电影是不是艺术》中,闻一多对当时新兴的娱乐品电影发表了自己的见解,认为"电影决不是艺术",并从"机械的基础""营业的目的"和"非艺术的组织"三方面加以证明。其主要观点可以归纳为以下两个方面:一是电影具有"过度的写实性",二是电影"缺少语言底原质"(当时的电影还处于无声阶段)。闻一多凭借自身的艺术视野指出:"现代艺术底趋势渐就象征而避写实。"而"电影底本领只在写实"。因此,闻一多得出结论:"总而言之,电影所得的是真实,而艺术所求的是象征,提示与含蓄是艺术中最不可少的两个元素,而电影完全缺乏。"①从中不难看出他对写实艺术(包括写实诗歌)的态度。

事实上,闻一多曾明确表示"诗是个最主观的艺术"。② 但如果因此认为他不重视再现语言就错了。在批评俞平伯(1900—1990)的《冬夜》时,闻一多敏锐地发现其中用了许多双惊叹号和删节号。这些地方本来需要写实,但诗人却无力把它刻画出来,就用标点符号暗示其情况非常复杂,以至于无言可表。他认为这种做法其实是耍滑头,并将这样做的人视为"临阵脱逃的怯懦者"。他当然清楚文字的局限性:"任何一种艺术底工具,最多不过能表现艺术家当时底 aesthetic ecstasy 之一半。"但是,他更清楚的是文字对于诗人的重要性,文字是诗人"必须的祸孽",没有文字也就不会有诗:"在诗底艺术,我们所用以解决这个问题的工具是文字,好象在绘画是油彩和帆布,在音乐是某一种乐器一般。"③所以,真正的诗人必须努力克服文字的局限性,用白尔(Clive Bell)的话说,就是"征服一种工具底困难"。在闻一多看来,寻常的描写也可以显示诗人的水平:"诗人遇到容易描写的题目,偏自限于窄狭的方法,而愈见精采。"④当然,越是险隘的关头越能显示诗人的神技:"真正的诗家,正如韩信囊沙背水,邓艾缒兵入蜀,偏要从险处见奇。"⑤这个讨论针对的正是再现语言。在闻一多的诗歌中,以再现语言为主

---

① 闻一多:《电影是不是艺术》,见《闻一多全集》第2卷,第29—34页。
② 闻一多:《评本学年〈周刊〉里的新诗》,见《闻一多全集》第2卷,第48页。
③ 闻一多:《〈冬夜〉评论》,见《闻一多全集》第2卷,第73页。
④ 闻一多:《评本学年〈周刊〉里的新诗》,见《闻一多全集》第2卷,第49页。
⑤ 闻一多:《〈冬夜〉评论》,见《闻一多全集》第2卷,第73—74页。

的典型作品是《春光》：

> 静得像入定了的一般,那天竹,
> 那天竹上密叶遮不住的珊瑚;
> 那碧桃;在朝曦里运气的麻雀。
> 春光从一张张的绿叶上爬过。
> 蓦地一道阳光晃过我的眼前,
> 我眼睛里飞出了万支的金箭,
> 我耳边又谣传着翅膀的摩声,
> 仿佛有一群天使在空中逻巡……
>
> 忽地深巷里迸出了一声清籁:
> "可怜可怜我这瞎子,老爷太太!"①

此诗发表于 1926 年 4 月 29 日《晨报副镌·诗镌》第 5 号,随即被译成日文,出现在 1926 年 7 月的《改造》"现代支那号"上。据说是最早被译成日文的闻一多诗歌。这是一首批判现实的诗歌,除第一节的第一句和后三句略有联想之外,其余全是再现语言。全诗十句,分成两节,第一节极力刻画春天的美好,句句尽显功力。在天竹与碧桃寂静的叶间,春光像珊瑚和麻雀一样爬动,像天使一样在空中巡逻。当风吹过,一道春光透过密布的枝叶,射入"我"的眼睛,万道光芒如同金箭从"我"眼中向外迸散,铮然有声。此节中的联想有力地强化了诗歌的安静氛围。"入定"的天竹正面写静,"翅膀的摩声"为幻听,反衬其静。"金箭"写阳光之强,突出天气晴好。"天使"更进一步突出春光唤起的美感。第二节仅为两句,全是再现语言,盲人不知春光已来临,他在饥饿的驱使下从深巷里喊出一声乞求:"可怜可怜我这瞎子,老爷太太!"这声乞求显得特别响亮,比春光还要响亮。因为他喊的时候周围的空气十分宁静,加上他喊得非常突然,出乎欣赏春光者的预料,难免分外

---

① 闻一多:《春光》,见《闻一多全集》第 1 卷,第 148 页。

第一章 闻一多的诗歌语言观念及其模式

刺耳。至此,安静被乞讨声替代,完满被缺陷替代,和谐被冲突替代,美好春光被贫富不均替代。诗人仅用两句再现语言就完全反转了前八句竭力营造的美好意境,真有四两拨千斤之力。由此可见,这首诗充分体现了闻一多的现实关怀。

二 闻一多诗中的抒情语言:《大鼓师》

从"诗言志"到"诗缘情",抒情是中国诗歌的传统。对于中国诗歌来说,抒情语言是正统的诗歌语言。如果一个人不曾掌握抒情语言,他就没有资格成为诗人。与再现语言相比,抒情语言更有难度。因为感情是抽象的,而诗歌拒绝抽象,因此,感情必须找到相应的景物加以体现。但是抒情语言不同于再现语言,它是由主观感受统帅的。也就是说,在抒情语言中,绝对不能让景物因素显得过于突出,即使景物是无比沉重的巨石,也应随着感情的波动而起伏。用闻一多引培根的话来说,就是"以物之外象去将就灵之欲望",而不是"屈灵于外物之下"。① 从早期的"兴"到唐代以来形成的"意境",中国诗人一贯强调情景交融,而以情为核心,使一切景语皆成情语。

在西方诗歌中,萨福(前610—前580?)就是早期著名的抒情诗人。1800年,英国诗人华兹华斯(1770—1850)在《抒情歌谣集》序言中提出"诗是强烈感情的自然流露",英国浪漫主义诗歌从此兴起并产生了很大影响,逐步增强了西方诗歌抒情语言的魅力。西方诗歌中的这种浪漫趋势和抒情倾向被艾布拉姆斯形象地概括为"灯":"本书的书名把两个常见而相对的用来形容心灵的隐喻放到了一起:一个把心灵比做外界事物的反映者,另一个则把心灵比做一种发光体,认为心灵也是它所感知的事物的一部分。前者概括了从柏拉图到18世纪的主要思维特征;后者则代表了浪漫主义关于诗人心灵的主导观念。"② 鉴于《镜与灯》的巨大影响,本书把西方诗歌中的抒情语言称为"灯"式语

---

① 闻一多:《〈冬夜〉评论》,见《闻一多全集》第2卷,第93页。
② [美]艾布拉姆斯:《镜与灯·序言》,见《镜与灯》,郦稚牛等译,北京大学出版社,2004年,第2页。

言,这种语言洋溢着诗人的主观感受和心灵印象,就像灯一样散发着持续的光芒。

闻一多引佩特(1839—1894)的话说:"抒情诗至少从艺术上讲来是最高尚最完美的诗体,因为我们不能使其形式与内容分离而不影响其内容之本身。"①抒情诗的完美性主要体现在韵律感与可歌唱性方面,因为抒情的本质就是用词语应和内心感情的流动。因此,创作一首完美的抒情诗最重要的是确定语调,使诗歌的语调与诗人的内心感情保持一致,并与感情波动形成整体呼应关系,否则即使勉强写出来也会伤害其整体性和流畅性。作为一个富于激情的诗人,抒情是闻一多诗歌(尤其是其早期诗歌)的主要特色。基于对抒情难度的考虑,他确定了两个要求:首先是写什么样的感情,其次是如何把它完善地表达出来。

第一个问题其实是个选材问题,闻一多对情感的选择十分谨慎。他说:"寻常的情操(sentiment)不是不能入诗,但那是点石成金的大手笔底事,寻常人万试不得。"②受奈尔孙的影响,闻一多将人类的感情分成几个等次,认为讽刺、教训、哲理、玄想、博爱、感旧、怀古、思乡、闲愁、赠别、寄怀、友谊、爱家、爱国、爱人格以及对于低等动物的仁慈等都属于第二等的情感,而男女恋情才是第一等的情感:"严格地讲来,只有男女间恋爱底情感是最烈的情感,所以是最高最真的情感。"③并认为"若是没有女人,一大半的诗——一大半最宝贵的诗,不会产生了"④。但是,闻一多的爱情诗并不多,即使有也缺乏和谐之感、亲密之情,不是刻骨铭心的思念,就是紧张幻灭的情绪。这自然是他真实的爱情体验。他的婚姻出自家庭包办,起初他很抵制,后来尽管甘愿为父母牺牲自己,但内心十分痛苦,并因此导致和整个家庭的关系都很紧张。他甚至说:"我将以诗为妻,以画为子,以上帝为父母,以人类为兄弟罢!"⑤但

---

① 闻一多:《泰果尔批评》,见《闻一多全集》第 2 卷,第 129 页。
② 闻一多:《评本学年〈周刊〉里的新诗》,见《闻一多全集》第 2 卷,第 47 页。
③ 闻一多:《〈冬夜〉评论》,见《闻一多全集》第 2 卷,第 89 页。
④ 闻一多:《评本学年〈周刊〉里的新诗》,见《闻一多全集》第 2 卷,第 46 页。
⑤ 闻一多:《致闻家驷》,见《闻一多全集》第 12 卷,第 34 页。

第一章　闻一多的诗歌语言观念及其模式

是,日久生情。1937 年 7 月,他在给妻子的信中写道:

> 亲爱的妻:这时他们都出去了,我一个人在屋里,静极了,静极了,我在想你,我亲爱的妻。我不晓得我是这样无用的人,你一去了,我就如同落了魂一样。我什么也不能做。……亲爱的,我不怕死,只要我俩在一起。我的心肝,我亲爱的妹妹,你在那里? 从此我再不放你离开我一天,我的肉,我的心肝! 你一哥在想你,想得要死!①

这时闻一多已经不再写诗了,但信中的语言接近于诗。在第二个问题上,他的态度更加严格。他把"可以不作就不作"作为创作的金科玉律:"诗人胸中底感触,虽到发酵底时候,也不可轻易放出,必使他热度膨显,自己爆裂了,流火喷石,兴云致雨,如同火山一样——必须这样,才有惊心动魄的作品。"②闻一多诗作不以多著称,并很早中断了写作,这也许和他对写作的这种严格要求不无关系。在他的诗歌中,抒情语言是由"四原素"说中的"音节"体现的,其中抒情风格浓郁的作品不只一首。这里选择的《大鼓师》是一首相当抒情而又极其克制,且与爱情有关的诗。

《大鼓师》发表于 1925 年 3 月 25 日《晨报副刊·文学旬刊》第 65 号,创作于闻一多留学美国期间。全诗十二节,每节四行,共四十八行,是一首复杂的中型诗。这首诗的复杂性体现在多方面。首先,该诗具有明显的叙事性,并穿插了一些景物描写,但诗中的叙事与写景无不服务于抒情。诗歌仅用第一节概述了大鼓师的演唱生活,其余各节写的是他演唱回家后与妻子的对话。尽管妻子的话只有一句:"咱们自己的那只歌儿呢?"但它异常有力,上承丈夫的演唱归来,并引发下文丈夫的一系列反应:从内心的荒凉(第三节)到匆忙的弹奏(四五节),最后辅之以长长的辩解和倾诉之词(六至十二节)。由此可见妻子的这

---

① 闻一多:《致高孝贞》,见《闻一多全集》第 12 卷,第 285 页。
② 闻一多:《评本学年〈周刊〉里的新诗》,见《闻一多全集》第 2 卷,第 47 页。

句话是多么巧妙的过渡,多么有力的转折。不难看出,诗中的叙事内在地包含着冲突,因而使此诗获得了戏剧性:大鼓师的职业生活是"唱英雄""唱豪杰""唱倩女情郎的歌",可以说他无所不唱,但是面对自己的妻子,他却无歌可唱。也就是说,他唱的都是他人之歌,却没有自己的歌。这就构成了大鼓师职业生活与日常生活之间的冲突。

这种冲突也可以从诗中的人称看得出来。本诗的题目是"大鼓师",其妻子相应地被称为"她",二者形成一组对应关系。而在诗中,大鼓师以第一人称"我"出现,其妻子或被呼为"娘子"或被呼为"你",二者形成另一组对应关系。这两组关系指代的对象完全一样,但前者用第三人称指代大鼓师夫妇,属于局外观察(作者在文本之外);后者分别用第一人称和第二人称指代大鼓师夫妇,属于人物对话(作者被置入文本之内,成为"大鼓师"的替身)。人称的转换不仅使作品获得了一定的精神自传性,而且表明大鼓师夫妇在诗中的位置发生了变化:在第三人称关系中,大鼓师夫妇似乎在为他人做嫁衣裳,占据中心的是英雄豪杰和倩女情郎;而在后一组关系中,英雄豪杰和倩女情郎退居其次,大鼓师夫妇成为主体。传奇人物被现实人物替代意味着传奇爱情被日常爱情替代。大鼓师尽管无歌可唱,但他们的爱情是真实的。英雄豪杰和倩女情郎尽管被一再歌唱(道具为"大鼓"),但他们的爱情是虚拟的,处于传说状态。在现实生活中,许多人拥有的都是大鼓师式的爱情,尽管他们不被歌唱,甚至没有被用语言表达出来,所谓"大鼓三弦都不要用",但他们的爱情是真实的存在。从这个意义上可以说,正是大鼓师无歌可唱的辩解成就了他们的爱情之歌。值得注意的是,大鼓师向妻子的辩解是由诗人陈述出来的,也就是说,大鼓师的话语处于诗人话语的笼罩下,但二者并不完全等同,而是一种内在对话关系,具有明显的复调性。巴赫金认为:"每一个话语都是各种社会声音混杂和斗争的小舞台。"①诗歌主人公的话语和诗人的话语自然也不例外。这再次证明了本诗仅具有自传性,但并非闻一多的自传。综上所述,

---

① [俄]巴赫金:《马克思主义与语言哲学》,见《周边集》,河北教育出版社,1998年,第386页。

第一章 闻一多的诗歌语言观念及其模式

《大鼓师》中的叙事语言和戏剧语言其实搭建的是一个框架,而框架中容纳的核心是抒情。正如厄尔·迈纳所说的:

> 抒情诗能够自由方便地吸收戏剧和叙事,使它们臣服于它。事实上,抒情诗使这两者成为强化共时呈现这一基本抒情手段的方式。抒情诗使用其他文类,是为了使其更具抒情效果。这种通常是最简洁的文类,竟能如此控制其庞大的同类,令人惊奇。①

此外,《大鼓师》中还出现了一系列心理描写、动作描写和景物描写,这些描写不是为了淡化情感,而是为了呈现情感,是诗人特意运用的一种冷抒情方式。如第五节全为写景,以视觉语言写听觉效果,形象地表达了大鼓师弹奏三弦的娴熟与优美:"我先弹着一群白鸽在霜林里,珊瑚爪儿踩着黄叶一堆;然后你听那秋虫在石缝里叫,忽然又变了冷雨洒着柴扉。"诗中还有一处写景,但是虚拟的,因而成为诗中极为抒情的一节:

> 只让我这样呆望着你,娘子,
> 像窗外的寒蕉望着月亮,
> 让我只在静默中赞美你,
> 可是总想不出什么歌来唱。②

这节诗出自大鼓师的倾诉,其中"我呆望着你"的情景被比成"窗外的寒蕉望着月亮",这个比喻魅力强大,它不仅在"我"与"寒蕉"和"你"与"月亮"之间形成了对应关系,而且整体表现了我与你之间如寒蕉望月的对应关系。此时,谁能否认这种无声的凝望就是最高的赞美?在第十一节中,诗人又用了一组比喻,大鼓师自比为"孤舟",将其妻子比作"船坞",形象地体现了妻子之于丈夫的重要意义:"家"与"归宿",

---

① [美]厄尔·迈纳:《比较诗学》,王宇根等译,中央编译出版社,2004年,第150页。
② 闻一多:《大鼓师》,见《闻一多全集》第1卷,第131页。

还有比这更深刻动人的爱情吗？在诗歌中，比喻常常是有效的抒情方法，其实质是将客观事物主观化。

事实上，这首诗中最抒情的话语是"娘子"，对"娘子"的三次呼唤是大鼓师最动情的时分，也是此诗最动人的地方：

> 我叫声"娘子"，把弦子丢了
> 只让我这样呆望着你，娘子
> 但是，娘子啊，在你的尊前①

"娘子"本为口语，但闻一多把它从日常生活中提取出来写入《大鼓师》以后，它就成了只属于大鼓师一个人的语言，凝聚着大鼓师无限深情的语言。当读者看到这个词，又会把它还原到日常生活中去，从而实现了它向语言的回归。闻一多对"娘子"这个词的巧妙运用恰好符合墨西哥诗人帕斯(1914—1998)的以下论述：

> 诗歌创造是以对语言施加暴力为开端的。这个行动的第一个步骤就是将话语连根拔除。诗人把话语从其内部连结及日常活动中分离开来；让说话从无定形的范围里分开；词汇变成独一无二的，仿佛刚刚出生一样。第二个步骤是话语的回归：诗歌成为参与的对象。两股对抗的力量栖息在诗中：一股是向上的或者叫做拔起的力量，将话语从语言中分割开来，另一股是下沉的力量，使话语回归语言。②

闻一多写此诗时正和妻子远隔重洋，因而他借助大鼓师这个民间

---

① 在原稿中，"娘子"出现了六次："我的娘子她赶上来笑道"；"好娘子啊，请你莫要恼"；"娘子啊！你也不用悲伤"；"娘子，让我总这样呆呆地望着你"；"娘子！你那温柔朴素的心窝"；"但是，娘子啊！在你尊前"。其中只有一处不是呼告语，收入《死水》后，"娘子"仅出现三次，均为呼告语。

② ［墨西哥］帕斯：《弓与琴》，赵德明译，见《帕斯选集》上卷，作家出版社，2006年，第275页。

第一章　闻一多的诗歌语言观念及其模式

文化的传播者表达了自己对妻子的深情。他在献给妻子的《红豆》中写过:"我唱过了各样的歌儿,／单单忘记了你。"这与《大鼓师》的第三节诗意十分相近:

  我会唱英雄,我会唱豪杰,
  那倩女情郎的歌,我也唱,
  若要问到咱们自己的歌,
  天知道,我真说不出的心慌!①

  在某种程度上,好诗就是具有普遍性的诗。有些好诗本来是写自己,结果却写出了许多人的共同感受;有些好诗表面上写的是别人,其实却融入了自己深切的人生感受,《大鼓师》显然属于后者。

三　闻一多诗中的象征语言:《闻一多先生的书桌》

  中国诗歌的象征语言来源于"比"。"比者,以彼物比此物也",所有的"比"都建立在事物的相似性这个基础上。这两个事物也许一个是客观的一个是主观的,或者都是客观的,有时甚至也可能都是主观的,但对其相似性的发现却是依靠联想完成的,因此,"比"中一定有主观的成分。"因物喻志","索物以托情",都是将具有相似之处的客观事物与主观感受联系起来。这种观念造就了一种特殊的诗歌类型,即咏物诗,托物言志也因此成为中国古诗的象征传统。屈原是中国象征诗歌的奠基人。他的《橘颂》是中国第一首咏物诗,《离骚》更是对"比兴"传统的创造性发展,是中国早期系统运用象征手法的抒情诗典范。正如王逸在《离骚序》中归纳的:"《离骚》之文,依诗取兴,引类譬喻,故善鸟香草,以配忠贞;恶禽臭物,以比谗佞;灵修美人,以媲于君;宓妃佚女,以譬贤臣;虬龙鸾凤,以托君子;飘风云霓,以为小人。"

  在西方诗歌中,象征语言经历了观念型象征、感情型象征和感觉型象征三个阶段的演变。黑格尔在《美学》中把象征型艺术视为人类艺

---

① 闻一多:《大鼓师》,见《闻一多全集》第1卷,第130页。

术的第一个阶段。关于"象征"的含义,黑格尔曾做过如下解释:

> 象征一般是直接呈现于感性观照的一种现成的外在事物,对这种外事物并不直接就它本身来看,而是就它所暗示的一种较广泛较普遍的意义来看。因此,我们在象征里应该分出两个因素,第一是意义,其次是这意义的表现。意义就是一种观念或对象,不管它的内容是什么,表现是一种感性存在或一种形象。①

由此可见,"象征"的表层意思是具体可见的形象,即"象";深层意思是抽象流动的感情,即"意"。这种深层意义不是直接揭示出来的,而是通过具体的形象暗示出来的。因此,形象就成了体现一定感情的征兆,即"征"。合而言之,所谓"象征"意思就是借助形象含蓄地表达感情。耿占春曾对它做过简明的归纳:"象征的世界是一个具有时间统一体和事物连续性特征的世界,象征是在词与物、事物与另一事物之间所建立的联系方式。在象征思想中,不是一个事物自身具有意义,而是一个事物与另一些事物的联系,表现为一个事物的意义。"②

象征语言对西方文学产生广泛影响是随着象征主义流派而展开的,其鼻祖是波德莱尔。1857年,《恶之花》的出版揭开了象征主义的序幕。1886年,法国诗人让·莫雷阿斯发表《象征主义宣言》,首次提出象征主义的概念。从此,西方诗歌进入象征主义时代。20世纪前半期,象征主义从法国传播到欧美各国,盛极一时,其影响持久不衰。如果用一个形象的词语揭示象征语言的特点,我觉得最好用"回声"。有回声必有原声,二者的相似性不言而喻。就此而言,象征语言是一种"回声"式语言。《应和》被誉为"象征派的宪章",波德莱尔在该诗第二节里写到了"回声":"如同悠长的回声遥遥地汇合/在一个混沌深邃的统一体中。"

---

① [德]黑格尔:《美学》第2卷,朱光潜译,《朱光潜全集》第14卷,安徽教育出版社,1990年,第10页。
② 耿占春:《失去象征的世界》,北京大学出版社,2008年,第43页。

第一章 闻一多的诗歌语言观念及其模式

尽管闻一多不以象征主义诗人著称,但他深知象征在现代艺术中的重要地位:"现代艺术底精神在提示,在象征。"①闻一多早年之所以非常重视"幻象",是因为他把"幻象"视为了感情的象征体,或者说是表达感情最深刻有效的途径。他说:"'奇异的感觉'便是 ecstasy,也便是一种炽烈的幻象;真诗没有不是从这里产生的。"②在闻一多看来,创作"真诗"就是找到"奇异的感觉"和"炽烈的幻象"之间的相似性,使之形成象征关系,因此他对象征语言的重视是一贯的,从早期的《西岸》和《红烛》,到后期的《死水》和《奇迹》,可以说象征是贯穿闻一多诗歌的一条重要线索。这里选择的是《死水》的压卷之作《闻一多先生的书桌》。关于此诗的创作背景,梁实秋曾做过如下介绍:"一多的房间经常是乱糟糟的,床铺从来没有清理过,那件作画时穿着的披衣除了油彩斑斓之外还有各种各样的渍痕。最令人惊讶的是他的书桌,有一次我讥笑他的书桌的凌乱,他当时也没说什么,第二天他给我一首诗看……"③此诗作于 1924 年④,发表于 1925 年 9 月 19 日《现代评论》第 2 卷第 41 期。全诗六节,每节四行,共二十四行:

> 忽然一切的静物都讲话了,
> 忽然间书桌上怨声腾沸:
> 墨盒呻吟道"我渴得要死!"
> 字典喊雨水渍湿了他的背;
>
> 信笺忙叫道弯痛了他的腰;
> 钢笔说烟灰闭塞了他的嘴,
> 毛笔讲火柴烧秃了他的须,
> 铅笔抱怨牙刷压了他的腿;

---

① 闻一多:《电影是不是艺术?》,见《闻一多全集》第 2 卷,第 30 页。
② 闻一多:《评本学年〈周刊〉里的新诗》,见《闻一多全集》第 2 卷,第 40—41 页。
③ 梁实秋:《谈闻一多》,传记文学出版社,1987 年再版本,第 41—42 页。
④ 刘介民:《闻一多主要著述年表》,见《闻一多 寻觅时空最佳点》,文津出版社,2005 年,第 340 页。

香炉咕喽着"这些野蛮的书
早晚定规要把你挤倒了!"
大钢表叹息快睡锈了骨头;
"风来了!风来了!"稿纸都叫了;

笔洗说他分明是盛水的,
怎么吃得惯臭辣的雪茄灰;
桌子怨一年洗不上两回澡,
墨水壶说"我两天给你洗一回。"

"什么主人?谁是我们的主人?"
一切的静物都同声骂道,
"生活若果是这般的狼狈,
倒还不如没有生活的好!"

主人咬着烟斗迷迷的笑,
"一切的众生应该各安其位。
我何曾有意的糟蹋你们,
秩序不在我的能力之内。"[①]

《闻一多先生的书桌》并非一首纯粹的象征诗歌,其突出特色是拟人手法和幽默色彩。值得注意的是,在新诗中把自己的名字写入诗题,而且自称为"先生"是否始于闻一多?如果此事属实,这理应源于他"惟我独尊"的诗人意识。究其根源,也许是受了陆游的影响:

他诗人每每忘却自我,或记之亦不如放翁之坚牢;放翁在诗中

---

① 闻一多:《闻一多先生的书桌》,见《闻一多全集》第1卷,第167—168页。

第一章　闻一多的诗歌语言观念及其模式

自称"先生"、"老夫"、"老子"、"使君"、"丈人"之处极多,而径称"放翁"处尤多——盖处处不能忘却一个"我"也。愚以为"惟我独尊"是诗人普通态度,而放翁尤甚。诗人非襟怀开旷,操守正大,自信不移者,不能勉强作此狂语。①

可以说,这首诗营造了一个"书桌"时空体。书桌像一个独立的王国,其臣民包括墨盒、字典、信笺、钢笔、烟灰、毛笔、火柴、铅笔、牙刷、香炉、书、大钢表、稿纸、笔洗、桌子、墨水壶,以及自窗外而来的风雨等。诗歌前四节极力渲染他们之间的冲突与争吵,后两节由臣民们的造反引出主人,以及主人对它们的安抚。

一般来说,静物是个美术概念,意即没有生命的物体。画家兼诗人闻一多偏把这些臣民们称为"一切的静物",把它们全部拟人化,赋予它们生命,并把它们置入书桌这个现实时空体中,通过它们的感觉揭示存在于它们之间的紧张关系。诗人主要借助声音,间或借助动作,用四节的篇幅描述臣民们的生存状态,而尽力避免重复。诗人制造的主要场景是书桌上沸腾的怨声,但用词各异:墨盒是"呻吟",字典是"喊",信笺是"叫",钢笔是"说",毛笔是"讲",铅笔是"抱怨",香炉是"咕喽",大钢表是"叹息",如此等等。这些词语无不源于静物们对身处混乱秩序的不满:需要水的事物却处于干燥状态,不需要水的事物却被弄得湿淋淋的。此外,"闭塞""烧秃""压""挤"等动词在某种程度上都是对当时人际关系的写照。关于闻一多诗歌语言的特点,苏联汉学家苏霍鲁科夫曾做过如下总结:"他的语言准确传神,修饰语新颖贴切,动词运用精妙,为了造成新奇独特的表现效果,既善于运用古色古香的词汇,又善于利用中国现代文学语言中修词和语法的奥妙幽微之处。"②这些特色在此诗中体现得非常明显。起初静物们只是相互抱怨,后来他们一起转向书桌的主人,其用词是"骂",与前述用词相比,

---

① 闻一多:《致梁实秋》,见《闻一多全集》第12卷,第37页。
② [苏]苏霍鲁科夫:《闻一多诗歌中的民族传统与西方影响》,闻铭译,见《闻一多研究四十年》,季镇淮主编,清华大学出版社,1988年,第491页。

"骂"是静物们内心不满的集体爆发,是空前尖锐的反抗之词。静物如此,人何以堪?至此,"一切的静物"变成了"一切的众生"。就此而言,诗人描述的书桌时空体具有潜在的隐喻性,并因此成为当时中国的象征。然而,当臣民们表示拒绝这种混乱的生活时,作为一国之君的主人却满面含笑地劝慰大家要忍耐、要本分,并辩白造成这种混乱的原因并不在他:"秩序不在我的能力之内",这是他的最后辩护词,而主人的这句辩护词一经诗人写出却具有了反讽色彩,其复调效果溢于言表。纵观全诗,描述语言和对话语言无不围绕象征而展开,并最终成为象征语言的一部分。

1986 年,冯友兰(1895—1990)撰文回忆闻一多,提到他 1946 年 5 月 4 日在清华大学会议上的发言:"譬如,我现在想说蒋介石是一个混账王八蛋,我就是说蒋介石是一个混账王八蛋,他就是一个混账王八蛋。"①对此,冯友兰发表评论说:"在当时的国民党法西斯政权的统治之下,在大庭广众之中,公开辱骂蒋介石,是绝无仅有的事。"②从 1924 年的静物之骂到 1946 年的闻一多之骂,其连续性是明显的。③

四 闻一多诗中的智性语言:《奇迹》

闻一多诗学中的智性语言主要集中在他的诗歌批评中,但也零星地出现于他的诗歌作品里。本节仅分析其诗歌中的智性语言。④ 尽管

---

① 据相关记载,闻一多在联大校友话别会上的讲话如下:"前几天有个刊物隐约地骂了蒋介石,于是他的党徒们嚷起来了,说侮辱了什么似的,还有些好心肠的知识分子也跟着说这太过份了,难道说,他这些年造了那么多的孽,害了那么多的人民,骂一下都不行吗?咱们应该讲真理,明是非。我有名有姓,我就要骂!"见《闻一多萃语》,岳麓书社,1996 年,第 207—208 页。

② 冯友兰:《怀念闻一多同志》,见《三松堂全集》第 14 卷,河南人民出版社,2001 年,第 299 页。

③ 当然,《闻一多先生的书桌》也可以从其他角度解读,此处的分析只是角度之一。梁实秋认为:"这首诗很有谐趣,他写此诗的动机不仅是为他的郁郁解嘲,诗的末行还吐露一切事自己做不得主宰只好任其自然之意。"并认为该诗可能受到了欧谟的影响:"我不知道他写此诗时是否想起了波斯诗人欧谟的《鲁拜集》中之那些会说话的酒罐子,因为他非常喜欢这个古波斯诗人的那种潇洒神秘的享乐主义。"见《谈闻一多》,传记文学出版社,1987 年,第 44 页。

④ 对其诗歌批评中智性语言的分析见第 2 章第 6 节。

第一章　闻一多的诗歌语言观念及其模式

诗歌是一种适于抒情的体裁,但成就较大的诗人总想突破诗歌的局限,尝试新的可能:用诗歌叙事,或用诗歌说理,如此等等。不可否认,用诗歌说理的难度最大。尽管理和情同为抽象物,但其本质迥异,因为情与内心的节奏相应,而理只不过是一种感知或认识,虽源于物而关系心,但缺乏与感情的持久契合。情可以借助景物表现出来,而理在被用诗歌语言揭示出来时就会遇到困难。所以,自古以来,成功的哲理诗并不多见。闻一多认为:"中国的伟大诗人可举三位作代表,一是庄子,一是阮籍,一是陈子昂,因为他们的诗都含有深邃的哲理的缘故。"①哲理诗之所以很难写好,究其原因在于"科学是智性的美学"②,而文学并非科学,所以,将道理写入诗歌不是不谐调,就是损伤以至于破坏诗歌的美。

在评价泰戈尔(1861—1941)的诗歌时,闻一多集中表达了他对哲理诗的看法:"哲理本不宜入诗,哲理诗之难于成为上等的文艺正因这个缘故。许多的人都在这上头失败了。泰果尔也曾拿起 Ulysses 底大弓尝试了一番,他也终于没有弯得过来。"③但不能就此认为闻一多否定哲理入诗。闻一多坚信诗人的主要使命是抒情,但他也不拒绝智慧:"……诗家底主人是情绪,智慧乃是一位不速之客,无须拒绝,也不必强留。"由此可见,闻一多并不否认哲理可以入诗,也不否认"诗家须有一种哲学",问题的关键是能否把它"表现的得法"。④ 陈子昂能将宇宙意识和人生情调融入诗中,因而深得闻一多的赞赏:"子昂的诗,是超乎形象之美,通过精神之变,深与人生契合,境界所以高绝。"⑤他还引济慈的话说,"All charms fly at the mere touch of philosophy"⑥,意思是美和哲理一接触就会飞逝。歌德(1749—1832)也说过:"诗人需要全部哲学,但他决不能让哲学跑进他的作品。"在具体创作时,把握好这

---

① 《闻一多论古典文学》,郑临川编,重庆出版社,1984年,第100页。
② [法]加斯东·巴什拉:《科学精神的形成》,钱培鑫译,江苏教育出版社,2006年,第7页。
③ 闻一多:《泰果尔批评》,见《闻一多全集》第2卷,第125页。
④ 闻一多:《评本学年〈周刊〉里的新诗》,见《闻一多全集》第2卷,第49页。
⑤ 《闻一多论古典文学》,郑临川编,重庆出版社,1984年,第103页。
⑥ 闻一多:《〈冬夜〉评论》,见《闻一多全集》第2卷,第87页。

个分寸是很难的。苏东坡的《题西林壁》因找到了景物与感悟的契合点而表达得当,《琴诗》就成了纯粹说理的押韵文字。

检视闻一多的诗歌,其中并没有所谓的哲理诗,但不乏智性语言。"家乡是个贼,他能偷去你的心","秩序不在我的能力之内",如此等等。智性语言无不基于诗人对现实人生的深刻洞悉和卓越裁判,无论是正面揭示,还是反面批判,智性语言都应以尖锐的触角切入事物的深处。由于智性语言的优势在于呈现事物的内在真相,如同用于检测的激光,或用于治疗的手术刀,所以,本书把智性语言称为"刀锋"式语言。

《奇迹》是闻一多诗歌中最富于智慧的作品之一。1930年12月10日,他给朱湘和饶孟侃写信,兴奋地报告了《奇迹》诞生的经过:

> 足二三年,未曾写出一个字来,今天算破了例。这消息自然得先报告你们。听我先谈谈,不忙看诗,因为那勉强算得一首长诗。……这一欢喜,这一急,可了不得!花了四天工夫,旷了两堂课,结果是这一首玩意儿。本意是一道商籁,却闹成这样松懈的一件东西。也算不得"无韵诗",那更是谈何容易。毕竟我是高兴,得意,因为我已证明了这点灵机虽荒了许久没有运用,但还没有生锈。写完了这首,不用说,还想写。说不定第二个"叫春"的时期快到了。①

《奇迹》发表于1931年1月20日《诗刊》创刊号,属于异峰突起之作。《死水》出版后,闻一多一度中断写诗;此诗写出后,第二个"叫春"的时期并没有到来,因而此诗就成了万里平原上的一座高山,一种奇迹般的存在。全诗四十八行,与《大鼓师》相同,但不分节,只能算一首中型诗。

---

① 闻一多:《致朱湘、饶孟侃》,见《闻一多全集》第12卷,第253页。文中的"欢喜"是因为闻一多发现他的学生陈梦家和方玮德诗写得很好,"急"是由于闻一多感到他的两个学生成了自己诗歌上的"劲敌"和"畏友",《奇迹》就是受这两个学生创作的刺激而写的。"一道商籁"中的"道"似应为"首"。

第一章 闻一多的诗歌语言观念及其模式

关于《奇迹》的主旨,研究者众说纷纭。梁实秋认为:"实际是一多在这个时候在情感上吹起了一点涟漪,情形并不太严重,因为在情感刚刚生出一个蓓蕾的时候就把它掐死了,但是在内心里当然是有一番折腾,写出诗来仍然是那样的回肠荡气。"① 梁实秋所说的实是闻一多和俞珊(1908—1968)的一段感情,俞珊是当时名噪一时的话剧演员。孙玉石(1935—)认为对方并非俞珊,而是方令孺(1897—1976)。② 而俞兆平(1945—)认为《奇迹》是"闻一多对自己多年来所受的唯美主义艺术观影响的总的回顾与清算,是他对新的理想境界的寻觅与探求。"③ 这种观点无疑太附会了。

我认为此诗的关键词是平凡和奇迹、现实和梦想、刹那和永恒。其中,平凡、现实和刹那属于一组,奇迹、梦想和永恒属于另一组。在平凡的现实中渴望梦想的奇迹,构成了此诗的基本主题。这就是此诗的哲理。为了表现哲理而不失为一首好诗,闻一多一方面力图将感性语言和智性语言融于诗中,一方面沿用他擅长的戏剧化手法,将三组对立的关系纳入自己的内心世界,以内心独白的方式表现内心冲突:在平凡中渴望奇迹的实现,在现实中渴望梦想的来临,在刹那中渴望获得永恒。以现实为中心的平凡构成了此诗的第一种状态,以奇迹为中心的梦想构成了此诗的第二种状态,整首诗表达的就是生活在第一种状态中的诗人期待进入第二种状态的漫长过程。因此,"等候"这个词贯穿了全诗。在某种程度上,等候的漫长取决于梦想的高度,以及道德伦理的制约。诗人一再表白自己要什么,不要什么,他始终不肯降低自己的标准,也不肯混淆它们之间的界限,所以他必须在等候灵魂需要之物时让肉体忍受不需要之物的折磨,而这正是诗人真实的生活状态。从诗中来看,诗人渴望的并非任何世俗的美:蝉鸣与浊酒,烟峦与曙壑,璀璨的星空和最动人的名儿,碧玉的温润和天仙似的人面,所有这些都不是诗人的需要。那么,诗人到底需要什么呢?

---

① 梁实秋:《谈闻一多》,传记文学出版社,1987年,第87页。
② 孙玉石:《闻一多〈奇迹〉本事及解读》,见《北京大学学报》2000年3月。
③ 俞兆平:《闻一多美学思想论稿》,上海文艺出版社,1988年,第58页。

> 我要的本不是火齐的红,或半夜里
> 桃花潭水的黑,也不是琵琶的幽怨,
> 蔷薇的香;我不曾真心爱过的文豹的矜严,
> 我要的婉娈也不是任何白鸽所有的。
> 我要的本不是这些,而是这些的结晶,
> 比这一切更神奇得万倍的一个奇迹!
> ……
> 我只要一个明白的字,舍利子似的闪着
> 宝光,我要的是整个的,正面的美。①

在这段富于感官色彩的诗句里,诗人声称他要的不是任何一种现实的东西,无论它本身多么美丽,他要的是这些美的结晶。但这种美到底是奇迹,还是虚无?在我看来,闻一多诗中的奇迹并非生活奇迹,也不是美的奇迹,而是宗教性的奇迹。"舍利子似的闪着宝光"以及"半启的金扉中,一个戴着圆光的你"皆可为证。在谈到闻一多的绘画时,许芥昱指出:"闻始终佩服那位意大利宗教画大师,连他的宗教气息都传了一点给闻的诗风,可以在闻写的最后一首白话诗《奇迹》中读得出来……"②所谓"意大利宗教画大师"即安吉利柯(Angelico),闻一多曾在《秋色》一诗中写到他。无独有偶,俄罗斯女诗人吉皮乌斯(1869—1945)也是一个宗教色彩很浓的诗人,她在《歌》里写道:

> ……
> 我追求的是我所不知的东西,
> 不知的东西——
>
> 这种愿望不知来自何方,
> 来自何方,

---

① 闻一多:《奇迹》,见《闻一多全集》第 1 卷,第 260—261 页。
② 许芥昱:《新诗的开路人——闻一多》,卓以玉译,波文书局,1982 年,第 86 页。

第一章　闻一多的诗歌语言观念及其模式

> 我的心哪,一心把奇迹向往
> 向往!
>
> 但求出现奇迹,这奇迹不曾有过,
> 从不曾有过,——
> 苍白的天空已经向我许诺,
> 它把奇迹许诺,
>
> 但我无泪地哭,哭许诺的虚谬,
> 这许诺虚谬……
> 我所需要的,世界上没有,
> 世界上没有。①

但是闻一多不相信虚无,他知道他需要的奇迹存在于这个世界上,只是迫于某种压力难以实现,所以他只有静候奇迹的来临。然而,现实生活的持久折磨让诗人担心自己"等不及奇迹的来临",并使他在漫长的等候中不断辩白自己静候奇迹的合理性:"我并非倔强,亦不是愚蠢。"与其说诗歌最后写的是奇迹来临的幻觉,不如说是诗人换了一种方式来迎接奇迹,这种方式就是死。既然活着难以实现奇迹,诗人便决心以死实现它。这既体现了诗人对生活的至深绝望,也体现了诗人对奇迹的最高赞美。从绝望的等候到奇迹的诞生这个转换只有在死亡来临的那一刹那才能完成,这是《奇迹》作者的预感。只有死才能突破道德的束缚和现实的制约,实现自己的梦想,迎来有"你"的奇迹:

> 因为那——那便是我的一刹那,
> 一刹那的永恒:——一阵异香,最神秘的
> 肃静,(日,月,一切星球的旋动早被

---

① 吉皮乌斯:《歌》,见《世界诗库》第5卷,飞白主编,花城出版社,1994年,第258页。

喝住,时间也止步了,)最浑圆的和平……
我听见阊阖的户枢訇然一响,紫霄上
传来一片衣裙的窸窣——那便是奇迹——
半启的金扉中,一个戴着圆光的你!①

---

① 闻一多:《奇迹》,见《闻一多全集》第1卷,第261页。

第二章　闻一多诗歌语言的弹性与限度

20世纪30年代,巴赫金在其复调理论的基础上提出"杂语"思想,认为一部小说通常会包括"作者直接的文学叙述","对各种日常口语叙述的摹拟","对各种半规范(笔语)性日常叙述(书信、日记等)的摹拟","各种规范的但非艺术性的作者话语"和"主人公带有修辞个性的话语"五部分。① 与此类似,闻一多的诗歌语言也具有杂语性,是一种杂语式诗歌语言。闻一多认为:

> 新诗所用的语言更是向小说戏剧跨近了一大步,这是新诗之所以为"新"的第一个也是最主要的理由。其它在态度上,在技巧上的种种进一步的试验,也正在进行着。请放心,历史上常常有人把诗写得不像诗,如阮籍,陈子昂,孟郊,如华茨渥斯(Wordsworth),惠特曼(Whitmen),而转瞬间便是最真实的诗了。诗这东西的长处就在它有无限的弹性,变得出无穷的花样,装得进无限的内容。只有固执与狭隘才是诗的致命伤,纵没有时代的威胁,它也难以立足。②

这段话出自《文学的历史动向》,把批评对象置于文学史中加以动态考察,这几乎是闻一多的一贯做法,从《评本学年〈周刊〉里的新诗》到《唐诗杂论》无不如此。因此,"文学的历史动向"可以视为闻一多的基本文学史观。正如他谈到杜甫的继承人时所说的:

> ……孟郊是以毕生精力和亲身的感受用诗向封建社会提出血

---

① 巴赫金:《长篇小说的话语》,白春仁译,见《小说理论》,河北教育出版社,1998年,第40页。
② 闻一多:《文学的历史动向》,见《闻一多全集》第10卷,第20页。

泪的控诉,它动人的力量当然要超过那些代人哭丧式的纯客观描写,它是那么紧紧扣人心弦,即使让人读了感到不快,但谁也不能否认它展开的是一个充满不平而又是活生生地有血有肉的真实世界,使人读了想到自己该怎么办。所以,从中国诗的整个发展过程来看,我认为最能结合自己生活实践继承发扬杜甫写实精神,为写实诗歌继续向前发展开出一条新路的,似乎应该是终生苦吟的孟东野,而不是知足保和的白乐天。①

在闻一多看来,孟郊之所以比白居易更像杜甫的继承人,原因在于他更深刻地继承了杜甫的写实精神,因而他的诗歌更真实,更动人,甚至"让人读了不快"。不过,我认为闻一多对诗歌语言的弹性似乎估计过高,所以有必要提出弹性的限度问题,以免使诗真的成为"非诗"。因此,本章将结合闻一多创作的实际讨论诗歌吸收绘画语言、音乐语言、建筑语言、小说语言和戏剧语言的可能性,同时考察诗歌吸收其他艺术语言的限度。从根本上说,诗歌吸收其他艺术语言的限度是:诗歌永远是诗歌,而不会也不应成为绘画、音乐、建筑、小说和戏剧等。事实上,在具体操作时,这个限度会更加敏感:如果吸收其他艺术语言的优势能增强诗歌的魅力,就是可取的;反之,吸收其他艺术语言后,却不能增强诗歌的魅力,甚至损害了诗歌的美感,那就意味着超越了界限。在诗歌批评方面,闻一多诗学的特色体现为感性语言与智性语言的融合,二者的融合同样存在着一个限度:无论感性语言多么富于感染力,都不能取代智性语言在诗歌批评中的核心位置,正如在哲理诗中,无论智性语言多么重要,都要融入感性语言中一样。

第一节　视觉空间中的廓线与色彩:绘画美

一　闻一多的美术成就

闻一多的美术成就涉及绘画、书籍装帧、书法、篆刻、舞台美术、美

---

① 《闻一多论古典文学》,郑临川编,重庆出版社,1984年,第156页。

第二章 闻一多诗歌语言的弹性与限度

术论文等多个领域,既有作品创作也有理论探讨。尽管未能卓然成家,但他的书刊设计成就在当时是很突出的。《闻一多全集》第11卷收集了他现存的所有美术作品,包括绘画作品38幅,书籍装帧及设计37幅,书法作品52幅,篆刻561方。其美术论文被收入《闻一多全集》第2卷,主要有《建设的美术》《出版物的封面》《先拉飞主义》《论形体》和《冯法祀战地写生画展观后感》五篇。①

在各种艺术形式中,闻一多最早爱好的是绘画,据说是受家人韦奇的影响。② 1911年10月10日武昌起义后,他曾把相关见闻画成故事画,贴得满墙都是。③ 这表明闻一多很早就形成了通过艺术及时反映社会现实的创作习惯。这只能算闻一多学习绘画的萌芽期。在清华读书时,闻一多随两位美籍女教师斯塔尔(Starr)和里格卡特(Lyggate)学习绘画,其绘画才能得到进一步发展。浦薛凤(1900—1997)在《忆清华级友闻一多》中说:同级几位同学对绘画都有兴趣,兼受美术教师司达女士之鼓励,"唯一多铅笔与水彩画成绩特好,最受赏识,是为其留美学习绘画之根源"④。1915年,闻一多出任《清华年报》的图画编辑。同年,他的画被选送至巴拿马博览会。1916年,参加特别图画班,每周习画一次。1919年,任《清华学报》图画总编辑,并与吴泽霖(1898—1990)等发起成立美术社。1921年,美术社请俄国画家黎克雷(Lee Kney)演讲。闻一多在此时所写的自传中声称:"好文学及美术,独拙于科学,亦未尝强求之……习书画,不拘拘于陈法,意之所至,笔辄随之不稍停云。"⑤

清华时期是闻一多绘画的发展期。其重要性在于此时他已经把绘画学习、绘画创作和绘画研究结合在了一起,但其核心是绘画创作。和闻一多关系交好的梁实秋认为"他在课业上表现比较最突出的是图画",并说:

---

① 另有一篇《匡斋谈艺》,但其内容与《论形体》大致相同。
② 刘烜:《闻一多评传》,北京大学出版社,1983年,第5页。
③ 季镇淮:《闻一多先生年谱》,见《闻一多全集》第12卷,第467页。
④ 闻立鹏、张同霞:《艺术活动年表》,见《追寻至美》,山东美术出版社,2001年,第153页。
⑤ 闻一多:《闻多》,见《闻一多全集》第2卷,第295页。

一多在离开清华之前,特为我画一幅"荷花池畔",画的是工字厅后面的荷花池,那是清华园里唯一的风景区,也是清华园里诗人们平夙徘徊啸傲之所在,是用水彩画的,画出了一片萧瑟的景色。前此,他又为我画了一幅"梦笔生花图",是一幅图案画的性质,一根毛笔生出无数缤纷的花朵,颇见奇思。①

这两幅图现存一幅,即"梦笔生花图"。② 该图虚实结合:画的是一个书生在书桌边打盹(此为实);书桌上明亮的烛光照着他的梦境,如梁实秋所言,梦中是"一根毛笔生出无数缤纷的花朵"(此为虚)。在中国传统文化里,"梦笔生花"既是文人的渴望,也是对文人才华的称许。闻一多用绘画的形式表达了自己的文学志向,并以此与朋友相互激励。"梦笔生花"这幅画之所以具有图案画的性质,主要是由于此时闻一多绘画的主导观念是应用性。这自然与他的编辑身份密不可分,同时也出于他对中国画的理解。他认为"中国画重印象,不重写实",因而"中国美术最宜于装饰"。在他看来,"利用"是最好的保存方法。他说:"与其保存国粹不如利用国粹。利用是最妙的保存的方法。中国的美术要藉工艺保存。中国的工艺要藉美术发达。"③尽管闻一多此时还是个学生,但这种观念无疑是高明的。

图案画是闻一多清华时期的主要绘画形式,他还专门著文集中表达了对图案画的思考。在《出版物底封面》中,他认为"图案是一个专门的艺术",其主要因素包括"图画底构造","字底的体裁,位置,他们底方法,同封面底面积"等。关于图画,闻一多首先认为"须合艺术底法义——如条理(order),配称(proportion),调和(harmony)等"。其次,"须与本书内容有连属的或象征的意义"。第三,"不宜过于繁缛"。关于用字,闻一多强调字"须清楚","宜美术的书法(除篆、籀、大草外)——刻板的宋体同日本式方体字宜少用",可集碑帖,但忌名人题

---

① 梁实秋:《谈闻一多》,传记文学出版社,1987年再版本。第15页。
② 闻一多:《梦笔生花》,见《闻一多全集》第11卷,第57页。
③ 闻一多:《建设的美术》,见《闻一多全集》第2卷,第5—6页。

第二章　闻一多诗歌语言的弹性与限度

签,而且总体上须符合"艺术底法义"。关于面积,闻一多认为"宜长方,忌正方"。① 闻一多后来创作的大量封面较好地实践了这些主张。值得注意的是,他为自己的两本诗集设计的封面。这两个封面都没有图画,《红烛》(1923年)一书仅在封面正中标明"红烛"二字,右上角为作者名,左下角为出版社名,均用红字,竖排,两边字体纤细,中间书名格外厚重。《死水》(1928年)则为深黑色背景,左上方为一长方形金框,内镶黑边,黑边内左上方写着"死水"二字,右下角写着"闻一多"三字,皆黑色。可以说,闻一多两本诗集的封面充分利用了色彩和书法这两个因素,并达到了"一样颜色的图案又要简单又要好看"的效果。②

闻一多系统接受西方绘画训练是在留美期间。他起初就读于芝加哥美术学院,一年后转入科罗拉多大学艺术系,最后一年在纽约学习。他在美国习画的成绩非常突出。芝加哥美术学院注册干事在给华盛顿特区中国教育代表团赵团长的信中说:"他是班上优秀成员之一,成绩一向优良。"③1924年6月14日,闻一多在给家人的信中报告了他在科罗拉多大学举办的学生画展中获得的优异成绩:"前月举行成绩展览会,以我之作品为最佳,颇得此地报纸之赞美,题意可译为'中国青年的美术占展览会中重要部分云云'。"④事实上,闻一多在美国并没有全力学习绘画。在芝加哥美术学院时,他的确曾对西洋绘画下过一番功夫,但此时对诗歌的热情似乎更高,正如梁实秋所说的:

> 一多是学画的,在美术学院起初也很努力。学画要从素描起,这是画的根本工夫。他后来带了两大卷炭画素描给我看,都是大幅的人体写生,石膏像做模特儿的。在线条上,在浓淡阴影上,我觉得表现得都不错,至少我觉得有活力。可是一多对于这基本的训练逐渐不耐烦,画了一年下来还是石膏素描,他不能忍了。一个重要的原因是他对文学的兴趣太浓。

---

① 闻一多:《出版物的封面》,见《闻一多全集》第2卷,第8—9页。
② 闻一多:《红烛》《死水》,见《闻一多全集》第11卷,第50、51页。
③ 闻立鹏、张同霞:《艺术活动年表》,见《追寻至美》,山东美术出版社,2001年,第158页。
④ 闻一多:《致家人》,见《闻一多全集》第12卷,第202页。

……他在珂泉一年……对于英诗,尤其近代诗,他获得了系统的概念及入门的知识,因为他除了上艺术系的课之外还分出一半时间和我一同选修"丁尼生与伯朗宁"及"现代英美诗"两门课。……我们一同上课,一同准备,一同研讨。这对于一多在求学上是一大转换点,因为从此他对于文学的兴趣愈益加浓,对于图画则益发冷淡了。①

闻一多留美期间未能全力投入绘画学习的原因是多方面的,对文学的热情只是其中的一个方面。从根本上说,是由于他对西方绘画产生了质疑:"诗在各种艺术之中所占位置很高(依我看比图画高)。""我现在着实怀疑我为什么要学西洋画,西洋画实没有中国画高。我整天思维不能解决。那一天解决了我定马上回家。"②五天以后,问题似乎得到了解决,他对梁实秋说:"我想再在美住一年就回家。我日渐觉得我不应当作一个西方的画家,无论我有多少天才。我现在学西方的绘画是为将来作一个美术批评家。"③由此来看,闻一多用中国画否定了西方画,又用诗歌否定了绘画,所以,他最终完成了美术批评家的角色定位。但是,由于个人生计、时局动荡以及兴趣转移等多种原因,他的美术批评就像他试图去日本学习美术的打算一样最终成了不曾实现的愿望。相比而言,倒是他说的"我学美术是为帮助文学起见的"更符合后来的实际。④

据梁实秋回忆,闻一多在美国创作的绘画倾向于印象主义:"一多对西班牙的画家 Velasquez 的作品颇感兴趣,他画的人物差不多全是面如削瓜狰狞可怖,可是气氛非常厚重而深沉。梵谷的画,他也有偏爱,他爱他的那份炽盛的情感。有一天一多兴至要为我绘半身像,我当然也乐于做免费的模特。那张油画像,真是极怪诞之能事,头发是绿色的,背景是红色的,真是'春风满鬓绿蓬松',看起来好吓人!他的画就

---

① 梁实秋:《谈闻一多》,传记文学出版社,1987年再版本,第26、29页。
② 闻一多:《致闻家驷》,见《闻一多全集》第12卷,第145—146页。
③ 闻一多:《致梁实秋》,见《闻一多全集》第12卷,第148页。
④ 闻一多:《致闻家騄、闻家驷》,见《闻一多全集》第12卷,第100页。

第二章 闻一多诗歌语言的弹性与限度

是想走印象主义的路子。"①遗憾的是,闻一多在美国的画作一件也没有保存下来。《闻一多全集》中只有一幅水彩画《对镜》(1927年)②,是他为《冯小青》一书所做的插图,画的是一个女子对镜化妆的情景,女子半肩裸露,身披白衣,头发、座椅与桌子皆为黑色。女子背对读者,但其面容映射在镜子里,正对着读者。她的两根手指正在下唇上涂抹,在女子和她镜子里的映象之间放着一个白色的碗,女子头顶上悬着一只鸟笼;从中可以看出闻一多受过的西洋画训练。

回国之后,闻一多在北京艺术专科学校任教务长。起初,闻一多心中还萦绕着对艺术的热情与焦虑。1926年初,他迁居西京畿道三十四号,其画室成为诗人们的聚会场所,画室的设计引人瞩目。据徐志摩的描述:

> 一多那三间画室,布置的意味先就怪。他把墙壁涂成一体墨黑,狭狭的给镶上金边,象一个裸体的非洲女子手臂上脚踝上套着细金圈似的情调。有一间屋子朝外壁上挖出一个方形的神龛供着的,不消说,当然是米鲁薇纳丝一类的雕像。他的那个也够尺外高,石色黄澄澄的象蒸熟的糯米,衬着一体黑的背景,别饶一种澹远的梦趣,看了叫人想起一片倦阳中的荒芜的草原,有几条牛尾几个羊头在草丛中掉动。这是他的客室。那边一间是他做工的屋子,基角上支着画架,壁上挂着几幅油色不曾干的画。屋子极小,但你在屋里觉不出你的身子大;带金圈上的黑公主有些杀伐气,但他不至于吓瘪你的灵性;神体的女神(她屈着一支腿挽着往下沉的亵衣),免不了几分引诱性,但她决不容许你逾分的妄想。白天有太阳进来,黑壁上也沾着光;晚快黑影进来,屋子里仿佛有梅斐士滔佛利士的踪迹;夜间黑影与灯光交斗,幻出种种不成形的怪像。③

---

① 梁实秋:《谈闻一多》,传记文学出版社,1987年再版本,第31页。
② 闻一多:《对镜》,见《闻一多全集》第11卷,第4—5页。
③ 徐志摩:《诗刊弁言》,见《中国现代诗论》(上编),杨匡汉、刘福春编,花城出版社,1985年,第118页。

在我看来,闻一多的画室当时至少产生了两个影响。一是对诗刊的影响,诚如徐志摩所说的:"我写那几间屋子因为它们不仅是一多自己习艺的背景,它们也就是我们这诗刊的背景,这搭题居然被我做上了;我期望我们将来不致辜负这制景人的匠心,不辜负那发糯米光的爱神,不辜负那带金圈的黑姑娘,不辜负那梅斐士滔佛利士出没的空气!"①由此可见,他的画室在某种程度上促成了诗刊的基本精神。其次,闻一多的画室直接影响了他的第二本诗集《死水》的封面:黑色背景、金色镶边,俨如其画室墙壁的复制品。

但是,后来除了偶尔给朋友们的新书设计封面之外,闻一多的美术才能长期处于蛰伏状态,特别是转向学术研究之后,更是抛诗别画。然而,特定的环境又促使其美术才能两度爆发:一次是在千里步行到云南的途中,一次是因经济紧张而挂牌治印。1938年2月20日,闻一多等从长沙出发,历经六十八天,行程三千三百余里(其中徒步两千六百余里),于4月28日抵达昆明。一路上,曾作画多幅:

> 至于沿途所看到的风景之美丽、奇险,各种的花木鸟兽,各种样式的房屋器具,和各种装束的人,真是叫我从何说起!途中做日记的人甚多,我却一个字还没有写。十几年没画图画,这回却打动了兴趣,画了五十几张写生画。打算将来做一篇序,叙述全程的印象,一起印出来做一纪念。②

> 平时对于舞台设计,极感兴趣,前者陈铨先生导演《祖国》,曹禺自导《原野》,均系由多设计。早年本习绘画,十余年来此调久不弹,专攻考据,于故纸堆中寻生活,自料性灵已濒枯绝矣。抗战后,尤其在涉行途中二月,日夕与同学少年相处,遂致童心复萌,沿途曾作风景写生百余帧,到昆后又两度参与戏剧工作,不知者以为

---

① 徐志摩:《诗刊弁言》,见《中国现代诗论》(上编),杨匡汉、刘福春编,花城出版社,1985年,第119页。
② 闻一多:《致高孝贞》,见《闻一多全集》第12卷,第327页。

第二章 闻一多诗歌语言的弹性与限度

与曩日之教书匠判若两人,实则仍系回复旧我耳。①

这批珍贵的风景写生现存三十六幅。至于原作有多少幅,这里出现了两种不同的说法。第一段文字出自闻一多写给他夫人的信,时间为抵达昆明后两天,信中交代写生画的数目为"五十几张",应当比较可信;第二封信写于1940年5月26日,信中说"作风景写生百余帧",也许是误记。不过,这段文字的真正意义在于它表明了闻一多内心最认同的仍然是自己的艺术才能。只有在艺术活动中,他才能"回复旧我"。

相对而言,"治印"则是迫于生计。闻一多对篆刻的兴趣始于清华读书时。在《戊午秋日惩志,七十七韵》这首自传性诗歌中,他提到了自己早年的篆刻兴趣:"归来卧蜗舍,闭户谢亲媾。读书六十册,金石碎琢镂。"②所谓"琢镂"即篆刻,这是其发端期。留美回国后,闻一多一度对篆刻兴趣颇浓:"说来本是笑话,绘画本是我的元配夫人,海外归来,逡巡两载,发妻背世,诗升正室。最近又置了一个妙龄的姬人——篆刻是也。似玉精神,如花容貌,亮能宠擅专房,遂使诗夫人顿兴弃扇之悲。"③闻一多写此信时为1927年8月25日,从中可以看出他已放弃绘画,以诗歌为主,而此时篆刻大有喧宾夺主之势。也许这和他当时在南京土地局任职有关。所谓"近来摹印,稍有进步,应酬也渐渐麻烦起来了"。但不久闻一多再次进入高校,篆刻与诗歌几乎同时被冷落下去。1944年4月,由于生活困难,他再次与篆刻携手。当时,浦江清(1904—1957)用骈文写了一篇短启,并对闻一多的刻印发表了以下看法:"因为他对古文字学的研究,加以早年在美国专学艺术,所以线条的配合,别出匠心。学问,艺术双方造诣均高,迥不同于俗笔。"④据说闻一多当年曾精选其中的一部分篆刻,刻成印谱两册,所以这些资料保存较好,在他现存的美术作品中约占三分之二的篇幅。

---

① 闻一多:《致赵俪生》,见《闻一多全集》第12卷,第361—362页。
② 闻一多:《戊午秋日惩志,七十七韵》,见《闻一多青少年时代旧体诗文浅注》,群言出版社,2003年,第267页。
③ 闻一多:《致饶孟侃》,见《闻一多全集》第12卷,第238页。"亮"也许应为"竟"。
④ 季镇淮:《闻一多先生年谱》,见《闻一多全集》第12卷,第509页。

总体而言,闻一多的美术才华似乎并未真正施展。从现有的资料来看,他的美术作品在艺术方面还存在着可以拓展的空间,特别是由于他的作品注重应用,独立性不强。唯一的例外是凌叔华(1900—1990)收藏手卷中的那幅水墨人物颇具中国写意画的特色,可惜这类作品太少了。

二　闻一多诗中的绘画语言

尽管闻一多不以画家著称,但绘画的确促进了他的诗歌创作。完全可以说,绘画语言已经广泛融入闻一多的诗歌创作中,并成为其诗歌语言的有机组成部分和主要特色之一。在我看来,闻一多诗中的绘画语言主要体现在以下三方面:形体、廓线和色彩,以廓线表现形体,而色彩寓于廓线之中。它们与"四原素"说中的"绘藻"(大多为形容词)相结合,从而更好地发挥了诗歌语言的再现功能。

闻一多认为"形体是绘画中的第一义,而且再也没有比它更重要的了"。① 追本溯源,他把绘画视为"未完成的雕刻"②,认为绘画和雕刻的目标都是为了追求立体的形:"无论在中国,或西洋,绘画最初的目标是创造形体——有体积的形。"③然而,绘画毕竟是一种平面性的存在,在平面上求立体自然是困难的,甚至被闻一多认为是"一种荒唐的企图,一个矛盾的理想"。面对这种困难,西方人借助种种手段在画布上塑形。如立体派画家的作品就表现为"空间向各个方向永久延伸的无限性",并"赋予物体以可塑性",从而获得以平面暗示立体的效果④;中国人则利用线条来勾勒形体。因此,对于绘画来说,由线条构成的形体轮廓便成了实物的立体形的象征。就此而言,绘画就是用廓线表达形体的艺术。

---

① 闻一多:《论形体》,见《闻一多全集》第2卷,第179页。本文系闻一多在1934年为唐仲明(即唐亮)的西洋画展览而写的。唐亮1926年毕业于清华,留学法国学习绘画。回国后曾得到闻一多的资助。见闻一多致饶孟侃的信(1934年1月11日)。
② 闻一多《匡斋谈艺》,见《闻一多全集》第2卷,第181页。
③ 闻一多:《论形体》,见《闻一多全集》第2卷,第178页。
④ [法]阿波利奈尔:《美学沉思录》,见《阿波利奈尔精选集》,李玉民译,北京燕山出版社,2008年,第300页。

第二章 闻一多诗歌语言的弹性与限度

闻一多曾借助廓线理论对中国诗歌做过精彩的评价:"中国诗是艺术的最高造诣,为西洋人所不及。法国有一名画家,曾发明用点作画,利用人远看的眼光把点联成线条,并由此产生颤动的感觉,使画景显得格外生动。在中国诗里同样有点的表现法,不过象大谢的诗只有点而不能颤动,昌龄的诗则简直是有点而又能颤动了,至于李长吉的诗又似有脱节的毛病。"①在分析《芙蓉楼送辛渐》时,闻一多写道:

> 前面三句是用线的写法,依层次串连下来,从夜晚写到天明,由眼前写到别后,末句用的又是点的表现手法了。"冰心在玉壶"本是从鲍明远(照)"清如玉壶冰"句意化出,而能青出于蓝,连那个"如"字都给省掉,所以转胜原作。"冰心"是说心灰意冷,"玉壶"是说处身之洁,这七字写尽诗人的身世感慨。以壶比人,是昌龄创新的意境。凡用物比人,须取其不甚相似中的某一点相似,这样就会给人以更新更深的印象。②

在用廓线理论衡量国外某些作品时,闻一多得到的是另外一种印象。诺贝尔文学奖获得者泰戈尔来华时,倾慕崇拜者不乏其人,而闻一多却对他的诗歌提出了批评,这种勇气和见识令人钦佩。他认为泰戈尔的诗歌不利于新诗发展和形式建设,其弊病之一是没有廓线:"泰果尔底诗不但没有形式,而且可说是没有廓线。因为这样,所以单调成了他的特性。我们试读他的全部的诗集,从头到尾,都仿佛是些不成形体,没有色彩的 amoeba 式的东西。我们还要记好这是些抒情诗。别种的诗若是可以离形体而独立,抒情诗是万万不能的。"③在闻一多看来,绘画作品没有廓线就产生不了相应的形体感;诗歌作品没有廓线就会缺乏形式感。在某种程度上,廓线相当于诗歌的骨架。没有廓线,诗歌语言就会处于瘫痪散乱状态。闻一多作为新诗的赋形者由此可见一

---

① 《闻一多论古典文学》,郑临川编,重庆出版社,1984年,第132—133页。文中所说的法国画家即西涅克(Signac),他发明了点彩画。
② 《闻一多论古典文学》,郑临川编,第133—134页。
③ 闻一多:《泰果尔批评》,见《闻一多全集》第2卷,第129页。"amoeba"即变形虫。

斑。而且,这与华兹华斯的观点也是一致的:

> 靠那缓慢的创作,赋予语言
> 以轮廓甚至实体,直到它贡献出
> 一种类似有机力量的功能,
> 一种完美形式中的活的精神。①

为了在诗歌中形成鲜明的廓线,闻一多认为首先必须保证诗句有一定的长度。因此,闻一多诗歌句式的典型特征是长度,《死水》中的诗句大都保持在九个字以上。他之所以这样做,在某种程度上可以视为对俞平伯诗歌句式的克服和纠正。他认为《冬夜》中的诗歌之所以"没有廓线",或"只有廓线"却不能唤起相应的形体感,主要是因为诗句太短:"词句短简则无以载浓丽繁密而且具体的意象","词句短简,便不能不只将一个意思底模样略略地勾勒一下,至于那些枝枝叶叶的装饰同雕镂,都得牺牲了"。② 因此,闻一多诗歌句式的第二个特色便是词句绵密意象繁复,以至于有堆砌辞藻的嫌疑:"《忆菊》《秋色》《剑匣》具有最浓缛的作风,义山、济慈的影响都在这里;但替我闯祸的,恐怕也便是它们。这边已经有人诅之为堆砌了。"③ 闻一多的某些诗句确有矫枉过正之处,朱湘把这种倾向称为"重床叠屋",并从根源上批评了闻一多用词的弊病:

> 替济慈的诗作注解,替济慈作传记的人都说,他的初年作品是繁复的,意境过于拥挤的,好象是夏天河边的芦苇,又像是未经修剪的树枝;但是到了成熟期,便不同了,他在那时期内所作的诗是增之一分则太长,减之一分则太短,恰到好处的。闻君没有注意到"意境"两个字上去,而在"字眼"上极力的求拥挤,结果便流入了

---

① 转引自《隐喻》,耿占春著,河南大学出版社,2007年,第183页。
② 闻一多:《〈冬夜〉评论》,见《闻一多全集》第2卷,第69页。
③ 闻一多:《致梁实秋》,见《闻一多全集》第12卷,第124页。

第二章　闻一多诗歌语言的弹性与限度

重床叠屋的毛病。①

在我看来,闻一多句式的优势和不足都是由于他力图将绘画语言引入诗歌造成的,并不完全是诗歌内部的问题,也就是说,对李商隐和济慈的继承以及对俞平伯的纠正并非闻一多句式形成的主要原因。

色彩是另一种重要的绘画语言。在闻一多的诗歌中,色彩语言使用得十分频繁。仅从其诗歌题目里就可以看到不少表明色彩的词:《红烛》《红荷之魂》《红豆》《黄昏》《黄鸟》等。甚至有些诗就是为了写色彩而写色彩,具有明显的实验性,如在弗莱彻影响下写出的《色彩》一诗。1922年12月1日,在给梁实秋的信中,闻一多空前兴奋地报告了自己发现Fletcher的狂喜心情:"Mr. Fletcher是Imagist School中一个健将。他是设色的能手。他的诗充满浓丽的东方色彩。他的第二本诗集名曰Goblins and Pagodas,我崇拜他极了。……佛来琪唤醒了我的色彩的感觉。"②在弗莱彻的启发下,闻一多拟写长诗《秋林》,最后只成了一个片段,即《色彩》。③ 该诗直接将色彩与观念组合在一起,并不成功。倒是同期所写的《秋色》略胜一筹,该诗副标题为"芝加哥洁阁森公园里"。在给友人的信里,闻一多谈到了此诗的写作背景:"秋来洁阁森公园甚可人意,上星期六、星期日我在那里整个地留连了两天。新作的三首诗都是在那时产生的。现在我心里又有了一个大计划,这便是一首大诗,拟名《黄底Symphony》。在这里我想写一篇秋景,纯粹的写景,——换言之,我要用文字画一张画。"④"用文字画一张画"确是《秋色》的主要特点。这首诗从色彩的角度描写了公园里的涧水、树叶、松鼠、鸽子、小孩以及各种树木,塑造了一个色彩缤纷的公园时空体。试看写鸽子的一节:

---

① 朱湘:《闻君一多的诗》,见《闻一多研究资料》(下),许毓峰等编,北岳文艺出版社,1986年,第531页。
② 闻一多:《致梁实秋》,见《闻一多全集》第12卷,第118页。
③ 闻一多:《色彩》,见《闻一多全集》第1卷,第105—106页。
④ 闻一多:《致吴景超、梁实秋》,见《闻一多全集》第12卷,第110页。

> 白鸽子,花鸽子,
> 红眼的银灰色鸽子,
> 乌鸦似的黑鸽子,
> 背上闪着紫的绿的金光——
> 倦飞的众鸽子在阶下集齐了,
> 都将喙子插在翅膀里,
> 寂静悄悄地打盹了。①

与其说这节诗是写鸽子,不如说是写鸽子的颜色:鸽子本身不同的颜色,以及光线照射下生成的颜色。最后一行明显属于"重床叠屋"式诗句。在我看来,《秋色》整首诗都有练习的痕迹或卖弄的倾向。造成这种现象的主要原因是诗中的色彩语言用得过度了。正如闻一多评《冬夜》时所说的:"……小孩子从来没使过刀子,忽然给了他一把,裁纸也是他,削水果也是他,雕桌面也是他,砍了指头的也是他。可怜!没有一种工具不被滥用的,更没有一种锐利的工具不被滥用以致招祸的。"②针对本诗而言,"诗中有画"成了闻一多手中的一把"刀子",只是这把"刀子"并未"砍了指头",但成了"雕桌面"的东西。在某种程度上,"诗中有画"并非用文字绘画,而是用准确而适当的文字营造出一种画意。在这方面,《罪过》处理得较好:"老头儿和担子摔一交,/满地是白杏儿红樱桃。"语言虽少但色彩鲜明,令人如同亲见。而《秋色》尽管着力于文字绘,其结果却是画意不足。换言之,闻一多太过于渴求诗中有画的效果了,以至于用绘画语言遮蔽了诗歌语言,而未能较好地将绘画语言融入诗歌语言之中。下面这一节意在形成一个色彩汇合的高潮,结果问题更大:

> 哦!我要请天孙织件锦袍,
> 给我穿着你的色彩!

---

① 闻一多:《秋色》,见《闻一多全集》第1卷,第98—99页。
② 闻一多:《〈冬夜〉评论》,见《闻一多全集》第2卷,第71—72页。

第二章 闻一多诗歌语言的弹性与限度

> 我要从葡萄,橘子,高粱……里
> 把你榨出来,喝着你的色彩!
> 我要借义山济慈底诗
> 唱着你的色彩!
> 在蒲寄尼底 La Boheme 里,
> 在七宝烧的博山炉里,
> 我还要听着你的色彩,
> 嗅着你的色彩!①

很显然,在这节诗中,诗人意在实现感觉的联欢,将色彩触觉化、味觉化、听觉化、嗅觉化。这种感觉的狂欢固然传递了诗人对色彩的赞美,但大量的用典不仅无助于意象的深化,反而损伤了诗的美感。而且典故中还夹杂了外语,这不仅让我想起他对郭沫若的批评:"《女神》还有一个最明显的缺憾那便是诗中夹用可以不用的西洋文字了。《雪朝》《演奏会上》两首诗径直是中英合璧了。我以为很多的英文字实没有用原文的必要。"②也许诗人太兴奋了,以至于觉得不把自己的"师傅们"搬出来就不足以表达内心的感受,而这恰恰是练笔者或实验者的做法。

不过,《秋色》中也有明显的中国因子。这首诗前面引用了陆游的两句诗:"诗情也似并刀快,剪得秋光入卷来。"尽管闻一多声称唐以后无诗,但他仍然不能忽略苏轼和陆游的存在,尤其是后者对他影响多多:从关心现实、热爱祖国的情怀到"惟我独尊"的诗人姿态,以及诗中有画的艺术追求:

> 放翁真"诗人"也,彼盖时时退居第二人地位以观赏其自身之人格,故其作品中个性独显。他人歌讴宇宙,彼则歌讴"诗人"——他自己——,其所道及之宇宙,不过为他自己之背景耳。

---

① 闻一多:《秋色》,见《闻一多全集》第1卷,第101页。
② 闻一多:《〈女神〉之地方色彩》,见《闻一多全集》第2卷,第120页。

> 盖在彼,无诗人,亦无世界也。故其诗中画意甚多而且真切(放翁固亦能画者);在此画中,彼自身恒为其主要部分。①

对于像闻一多这样能诗善画的人来说,作品中出现一些题画诗几乎是必然的,这也是中国艺术的一个传统。他的题画诗主要有旧体诗《为陈甥画扇》《望山前昆承二湖,作图》,新诗《爱之神——题画》等。

关于诗歌与绘画的关系,闻一多有一篇重要文章《先拉飞主义》,该文首先引用了苏轼评论王维诗歌的那句名言:"味摩诘之诗,诗中有画;观摩诘之画,画中有诗。"这无疑表明闻一多对沟通诗画语言的赞赏态度。然而,通过分析英国先拉飞派诸人亦诗亦画、诗画互渗的倾向,他却得出了一个否定性的结论:

> 我们再谈谈王摩诘的"诗中有画,画中有诗",做个结束。其实这话也不限于王摩诘一个人当得起。从来那一首好诗里没有画,那一幅好画里没有诗?恭维王摩诘的人,在那八个字里,不过承认他符合了两个起码的条件。"先拉飞派"的"诗中有画,画中有诗"可不同,那简直是"张冠李戴",是末流的滥觞;猛然看去,是新奇,是变化,仔细想想,实在是艺术的自杀政策。②

值得注意的是,同是评价"诗中有画,画中有诗",闻一多对中外艺术家的看法并不相同,甚至完全相反。这并不矛盾,他之所以肯定王维,是因为在王维的作品里诗歌语言与绘画语言的融合是适度的;而罗赛蒂的做法之所以被否定,是因为他混淆了艺术的界限:"他的诗太象画了。他的画太象诗了。"正是在这里,闻一多意识到了诗歌与绘画的界限,这自然也表明诗歌语言在吸收绘画语言时存在着限度。

三 东方文化的画廊:《忆菊——重阳前一日作》

从闻一多的作品中找一首格调欢快的诗歌是不容易的。这也许是

---

① 闻一多:《致梁实秋》,见《闻一多全集》第12卷,第36—37页。
② 闻一多:《先拉飞主义》,见《闻一多全集》第2卷,第163页。

第二章　闻一多诗歌语言的弹性与限度

因为他和现实的关系一直比较紧张的缘故。就此而言,他的诗和杜甫的诗风格接近。在我看来,《忆菊——重阳前一日作》是一首难得的欢快之作。该诗 1922 年 10 月 27 日作于美国芝城。诗成之日,闻一多给梁实秋写信,将此诗抄入信中,并交代说:"我于病中作《忆菊》一首,请同俞平伯底《菊》比比看。"① 很显然,这是一首暗中竞赛之作。《忆菊》是在病中写成的,但诗中却看不出任何病的迹象与病的感觉。也就是说,在这首诗中,疾病被有效地克服了。展现在读者面前的完全是一种和病人相反的心情:欢快愉悦。

在我看来,《忆菊》最大的成功体现在该诗合理地运用了绘画语言。试看第二节:

> 镶着金边的绛色的鸡爪菊;
> 粉红色的碎瓣的绣球菊!
> 懒慵慵的江西蜡哟;
> 倒挂着一饼蜂窠似的黄心,
> 仿佛是朵紫的向日葵呢。
> 长瓣抱心,密瓣平顶的菊花;
> 柔艳的尖瓣攒蕊的白菊
> 如同美人底蜷着的手爪,
> 拳心里攫着一撮儿金粟。②

这节诗廓线鲜明,色彩相宜,句式与繁复意象相互融合,诗句的复杂与心情的幽微彼此对应。这里写了五种菊花,其中江西蜡和白菊以廓线为主:"倒挂""尖瓣攒蕊",而辅之以色彩:"黄""紫""白""金";鸡爪菊和绣球菊以色彩为主:"镶着金边的绛色""粉红色",而辅之以廓线:"鸡爪""碎瓣"。"长瓣抱心,密瓣平顶的菊花"纯粹是廓线,诗句的复杂源于菊花结构的复杂,二者形成了准确的对应关系:"长瓣抱心,密

---

① 闻一多:《致梁实秋》,见《闻一多全集》第 12 卷,第 103 页。
② 闻一多:《忆菊》,见《闻一多全集》第 1 卷,第 95 页。

瓣平顶。"诗人对五种菊花并不平均用力,只详细写了江西蜡和白菊两种。江西蜡像人一样身姿慵懒,与"倒挂"相应;"一饼蜂窠"和"向日葵"这两个比喻突出了它的圆形廓线。白菊的"柔艳"富于触觉感,诗人把白菊比成美人的手,而手心里还握着"一撮儿金粟",这是一个和白菊的结构一样复杂的曲喻。

> 檐前,阶下,篱畔,圃心的菊花:
> 霭霭的淡烟笼着的菊花,
> 丝丝的疏雨洗着的菊花,——
> 金底黄,玉底白,春酿底绿,秋山底紫,……①

这是《忆菊》的第三节,诗人不再写菊花本身,而是把菊花放在特定的环境中加以描绘。第一句写菊花生活的不同地点;中间两句写不同氛围中的菊花,或淡烟笼罩,或疏雨清洗,动静各异,美感十足;最后一句将菊花抽象成不同的颜色:"黄""白""绿""紫",并以"金""玉""秋山"等具体事物作为喻体,"春酿"一词则富于拟人化色彩,且写出了酿造"绿"的过程,从而做到了具象与抽象的统一。将菊花放在特定的环境和氛围中加以刻画,这既符合菊花生活的客观事实,也是艺术表现的基本要求:"照片上的边缘和中心,完全起着同样的作用;次要的东西和主要的东西,具有同样的意义,甚至次要的东西更为显眼……"②这里的"照片"可以换成任何一种艺术品。对于这节诗来说,菊花(分布于"檐前,阶下,篱畔,圃心")、淡烟和疏雨是一个完整的视觉空间,把它们区分为主要次要或中心边缘只是一种传统的偏见。《忆菊》的这一节和《菊》存在着明显的联系。俞平伯在《菊》中也写了菊花的颜色:"金的黄,玉的白,深红浅红。"也写了菊花的环境:"栽在盆中,插在瓶

---

① 闻一多:《忆菊》,见《闻一多全集》第1卷,第95页。
② [法]德拉克洛瓦:《写实主义和理想主义》,见《德拉克洛瓦论美术和美术家》,平野译,河北教育出版社,2002年,第193页。

中。"①其中,"金的黄,玉的白"被闻一多直接沿用,"插在瓶中"也启示了闻一多,《忆菊》的第一句就是"插在长颈的虾青瓷的瓶里"。但《忆菊》超越了《菊》不只一个层次。《忆菊》全诗十节,前五节为再现语言,后五节为抒情语言,在六、七节中,诗人将菊花与陶渊明联系在一起,转入对中国文化的赞美,后三节在菊花与祖国之间形成对应关系,使菊花成为祖国的象征,《忆菊》也因此而成为一首别致的祖国颂:

> 习习的秋风啊!吹着,吹着!
> 我要赞美我祖国底花!
> 我要赞美我如花的祖国!
> 请将我的字吹成一簇鲜花,
> 金底黄,玉底白,春酿底绿,秋山底紫,……
> 然后又统统吹散,吹得落英缤纷,
> 弥漫了高天,铺遍了大地!②

德拉克洛瓦认为:"创作构图,这意味着把已经熟悉的事物的因素,和属于艺术家自身内心世界的一些因素,结合在一起。"③与《菊》相比,《忆菊》侧重于"忆",具有明显的主观性,而诗中又不乏对菊花的客观描绘,因而使得《忆菊》俨如一幅客观严谨的菊花图,并体现出诗人内心世界对菊花的喜爱和赞美,二者形成了完美的融合。而《菊》的语言是叙述性的,与闻一多句式相比,显得不够细腻;该诗表达的是人与菊的关系,俞平伯用"她"指代菊花,菊花有象征意味,可以视为两性关系诗。尽管诗中表达的感受也很曲折,甚至融入了哲理的成分,但其境界不如《忆菊》阔大。

在给弟弟闻家驷(1905—1997)的书信中,闻一多两次提到这首

---

① 俞平伯:《菊》,见《俞平伯全集》第1卷,花山文艺出版社,1997年,第27页。《菊》作于1919年11月5日。
② 闻一多:《忆菊》,见《闻一多全集》第1卷,第97页。
③ [法]德拉克洛瓦:《写实主义和理想主义》,见《德拉克洛瓦论美术和美术家》,平野译,河北教育出版社,2002年,第192页。

诗,并对它做了较高的自我评价:

>   听说《清华周刊》底文艺增刊要登我的《忆菊》,你看见过否?这是我的一篇得意之作,朋友们懂诗与否的莫不同声赞赏。你爱读否?①

>   我近来的诗风有些变更。从前受实秋底影响,专求秀丽,如《春之首章》、《春之末章》等诗便是。现在则渐趋雄浑沈劲,有些象郭沫若。你将来读《园内》时,便可见出。其实我的性格是界乎此二人之间。《忆菊》一诗可以作例。前半形容各种菊花是秀丽,后半赞叹是沈雄。现在春又来了,我的诗料又来了,我将乘此多作些爱国思乡的诗。这种作品若出于至性至情,价值甚高,恐怕比那些无病呻吟的情诗又高些。②

这表明闻一多的《忆菊》不仅有意超越俞平伯的《菊》,还融合了梁实秋和郭沫若的诗风,是一首集成之作。总体而言,《忆菊》确是一首好诗,因为诗人将绘画语言巧妙地融入了诗歌语言,又充分发挥了诗歌语言的再现、抒情和象征等诸多功能。但是,闻一多在诗中往往强行植入文化因素,通过与西方文化(在此诗中以蔷薇和紫罗兰为代表)对比,极力宣扬以中国为主体的东方文化,致使其诗歌形成了固定的模式。但《忆菊》由于描写细腻,功力深厚,这个问题有所掩饰。特别是考虑到这首诗写于"重阳前一日",诗中融入文化因素是可以理解的。重阳是中国的传统节日,每逢佳节倍思亲,就此而言,"忆菊"即思念祖国。只是诗歌的六、七两节议论性较强,如果把这两节删除,或融入后三节,在菊花与祖国之间直接形成象征关系,这样的效果可能会更好。

---

① 闻一多:《致闻家驷》,见《闻一多全集》第12卷,第146页。
② 同上书,第162页。

第二节 听觉空间中的韵律语言:音乐美

一 听觉空间中的诗歌合流

音乐大致有两种,一种是无字之音,即纯音乐,一种是有词之乐,即歌。二者的共同材料是声音。黑格尔认为音乐不像造型艺术那样处于静止的并列状态,而是声音回旋动荡和持续流动的产物,因此声音易于和时刻处于波动中的心情形成对应关系,但它也像心情一样处于随生随灭的状态。他认为随生随灭是双重否定的必然结果:一方面声音否定了空间状态,另一方面后一个声音否定了前一个声音。因此,黑格尔认为:"声音作为实际的客观现象来看,就不同于造型艺术所用的媒介,是完全抽象的。"①我认为黑格尔的这个论述总体上是正确的,但有两个地方值得质疑:一、声音是否"否定了空间状态"?二、声音是否"完全抽象的"?所有的声音必是听者的声音,无论声音来自他人,还是来自听者自己,在声音的发出者和接受者之间都存在着或远或近的距离,并因此产生或清晰或模糊的听觉效果。声音固然是瞬息生灭的,但在它响起的那一瞬间,它不仅占有空间,而且会在空间里弥漫扩散;随着声音的持续流动,声音与声音的间歇,声音及其回声会形成一个连续的听觉空间。因此,苏珊·朗格(1895—1985)把音乐空间视为"第二级幻象"。她说:"……音乐空间永远不会象虚幻的时间结构那样被完全觉察着创造出来,它实际上是音乐时间的一种属性,是在多维体系中用以展开时间领域的一种外在形象。"②就此而言,声音并未否定空间状态,或者说,声音虽不拥有视觉空间,但它占据听觉空间。尽管听觉空间并不固定,而且随声音生灭起伏,但它是一种蜿蜒在时间中的动态空间,一种喷向空中的烟花状的声音"构图"。正如巴什拉所说的:

---

① [德]黑格尔:《美学》第三卷(上册),朱光潜译,见《朱光潜全集》第15卷,安徽教育出版社,1992年,第314—315页。
② [美]苏珊·朗格:《情感与形式》,刘大基等译,中国社会科学出版社,1986年,第136页。

"一种语言的声响空间有它自身特有的聚音性。"①这里的"声响空间"无疑属于听觉空间。波德莱尔则明确地说:"音乐给人以空间的感觉"②,因为音乐中同样存在着点(鼓)、线(平滑起伏的歌声)和面(交响合唱)。同理,声音也不是抽象的。事实上,人体五官与事物接触形成的意象没有一种是抽象的,因为其中并不包含概括推理等因素。声音的具体性体现在听觉意象上:风声、雨声、人语、鸟鸣……即使是同一只鸟,每次发出的声音也各不相同。黑格尔的失误在于:当谈论的对象从绘画转入音乐后,他却未能及时完成从视觉艺术到听觉艺术的转换,仍然以视觉标准来衡量音乐,结果得出了错误的结论。

如上所述,音乐是听觉空间中的和谐之音,它和内心空间中的情感具有直接的对应关系。音乐之所以能直接打动人的心灵,因为它是对情感波动之声的摹拟和加工:"音乐是心情的艺术,它直接针对着心情。"③纯音乐如此,歌也不例外。古人云:言为心声。诗歌语言与内心情感之间存在着密切的对应关系,尤其是摹声词和感叹词,如"啊""兮"等。闻一多认为这些词就是歌的起源:

> 想象原始人最初因情感的激荡而发出有如"啊""哦""唉"或"呜呼""噫嘻"一类的声音,那便是音乐的萌芽,也是孕而未化的语言。声音可以拉得很长,在声调上也有相当的变化,所以是音乐的萌芽。那不是一个词句,甚至不是一个字,然而代表一种颇复杂的涵义,所以是孕而未化的语言。这样界乎音乐与语言之间的一声"啊……"便是歌的起源。④

在闻一多看来,感叹字的语音接近于音乐,是"情绪的发泄",而语义则是语言的另一方面,是"对情绪的形容、分析和解释"。相比而言,

---

① [法]加斯东·巴什拉:《烛之火》,杜小真、顾嘉琛译,岳麓书社,2005年,第142页。
② [法]波德莱尔:《波德莱尔的私秘日记》,张晓玲译,湖南文艺出版社,2007年,第53页。
③ [德]黑格尔:《美学》第三卷(上册),朱光潜译,见《朱光潜全集》第15卷,安徽教育出版社,1992年,第315页。
④ 闻一多:《歌与诗》,见《闻一多全集》第10卷,第5页。

第二章　闻一多诗歌语言的弹性与限度

黑格尔对此发表的看法更严谨一些：

> 不过感叹这种单纯的自然表现还不是音乐。因为这类表现当然不象语音那样是代表思想的发音分明的人为符号，所以不能把一种心里想到的内容按照它的普遍意义表现为观念，而是只通过声音把一种心情和情感流露于声音本身，这种心情和情感通过这种心声的迸发，就得到了宣泄或解放。与此相反，音乐却须把情感纳入一定的声音关系里，把自然表现的粗野性和放荡不羁性清除掉，使它合拍中节。①

事实上，黑格尔和闻一多的看法是相辅相成的。感叹字与音乐接近，但并非音乐；就像诗与歌接近，但并非歌一样。对于歌来说，"意味"远比"意义"重要，而"意味"是寄托在声调里的。因此，闻一多认为感叹字是"歌的核心与原动力"，"歌的本质是抒情的"。至于诗，在中国最初是与"言志"联系在一起。闻一多认为"志"从"止"从"心"，本义是"停止在心上"，并得出"志有三个意义：一记忆，二记录，三怀抱"。因此，诗的本质是"记事的"。② 随后诗歌进入第三阶段，即《诗经》时代：

> 中国古代的音乐和诗的关系非常密切。据史传所记，它还有地域性的特点，如秦国的缶当时就很有名。秦用雅声，周也是雅声，所以周乐也该是用缶作为主乐。缶，就是一种土鼓，原来用作饭，翻倒过来便成为鼓的乐器。相传它是由夏代遗留下来的。《诗经》的演唱当是以缶为主，其他伴奏的还有筝、竽、笙等。
>
> 郑卫之乐常用弦索与竹管。凡是以鼓为节的配乐诗多是齐言，而配管弦的诗则以长短句为多。从舞容方面也可推定当时乐

---

① [德]黑格尔：《美学》第 3 卷（上册），朱光潜译，见《朱光潜全集》第 15 卷，安徽教育出版社，1992 年，第 328 页。
② 闻一多：《歌与诗》，见《闻一多全集》第 10 卷，第 8、10 页。

与诗的关系,再就当时有关评语,同样可以了解乐与诗的概貌。①

《诗经》的可唱性早已有史记载,但闻一多的这段论述比较具体,而且他还将《诗经》的产生归结为"诗与歌合流":"诗与歌合流真是一件大事。它的结果乃是《三百篇》的诞生。一部最脍炙人口的《国风》与《小雅》,也是《三百篇》的精采部分,便是诗歌合作中最美满的成绩。"他认为诗歌合流造成的结果是"情"与"事"的平均发展:

> 由《击鼓》,《绿衣》以至《蒹葭》,《月出》,是"事"的色彩由显而隐,"情"的韵味由短而长,那正象征着歌的成分在比例上的递增。再进一步,"情"的成分愈加膨胀,而"事"则暗淡到不合再称为"事",只可称为"境",那便到达《十九首》以后的阶段,而不足以代表《三百篇》了。②

这个概括极其简练,但轮廓鲜明,代表了闻一多对中国上古诗歌史的理解。闻一多曾以建安五年(公元 200 年)为界把整个中国文学分成"古代"和"近代"两个大阶段:"建安以后,诗中有主名的作家,渐多起来,那表示作诗渐渐成了一部分人的专业。从建安直到现在,我们可以用一种广义的说法,称之为近代。建安以前,概括地说,是一个无主名的诗人时期,诗在当时也可说是社会的而非个人的产品。这样一个时期,与建安以后相对照,我们称之为古代。就作品说,'古代'的诗大体是歌曲,'近代'的诗才是诗。就产生的方式说,诗是创造的,歌曲可以说是长成的。就应用说,诗是供人朗读的,歌曲则是供人唱的和演的(要记得古代的歌和舞不分,有舞便近乎戏剧——即所谓舞剧)。"③按照闻一多这个说法,建安以后,诗歌走向了分流。但诗中仍然保留着歌的成分,这正是造成中国诗歌抒情性的主要原因,而抒情性的最高境界是可

---

① 《闻一多论古典文学》,郑临川编,重庆出版社,1984 年,第 31 页。
② 闻一多:《歌与诗》,见《闻一多全集》第 10 卷,第 13 页。
③ 闻一多:《乐府叙论》,见《闻一多萃语》,闻黎明编,岳麓书社,1996 年,第 144—145 页。

第二章 闻一多诗歌语言的弹性与限度

歌性。

既然诗歌本为一体,在新诗中提倡音乐美也就有了充分依据,甚至可以视为一种恢复工作。用闻一多的话来说,就是诗歌要有"音乐美"。他认为包括音乐在内的各种艺术都有节奏,这就为音乐语言融入诗歌提供了可能。在《诗歌的节奏研究》中,闻一多把节奏细分为音乐的节奏、舞蹈的节奏、诗歌的节奏和造型艺术的节奏等四种。就此而言,节奏是各种艺术的交汇点,也是音乐语言和诗歌语言的交汇点。闻一多认为节奏包括两个含义,即拍子和韵律。拍子属于音乐语言,而韵律属于诗歌语言。他又把诗歌节奏分成内部节奏和外部节奏,所谓内部节奏即韵律,外部节奏即韵脚和诗节。闻一多意识到节奏与感情之间存在着复杂的关系:情感既能产生节奏,也会破坏节奏,而节奏既可传达情感,也能激发或缓和情感。大体而言,闻一多认为诗歌节奏的美学作用体现在三个方面:一致中的变化、完整感以及克服困难所得的喜悦。①

诗歌"音乐美"的实质就是将音乐语言融入诗歌语言。众所周知,音乐语言的基本单位是音符、节拍和旋律,而诗歌语言的基本单位是语音、音尺(早期被称为"音节")和节奏。其中,音符与语音、节拍与音尺、旋律与节奏具有明显的对应关系。这为音乐语言融入诗歌语言提供了极大的便利。将这两种语言融合的关键是把诗歌视为听觉艺术,而不是观看之物。这就意味着要提高语音的地位,使语音统帅语义,从而与音乐语言中的音符产生对应关系,并为它们各自的复合单位彼此对应奠定基础。很显然,诗歌"音乐美"的核心是音尺。在某种程度上可以说,音尺是否可行意味着诗歌的"音乐美"是否可行。在《诗的格律》中,闻一多对"音尺"的理论表述主要集中在该文临近结束的部分:

孩子们|惊望着|他的|脸色
他也|惊望着|炭火的|红光

这里每行都可以分成四个音尺,每行有两个三字尺(三个字

---

① 闻一多:《诗歌节奏的研究》,见《闻一多全集》第2卷,第54页。

> 构成的音尺之简称,以后仿此)和两个二字尺,音尺排列的次序是不规则的,但是每行必须还他两个三字尺两个二字尺的总数,这样写来,音节一定铿锵,同时字数也就整齐了。所以整齐的字句是调和的音节必然产生出来的现象。绝对的调和音节,字句必定整齐。(但是反过来讲,字数整齐了,音节不一定就会调和,那是因为只有字数的整齐,没有顾到音尺的整齐——这种的整齐是死气板脸的硬嵌上去的一个整齐的框子,不是充实的内容产生出来的天然的整齐的轮廓。)①

这段话的重点无疑是诗歌形体与韵律之间的关系。在闻一多看来,音节调合必然导致字句整齐,也就是说,诗歌的"音乐美"必定导致"建筑美";但是,诗歌具备了"建筑美"未必会产生"音乐美"。至于"绘画美"同样生成于音节(词藻)的和谐流动当中。由此可见,"音乐美"是"三美"的核心,而"音尺"又是音乐美的核心,因此,"音尺"便成了核心的核心。它不仅决定着诗歌的外在形体,而且体现着诗歌的内在韵律。从这个意义上来说,"音尺"是决定新诗与歌合流的关键因素。②事实上,也正是基于对"音尺"的发现和信任,闻一多才断言"新诗不久定要走进一个新的建设时期"。许芥昱曾对"音尺"理论做过如下论述:

> 有人说闻一多忽略了中国语言缺少很明确的重音,因此用音尺法分析新诗的音节节奏,就发生了困难。不过我们就用《死水》这首诗为例,诗里都是中国普通话里很自然的词句,除了那些说话有独特习惯的不算,一般说来,用中国普通话的自然韵律是可能把每个方块字读得相当平均的。只有三音节的音尺,中间的第三个音节常常是比较轻,有的人说话跟念书的习惯愿意把每一个音尺

---

① 闻一多:《诗的格律》,见《闻一多全集》第2卷,第143页。
② 在《纪念闻一多先生》中,王瑶认为闻一多"主张音尺的协调是由英诗借鉴来的"。见《闻一多研究四十年》,季镇淮主编,清华大学出版社,1988年,第125页。

第二章 闻一多诗歌语言的弹性与限度

的第一个音节加重一点……照这个方法去读这首诗我们很容易就发现闻一多的理论是可以成立的。他指出来中国语里两个音节的词(就是两个方块字的词)在诗中占有重要的位置,中国对诗歌有兴趣的人向来忽略了白话中的节奏,有些诗人自然的应用白话节奏,但没加考虑。闻一多就希望他们能注意这些中国文字的特点,以发挥中国文字音乐性的长处。凭这些理论闻一多留下的影响经久不衰。①

卞之琳对闻一多的"音尺"理论也给予了高度评价:"由说话(或念白)的基本规律而来的新诗格律的基本单位'音尺'或'音组'或'顿'之间相互配置关系上,闻先生实验和提出过的每行用一定数目的'二字尺'(即二字顿)'三字尺'(即三字顿)如何适当安排的问题,我认为直到现在还是最先进的考虑。"②

二 闻一多诗中的音乐美

闻一多曾参加"辛酉合唱团"并任负责人,③但没有创作过音乐,音乐对他来说只是欣赏之物:"现在上了一个星期底课,大致还满意。只是终日作画,精疲力乏,夜晚回寓,止堪吟吟诗,听听音乐而已……"④不过,闻一多用词语创作了许多歌。仅从其诗歌题目而言,直接以"歌"或"曲"为名的作品就为数不少:《也许——葬歌》《夜歌》《洗衣歌》(又名《洗衣曲》)、《渔阳曲》《闺中曲》⑤《七子之歌》《长城下之哀歌》《叫卖歌》《纳履歌》《武昌艺术专科学校校歌》等。这些作品主要集中在《死水》时期。除此以外,题目中虽无歌曲之名,诗歌本身却极具韵律感的作品就更多了。究其原因,这是闻一多注重追求诗歌"音

---

① 许芥昱:《新诗的开路人——闻一多》,卓以玉译,波文书局,1982年,第97—98页。段首引用的观点出自董楚平,见其《从闻一多的〈死水〉谈到新格律诗问题》。
② 卞之琳:《完成与开端:纪念诗人闻一多八十生辰》,见《闻一多纪念文集》,三联书店,1980年,第218—219页。
③ 刘介民:《闻一多 寻觅时空最佳点》,文津出版社,2005年,第31页。
④ 闻一多:《致梁实秋、吴景超》,见《闻一多全集》第12卷,第82页。
⑤ 《闺中曲》后经修改,更名为《什么梦》,收入诗集《死水》。

乐美"的结果。1999年,澳门回归祖国之际,中央电视台拍摄的《澳门岁月》以《七子之歌》的第一首《澳门》为主题曲,由李海鹰(1954—)谱曲①,因其震撼人心而广为传唱:

> 你可知妈港不是我的真名姓?……
> 我离开你已经太久了,母亲!
> 但是他们掳去的是我的肉体,
> 你依然保管着我内心的灵魂。
> 三百年来梦寐不忘的生母啊!
> 请叫儿的乳名,叫我一声"澳门"!
> 母亲!我要回来,母亲!②

这首诗的语言完全是抒情的,全诗以一个孩子向母亲倾诉的语气展开,一气呵成。诗中出现了三个代词"我""你"和"他们"。"我"的身份是个孩子,在诗中为澳门的自称。"你"即"母亲""生母",指的是祖国。"他们"指侵占澳门的葡萄牙人。三个代词涉及三个方面,使这首诗富于戏剧性:"我"与"你"乃母子一家人,后来"我"被"他们"掳去,不得不离开了"你",但这种离开是以孩子的灵肉分裂为特征的:孩子的身体被迫离开了,灵魂却依然留在母亲家里,并日夜渴望携带着身体重返母亲的怀抱。全诗采用呼告手法,对母亲的呼唤贯穿全篇,并形成一种回环往复的音乐效果。"母亲"一词尽管不够口语化,但它庄重,与祖国相称,极大地增强了诗歌的感染力。诗歌的最后三句,儿子呼唤母亲,并祈求母亲呼唤自己,二者一虚一实,形成呼唤应答关系。尤其是最后一句"母亲!我要回来,母亲",把诗歌推向高潮,其情感因过于强烈而难以控制以至突然爆发,催人泪下。而且,《七子之歌》中的每一首最后一句都是"母亲!我要回来,母亲",这就从总体上形成了一种

---

① 李海鹰将闻一多的诗歌略做改动:把"妈港"改为"Macau",突出它被迫改名的屈辱和无奈;把最后一句中的第一个"母亲"改为"母亲啊母亲",把第二个"母亲"改为"母亲母亲",从而增强了抒情韵味。

② 闻一多:《七子之歌》,见《闻一多全集》第1卷,第222页。

第二章 闻一多诗歌语言的弹性与限度

音乐式的旋律。

《武昌艺术专科学校校歌》未被收入《闻一多全集》,全文如下:

> 晴川历历汉阳树,芳草萋萋鹦鹉洲。
> 大江流日夜,大别龙蛇走。
> 危楼百尺名黄鹤,独立江岸碍中流。
> 河山好,风景幽,自古有才生三楚。
>
> 吾校惨淡经营立,发扬文化绵悠悠。
> 舞乐八方,粉绘千秋。
> 愿吾侪努力全修,复兴我伟大民族。①

1928 年,闻一多任武汉大学文学院院长,兼任武昌艺术专科学校校董。当时,除了为武汉大学设计校徽外,闻一多还为武昌艺术专科学校创作了这首校歌,时间是 1928 年秋。② 这首校歌语句凝练,有词的味道。第一节写武昌,前两句取自唐诗,不仅意境相符,而且富于文化韵味。后一节落实到学校,激励师生为国奋斗。从主旨上很容易让人想起李叔同(1880—1942)的同类作品。李叔同比闻一多大 19 岁,他们均去世于 40 年代。尽管他们都与朱自清有交谊,但李叔同与朱自清共事于春晖时期;而闻一多与朱自清共事于清华时期。没有迹象表明他们相识相知。李叔同和闻一多都关心国运,而且多才多艺,在诗歌、绘画、书法、篆刻、戏剧和外语等方面均有造诣。但是后来他们走向了不同的道路:李叔同因对艺术救国和教育救国深感失望而出家为僧,献身于宗教事业,最后圆寂于抗战期间的一所寺庙里;闻一多本想在高校埋头研究中国传统文化,却因受现实刺激而投身民主运动,最终遭到暗杀。大体而言,李叔同更富于艺术气质。除了新诗之外,闻一多的艺术

---

① 这首学校歌最初发表于《黄石师院学报》1984 年第 3 期,见《闻一多选集》第 1 卷,四川文艺出版社,1987 年,第 194 页。
② 闻立鹏、张同霞:《艺术活动年表》,见《追寻至美》,山东美术出版社,2001 年,第 163 页。

成就似均不及李叔同。李叔同不写新诗,但其旧诗无论从质还是量上都胜过闻一多,其代表作是《金缕曲·留别祖国并赠同学诸子》(1905年秋)。此外,李叔同在音乐方面也取得了突出成就,这是闻一多难以比拟的。在李叔同创作的大量歌曲中,《忆儿时》(1912年)与《送别》皆为名曲,流传至今。《送别》作于李叔同任教于浙江一师期间。同期,他还为夏丏尊作词的《浙江第一师范学校校歌》谱曲。该作以修养精神为主旨,并侧重于营造师生之间的和谐关系。可以说,贯穿李叔同歌曲的核心词是"祖国",从早年的《祖国歌》(1905年)到晚年的《厦门市第一届运动会会歌》(1937年),李叔同一直胸怀祖国:"请大家/在领袖领导之下/把国事担当。/到那时,/饮黄龙/为民族争光;/到那时,/饮黄龙/为民族争光。"①闻一多的《武昌艺术专科学校校歌》中有"愿吾侪努力全修,复兴我伟大民族"之句,可谓与之不约而同。

  在闻一多以歌为题的作品中,有两首以声音为题材的作品:一首是《渔阳曲》,写祢衡击鼓,一首是《叫卖歌》,写叫卖的诱惑。这两首诗之所以值得特别关注,是因为它们意味着诗人要以声音来写声音,是诗人在实现声音的诗歌化方面进行的探索。《渔阳曲》是一首一百六十九行的长诗,写于闻一多留美期间,据说受爱伦·坡(1809—1849)的《钟》影响。全诗十三节,每节十三行,各节均先用五行从视觉角度描写宴会上的场景,以长句为主,与宏大的场景对应;再用八句从听觉上描写击鼓之声,以短句为主,与鼓声的节奏对应,从而使每节诗均形成视听交错的蒙太奇景观。这是一首长诗,竟能严格遵循格律,可谓新诗中的"排律"。尤其值得注意的是,各节的视觉场景和击鼓之声既保持连续又有所变化。前两节写宴会上主人与宾客闻鼓而喜,把它视为饮宴的伴奏。后来诗人浓笔描写击鼓人和击鼓声,而主客双方却越听越不对味,尤其是主人在裸体击鼓的震撼中感到了难以抵御的锋芒:

    猖狂的鼓声在庭中嘶吼,

---

  ① 李叔同:《厦门市第一届运动会会歌》,见《李叔同诗文遗墨精选》,中国文联出版社,2003年,第115页。

第二章　闻一多诗歌语言的弹性与限度

  主人底差恼哽塞在咽喉，
  主人将唤起威风，呕出怒火，
  谁知又一阵鼓声扑上心头，
  把他的怒火扑灭在心头。
  丁东，丁东，
  这鼓声与众不同——
  像鱼龙走峡，
  像兵甲交锋；
  这鼓声与众不同。
  丁东，丁东，
  不同，与众不同！
  不同，与众不同！①

  至此，诗歌达到高潮。在这里，鼓声成为击鼓人的斗争工具。在前五行中，鼓声以绝对的优势压倒了平时高高在上的主人，使他的叱骂无从开口；在后八行诗中，诗人连续以"丁东，丁东"来摹仿鼓声的连续与间歇，甚至使"不同，与众不同"也成了鼓声的一部分，并获得了鼓声的效果。同时，诗人把鼓声比成"鱼龙走峡"和"兵甲交锋"，意在突出击鼓人与听鼓人在狭隘的空间中的对立关系和激烈冲突。在此过程中，击鼓人以其凌厉的鼓声宣告了自身的最高存在，并在对主人的极端蔑视和尽情嘲弄中摧毁了传统的等级秩序。全诗最后以主宾双方被鼓声惊呆的情景收场，恰与宴会开始的庄严欢乐气氛形成对照。闻一多在此诗中刻画的击鼓人形象在某种程度上是自己人格的写照，也和他后来推崇田间的诗歌不无关系。
  就发声工具而言，音乐可以分为器乐和声乐两种。黑格尔认为最美的是后者：

  最自由的而且响声最完美的乐器是人的声音，它兼有管乐和

---

① 闻一多：《渔阳曲》，见《闻一多全集》第1卷，第215页。

弦乐的特性,因为人的声音一方面是一个震动的空气柱,另一方面由于筋肉的关系,人的发音器官也象一根绷紧了的弦子。正象我们谈到人的肤色时说过它是理想的统一体,把其余一切颜色都包括在内,因此它本身就是最完美的颜色,人的声音也是如此,它是分散在各种器乐里的响声的理想的整体。因此,人的声音是完美的,可以与任何乐器配合得顶合式,顶美。此外,人的声音可以听得出来就是灵魂本身的声音,它在本质上就是内心生活的表现,而且它直接地控制着这种表现。①

作为一首写人声的诗歌,《叫卖歌》的魅力丝毫不亚于《渔阳曲》。《叫卖歌》共四节,每节五行,一节写一种叫卖声:第一节叫卖的是"白兰花",第二节叫卖的是"薄荷糖",第三节叫卖的是"老莲蓬",第四节是拉胡琴的瞎子催人算命。在诗中,每种叫卖声都被重复一下:"白兰花!白兰花!"这些普通的名词在诗中成了等待回应的叫卖声,每一声叫卖都充满了玄妙的关系,或引发诱惑,或带来购买。就此而言,叫卖声构成了本诗的主调。闻一多认为:"我们要画人物,不仅要画个人而且要画群众,要画人与人之间的关系,要表现出人在社会上的关系。"②诗画相通。《叫卖歌》就是一首写人际关系的诗,表面上看,诗人写的是一种商品关系,事实上却涉及人们的内在需要(二三节),对美好生活的向往(一节),以及对自身命运的关注(四节)等深层含义。

在这首诗中,叫卖者处于隐身状态,而叫卖的对象无不被明确地写了出来,似乎他们已被叫卖者隔墙看到:白兰花是卖给少妇的。这一节从大自然的色彩切入,美丽的天空和窗外的叫卖声一道诱使少妇们梳妆,天上的云霞拿不下来,而白兰花却可以买到,于是,少妇们不能不强烈地感到叫卖声"声声落入玻璃窗"。而薄荷糖的叫卖声甚至把小孩从梦中惊醒:

---

① [德]黑格尔:《美学》第3卷(上册),朱光潜译,见《朱光潜全集》第15卷,安徽教育出版社,1992年,第350页。
② 闻一多:《冯法祀战地写生画展观后感》,见《闻一多全集》第2卷,第242—243页。

第二章　闻一多诗歌语言的弹性与限度

> 桐阴摊在八尺的高墙底，
> "知了"停了，一阵饭香飘到书房里。
> 忽把孩儿的午梦惊破了——
> "薄荷糖！薄荷糖！"
> 小锣儿在墙角敲。①

除了叫卖声之外，这节诗还写了蝉鸣以及锣声等多种声音，从而使叫卖声处于其他声音的伴奏里。此外，诗人还从视觉和嗅觉等角度营造了夏日正午的寂静，并构成了叫卖声的背景，从而使诗歌极具立体感。卞之琳有一首名为《叫卖》的短诗：

> 可怜门里那小孩，
> 妈妈不准他出来。
> 让我来再喊两声：
> 小玩艺儿，
> 好玩艺儿！……
> 唉！又叫人哭一阵。②

闻一多写的是叫卖声对人们的吸引力，而卞之琳侧重于写叫卖者的心理，叫卖声以及被叫卖声诱惑的小孩都处于叫卖者的掌控之中，但前者是完全掌控，后者是部分掌控：叫卖者清楚地意识到他的叫卖声已经对小孩产生了诱惑，但购买的行动却被他的妈妈阻止了，于是，"小玩艺儿"的一次次叫卖制造了小孩的一次次哭声。《叫卖》可能从《叫卖歌》中获得了启发，但卞之琳的取材非常集中，只写了针对小孩的一种叫卖，而且用了小说戏剧的笔法，写得异常曲折复杂。卞之琳说："我总喜欢表达我国旧说的'意境'或西方所说'戏剧性处境'，也可以

---

① 闻一多：《叫卖歌》，见《闻一多全集》第1卷，第240页。
② 卞之琳：《叫卖》，见《雕虫纪历》，三联书店，1982年，第38页。

说是倾向于小说化,典型化,非个人化,甚至偶尔用出了戏拟(parody)。"①与《叫卖歌》相比,《叫卖》确实营造了一种"戏剧性处境",但很难说它超越了《叫卖歌》,因为后者的每节诗都相当于一个特写镜头,对社会场景的提炼极具普遍性。尤其是最后一节,诗人创造性地把瞎子算命也归入了叫卖声之列,表达了老年人对死亡的预感与躲避心理,富于神秘色彩。整首诗注重感觉的沟通,"声声落入玻璃窗"以及"满担清香挑进门"都是极其凝练新颖的诗句。就此而言,"而以说话的调子,用口语来写干净利落、圆顺洗炼的有规律诗行,则我们至今谁也还没有赶上闻、徐的旧作,以至超出一步,这也不是事实?"②恐怕这不能完全视为卞之琳的谦词。《叫卖歌》的规律性是很明显的,尽管它并非典型的口语诗,每节诗的前三句使用书面语,后两句主要来自对口语的提炼。总体而言,《叫卖歌》是一首优秀作品,至少是闻一多诗歌中水平偏上的一首。

闻一多曾引用佩里的话说:"诗人做诗所用的单位也是有弹性的。诗人不过把音节排列而成声调的图案;此等无实质的节音,不过是思想感情的符号,不能用绝对精确的音阶权衡……总之,构成诗的单位的音节,无论这单位叫'节'、'行'还是'辞',都不是一种呆板的、机械的东西,而是一种活的东西,并有节奏地运动。为其有调,故能深入脉搏。在这弹性的运动中,在这有序而又有灵活变化性的创作中,含有比独立时更为丰富的生命力和美感。"③这也许可以视为诗歌"音乐美"的要义。事实证明,无论是否以声音为题材,诗歌只能与音乐暗合,而不能成为纯音乐。因为语言毕竟是音义共同体,正是语言本身的这个特点决定了诗歌的"音乐美"所能达到的极限。

---

① 卞之琳:《雕虫纪历·自序》,见《雕虫纪历》,三联书店,1982年,第4页。
② 卞之琳:《完成与开端:纪念诗人闻一多八十生辰》,见《闻一多纪念文集》,三联书店,1980年,第216页。
③ 王瑾瑾:《闻一多"均齐"理论的缘起》,见《闻一多研究四十年》,季镇淮主编,清华大学出版社,1988年,第299页。

三　可歌可泣的悼亡之作:《也许——葬歌》

> 也许你真是哭得太累,
> 也许,也许你要睡一睡,
> 那么叫夜鹰不要咳嗽,
> 蛙不要号,蝙蝠不要飞,
>
> 不许阳光拨你的眼帘,
> 不许清风刷上你的眉,
> 无论谁都不能惊醒你,
> 撑一伞松荫庇护你睡,
>
> 也许你听这蚯蚓翻泥,
> 听这小草的根须吸水,
> 也许你听这般的音乐
> 比那咒骂的人声更美;
>
> 那么你先把眼皮闭紧,
> 我就让你睡,我让你睡,
> 我把黄土轻轻盖着你,
> 我叫纸钱儿缓缓的飞。①

这首诗原名《薤露词(为一个苦命的夭折少女而作)》,发表于 1925 年 3 月 27 日《清华周刊·文艺增刊》第 9 期。后来收入诗集《死水》,并做了较大改动,由六节删改为四节。编选《现代诗抄》时,闻一多又对此诗进行了多处修改。这首诗以一改再改的方式从 20 年代穿越到 40 年

---

① 闻一多:《也许——葬歌》,见《闻一多全集》第 1 卷,第 140—142 页。

代,凝聚了诗人对死者永难释怀的无限深情。

关于此诗的首要一个问题是,诗人悼念的是谁?有人认为这首诗是闻一多写给长女闻立瑛的。① 这种说法过于草率。因为此诗1925年就已经发表了,而闻立瑛夭折于1926年冬,而且,闻立瑛当时只有四岁,与标题中的"少女"不符。为此,我曾请教于闻黎明(1950—)先生,他的答复如下:"《也许——葬歌》是在美国写的,内容与闻立瑛的夭折无关,至于那个苦命的少女是谁,我也不太清楚,记得上次去探望闻家驷(闻一多的胞弟),他曾提到这件事,当时我没注意,但印象好像说这首诗与他们的妹妹逝世有关。"这无疑是个有效信息。闻一多早年就写过一首诗,题为《读沈尹默〈小妹〉!想起我的妹妹来了也作一首》(1920年11月16日)。在序言中,闻一多写道:

  今年暑假里有一晚上,我点着一盏煤油灯看诗,妈坐在我后面,低着头,靠在我的椅子背上。我听见一个发颤的声音讲:"这么早没得事,又想起来了。……"我忽然觉得屋子起了一阵雾,灯光也发昏了,书上的字迹也迷糊了;温热的泪珠一颗颗的往我的双腿上淋着。②

由此来看,《薤露词(为一个苦命的夭折少女而作)》应该是为十五妹而写的。据闻一多日记,他在1919年2月3日从三哥的来信中得知十五妹病逝的噩耗:"妹则死矣,妹之孝谨,妹之智慧,一日不能忘,即令人一日不堪矣。且二大人以衰迈之纪,遭此至惨,虽妹知之不当瞑目矣。呜呼哀哉!"③但考虑到此诗一改再改的情况,《也许》未必局限于十五妹这一个人。除了闻立瑛之外,闻一多夭折的孩子还有两个,即次女闻

---

① "闻一多的《也许——葬歌》,曾被人称赞一时。这首诗,也许是悼念他的瑛儿不幸早夭……"见刘烜:《闻一多评传》,北京大学出版社,1983年,第170页。许芥昱也持这种看法,见《新诗的开路人——闻一多》,波文书局,1982年,第109页。

② 闻一多:《读沈尹默〈小妹〉!想起我的妹妹来了也作一首》,见《闻一多全集》第1卷,第174页。

③ 闻一多:《仪老日记》,见《闻一多全集》第12卷,第419页。

第二章 闻一多诗歌语言的弹性与限度

立燕(1926 年 5 月—1928 年夏)和三子闻立鸿(1929 年 10 月—1930 年夏)。对于诗人来说,这首葬歌的每一次修改都是一次全新的悼念仪式,并融入了他对更多的已逝亲人的哀思,十五妹、闻立瑛、闻立燕和闻立鸿可能皆在其中。① 按照常理,在悼亡者的心目中,新死者往往会取代早逝者的位置,但这种取代其实是新旧悲悼的重叠。也就是说,诗中的"你"可以视为复合的人,是所有已逝亲人的结合体。正是这种逝者结合体与重叠在一起的悲悼使此诗更具有普遍性和感染力。

在诗集《死水》中,有些诗往往取诗中的第一个词或句子作为题目,具有随意性,接近于古诗中的《无题》,如《你看》等。尽管《也许》也取自诗歌的前两个字,但它并非一个漫不经心的题目,而是生者对死者的推测之词,诗人试图用它沟通阴阳两界。连接这两个世界的物体是坟墓,坟墓能为生者与死者的对话提供最佳的激发空间和倾诉氛围。只要死者的亲人还活着,死者就不会死去。年年岁岁,他们会按时来到墓旁,像死去的亲人还活着时一样和他相聚。就此而言,《也许》的核心就是"坟墓"时空体:在时间中诞生的坟墓,由于亲人的持续存在而成为超越时间之物。

此诗接近一首祈祷词,意在让逝去的亲人安息,贯穿全诗的一个词是"睡":

也许你真是哭得太累,/也许,也许你要睡一睡(第一节)
无论谁都不能惊醒你,/撑一伞松荫庇护你睡(第二节)
那么你先把眼皮闭紧,/我就让你睡,我让你睡(第四节)

在第一句中,死亡被婉称为"睡","睡"源于累,而睡者终将醒来。此时,读者和诗人一样相信"睡一睡"的暂时性。第二句承接第一句,睡者转入谁都不能惊醒的沉睡状态,而诗人仍然守在逝者身边,尽管此时他已经完全不被需要了,但却持续地为亲人(或孩子)提供力所能及的

---

① 朱湘在《闻君一多的诗》中引用了闻一多的诗《瑛儿》:"趁婴儿离不开褓襁,——/趁乳燕儿的翅膀未强。"但《闻一多全集》中并无此诗,从句式来看,该诗可能是《我要回来》的初稿。

庇护。第三句是个转折,"睡"不再是睡者的一种内在需要,而是成了诗人向对方的一个许诺,似乎没有这个许诺,对方就像婴儿一样不经抚慰便不能睡去。就此而言,此诗成了一首特殊的摇篮曲:一位守在坟边的诗人用心中的哀思来回推动坟墓中的亲人,主动帮她(他)安睡。

此时,诗人所能做的一切便是为亲人的安睡提供最优质的空间。他"叫夜鹰不要咳嗽,蛙不要号,蝙蝠不要飞",在这些句子中,否定词"不"的位置值得注意,因为它们包含着对各种声音的克服和净化。夜鹰本来在咳嗽,蛙本来在号,蝙蝠本来在飞,但是哀悼者制止了它们,与其说这种神奇的力量源于遣词造句的诗人,不如说来自一位富于爱心的父亲(或哥哥)——父亲有这个能力,他有能力给孩子提供最需要的东西。在第二节中,父亲(也是诗人)的语气更加肯定,其用词是"不许",包含着绝对禁止的意思。此时,父亲如同一位尘世之王,支配着宇宙万物:"不许阳光拨你的眼帘,不许清风刷上你的眉。"

第三节是"也许"的主要内容,表达了诗人对逝者阴界生活的推测,在诗人的想象中包含着对死的赞美,因为死者摆脱了尘世的苦难,进入了一个更美的世界:

> 也许你听这蚯蚓翻泥,
> 听这小草的根须吸水,
> 也许你听这般的音乐
> 比那咒骂的人声更美。[①]

这一节全部从听觉的角度来写,它表明死者并没有死,也不是复活,她(他)们的生命在另一个世界获得了延续,在黑暗中倾听自然界的各种音乐:"蚯蚓翻泥","小草的根须吸水",这与阳界的咒骂声是截然不同的。

最后一节最感人:"我把黄土轻轻盖着你,/我叫纸钱儿缓缓的飞",为坟墓添土,焚化纸钱,这是所有祭奠仪式中最常见的动作:黄土覆盖是向下,纸钱儿缓飞是向上,二者交错共存,但方向相反,在悲悼者

---

① 闻一多:《也许——葬歌》,见《闻一多全集》第1卷,第140—141页。

第二章　闻一多诗歌语言的弹性与限度

心中形成一种相互撕扯的力量，隐喻着一种永难平复的心灵创伤。

《也许——葬歌》是闻一多诗歌中最抒情的一首，这种强烈的抒情效果源于此诗的韵律感和音乐美。全诗句式整齐，每行大体上有四个音尺，二字尺与三字尺像不同的节拍一样交错出现，而且整首诗一韵到底。最难得的是，《也许——葬歌》不像《你莫怨我》《忘掉她》《我要回来》等诗那样大量地采用重叠句式，刻意营造一种接近音乐旋律的形式感：《你莫怨我》共五节，每节五行，各节的第一行和第五行完全相同，分别是"你莫怨我""你莫问我""你莫惹我""你莫碰我"和"你莫管我"。《忘掉她》共七节，每节四行，每节的第一行与第四行完全相同，都是"忘掉她，像一朵忘掉的花"。《我要回来》共四节，每节五行，各节第一行和第五行完全相同，分别是"我要回来""我没回来""我该回来""我回来了"。尽管这些诗歌旋律感很强，但显得有些雕琢，存在着形式主义的嫌疑。闻一多认为写诗不能"完全不顾声调效果而独重思想"，但也不能刻板雕琢，使诗歌只剩下声调效果：

> 我们不赞同现代艺术流派的诗人，其作品内容诗意空洞并且只剩下了飘渺难测的音乐旋律，对我们唱着令人不知所云的内容，而且这种方法对现实世界的反映——它的男人和女人，它的现状的变和不变微弱得几乎看不出来。这种诗歌所要表达的不在于思想，也不在于感觉和精神的混合物，而在于声音本身，在于诗的节拍上。①

尽管《你莫怨我》等诗并不空洞难解，甚至可以称得上感情真挚，但的确给人一种形式过剩的感觉，我认为这是音乐语言泛滥或失控的结果。而这首《也许——葬歌》的韵律感十分自然，它完全与悲悼者的内心对应，而且体现了伤逝者内心悲情的流动："当节奏已成惟一的、独一无二的思想表达方式时，仅仅在此时，才有诗歌。要使精神变为诗

---

① 王瑾瑾：《闻一多"均齐"理论的缘起》，见《闻一多研究四十年》，季镇淮主编，清华大学出版社，1988年，第298页。

歌,它必须在其自身包含着先天节奏的奥秘。精神正是在这种惟一的节奏中才能生存并变成可见的。各种艺术作品只是惟一的和同一的节奏。一切只是节奏。人的命运是惟一的上天的节奏,如一切艺术作品是独一无二的节奏一样。"① 相比而言,《忘掉她》等其他几首同题材诗歌因过于追求形式感而没有找到与内心对应的独特节奏,甚至还不能用自己的腔调说话,其结果是不仅没有加强诗人的内心节奏,反而把它破坏了。由此可见,刻意运用音乐语言未必能增强诗歌的音乐美,关键是能否与内心节奏应和。

第三节 静态空间中的造型语言:建筑美

一 建筑美的可行性与自由度

诗歌"三美"中真正属于闻一多本人,也最被他看重,同时也最受争议的是建筑美。本节要讨论的是诗歌建筑美的可行性及其限度问题。写诗即建筑,诗人遣词造句与建筑师排砖布瓦并无不同。就此而言,诗人就是诗歌赋形者或诗歌建筑家。在汉学家马悦然的心目中,闻一多就是一位"诗歌的建筑家":

> 20年代中国伟大诗人闻一多曾经提出诗歌形式必须既满足读者的视觉又满足听者的听觉。他说,就结构的建筑美来说,语言的音乐特点必须像砖瓦一样发挥作用,闻一多自己认为他的《死水》是他在诗歌构建方面最成功的实验。该诗每行九音节,分成三个双音单位和一个三音单位。三音单位在各行的位置不断移动。值得注意的是那三音单位不出现在句末。这一特点创造了规范结构中韵律的紧张。②

---

① [法]莫里斯·布朗肖:《文学空间》,顾嘉琛译,商务印书馆,2003年,第229页。
② [瑞典]马悦然:《一位诗歌的建筑家》,见《另一种乡愁》,三联书店,2004年,第59页。

第二章　闻一多诗歌语言的弹性与限度

这段话的深刻之处在于他是从声音的角度论述诗歌建筑美的。建筑美固然体现为诗歌的外在形体,但其实质却是音乐美,或者说是由内在韵律(其实是诗人的心情波动)决定的诗歌外形。事实上,闻一多对建筑美的论述正是从声音的深度展开的。那些贸然批评闻一多的人往往把建筑美视为一个单纯的诗歌外形问题,这无疑把他简单化了。我认为只要建筑美的外形是对内心情感的完好呈现,这时再对建筑美横加指责便是无理的,诗歌的道路从来都不是只有一条。杜甫和李白写法不同,却一样卓然成家。因此,我倾向于为建筑美进行辩护。客观地说,对于诗歌而言,建筑美不失为一个创见:在理论指引、创作实践和发展前景方面都有相应的空间,至少有一定的合理性。

　　在我看来,建筑美的提出有远近两种不同的成因。近因是当时对新诗形式的讨论以及闻一多对新旧文学关系的思考:"我以为一桩,当恢复我们对于旧文学底信仰,因为我们不能开天辟地(事实与理论上是万不可能的),我们只能够并且应当在旧的基石上建设新的房屋。"① 这里的"旧文学"主要指律诗,"信仰"二字表明了闻一多对它的重视程度。其远因则是闻一多对中西文化的吸收与借鉴。在清华读书时,对他影响很大的美术教师斯塔尔曾两次讲解西方建筑问题:1918 年 2 月 16 日,斯塔尔为闻一多所在的图画特别班讲"建筑上之美术";1920 年 11 月 13 日,由闻一多等人发起的美术社举行第一次幻灯演讲会,由斯塔尔讲"西洋建筑"。② 尽管这些讲座的内容已不得而知,但它自然会增强闻一多对西方建筑文化的了解。他认为:"若如西人所说建筑是文化底子宫,那么诗定是文化底胚胎。中国艺术中最大的一个特质是均齐,而这个特质在其建筑与诗中尤为显著。中国底这两种艺术底美可说就是均齐底美——即中国式的美。"③ 既然建筑是文化的子宫,诗是文化的胚胎,也可以说,诗是由建筑孕育出来的。一般而言,中国古代建筑的主体部分往往左右对称,而辅助建筑大体上也分布均衡:"举

---

① 闻一多:《〈女神〉之地方色彩》,见《闻一多全集》第 1 卷,第 123 页。
② 闻立鹏、张同霞:《艺术活动年表》,见《追寻至美》,山东美术出版社,2001 年,第 154—155 页。
③ 闻一多:《律诗底研究》,见《闻一多全集》第 10 卷,第 159—160 页。

一个最寻常的例。走进随便一个人家庭堂上去,总可看见那里的桌椅字画同一切供设的器物总是摆得齐齐整整地,左边一个,右边一个,毫不紊乱;而且这些器物又多半是正方方的。更大的象房屋亭阁布置同形体也都是这样。"①不可否认,这和中国律诗的特点是高度一致的。律诗的中间两联不仅句式整齐,而且讲究对仗,而首尾两联做到整齐就可以了。由此可见,中国律诗是充分吸收了建筑语言的一种诗体。通过对律诗章句的考察,闻一多做出如下总结:"总观上述的句底组织及章底组织,其共同的根本原则为均齐。作者尽可变化翻新,以破单调之弊,然总须在均齐底范围之内。如此则于'均齐中之变异'一律始相吻合。"②均齐,这正是诗歌建筑美的核心,它既适用于旧体诗,也适用于新诗。

关于均齐文化的成因,闻一多认为是受地理的影响,所谓"中国底山川形势是极整齐的",而气候的温和又铸成了中庸观念,因此,均齐构成了中国人的真善美观念的共同原素,进而渗透到哲学、道德和艺术等多种领域。闻一多认为哲学上的均齐可以《易》为代表:"《易》所谓'两议'、'四象'、'八卦',其数皆双。双是均齐底基本元素。"③伦理学上的均齐可以《论语》为代表:"孔子赞美大舜说'执其两端,用其中于民。'又说:'我叩其两端而竭焉。'又曰:'攻其异端,斯害也已。'这些都讲道德的真理必须从两端推寻出来。这样看来,中国底伦理也是脱胎于均齐之观念的,所以可说是均齐的伦理。"④器物方面可以宫殿庙宇和亭台楼榭为代表。尤其值得注意的是汉字,其形体也是方的,而且"均齐者几居三分之二"。因此,闻一多认为:"均齐是中国的哲学、伦理、艺术底天然的色彩,而律诗则为这个原质底结晶,此其足以代表中华民族者一也。"⑤

由此可见,闻一多不仅发现了中国律诗吸收了建筑语言,更重要的

---

① 闻一多:《律诗底研究》,见《闻一多全集》第10卷,第161页。
② 同上书,第147页。
③ 同上书,第160页。
④ 同上书,第160—161页。
⑤ 同上书,第161页。

第二章 闻一多诗歌语言的弹性与限度

是,他发现了"均齐"这个存在于中国艺术和文化中的普遍规律,这为他后来提倡新格律诗奠定了坚实的基础。在"三美"中,他之所以特别强调建筑美也是这个原因。首先,闻一多辨别了新诗的建筑美不同于律诗的建筑美,提出"新诗的格式是层出不穷的","新诗的格式是相体裁衣","新诗的格式是根据内容的精神制造成的",而且"新诗的格式可以由我们自己的意匠来随时构造"。① 他对新旧诗歌建筑美的这个区分意在说明:律诗只有方形整齐这一种格式,而新格律诗在追求均齐的基础上注重变异性和灵活性,提倡根据表达的需要创造出圆形整齐、曲线整齐甚至是错落式整齐等多种形式。②

整体而言,《死水》中的二十八首诗歌都比较注重建筑美,但建筑样式各异。其中,采用方形整齐的诗歌只有《死水》和《黄昏》两首,其特点是每节四行,每行字数相等,而且行内无标点符号。在我看来,《死水》的伟大在于它以严整的句式传达了活泼的语气,这几乎是一个奇迹。圆形整齐的诗歌主要有《你莫怨我》和《我要回来》等,其代表作是《忘掉她》,全诗七节,每节都采用封闭式结构:首尾两句较长,且完全相同;中间两句较短,但句式整齐,并呈持续性变化:

> 忘掉她,像一朵忘掉的花!
> 像春风里一出梦,
> 像梦里的一声钟,
> 忘掉她,像一朵忘掉的花!③

在《忘掉她》中,这节诗最典型,因为它既是第二节,也是第七节。第一句点题,第四句照应,形成一个圆圈。中间两句为比喻,其核心喻体为"梦":在第二句中,"梦"是喻体,在第三节中,"梦"成为另一个喻体

---

① 闻一多:《诗的格律》,见《闻一多全集》第10卷,第141—142页。
② 刘介民将闻一多诗歌建筑美的形式归纳为"豆腐干式"(《死水》)、菱形(《你莫怨我》)、夹心型(《忘掉她》)以及参差行式、倒顶式、齐头式、副歌形等多种形式。见《闻一多 寻觅时空最佳点》,文津出版社,2005年,第192—193页。
③ 闻一多:《忘掉她》,见《闻一多全集》第1卷,第143页。

"钟声"的背景,二、三两句像一条曲线被"梦"这个词连接在了一起。

曲线整齐是《死水》中运用较广的一种建筑样式,因为它处于整齐与变化之间,以一种不确定的形式建立确定性的关系。如《什么梦》《一句话》等,《洗衣歌》是这类诗的代表作。全诗八节,第一节和第八节为四句,而且内容完全相同,构成此诗的圆形结构。中间六节每节五句,每节前四句为描述性长句,与漫长的劳作过程相对应;后一句为抒情性短句,并运用重叠手法,有力地表达了内心的情感:

> 我洗得净悲哀的湿手帕,
> 我洗得白罪恶的黑汗衣,
> 贪心的油腻和欲火的灰,
> 你们家里一切的脏东西,
> 交给我洗,交给我洗。①

这是《洗衣歌》的第二节和第四节,在诗中形成一种内在的回环,与一、八两节相应和。尽管这节诗本身并不完全整齐,但由于以下诗节采用了同样的结构,所以形成了一种独特而复杂的整齐,即曲线整齐。

此外,《死水》中还有大量错落式整齐的诗歌,其特点是每行字数不等,但大体均衡;行内有标点符号,句式显得比较灵活;有些诗甚至不分节。这类诗很多,最典型的是《发现》,从整体上看,该诗句式整齐,但行内用了许多标点符号,使词语的连续与间断和诗人激情的勃发与受阻形成对应关系。由此可见,诗句的跨行与行内的隔断可以避免建筑语言的单调和沉闷,使诗句显得灵活有力。

综上所述,诗歌建筑的样式是多种多样的,它以其内在的自由精神促使诗人根据特定的情况进行无尽的探索。换句话说,在诗歌中使用建筑语言具有用之不竭的自由度。那些对诗歌建筑美持异议的人由于

---

① 闻一多:《洗衣歌》,见《闻一多全集》第 1 卷,第 164 页。许芥昱认为:"《洗衣歌》的主题跟形式都很像英国诗人汤玛斯·虎德(Thomas Hood)的《缝衣曲》,闻氏那首诗中亦可以看出吉伯龄(Kipling)的响亮节奏,与史文朋(Swinburne)式音节的重复形式。"见《新诗的开路人——闻一多》,许芥昱著,卓以玉译,波文书局,1982 年,第 81 页。

第二章　闻一多诗歌语言的弹性与限度

没有注意到闻一多对建筑语言的多种探索,更没有领会到诗歌建筑美的自由精神,而简单地以为新格律诗只有方形整齐这一种格式,并讥之为"豆腐干儿"体。这无疑是一种偏见。汉学家马悦然认为闻一多的诗处于格律诗与自由诗之间,他既看到了闻一多对建筑语言的充分运用,又看到了他对建筑语言的灵活运用,可谓既全面又客观:

> 《死水》是现代中国文学中韵律最完美的挽歌式的诗歌。提倡自由诗的人,像胡适和郭沫若,把《死水》当作"豆腐干儿诗",其实,闻一多运用白话固有的音乐性的能力远远超过专门运用自由诗的诗人。他的几首诗(《飞毛腿》和《天安门》)据我看是介于格律诗和自由诗之间的作品。虽然两首是押韵的,虽然每行的长短都差不多,但是诗人所运用的很自然的语言流是自由诗的一个特点。①

马悦然在这里提到的"语言流"其实就是体现诗歌音乐美的"感情流",其实质是新格律诗的自由精神,正是它构成了建筑美的支配因素。随着人类科技的不断发展,新式建筑越来越多样化,给新诗的赋形者带来了更多的启发:

> 一谈起建筑,有人就以为只有宫殿式、庙宇式、牌坊式的建筑,就是民族形式的建筑。他们常常忽略了大量的、因人民生活的不同、各地的气候和材料不同而创造的各种不同的住宅,才是研究和发展民族形式建筑的最可宝贵的根据。现在已出现了这样的一种建筑,在西式大楼的屋檐或窗檐上,装饰了一些从宫殿里抄来的图案,就算是民族形式了。这种原来用在木料上的图案,被放在砖石或水泥的建筑上,就显得很不调和。这种建筑,在抗日战争以前,在南京上海一带就已经出现,叫做"中西合璧式",想不到今天又

---

① [瑞典]马悦然:《一位诗歌的建筑家》,见《另一种乡愁》,三联书店,2004年,第61页。

应运而生了。①

但是,在新诗中运用建筑语言也存在着限度。对于闻一多那一代诗人来说,其限度就是克服方形整齐,不要简单地回归到律诗,同时还要避免建筑语言的局限性。从根本上说,建筑语言是一种存在于静态空间中的造型语言,而诗歌的本质是抒情,二者之间存在着一定的紧张关系。其次,诗歌毕竟是一种纸上建筑,不必注重实用而倾向于审美,因而比建筑语言具有更大的自由度。就此而言,在诗歌中使用建筑语言必须克服它的局限性。为了克服建筑语言的单调、板滞和沉重,必须用绘画语言来调节建筑语言,用音乐语言来支配建筑语言,从而使诗歌显得丰富、轻盈而灵动。

二 诗歌的雕塑美问题

雕塑是建筑的姊妹艺术。罗丹(1840—1917)认为"雕塑只不过是建筑这一大类中的一个类别","雕刻家一如建筑师,要石化、要塑造的,始终是光与影"②。因此,诗歌的雕塑美也是一个值得探讨的问题。

首先需要界定的是何谓诗歌的雕塑美,它与诗歌的建筑美与绘画美有何区别?与建筑不同,雕塑已经摆脱了实用性而趋于独立,但仍难以摆脱材料的局限以及环境的制约。与绘画相比,尽管雕塑的主体性不强,但它是立体的,因而比绘画更接近于表现对象。建筑和雕塑使用的都是木石等材料,但建筑形成于叠加,而雕塑则形成于删减。建筑意在建造一个实用的整体空间,而雕塑是为了做到与事物外形无限接近,并具有部分表意的功能。雕塑的对象一般是人,并且倾向于使用单色,即材料自身的颜色。甚至罗丹所说的光影塑造也不是雕刻自身的优势,而是雕刻与特定环境相结合形成的效果。因此,雕塑注重反映实物的三维效果,而不像绘画那样重视色彩和光影分布。正如黑格尔所说

---

① 艾青:《诗的形式问题》,见《艾青全集》第3卷,花山文艺出版社,1991年,第331—332页。

② [法]奥古斯特·罗丹:《法国大教堂》,啸声译,广西师范大学出版社,2002年,第131页。

第二章　闻一多诗歌语言的弹性与限度

的:"雕刻不能采用从本质来看是不必要的材料或媒介,所以它只用人的形体的空间形式而不用绘画的着色。雕像大体上是单色的,是用纯白色而不是杂色的石头雕成的……"①就此而言,雕塑语言的突出特点是立体性,以及由此带给人的立体感。

奥地利诗人里尔克曾做过雕塑家罗丹的秘书,在观察能力方面,里尔克深受罗丹影响。他的"事物诗"在诗歌雕塑美方面取得了突出成就,并拓展了诗歌的表现领域,对现代诗歌的发展产生了巨大影响。里尔克强调写诗首先要对事物进行精细观察:"所谓表现一件物,只是:到处都要细察,丝毫不缄默,丝毫不疏忽,丝毫不做错;认识千百个侧面,一切从上看和从下看的观点,每个交叉点。然后一件物才出现,然后它才是一座和那飘忽不定的大陆隔绝的岛屿。"②由此可见,对于里尔克来说,写诗就是用文字雕刻事物,使事物在得以立体呈现的同时获得雕塑美。里尔克的"事物诗"很多,试看他的《仅剩躯干的古阿波罗像》:

> 无人听说他的头,我们也不知情,
> 那儿曾成熟过一对瞳仁。但是
> 他的躯干仍在燃烧,炯炯而视,
> 像辉煌的灯台,尽管拧低了灯芯,
> 仍然发光不止。否则,胸膛的造型
> 决不会如此眩目,腰部的扭转中
> 也不会浮动着一丝微微笑容
> 延伸向那孕育生殖的中心。
> 否则,他只能竖在这儿,容貌全毁,
> 半截废石,双肩接着透明的悬坠,
> 而不会象猛兽毛皮般颤动,闪烁,

---

① [德]黑格尔:《美学》第3卷(上册),朱光潜译,见《朱光潜全集》第15卷,安徽教育出版社,1992年,第109页。
② 《上帝的故事》,叶廷芳、李永平编,中国广播电视出版社,2000年,第55页。

>也不会从每处断缘迸出光热
>如同一颗星星。他的每个部位
>向你注视着,迫使你改变你的生活。①

这首十四行诗本身描述的就是一座雕塑,即阿波罗像。尽管它仅剩躯干,但诗人仍然从"头"写起,这不仅使残躯形成了一个整体,而且诗人意在强调那里曾孕育过一双明亮的眼睛。也许正因为这座雕塑失去了头部和眼睛,所以,诗人觉得它的每一个部位都成了眼睛,以至于"他的每个部位向你注视着,迫使你改变你的生活"。值得注意的是,诗人的正面描写只有一句,而且用的是比喻,即把燃烧的躯干比成"辉煌的灯台"。其后以两个"否则"领起,从反面入笔达到正面表现的双重效果。而且正是这一部分使诗歌获得了雕塑美的效果。首先是"腰部的扭转"中"浮动着一丝微微的笑容"。由于头部已丢失,诗人从雕像的腰部看到了笑容,而且腰部扭转这个动态曲线一直延伸到生殖的中心,这条曲线把虚拟的笑容与孕育后代的器官连接在了一起,不仅富于立体效果,而且耐人寻味:尽管躯体已残缺,但它似乎仍不失繁殖的能力。其次,在诗人看来,雕像的躯体像"猛兽的毛皮般颤动,闪烁",而且"从每处断缘迸出光热"。前一句通过比喻使雕像获得立体效果,富于动态色彩,所谓"颤动,闪烁"。后一句直接实现了虚实结合,雕像断裂的边缘迸发着光和热,像星星一样放射着光芒。事实上,整首诗一直注重虚实结合,而虚实结合正是使诗歌获得立体效果的一种途径。如"双肩接着透明的悬坠"这句诗,双肩倾向于静,悬坠倾向于动,双肩是厚实的,悬坠是透明的。从眼睛、笑容以及悬坠来看,诗人似乎一直致力于复原雕像的头部,并在双肩与悬坠之间增强了对比效果,从而使诗歌富于雕塑美。从里尔克的这首诗可以看出,诗歌的雕塑美在于用文字暗示出所写物体的立体效果,其常用方法是细节描绘、动静对比和虚实结合等。

似乎没有证据表明闻一多受过里尔克的影响,但钟情于唯美主义

---

① 《世界诗库》第 4 卷,飞白主编,花城出版社,1994 年,第 317—318 页。

第二章　闻一多诗歌语言的弹性与限度

的闻一多从戈蒂耶(1811—1872)的作品中得到过启发。许芥昱认为："从高蒂耶的诗集——《晶玉集》(意思是像精工雕琢的宝石一般的诗文)到梅礼美(Mallarme)象征派的诗,闻一多的反应都表示他相信诗歌、绘画、雕刻、音乐等美术都能互相沟通。"①戈蒂耶是个非常重视形式感的诗人,尽管他没有提出雕塑美的观念,但他的部分作品确实致力于追求雕塑美的效果。正如他在《艺术》中所写的："是的,最美的作品出自／最坚硬最难对付的／形式——玛瑙、珐琅、大理石和诗。//……雕镂,琢磨,精益求精,／把你流云般的梦,／封存／于坚固的磐石之中!"②

事实上,艺术上的很多创造往往是不谋而合的。也许闻一多诗歌中的雕塑美并不存在外来影响,只是出于他个人的领悟和探索：

> 画字的本义是刻画,那便是说,在古人观念中,画与雕刻恐怕没有多大分别。就工具说,刀的发明应比笔早,因此产生雕刻的机会也应比产生绘画的机会较先来到。当然刀也可以仅仅用来在一个面积上刻画一些线条,藉以模拟一个对象的形状,因此刀的作用也就等于笔。但是我们可以想象,当那形成某种对象的轮廓的线条已经完成之后,原始艺术家未尝不想进一步,削削挖挖,使它成为浮雕,或更进一步,使它成为圆雕。③

这是闻一多关于雕刻起源的推测性理解,不论它是否科学,这段话至少表明了闻一多对雕刻艺术的认识。尽管他不是雕塑家,但从小爱好剪纸,后来又画过石膏像,搞过篆刻,因此,他在写诗时注重立体效果是很自然的。在我看来,闻一多的长诗《剑匣》就是一篇富于雕塑美的诗歌。《剑匣》的前一部分侧重于描写其制作过程,其中包含了对剑匣的装饰。诗人表示要把所有的珍宝都雕镂在剑匣上：

---

① 许芥昱：《新诗的开路人——闻一多》,卓以玉译,波文书局,1982年,第96页。"梅礼美"应为"马拉美"。
② 《外国精美诗歌读本》,耿占春主编,山东友谊出版社,2009年,第52页。
③ 闻一多：《匡斋谈艺》,见《闻一多全集》第2卷,第181页。

我将描出白面美髯的太乙
卧在粉红色的荷花瓣里,
在象牙雕成的白云里飘着。
我将用墨玉同金丝
制出一只雷纹镶嵌的香炉;
那炉上炷着袅袅的篆烟,
许只可用半透明的猫儿眼刻着。
烟痕半消未灭之处,
隐约地又升起了一个玉人,
仿佛是肉袒的维纳司呢……
这块玫瑰玉正合伊那肤色了。

晨鸡惊耸地叫着,
我在蛋白的曙光里工作,
夜晚人们都睡去,我还作着工——
烛光抹在我的直陡的额上,
好象紫铜色的晚霞
映在精赤的悬崖上一样。

……
我又将镶出一个瞎人
在竹筏上弹着单弦的古瑟。
(这可要镶得和王叔远底
桃核雕成的《赤壁赋》一般精细。)
然后让翡翠,蓝玉,紫石瑛,
错杂地砌成一片惊涛骇浪;
再用碎砾的螺钿点缀着,
那便是涛头闪目的沫花了。
上面再笼着一张乌金的穹窿,

第二章 闻一多诗歌语言的弹性与限度

只有一颗宝钻的星儿照着。①

这首诗用再现语言描写雕镂剑匣的段落多达五节,其中还有两节描述制作剑匣时的工作场景,可谓极尽铺陈渲染之能事。这种"最浓缛的作风"正是典型的闻一多风格。艾青谈到此诗时说:"他的一首二百多行的《剑匣》是用尽雕镂的技巧而磨琢成的景泰蓝似的作品……差不多把中国所有的珍宝都罗列进去了。"②在我看来,闻一多之所以如此刻意描写剑匣,是为了体现他对诗歌形式的唯美主义追求,而剑则象征诗歌的内容。因此,制匣便成了诗歌创作的隐喻:"哦,我的剑匣修成了,/我的剑有了永久的归宿了!"

这里选录的三节诗当然具有绘画美,但是用绘画美又不足以揭示其特色,因为闻一多在诗中一直致力于营造立体效果。说白了,就是用富于立体性的语言描绘雕镂剑匣的过程。第一节诗的前三句以太乙为中心,他卧在花瓣里,飘在白云上,层次感很强;后八句为另一层,以香炉为基座,并由它冒出的烟引出玉人这个核心形象,动静与浓淡结合得十分巧妙。第二节诗写的是雕镂剑匣时的情景,这表明雕镂剑匣者也成了被诗人雕镂的对象。其核心是雕镂者,背景是曙光和夜晚的轮回,这不仅暗示了时间的变化,而且营造了一种独特的光影效果。尤其令人称道的是,诗人将烛光里雕镂者的前额比成了晚霞映照中的悬崖,形成了一种色彩绚烂的立体感。第三节诗的核心是一个弹古瑟的瞎人,他坐在竹筏上,竹筏四周全是惊涛骇浪,浪花飞溅;上面是漆黑的夜空,只点缀着一颗星星。诗中涉及的空间遍及上下四周,其立体感自然不言而喻。值得注意的是,诗人特别提到要以王叔远的雕刻作品《赤壁赋》为模范,这分明揭示了闻一多用语言雕刻事物的意图。就此而言,富于雕塑美的《剑匣》与中国雕刻艺术存在着密切的联系。

---

① 闻一多:《剑匣》,见《闻一多全集》第 1 卷,第 21—23 页。
② 艾青:《爱国诗人闻一多》,见《艾青全集》第 3 卷,花山文艺出版社,1991 年,第 280—281 页。《闻一多全集》中的《剑匣》一诗为 191 行。

  当然,《剑匣》的外来影响也很明显。这首诗的开头引用了英国诗人丁尼生(1809—1892)《艺术的宫殿》中的诗句,其中有一句立体感很强:"它稳定的阴影/停落在它灿烂的光环之上。"闻一多显然受其影响,特别是写雕镂剑匣者的那句诗:"烛光抹在我的直陡的额上,/好象紫铜色的晚霞/映在精赤的悬崖上一样。"此外,《剑匣》可能受益于济慈的《希腊古瓮颂》,这两首诗都写了器物上的图案,只不过闻一多注重刻画形象,而济慈却通过对形象的勾勒揭示内心感受:

> 希腊的形状,希腊的姿态!满处
> 雕饰了大理白石的男男女女,
> 树枝在摇曳,青草在脚底下起伏;
> 静默的形体,引我们超出了尘虑,
> 像"永恒"引我们一样:冰冷的牧歌!
> 等老年断送了我们一代的来日,
> 你还会存在,看人家受到另一些
> 苦恼的时候,作为朋友来申说:
> "美即是真,真即是美",——这就是
> 你们在地上所知和须知的一切。①

三 双层建筑的卓越尝试:《心跳》

  《死水》共二十八首诗,超过二十行的诗仅九首,最长的一首诗《荒村》为五十行。其次为《大鼓师》四十八行,《洗衣歌》为四十三行。其余均在三十行以下。二十八行诗有三首,其中两首是双十四行诗,即《心跳》和《天安门》。② 此外,还有三首十四行诗,以及一些十二行诗和十六行诗。

  《心跳》共二十八行,是两首十四行诗的组合,换句话说,这是一座

---

① 济慈:《希腊古瓮颂》,见《卞之琳译文集》中卷,安徽教育出版社,2000年,第127页。
② 《死水》中还有一首28行诗《忘掉她》,但并非双十四行结构。

第二章　闻一多诗歌语言的弹性与限度

双层建筑。前十四行构成建筑的第一层,后十四行为第二层,二者格局大体相似,并形成了对应关系。但第二层并非对第一层的简单重复,诗人运用富于变化的诗句重申并强化了本诗的主旨:心跳难以禁止。简而言之,诗人的心跳源于墙内与墙外的差异:墙内是和平与幸福,而墙外是战争与死亡。身在墙内的诗人心系墙外,因而难以禁止他的心跳。就此而言,本诗塑造了一个墙壁时空体,墙壁给诗人带来了安静与满足,却"隔不断战争的喧嚣",墙内为写实,墙外为想象,二者相得益彰。

第一层诗歌建筑采用了典型的十四行格式,四节诗相继采用了起承转合的结构。前四行写诗人的书房:

> 这灯光,这灯光漂白了四壁;
> 这贤良的桌椅,朋友似的亲密;
> 这古书的纸香一阵阵的袭来;
> 要好的茶杯贞女一般的洁白;①

这节诗一连用了四个"这"字,形成一组指称性短句,造成了一种特殊的效果——如同诗人用手指着书房向来客一一介绍:灯光、桌椅、书香和茶杯。其中,桌椅与茶杯构成一组和谐的静物;灯光与书香则为一组动态的存在,它们持续地弥漫发散,使整个房间充满了温馨的气息。后四行写诗人的家庭:小儿在母亲怀里吃着奶睡着了,大儿在酣睡。到目前为止,《死水》中的诗歌创作时间能够确知的还不多,一般把发表日期作为创作日期,这显然是不得已的办法。《心跳》发表于 1927 年 5 月 20 日,但并非 1927 年写的。因为闻一多的第三个孩子闻立鹤生于 1927 年秋,在此诗发表之后,所以这首诗中的"小儿"为闻立燕(1926 年 5 月至 1928 年夏),"大儿"为闻立瑛(1922 年 12 月至 1926 年冬)。由此可以推断:此诗当写于闻立燕出生之后,闻立瑛夭折之前,即 1926 年 5 月至 1926 年冬天之间。第三节为转折,诗人对生活的感谢之歌变成了诅咒之词,因为他不满足于"墙内尺方的和平",并声称"我的世界

---

① 闻一多:《心跳》,见《闻一多全集》第 1 卷,第 151 页。

还有更辽阔的边境"。至此,前两节与第三节的对立合并成了最后一节:诗人个体的幸福感被大众的不幸命运所抑制,心跳难以禁止。由此可见,这颗心跳跃的是一种大关怀。

第二层诗歌建筑尽管也是十四行,但略有变形。在这一部分中,前十句构成了一个意气连贯的句群。它意在表明:在那个众生受苦的年代里,如果一个人只关心自己,或只追求个人的志趣和闲适,那就不如去死。值得注意的是,这节诗用了不少恶的意象,如"口里塞满了沙泥","头颅给田鼠掘洞","一团血肉也去喂着尸虫"等,这些奇崛的诗句包含了诗人对个人主义的强烈憎恶。同时,诗人对当时众生的苦难做了如下概括性的描述:

> 如果只是为了一杯酒,一本诗,
> 静夜里钟摆摇来的一片闲适,
> 就听不见了你们四邻的呻吟,
> 看不见寡妇孤儿抖颤的身影,
> 战壕里的痉挛,疯人咬着病榻,
> 和各种惨剧在生活的磨子下。①

由此可见,诗人对生活在种种苦难中的人们多么挂心,它甚至已经让读者意识不到"我"与"你们"之间的一墙之隔。出于充沛感情的驱动,这首十四行直到第十一句才开始转折,并由平常的四句压缩成两句:"幸福!我如今不能受你的私贿,/我的世界不在这尺方的墙内。"在建筑中,总是存在着支撑力和施压力,以及建筑体内部的张力,这首诗的支撑力是对个人主义的批判,而施压力恰恰来自个人主义,但诗人拒绝了幸福的私贿,明显克服了其个人主义倾向。尽管诗人在二者之间做出了明确的取舍,但事实上它们仍保持着一定的张力关系。

最后,诗人以"听!又是一阵炮声"将墙内外合为一体,墙外的炮

---

① 闻一多:《心跳》,见《闻一多全集》第1卷,第152页。

声不禁使墙内的诗人想象:这一阵炮声又制造了多少死亡?正是在这种难以查证的想象中,诗人的心跳持续加速:"静夜!你如何能禁止我的心跳?"这句诗明显与前一首十四行的最后一句形成了深化关系。二者都是反问句,但"你有什么方法禁止我的心跳"侧重于"什么方法",意味着还有禁止心跳的可能;而"你如何能禁止我的心跳"侧重于"如何",它表明心跳分明已无计可消除。至此,这首变体十四行与前面的规范十四行达成了"变化中的一致",并从整体上形成了一座别致的双层诗歌建筑。

第四节 动态空间中的肢体语言:舞蹈美

一 闻一多的"脚镣"之舞

"带着脚镣跳舞"已经成了闻一多的名言,尽管这只是他引用布里斯·佩里(Bliss Perry,1860—1954)的一句话:"差不多没有诗人承认他们真正给格律缚束住了。他们乐意带着脚镣跳舞,并且要带别个诗人的脚镣。"[①]闻一多后期的诗歌普遍遵循了这个原则。其实,"脚镣"只不过是个隐喻,意为规矩、规则和格式。对于闻一多来说,"带着脚镣跳舞"即"按照格律写诗"。在为《诗歌节奏的研究》所做的笔记中,闻一多再次引用了佩里的话:

> 诗的爱好者在这种妥协(即与诗格律妥协,笔者注)中,发现了愉悦,他们高兴于在声音和感觉二者之间期待的韵律的标准上做微小的偏离与遵循,这就象一个喜爱驾风帆航行的人,紧紧跟定了风,他才能更便利轻快一样。由于罗盘、风和潮汐的实际事实,由于他的船的特性,使他在遵循和偏离原方向上取折衷的航道航行。竟然会这样:水手们狂喜于"战胜它"!并且,诗人也同样狂

[①] 闻一多:《诗的格律》,见《闻一多全集》第1卷,湖北人民出版社,1993年,第137页。在《格律底研究》中,其译文略有不同:"差不多没有诗人承认他们真正受缚于篇律。他们喜欢带着脚镣跳舞,并且要带着别个诗人底镣跳。"(见《闻一多全集》第10卷,第158页)闻一多后来把"篇律"译成了"格律",使文意更显豁了。

喜于去"战胜它",这是由于它的内深之处、强壮之中跑动着节奏冲力的潮汐,由于专横的词汇和难以管束的情绪,由于几乎难以控制的思路。①

这又是一段比喻,以"驾风帆航行"比喻写诗,突出了格律对情感表达的双重影响:遵循或偏离。既然喻体与本体之间存在着相同的原理,至少有相似之处,因而本节试图悬置其相似性,把它们对应起来,在发掘舞蹈语言特色的基础上,探讨把舞蹈语言运用于诗歌的可能性。

舞蹈是典型的身体艺术。按照舞蹈家邓肯(1878—1927)的观念,身体是各种艺术的本源。她说:"艺术若不首先注意到人体的比例和线条,那就不可能意识到周围存在的美。只有当他对人体抱有崇高的理想时,他才会对大自然的一切有形之物具有崇高的见解,才会对天地万物有所认识。而就是从这里,人们得到了建筑、绘画和雕塑中关于线条和形状的概念。艺术,就其本质而言,最初不就是从人类对自身形体的崇高意识中得来的吗?"②舞蹈运用的是肢体语言,肢体及其动作是心灵活动的直接呈现。因此,舞蹈是人类最早用来表达自我的艺术形式之一。关于舞蹈的起源,陈梦家在《商代神话与巫术》中提出"舞即巫"的观点。李泽厚(1930—)提出"羊人为美"的观点。他认为汉语里的"美"字为"羊"与"人"的组合:"很可能,美的原来含义是冠戴羊形或羊头装饰的大人('大'是正面而立的人,这里指进行图腾扮演、图腾乐舞、图腾巫术的祭司或酋长)……他执掌种种巫术仪式,把羊头或羊角戴在头上以显示其神秘和权威。……美字就是这种动物扮演或图腾巫术在文字上的表现。"③康殷(1926—1999)在《文字源流浅说》中认为美"像头上戴羽毛装饰物如雉尾之类的舞人之形"。④ 这些观点不

---

① 王瑾瑾:《闻一多"均齐"理论的缘起》,见《闻一多研究四十年》,季镇淮主编,清华大学出版社,1988年,第298页。

② 邓肯:《舞蹈家与自然》,见《邓肯论舞蹈艺术》,张本楠译,上海文艺出版社,1985年,第63页。

③ 李泽厚:《华夏美学》,见《美的历程》,安徽文艺出版社,1994年,第211—212页。康殷认为美的上半部分是羽毛的装饰物。

④ 康殷:《文字源流浅说》,荣宝斋出版社,1979年,第131页。

第二章　闻一多诗歌语言的弹性与限度

仅表明了舞蹈与巫的密切关系,而且证实了舞蹈是最能体现中国人审美观念的一种艺术。通过对字的形体分析,耿占春认为:

> 诗:就这个字的构形而生发的引譬,它意指着一种非凡的语言,它是和圣地(寺)结合在一起的话语。……从"寺"的字根来看,它是人足的象形,而与足有关的"止(趾)"包含着"行"与"停"相反之两意。既行又停,当意指舞蹈与节奏……另方面,这既行又停之节奏,也意指着某种与音乐相似的东西……那么,诗就是这样一种语言,一种在自身停顿的话语,一种既行进又停止的话语,既言说又沉默的语言:它以某种方式说出和包含了一切,又以某种方式显示出本质的虚无……它处于永恒的凝聚与消解中。它迫使语言在这样双重的意向中舞蹈而歌唱。①

这段分析十分精彩,而且完全符合古代的事实。在中国最早的历史典籍《尚书》里,就记载了诗乐舞三位一体的混合状况:"帝曰:夔!命女典乐,教胄子:直而温,宽而栗,刚而无虐,简而无傲。诗言志,歌永言,声依永,律和声,八音克谐,无相夺伦,神人以合。夔曰:于!予击石拊石,百兽率舞。"②通过对中外艺术的普遍考察,朱光潜(1897—1986)认为"诗歌与音乐、舞蹈是同源的",其共同命脉是"节奏",并认为舞蹈是最早从中分离出来的一种艺术。其依据是《诗经》中的"颂"和舞结合在一起,《九歌》依然延续了这个传统,到汉乐府时,诗和乐仍然是结合的,而舞蹈却获得了独立:"后来三种艺术分化,每种均仍保持节奏,但于节奏之外,音乐尽量向'和谐'方面发展,舞蹈尽量向姿态方面发展,诗歌尽量向文字意义方面发展,于是彼此距离日渐其远了。"③诚如朱光潜所言,诗乐舞逐渐走向了独立,但在它们独立的表象中仍然包含着一种回归源头的趋势。索绪尔认为:"语言事实的传播,跟任何习惯,

---

① 耿占春:《隐喻》,河南大学出版社,2007 年,第 157—158 页。
② 《尚书·尧典》,见《中国历代文论精选》,张少康主编,北京大学出版社,2003 年,第 4 页。
③ 朱光潜:《诗论》,见《朱光潜全集》第 3 卷,安徽教育出版社,1987 年,第 13—16 页。

比如风尚一样,都受着同样一些规律的支配。每个人类集体中都有两种力量同时朝着相反的方向不断起作用:一方面是分立主义的精神,'乡土根性';另一方面是造成人与人之间交往的'交际'的力量。"①在谈到语言时,索绪尔指出:语言内部始终存在着两种相反的力量,即"语言的扩张与内聚"。巴赫金则形象地把它说成是话语的"向心力和离心力",他认为人们的每一次表述都处于集中和分散以及结合和分离的进程中:"每一表述都参与'统一的语言'(即向心力量和倾向),同时又参与社会的和历史的杂语现象(即四散的分解的力量)。"②这表明任何事物都处于常和变之间,人类的风尚、语言和艺术无一例外。因此,在中外艺术发展史上,各种艺术之间的相互借鉴从来就没有停止过,每种艺术都处于成为自己和变成他者的过程中,只不过有时自身的特色鲜明一些,有时处于向他者的过渡中,有时则可能被他者所吸收。就此而言,舞蹈与诗歌仍然存在着相互吸引的关系,并随时有可能融为一体。

闻一多有一篇舞蹈专论《说舞》,大致是根据《艺术的起源》的第八章"舞蹈"写成的。这篇文章将舞蹈的目的分成四方面:以综合性的形态动员生命,以律动性的本质表现生命,以实用性的意义强调生命,以社会性的功能保障生命。这四个方面都以生命为核心,所以,闻一多认为:"舞是生命情调最直接,最实质,最强烈,最尖锐,最单纯而又最充足的表现。"同时,他特别强调舞蹈的节奏性,认为舞蹈是"有节奏的移易地点的动,所以它直是生命机能的表演"。③ 本书把这种"有节奏的移易地点的动"简称为"律动",并把它视为舞蹈语言的核心。这与格罗塞(1862—1927)的观点是一致的,他认为舞蹈最重要的性质是身体动作的"节奏":

---

① [瑞士]索绪尔:《普通语言学教程》,高名凯译,商务印书馆,1980 年,第 287 页。"立"似应为"离"。

② [俄]巴赫金:《长篇小说的话语》,见《小说理论》,河北教育出版社,1998 年,第 50—51 页。

③ 闻一多:《说舞》,见《闻一多全集》第 1 卷,第 209—210 页。

第二章　闻一多诗歌语言的弹性与限度

舞蹈的审美性质基于激烈的动作少而规则的动作多。我们曾经断言节奏是舞蹈最重要的性质，同时已经说明原始民族的特殊感情，在他们的舞蹈里他们首先注意动作之严格的合节奏的规律。埃尔在他的"澳洲人跳舞记"中说："看到他们拍子如何严正不苟以及舞者的动作和音乐的抑扬如何精确一致，实足令人惊叹。"观察过原始民族舞蹈的人们，都获得同样的印象。这种节奏的享乐无疑深深地盘踞在人体组织中。"①

在闻一多总结的四个方面中，最值得注意的是舞蹈形态的综合性，因为它实现了不同艺术语言的融合。在他看来，舞蹈是"一切艺术中最大综合性的艺术"："它包有乐与诗歌，那是不用说的。它还有造型艺术，舞人的身体是活动的雕刻，身上的文饰是图案，这也都显而易见。"②这段话的重要性在于它揭示了舞蹈中融合了诗歌语言，如果以诗歌为主的话，也可以说是舞蹈语言融入了诗歌。

如上所述，舞蹈语言的核心是"律动"，但在不同类型的舞蹈中，"律动"的体现各不相同。大体而言，古典舞蹈规律性比较强，但规律中仍然有自由；现代舞蹈自由性较强，但自由中仍然有规律。自由舞的创始人邓肯推崇"波浪运动"法则，并让这种自然的节奏体现舞蹈的"律动"：

昨天我们谈到了自然运动，我们说波浪运动是大自然的基本运动。这一想法始终萦绕在我心头，我看见波浪涌过万物，看着树林，它们仿佛也在形成一排排的海涛，在其他场合，我们也能发现这种现象，即一切能量都是通过波浪运动的形式表现出来的。譬如，声音不是以声波形式传播的吗？还有光。我们来看看生物罢，情况也是这样，一切不受限制的自然活动都符合波浪运动这一法则，譬如鸟的飞翔或者陆上动物的跳跃等，造成这种波浪运动的原

---

① ［德］格罗塞：《艺术的起源》，蔡慕晖译，商务印书馆，1984年，第185页。
② 闻一多：《说舞》，见《闻一多全集》第1卷，第210页。

因,乃是符合重力法则的引力和斥力之间的相互作用。①

由此可见,所有舞蹈都不同程度地遵循着"律动"的制约。在这里,"律动"就相当于闻一多所说的"脚镣",它体现的是一种反复出现的节奏。不过,把舞蹈语言运用于诗歌后,最宜于表现生命的腾跃与感情的冲动,从而在诗中产生一种舞蹈美的效果。就此而言,音乐美是诗歌的核心和本质,舞蹈美则是音乐美的动态体现和直接外化,它体现的是生命情感的运动性和自由性。也就是说,舞蹈美的实质是富于力量的生命美和情感美。因此,它特别适用于那些力量型诗歌。

为避免重复,这里对《闻一多全集》中的"集外诗"加以简析。在我看来,"集外诗"可以视为未收编的《死水》,它们同是闻一多后期的诗作。如《渔阳曲》全诗十三节,每节十三行:前五行写景,为一层;后八行写声,为另一层。这样既表达了祢衡击鼓的巨大力量,又显示了鼓声的影响,而且整首诗歌安排得很有规律,这种规律不仅没有削弱诗歌的力量,反而使它极大地增强了。舞蹈美和建筑美在这首诗中得到了完美的融合。《醒啊!》是一首唤醒国人的诗歌。全诗九节,前后各两节为众人的声音,每节四行,前两节被"醒啊"的呼声贯穿,后两节变成"醒了罢",意在突出呼喊的效果;中间五节为汉、满、蒙、回、藏等五个民族的声音,每节三行,"醒啊"作为主题词在各节第三行反复出现。整首诗像三个场次的舞蹈,从全体群舞到各民族独舞,再到全体群舞。在某种程度上实现了诗乐舞的一体化。从语言的来源而言,"醒啊"源于郭沫若翻译的《鲁拜集》第一首:

    醒呀!太阳驱散了群星,
    暗夜从空中逃遁,
    灿烂的金箭

---

① 邓肯:《舞蹈家与自然》,见《邓肯论舞蹈艺术》,张本楠译,上海文艺出版社,1985年,第64页。

第二章　闻一多诗歌语言的弹性与限度

　　射中了酥丹的高瓴。①

闻一多对此评论说："那层叠的句法，复杂的修词，加以那种浓缛而荒怪的东方色彩（Oriental colour），可算全诗中最难翻译的一首了。然而译者把捉住了它的精神，很得法地淘汰了一些赘累的修词，而出之以十分醒豁的文字，铿锵的音乐，毫不费力地把本来最难译的一首诗译得最圆满。"②其实文字醒豁并不难，难的是传达出原诗的节奏和气势，并给人一种音乐铿锵之感。闻一多用"醒啊"作为自己诗歌的题目，就是因为他欣赏并发挥了译诗中的气势，但其含义已由赞叹变成了呼唤。《七子之歌》中的"七子"显然来自《诗经·凯风》，这从诗前小序中可以看得非常清楚：

　　邶有七子之母不安其室。七子自怨自艾，冀以回其母心。诗人作《凯风》以愍之。吾国自尼布楚条约迄旅大之租让，先后丧失之土地，失养于祖国，受虐于异类，臆其悲哀之情，盖有甚于《凯风》之七子。因择其与中国关系最亲切者七地，为作歌各一章，以抒其孤苦亡告，眷怀祖国之哀忱，亦以励国人之奋兴云尔。国疆崩丧，积日既久，国人视之漠然。不见夫法兰西之 Alsace—Lorraine 耶？"精诚所至，金石能开。"诚如斯，中华"七子"之归来其在旦夕乎！③

《七子之歌》中的"七子"指的是被侵占割让的七处中国领土：澳门、香港、台湾、威海卫、广州湾、九龙、旅顺和大连。这首诗与《醒啊！》的中间五节类似，全诗七节，每节歌咏一处失地，每节七行，最后一行均为"母亲！我要回来，母亲！"可以看作七地人民的悲凉之舞。《欺负着了》表达了一个失去两个儿子的老寡妇的内心悲情。④ 全诗十二节，采

---

① 闻一多：《我默伽亚谟之绝句》，见《闻一多全集》第 2 卷，第 102 页。
② 同上。
③ 闻一多：《七子之歌》，见《闻一多全集》第 1 卷，第 221 页。
④ 闻一多：《欺负着了》，见《闻一多全集》第 1 卷，第 253 页。该诗可以视为《石壕吏》的改写。

用四行诗节与二行诗节相间的格式:四行诗节是老妇对三个儿子中最后一个剩存者的倾诉,二行诗节为老妇向当时的社会发出的愤怒控诉。如此交错相间,将老妇的悲愤心情展现得淋漓尽致。整首诗可以看作一个受伤害者的激情独舞。

二 演讲者的自由舞

中断写诗之后,闻一多的内心仍然积蓄着力量。经过长时间的沉默,它们终于找到了另一个释放的出口——演讲。闻一多在清华读书时是受过演讲训练的,但是直到1942年以前,他早年的演讲训练似乎无用武之地。然而,从1943年到1946年,以三个五四青年节为中心,闻一多发表了大量演讲。正如他自己所说的:"近年来我在联大的圈子里声音喊得很大,慢慢我要向圈子外喊去,因为经过十余年故纸堆中的生活,我有了把握,看清了我们这民族,这文化的病症,我敢于开方了。方单的形式是什么——一部文学史(诗的史),或一首诗(史的诗)……"①《新文艺和文学遗产》收录了闻一多二十八篇不同版本的演讲②,其中包括他殉难前夕发表的《最后一次的讲演》,这次讲演是他当众即兴创作的一首自由体史诗,他喊出了那个黑暗时代里的最强音,并掀起了一场持续不断的大型群舞,可谓一呼百应,深入人心。

1915年10月,闻一多在辛酉级级会上首次公开演讲,并获得"畅所欲言,娓娓动听"的好评。由此他被推荐为辛酉级的辩论会主力,多次参与中英文辩论会,论题涉及多种时事和社会问题:"国家富强在政抑在人欤"(1915年11月13日)、"今日中国修练甲兵较普及教育为尤要"(1916年4月27日)、"普通教育较人才教育为要"(1917年3月17日)、"今日中国科学家较文学家为要"(1917年4月21日),如此

---

① 闻一多:《致臧克家》,见《闻一多全集》第12卷,第380页。
② 该书是陈平原主编的"现代学者演说现场"丛书之一,包括蔡元培、章太炎、梁启超、鲁迅、胡适、陶行知、朱自清和闻一多八人。陈平原认为他们在现代中国思想文化史上具有重要地位:"或文化名人,或学界领袖,此八人都身负重任,一言九鼎。"见《新文艺与文学遗产·总序》,山东文艺出版社,2006年。

第二章 闻一多诗歌语言的弹性与限度

等等。①

在《仪老日记》中,关于演说的记录主要集中在1919年元月:

> 作英文演说一首。(二日)
> 近来演说课练习渐疏,不猛起急追,恐便落人后。(四日)
> 作文演说果降列中等,此大耻奇辱也!(六日)
> 十一时后,在钟台下练 CROSS OF GOLP 演说八遍。(七日)
> 夜偕德明习演说。(八日)
> 夜出外习演说十二遍。(九日)
> 演说果有进步,当益求精至。(十日)
> 夜至凉亭,练演说三遍,祁寒不可禁,乃返。(十四日)②

就读清华时期的闻一多非常注重全面发展,演讲只是其中的一个方面。他如此刻苦地练习演讲并非为40年代的活动做准备,甚至他自己也不会料到这种训练能否派上用场。按照梁实秋的说法,闻一多并非政治中人:"一多的本性是好静的,他喜欢寝馈在诗歌艺术之中,根本不喜欢扰攘喧嚣的场面。但是情感爆发起来,正义感受了刺激,也会废寝忘食的去干,不过他不站出来做领导人,而且一旦发泄之后他会很快的又归于平静。"③清华毕业之后,闻一多忙于学画、写诗、治学,甚至随校迁到昆明之后,他仍然埋头研究学问,被誉为"何妨一下楼主人"。但是,1943年以后,闻一多越来越多地接触到现实的黑暗面,尤其是蒋介石(1887—1975)的《中国之命运》使他深受刺激:"《中国之命运》一书的出版,在我一个人是一个很重要的关键。我简直被那里面的义和团精神吓了一跳,我们的英明领袖原来是这样想法的吗?'五四'给我的影响太深了,《中国之命运》公开的向'五四'宣战,我是无论如何受

---

① 闻一多:《新文艺与文学遗产》,陈平原主编,山东文艺出版社,2006年,第3页。
② 闻一多:《仪老日记》,见《闻一多全集》第12卷,第411—414页。七日日记中的"GOLP"当为"GOLD",其意为《金十字架》(1896年),该文曾被誉为美国政治史上最伟大的演讲,其作者为美国国务卿 William Jennings Bryan。
③ 梁实秋:《谈闻一多》,传记文学出版社,1987年再版本,第6—7页。

不了的。"①正是在这种情况下,闻一多走出了书斋,演讲也因此获得了用武之地,并成为他进行政治活动的得力工具,他本人甚至被费孝通(1910—2005)誉为"少有的天才的宣传鼓动家":

> 一多是很会说话的,平时娓娓而谈,使人忘倦。晚年思想搞通了,又擅长说理,尽管对方有成见,固执得像一块石头,他还是沉得住气,慢慢道来,拿出大道理,说得人心服口服。在大集会上,他又会另一套,一登台便作狮子吼,配上他那飘拂的长髯,炯炯的眼神,不消几句话,就把气氛转变,群众情绪提高到极度,每一句话都打进人的心坎里去。②

演讲是一种综合性语言,除了"一登台便作狮子吼"的演讲内容之外,"那飘拂的长髯,炯炯的眼神"这些外在形象也是演讲语言的一部分,此外演讲者的声调、体态以及手势都是演讲语言不可剥离的重要元素。事实上,演讲的这些元素与舞蹈动作十分接近。古人云:"诗者,志之所之也,在心为志,发言为诗。情动于中而形于言,言之不足故嗟叹,嗟叹之不足故永歌之,永歌之不足,不知手之舞之,足之蹈之也。"③由此可见,人们表达感情的首要元素是语言,其次是诗歌,再次是舞蹈。三者之中,只有舞蹈才能真正实现身心协调,因此舞蹈便成了表达感情最充分的一种艺术。而演讲在某种程度上可以视为语言和舞蹈的结合。就此而言,演讲是语言和身体的双重舞。

当然,演讲往往有其实用目的,意在说服或鼓动,而且一般使用散文语言,帕斯把演讲视为"散文的最高形式"④,因为它和诗歌一样讲究修辞,注重感染力。正如黑格尔所说的:"所以他不能单凭逻辑推理和下结论的方式去满足我们的知解力,而是也要激发我们的情感和情欲,

---

① 闻一多:《八年的回忆与感想》,见《闻一多全集》第2卷,第431页。
② 吴晗:《开明版〈闻一多全集〉跋》,见《闻一多全集》第12卷,第452页。
③ 《毛诗大序》,见《中国历代文论精选》,张少康主编,北京大学出版社,2003年,第29页。
④ [墨西哥]帕斯:《弓与琴》,见《帕斯选集》(上卷),赵振江等译,作家出版社,2006年,第263页。

第二章 闻一多诗歌语言的弹性与限度

震撼我们的心灵,充实我们的认识,总之,通过心灵的一切方面来感动听众,说服听众。"①就此而言,演讲与诗有接近之处。自古以来,诗歌语言与散文语言并无截然的界线,区分诗歌与散文的依据向来有两个:一个是形式上是否分行押韵,这是一种外在表象;一个是作品本身是否富于激情,这是一种内在本质。与其依据外在形式,不如根据内在本质。就此而言,激情所至皆为诗。从语言上来看,演讲语言往往比散文语言更通俗、更口语化,而语句上却显得更凝练、更整饬,接近诗歌语言。在某种程度上可以说,《最后一次的讲演》是被激发出来的。本来在参加李公朴(1902—1946)殉难经过报告会前,闻一多就已经知道自己被列入了暗杀黑名单,然而,他坚持出席这次会议,但保证只出席,不发言。7月15日上午,当李公朴夫人张曼筠(1901—1975)报告李公朴被刺经过时,因过于悲恸而中断了演讲,台下有人趁机起哄。于是,被激怒的闻一多慷慨激昂地发表了这篇演讲。数小时后,就遭到暗杀。7月21日,这篇演讲发表于昆明的《学生报》第25期,题为《无耻啊!无耻啊!他们在慌啊,在恐慌啊!》。在开明版《闻一多全集》中,这篇文章被改名为《最后一次的讲演》。由此而言,《最后一次的讲演》就是闻一多的最后一次身体之舞、最后一首心灵之诗。

试看讲演的第二节:"今天,这里有没有特务?你站出来,是好汉的站出来!你出来讲!凭什么要杀死李先生?(厉声,热烈的鼓掌)杀死了人,又不敢承认,还要污蔑人,说什么'桃色事件',说什么共产党杀共产党,无耻啊!无耻啊!(热烈的鼓掌)这是某集团的无耻,恰是李先生的光荣!李先生在昆明被暗杀,是李先生留给昆明的光荣!也是昆明人的光荣!"②如果把它排成以下形式,可能会使演讲者的感情显得更加突出:

　　今天,这里有没有特务?

---

① [德]黑格尔:《美学》第3卷(下册),朱光潜译,见《朱光潜全集》第16卷,安徽教育出版社,1990年,第39页。
② 闻一多:《最后一次的讲演》,见《闻一多全集》第2卷,第448页。

>你站出来,是好汉的站出来!
>你出来讲!凭什么要杀死李先生?(厉声,热烈的鼓掌)
>杀死了人,又不敢承认,还要污蔑人,
>说什么"桃色事件",说什么共产党杀共产党,
>无耻啊!无耻啊!(热烈的鼓掌)
>这是某集团的无耻,恰是李先生的光荣!
>李先生在昆明被暗杀,是李先生留给昆明的光荣!也是昆明人的光荣!

当然,我并无意说这是一首诗,但它的确采用了诗的句式。这些句子无不简捷有力,并且充满了并列、对比、反问和反复等修辞手段,使每个字都成了激情的一部分;从语意上看,这节演讲从质问听众中的特务转向对李公朴的赞颂,可谓爱憎分明。凡此种种都使演讲显得气势十足。演讲的最后,闻一多采用了排比手法,并引用了李公朴的话,使整篇演讲的力量达到了顶峰,而且使人感到演讲的气势仍在上升:

>我们不怕死,我们有牺牲的精神,我们随时像李先生一样,
>前脚跨出大门,后脚就不准备再跨进大门!(长时间热烈的鼓掌)①

三 激情的爆发与节制:《发现》

>我来了,我喊一声,迸着血泪,
>"这不是我的中华,不对,不对!"
>我来了,因为我听见你叫我;
>鞭着时间的罡风,擎一把火,
>我来了,那知道是一场空喜。

---

① 闻一多:《最后一次的讲演》,见《闻一多全集》第2卷,第450—451页。

第二章 闻一多诗歌语言的弹性与限度

> 我会见的是噩梦,那里是你?
> 那是恐怖,是噩梦挂着悬崖,
> 那不是你,那不是我的心爱!
> 我追问青天,逼迫八面的风,
> 我问,拳头擂着大地的赤胸,
> 总问不出消息;我哭着叫你,
> 呕出一颗心来,你在我心里!①

在闻一多的所有诗歌中,《发现》是最有力的。首先,这种力量源于梦想与现实的强烈撞击:诗人满怀美好的梦想回到祖国,却发现它竟如此破败,这就是诗题的含义。被现实颠覆的梦想如同受伤的狮子悲歌狂舞:简短的诗句对应着急促的语气,急促的语气呈现出破碎的梦想。完全可以说,除了这首诗,闻一多的诗歌中再也看不到如此简短的句子,这么密集的动词。一般来说,名词是向内凝缩的,是一种有深度的语言,而动词是向外发散的,具有力量和方向性,因而诗歌中的舞蹈美主要由动词体现出来。就此而言,这首诗具有强烈的舞蹈美。其次,这首诗的力量源于表达的节制,诗人把强烈的感情凝固在每行十一个字的诗句中,形成了一座整齐的建筑。建筑使感情成形,节制使力量受阻,而力量一旦冲破阻碍会显得更加强大,甚至呈现出一种喷涌状态:喷向字里行间,涌入读者心中。《发现》突出地表现了闻一多诗中的双重紧张:诗人与现实的紧张,以及激情与格律的紧张,换句话说,这首强力型抒情诗实现了舞蹈美与建筑美的结合。

全诗十二行,不分节,但大体每四行为一节。梦想与现实撞击的主旨通过两个代词"我"和"你"呈现出来。"我"即抒情主人公,"你"是诗人梦想中的祖国,是诗人在美国朝思暮想的地方,即"我的中华"和"我的心爱";而"我来了"之后,才发现现实中的祖国是"恐怖",是"噩梦挂着悬崖"。值得注意的是,诗人一连用了三个"我来了"。第一个"我来了"从现实的会见切入,诗歌一开始就是"迸着血泪"的否认式呼

---

① 闻一多:《发现》,见《闻一多全集》第 1 卷,第 153 页。

喊:"这不是我的中华,不对,不对!"可谓先声夺人。第二个"我来了"转入过去,以祖国深沉的召唤之声写诗人迫切的思念之情。而当诗人真的归来时,却发现梦想中的祖国被无情的现实全面篡改,令诗人感到的是"一场空喜"。这种强烈的反差使诗人壮怀激烈,并从感性的否认过渡到理性的追问:"我追问青天,逼迫八面的风,/我问,拳头擂着大地的赤胸……"在这里,追问其实就是寻找,对梦想之国的寻找。这个问天问地问风的癫狂诗人形象不难令人想起屈原。在《天问》中,屈原是一位探究宇宙真相的沉思者,而闻一多则是出于对理想国的热切求索。总体而言,这首诗可以视为"我"和"你"隔着一沟死水般的现实进行的一次对话,或者说是诗人天崩地裂般的内心独白:从起初"你"的召唤到与另一个"你"(现实中的"你")会见,最终在另一个地方("我心里")找到了"你"。

闻一多编选《现代诗抄》时,把《一个观念》和《发现》称为《诗二首》。在我看来,《发现》与《一句话》更像一对"姊妹诗"。所谓"一句话"即"咱们的中国",它在某种程度上可以视为诗人在《发现》中寻找的对象。《一句话》全诗两节,每节八行,前六句每行九个字,长而整齐;最后两行短而参差,不仅内容完全相同,而且出现在诗中相同的位置:

> 这话叫我今天怎么说?
> 你不信铁树开花也可,
> 那么有一句话你听着:
> 等火山忍不住了缄默,
> 不要发抖、伸舌头、顿脚,
> 等到青天里一声霹雳
> 爆一声:
> "咱们的中国!"①

---

① 闻一多:《一句话》,见《闻一多全集》第1卷,第155—156页。

第二章　闻一多诗歌语言的弹性与限度

和《发现》不同,这首诗表达的不再是回国之初的幻灭情绪,而是转向了对现实中国未来的期望。诗人分明感到无声的中国正在蕴蓄着力量,并相信有朝一日,它终将打破眼下的缄默局面:"爆一声:'咱们的中国!'"这句爆发性极强的短句铿锵有力,如同振奋的鼓点敲在人心上。这首诗的每一节都明显经历了一个从静到动的爆发过程,如同一条陡峭的直线,从地面射向云端。而《发现》则从头到尾都比较紧张,如从一个山顶到另一个山顶。尽管都很有高度,但是一条蜿蜒上升的曲线,对比效果并不强。总体而言,尽管这两首关于祖国的诗都富于舞蹈美和建筑美,但差异还是十分明显的。这表明闻一多的诗歌并未受特定格式的局限,其形式还是各有特色的。

在我看来,闻一多诗歌的舞蹈美与郭沫若的《女神》存在着密切的联系。也许郭沫若是唯一一个对闻一多产生直接影响的同代诗人,至少是对他影响最大的当代诗人,正如他所说的,"我生平服膺《女神》几于五体投地"①。甚至在某种程度上可以说,没有郭沫若就没有闻一多。闻一多与郭沫若的关系体现在以下三个层次:继承、纠正与超越。首先,他从郭沫若那里继承的主要是时代精神,正如他在《〈女神〉之时代精神》里归纳的两个词:动与反抗,所谓"二十世纪是个动的世纪","二十世纪是个反抗的世纪"。② 这种富于反抗的动态精神被郭沫若用高度自由化的诗歌语言释放出来,形成了他诗歌中特有的舞蹈美。其次,闻一多主要从两个方面对郭沫若进行了纠正:第一个方面是从过于欧化的倾向转向追求地方色彩,既吸收外来文化又推崇东方文化,并在此基础上融合创新;第二个方面是从自由诗转向新格律诗,用建筑美规范舞蹈美,注重在自由中形成规律,并在规律中寻求自由,而不是像郭沫若那样尽情宣泄。正因为以上两个方面的纠正,闻一多形成了自己的风格,总体上诗风稳重节制,比郭沫若那种浮夸粗糙的诗风更耐人寻味。

---

① 闻一多:《致我亲爱的"犯人"》,见《闻一多全集》第12卷,第41页。
② 闻一多:《〈女神〉之时代精神》,见《闻一多全集》第1卷,第110—111页。

第五节 现实空间中的冲突语言:戏剧性

一 闻一多的叙事欲望与戏剧活动

闻一多很早就有叙事的欲望。他早期的诗歌《李白之死》就是一首富于想象力的叙事诗。留学美国期间,他曾有写小说的打算。1923年初,他给吴景超写信说:"从前听说我们想出一本短篇小说底汇刊,进行了没有?我看这倒也办得。我很希望早早看见这本书出版。我现在对于小说底兴趣日渐增加。我想在最近将来定有出品送来给你们看。……我现在不必告诉你,候我的小说作完了你便知道了(nothing romantic,mind you)。"①

在我看来,使闻一多对小说产生兴趣的因素主要有以下三个:第一是清华文学社的创作氛围。清华文学社的前身是小说研究社,该社曾编译过一本《短篇小说作法》。后来经闻一多提议改名为清华文学社,并试图办小说汇刊。② 第二是郭沫若的影响。闻一多曾谈到他阅读郭沫若小说后的感受:"刚看完郭沫若底《未央》,你可想到我应起何感想?沫若说出了我局部的悲哀,没有说出我全部的悲哀。我读毕那篇小说,起立徘徊于室中,复又站在书架前呆视了半响。我有无限的苦痛,无穷的悲哀没处发泄……"③可以说,正是未能写出他全部悲哀的郭沫若小说激发了他写小说的欲望,因为此时留学异域的闻一多有"无穷的悲哀",这种悲哀已不能完全转化为诗歌。正如帕斯捷尔纳克(1890—1960)所说的:"我认为抒情诗歌已经无法表达我们经验的博大性与宏伟度。生活变得太沉重了,太复杂了。我们所需要的价值观念——小说最善于表现。"④第三则是闻一多本人对叙事的偏爱。

但是,从现有的资料中找不到闻一多的小说。1914年6月15日,闻一多在他编辑的《课余一览》上发表了一篇小说《泪蕊》,是他与时昭

---

① 闻一多:《致吴景超》,见《闻一多全集》第12卷,第132—133页。
② 梁实秋:《谈闻一多》,传记文学出版社,1987年,第8页。
③ 闻一多:《致梁实秋》,见《闻一多全集》第12卷,第139页。
④ [苏联]帕斯捷尔纳克:《人与事》,乌兰汗、桴鸣译,三联书店,1991年,第365页。

第二章 闻一多诗歌语言的弹性与限度

赢合作的,但该刊已残,仅留下目录。① 1928年10月10日,《新月》第1卷第8号预告中有闻一多的小说《履历片》,但后来并未刊载。② 总体而言,他的叙事欲望主要体现在诗歌中,这在一定程度上迎合了时代的要求,并体现了他试图弥补中国没有叙事诗这一缺憾的努力。

> 我现在真象受着五马分尸底刑罚的罪人。在学校里做了一天功课,做上瘾了,便想回来就开始 illustrate 我的诗;回来了,Byron, Shelley, Keats, Tennyson,老杜,放翁在书架上,在桌上,在床上等着我了,我心里又痒着要和他们亲热了;有时理智的欲火烧起来,我又想继续我那唐代六大诗人底研究或看看哲学书;有时接到昭瀣,努生诸人底信,唤起了我的作业的兴味,我又要提创这个,改造那个;更可笑,有时又觉得诗做得无味了,我又要在小说戏剧上跃跃欲试了。啊!我太没有注意力了!我只怕我终要闹得一无所成了!③

在这段学校生活自述中,不难看出闻一多兴趣的广泛以及由此带来的烦恼和焦虑。与小说相比,他在戏剧方面投入的精力更多一些。甚至可以说,戏剧活动几乎贯穿了闻一多的一生。从清华读书直到任教于西南联大时期,戏剧始终是一条草蛇灰线,似断实连。这里把闻一多的戏剧活动分为三期。前期即清华时期;中期时间较长,大致包括留学美国以及归国之初的戏剧活动;后期则为西南联大时期。

1913年底,初入清华读书的闻一多就参与编写了独幕新剧《革命军》,描述武昌都督瑞澂在事变前夕镇压革命党人,起义爆发后狼狈逃窜的故事。闻一多在剧中饰革命军。该剧获全校戏剧赛第二名。1916年,在庆祝双十节的校化装竞赛会上,辛酉级演出《蓬莱会》,获第一名。闻一多在剧中饰驴,"振耳长鸣,众皆失笑"。这一年,清华成立

---

① 《闻一多年谱长编》,闻黎明、侯坤菊编,湖北人民出版社,1994年,第20页。
② 王玉清、李思乐:《闻一多年谱》,见《闻一多研究资料》(上),北岳文艺出版社,第90页。
③ 闻一多:《致翟毅夫等》,见《闻一多全集》第12卷,第165页。

"游艺社"(分戏剧和音乐两部),闻一多任副社长。1918年,清华演艺社演出《鸳鸯仇》,布景、化装、音乐全为新式,轰动全校。闻一多参与了此剧的编写和排练。① 1919年,游艺社改组为新剧社,闻一多任编演部总经理。1919年2月5日,闻一多开始创作《巾帼剑》第一幕词,10日编完第六幕。4月5日至7日,新剧社在前门外第一舞台演出《巾帼剑》和《我先死》等,名传遐迩。② 在清华读书期间,闻一多参与编演的剧本还有《打城隍》(饰差役,1913年),《两仆计》(饰律师,1915年),《兰言》(饰伍澹阶之母,1915年),《都在我》(1917年),《可以风》(1917年)等。③ 由此可见,从1913到1919年,闻一多在清华的戏剧活动是很频繁的。

《仪老日记》是闻一多现存的唯一一本日记,记录了他1919年前期近一百天(从1月1日至4月14日)的生活情况,是研究闻一多的珍贵而又可靠的资料。分析这段日记,不难看出,1919年1月的前半个月,他主要忙于练习演讲,从1月23日起即转入戏剧活动,并一直持续到4月13日。尽管其中也夹杂了绘画、诗歌读写以及其他活动,但都不如戏剧活动那么突出而且富于连贯性。有一段时期,他忙得连写日记和上课的时间都没有:"自三月十七日至四月二日凡十七日,剧事最烦,日不暇给,无日记。自三月二十八日至四月二日,未上课。"④4月9日,闻一多在日记中做了如下总结:"数月以来,奔走剧务,昼夜不分,餐寝无暇,卒底于成,不贻讥于人,亦滋幸矣。今事毕甚喜,从此可以读书也。昨遇某君许余精神上之耐忍与躯体上之忍耐俱全,为讥为实,不可知也。然其人实获我心,可发一噱。"⑤闻一多对戏剧的投入程度由

---

① 闻一多日记中多次谈到此剧的修改情况,1919年2月2日,他写道:"夜,借二人谈社事。少顷,约段君茂澜编戏,二剧各有更改,《鸳鸯仇》似差胜。"这里谈的是修改情况,据相关资料,该剧1918年就已经演出。但从日记来看,此剧后来经过了反复修改。见《仪老日记》,见《闻一多全集》第12卷,第419页。

② 闻立鹏、张同霞:《艺术活动年表》,见《追寻至美》,山东美术出版社,2001年,第154页。

③ 1919年1月27日,闻一多在日记中谈到《可以风》的修改情况:"编辑第二次会议,修改可以风(分)成十幕,到会者仲昂及余,雨苍亦列席。"

④ 闻一多:《仪老日记》,见《闻一多全集》第12卷,第427页。

⑤ 同上书,第427—428页。

第二章 闻一多诗歌语言的弹性与限度

此可见一斑。此外,他还翻译了一部剧本《铃声》,但是未完稿。①

留学美国期间,闻一多第一年大体上以绘画为主,第二年以诗歌为主,第三年则以戏剧为主。1924 年 9 月,他加入纽约艺术学生联盟,结识留美学生余上沅(1897—1970)、熊佛西(1900—1965)等,常一起切磋戏剧艺术。中秋节后,排演洪深(1894—1955)编写的《牛郎织女》。10 月,准备演出余上沅编写的《杨贵妃》,由闻一多等人译成英文,并负责服装布景的绘制。在给梁实秋的信中,他写道:"近来忙的不可开交。上星期整个没上课,这星期恐怕又要照办。这样忙法但是戏仍然还无头绪。眼看排演日期马上就到了,五幕戏只练了一幕。化装布景的图案虽是画得了,但还没有动手制造。"②12 月,五幕英文古装剧《杨贵妃》在纽约公演,大获成功。后来余上沅在《一个半破的梦——致张嘉铸君书》中称:"《杨贵妃》公演完了,成绩超过我们的预料。我们发狂了。"③1925 年 1 月,闻一多参与发起"中华戏剧改进社"。当年春天,波士顿的中国留学生演出英文话剧《琵琶记》,闻一多曾应邀协助绘画布景:

> 只要把剧本同舞台底尺寸寄来,我便可以画出一套图案,注明用什么材料,怎样的制造。反正舞台上不宜用平面的绘画,例如一个窗子,不当在墙上画一个窗子底模样,因为这样会引起错误的幻觉。总之,候我把图案制就了,看他的构造是简单或复杂。如果不能不复杂,一定要我来,我是乐于从命的。再者请也告诉我你们在布景和服饰上能化多少的钱。④

据记载,该剧的舞台设计是在一张大屏风上画着碧海、红日与白鹤。1925 年,闻一多与余上沅、赵太侔(1889—1968)一起回国,准备发

---

① 爱尔克曼、夏椿:《铃声》,闻一多译,见《闻一多全集》第 2 卷,第 459—474 页。
② 闻一多:《致梁实秋》,见《闻一多全集》第 12 卷,第 207 页。
③ 闻立鹏、张同霞:《艺术活动年表》,见《追寻至美》,山东美术出版社,2001 年,第 159 页。
④ 闻一多:《致梁实秋》,见《闻一多全集》第 12 卷,第 221 页。梁实秋在《谈闻一多》中说闻一多并未前往波士顿,不知是否误记。

起"国剧运动"。暑假后,他们共同主持北京艺术专科学校,继续投身于戏剧活动,但终因经费不足而成效甚微。只是在1935年,清华文艺社演出了闻一多导演的话剧《隧道》。此时的闻一多仍然强调戏剧的艺术性。1926年4月15日,他在大炮声中给朋友写信,对他们的戏剧作品和观点提出批评:"佛西之作自有进步,但太注意于舞台技巧,行文尚欠沈著 intensity。吾虽不敢苟同于实秋,以戏剧为文学之附庸,然不以文学之手段与精神写戏剧,未见其能感人深心也。"①随后,这种戏剧观在《戏剧的歧途》中得到了发挥。在闻一多看来,当时中国戏剧的歧途是大量问题戏的译介和创作,这种戏过于重视戏剧的思想性,而忽略了戏剧的艺术性:"结果,到于今,不三不四的剧本,还数得上几个,至于表演同布局的成绩,便几等于零了。"在这个问题上,闻一多的观点很鲜明,他认为戏就要有戏剧性,换言之,戏剧首要的是艺术性:

> 我们要的是戏,不拘是那一种的戏。若是仅仅把屈原,聂政,卓文君,许多的古人拉起来,叫他们叫一大堆社会主义,德谟克拉西,或是妇女解放问题,就可以叫做戏,甚至于叫作诗剧,老实说,这种戏,我们宁可不要。②

抗战后,闻一多的戏剧活动进入后期,并根据时代的需要逐步纠正了上述观点。1938年,闻一多参加陈铨(1903—1969)导演的抗战话剧《祖国》的舞台设计与制作。该剧于1939年2月在昆明连续上演八天。之后,"联大剧团"成立,闻一多参加指导。7月,国防剧社决定演《原野》,闻一多担任舞台和服装设计。据凤子回忆:

> 仇虎在森林中的那一幕,穿来穿去,在台下看起来就显得这片森林多么幽黑深远。
> 金子著的一件紧身红棉袄还是他自己去跑故衣铺买来的。仇

---

① 闻一多:《致梁实秋、熊佛西》,见《闻一多全集》第12卷,第233页。
② 闻一多:《戏剧的歧途》,见《闻一多全集》第2卷,第150页。

第二章　闻一多诗歌语言的弹性与限度

虎那件大褂,他坚持要黑缎面子,红缎里。

　　在排演的时候,他几乎是各部门不可少的顾问,不论导演、演员、工作人员,都包围着他,舞台设计,以及服装他都不吝惜他的意见。①

1943年,西南联大中文系演出《风雪夜归人》,闻一多任舞台设计。1945年7月7日,闻一多写了《"新中国"给昆明一个耳光罢!》,集中表达了他的后期戏剧观。"新中国"是个剧社的名字,闻一多认为中国戏剧的危机在于它"完全脱离了人民现实生活",而"新中国"的成功之处正在于它的人民性:"你问:同是剧团,甚至同是中国人,'新中国'何以表现得这样卓越,这样动人? 我说:很简单,认识了人民,热爱着人民,觉醒了的知识分子!"②这意味着闻一多在某种程度上又回到问题剧的立场上来了,而这正是他早年否定的。当然,和他此时提倡的"鼓点"式诗歌语言一样,这种戏剧观放弃了艺术性要求,而以人民为本位,强调戏剧与现实的对应关系,认为"中国新文艺应该是彻底尽到它反映现实的任务"③,这从总体上属于闻一多的战时文艺观的一部分。

闻一多写的最后一篇学术研究文章是《九歌古歌舞剧悬解》,但文学色彩十分浓郁,确有歌舞剧的特色。在他生命的最后日子里,闻一多热切地希望把《九歌》搬上舞台。1946年6月初,他曾召集赵沨(1916—2001)、萧荻等人到他的书房,谈该剧的创作意图、导演构思、舞台设计以及演出形式等。④ 但一个月后,他就惨遭杀害。《九歌古歌舞剧悬解》,是一个融合古今,而且力图艺术地表现时代的构想,可惜未能上演。⑤

---

①　闻立鹏、张同霞:《艺术活动年表》,见《追寻至美》,山东美术出版社,2001年,第165页。
②　闻一多:《"新中国"给昆明一个耳光罢!》,见《闻一多全集》第2卷,第235页。
③　闻一多:《五四与中国新文艺》,见《闻一多全集》第2卷,第231页。
④　闻立鹏、张同霞:《艺术活动年表》,见《追寻至美》,山东美术出版社,2001年,第167页。
⑤　1984年10月,湖北歌舞剧院终于把《九歌》搬上了舞台。据《中国青年报》(1984年12月23日)报道:"此剧忠于原作的面貌,以丰富的思想和浪漫的色彩作基调,调动音乐、舞蹈、文学、美术等多种艺术手段,将《九歌》中的文学内容——形象地再现于舞台。"见《闻一多研究四十年》,清华大学出版社,1988年。第183页。

为新诗赋形

在我看来,闻一多与戏剧结缘绝非偶然。这一方面是由于戏剧不同于诗歌,诗歌是贵族性的,是高雅的,而戏剧是群众性的,是通俗的。所谓"一出戏是演给大众看的;没有观众,也就没有戏";另一方面则基于闻一多的中国文学史观念。闻一多认为:"从西周到宋,我们这大半部文学史,实质上只是一部诗史……是的,中国文学史的路线南宋起便转向了,从此以后是小说戏剧的时代。"①闻一多戏剧活动的意义姑且不论,可以确定的是,他对小说和戏剧的兴趣促成了其诗歌的叙事性和戏剧性,从而丰富了闻一多的诗歌语言,并成为他诗歌的鲜明特色。

二 口语叙事及其戏剧性的范例:《天安门》

注重叙事是闻一多诗歌的一个基本特征。尤其值得注意的是,闻一多的某些叙事诗采用了口头语言。这可能是受华兹华斯的影响。在《抒情歌谣集》的序言中,华兹华斯写道:"这些诗的主要目的,是在选择日常生活里的事件和情节,自始至终竭力采用人们真正使用的语言来加以叙述或描写,同时在这些事件和情境上加上一种想象力的色彩,使日常的东西在不平常的状态下呈现在心灵面前……"②早在1926年,闻一多就表达过对口语入诗的意见:"注意我并不反对用土白做诗,我并且相信土白是我们新诗的领域里一块非常肥沃的土壤,理由等将来再仔细的讨论。我们现在要注意的只是土白可以'做'诗,这'做'字便说明了土白须要经过一番锻炼选择的工作然后才能成诗。"③在他所写的四首口语诗中,只有《洗衣歌》抒情性较强,其余三首诗《罪过》《天安门》和《飞毛腿》都是叙事性的。这几首诗在《死水》中位置临近,反映的都是社会底层人物:洗衣工,小贩和车夫。其中,《天安门》和《飞毛腿》皆为车夫题材。这几首诗都有戏剧性的成分,《天安门》尤

---

① 闻一多:《文学的历史动向》,见《闻一多全集》第2卷,第18页。
② 华兹华斯:《〈抒情歌谣集〉序言》,见《十九世纪英国诗人论诗》,刘若瑞编,人民文学出版社,1984年,第5页。
③ 闻一多:《诗的格律》,见《闻一多全集》第2卷,第138页。

其突出。①

《天安门》创作于 1926 年 3 月，原稿三十八行，后删减至二十八行，字数虽然减少了，但结构更为严谨，形成了一首双十四行诗。这首双十四行的前十四行为"四四三三"结构，而且严格遵循了起承转合的规律。首节写车夫因害怕而奔跑，二节写车夫眼里的死者，三节转入对死者的思考，最后，车夫表示他不明白这些十来岁的小孩儿为什么要送死。后十四行为"四四四二"结构，首节写学生之死，二节写"咱二叔"之死，三节转入车夫自己，写他的怕：不是因为喝了酒，而是因为见了死人。最后，将天安门扩展到整个北京城，车夫无论走到哪里，都会遇到尸体和鬼魂；到那时，所有地方都会令他心惊肉跳，两腿哆嗦。

全诗写的是车夫与客人的对话，但客人的话一句未写，因而此诗也可以视为车夫的独白。这种写法十分接近唐诗《寻隐者不遇》。该诗写诗人与童子对话，诗人却把自己的话全部略去，只写童子的回答。尽管此诗近乎独白，但并无抒情之意，而是注重场景叙事。这个车夫无疑把"今日"的经历当成了故事讲给客人听。由于这首诗是一位目击者几乎还没有脱离现场的复述，所以显得特别真实生动，如同新闻记者的第一报道。诗人以车夫的口吻讲述，车夫的声音与学生的声音是错位的，而屠杀者的声音也包含在其中。就此而言，整首诗写的是车夫目睹学生被杀后的心理反应。不难看出，车夫对学生们的行动并不理解，对屠杀者的行径并不谴责。他只是觉得学生们"不老实"，认为他们做的事"怪"："有的喝，有的吃"，却白白去送死，甚至直接称之为"傻学生们"。这与车夫的身份是相符的。因为他没有知识分子的觉悟，只是觉得杀人可怕，而被杀的人是可惜的，所谓"脑袋瓜上不是使枪轧的"，如此而已。

此外，诗中还写到两个人："咱二叔"与"小秃子"。"咱"是方言，就是"俺"的意思。在诗中，"咱二叔"与学生们形成对照，因为"咱二叔"是因饥饿而当兵，因当兵而死去的。他如果像学生们一样有吃有

---

① 陈卫将闻一多诗歌的戏剧化分成三类：独白型、旁白型和对白型，并将《罪过》一诗改编为剧本形式。见《闻一多诗学论》，广西师范大学出版社，2000 年，第 189、196—197 页。

喝,决不会去当兵送死。这反映了车夫的价值观念。在初稿中,车夫的名字叫"周大",他向客人讲述自己在天安门的见闻:

> 先生,让我喘口气,那东西,
> 你没有瞧见那黑漆漆的,
> 没脑袋的,瘸脚的,多可怕,
> 还摇晃着白旗儿说着话……①

这节诗将杀人者、被杀者、目击者及其讲述对象集中在了一起,具有高度的概括性。事实上,尽管它出自车夫之口,但比较客观地再现了屠杀现场,甚至特写了生死分离的瞬间:那些正在游行示威的学生突然遭到袭击,尽管已经没了脑袋,但"还摇晃着白旗儿说着话……"这种情景无疑吓坏了周大。因此,这个车夫与另一个绰号叫"小秃子"的车夫产生了共识:"黑夜里别走天安门。"这里有两点值得注意:一个是"小秃子",一个是"天安门"。"小秃子"应该是个没有头发、身材矮小的人,"飞毛腿"自然是因为腿长,而且跑得快。不难看出,这些绰号其实都是小说语言,闻一多把它们融入了诗歌。而"天安门"这个时空体已经从政治活动的集结地转换为斗争和屠杀的隐喻。从诗中来看,"天安门"附近回荡着以下几种声音:学生的声音,屠杀者的声音,车夫的声音,"咱二叔"的声音,"小秃子"的声音,当然,还有诗人的声音。这些声音有的重合(车夫与小秃子),有的错位(学生们与"咱二叔"),有的对立(学生们与屠杀者),这就使全诗极富戏剧性。而诗人的声音具有更高的整合力。他像一个居高临下的观察者,对上述人物之间的复杂关系做了客观而全面的概括,从而使此诗反映了时代的真实。

在《天安门》这首诗中,所谓戏剧性当然发生在诗中的人物之间,尤其是学生与屠杀者,以及学生与"咱二叔"之间。除此以外,我认为《天安门》还集中地反映了闻一多诗中的三重紧张:口语与书面语,自由与格律,艺术与现实。诚如闻一多所言,口语入诗"须要经过一番锻

---

① 闻一多:《天安门》,见《闻一多全集》第1卷,第159—160页。

第二章　闻一多诗歌语言的弹性与限度

炼选择的工作",对口语进行"锻炼选择"其实就是一个书面化的过程。如诗中的第一节：

> 好家伙！今日可吓坏了我！
> 两条腿到这会儿还哆嗦。
> 瞧着，瞧着，都要追上来了，
> 要不，我为什么要那么跑？①

"好家伙！"和后文的"得！"一样，这两个感叹词分别对应于车夫的害怕与无奈，都是车夫不可抑制的心声，不可或缺，这体现了"选择"的工夫。至于"锻炼"可从第一句看出："今日可吓坏了我"，这是个倒装句，正常语序是"今日我可吓坏了"。倒装一方面反映了车夫受惊吓后的心情极度紧张，另一方面也与第二句的最后两个字"哆嗦"形成押韵。尽管使用的都是口语，这些诗句却都是诗人锻炼的结果。值得注意的是，诗中用了许多儿化词，如"这会儿""老实点儿""小孩儿""十来岁儿""这年头儿""没法儿""俩子儿"等。这些词不但显示了口语的地方风味，而且对诗句起到了调节作用。

自由与格律之间的紧张关系在闻一多的许多诗歌中都有反映，《天安门》也不例外。这首诗的每一行都是十个字，却并不令人感到呆板，因为诗中大量运用了口语和短句，其中只有一处运用了跨行。诗人把它们完善地组织在了一起，在格律化的同时并没有束缚表达的自由。就此而言，完善的诗歌既内在地包含着紧张关系，又能被诗人有效地化解。

"诗歌作为一种抒情话语，作为一种抒情性的叙事话语，它的一个社会伦理职能应该是创造出社会伦理感受并且创造出表述它的话语，而且是在既有的和失去其象征主义功能的语境里建构起至少对个人来说仍然是真实经验的伦理话语。"②《天安门》正是如此，它不仅表达了

---

① 闻一多：《天安门》，见《闻一多全集》第 1 卷，第 159 页。
② 耿占春：《失去象征的世界》，北京大学出版社，2008 年，第 131 页。

闻一多的社会伦理感受,而且具有潜在的批判性。对于闻一多来说,诗歌的批判性来自艺术与现实的紧张关系。闻一多深信阿诺德的观念,认为"真正有价值的文艺,都是'生活的批评'"。① 尽管"我"并没有在《天安门》中直接出现,但这首诗包含了诗人对生活的批评。换言之,诗人写这首诗并不是为了表现车夫对学生行为的不理解,而是通过车夫的眼睛展示学生们的斗争精神与被迫害的命运。诗中潜在地包含了诗人对杀人者的谴责,这就是诗人的声音:它站在受害者的立场上,对车夫的观念进行了纠正。这自然也属于此诗戏剧性的一个方面。很显然,诗歌中的戏剧性不可能像戏剧那样充分展开,但它可以凝练地反映出复杂的社会生活。

第六节 文本空间中的智性语言:诗性批评

一 闻一多的诗性批评及其语言风格

诗歌评论是闻一多诗学的重要组成部分,包括诗歌理论和诗歌批评两方面。诗歌理论注重观念阐述,富于理性,大多比较概括;而诗歌批评注重文本分析,充满智性,因而更有活力。总体而言,闻一多的诗歌批评成就大于其诗歌理论成就。但是,无论诗论语言还是诗评语言都和诗歌语言有很大差异。因此,探讨闻一多的诗歌评论有助于全面把握和深刻理解闻一多诗学的另一个侧面。

闻一多的诗歌评论数量有限,但多为精粹之作。他的第一篇诗歌评论是《评本学年〈周刊〉里的新诗》,时间是1921年5月28日,时年二十二岁。最后一篇诗论是《时代的鼓手》,时间是1943年,时年四十四岁。此外,他书信中还有不少论诗文字。总体而言,闻一多的诗歌评论主要包括诗歌理论、新诗批评、古诗批评和外国诗评四部分,其核心为新诗批评。在诗歌理论方面,他的代表作是《诗的格律》。闻一多新诗批评的力作是《〈冬夜〉评论》《〈女神〉之地方色彩》和《时代的鼓手》。在为当代诗人所写的序言中,以《烙印》的序最为重要,该序写于

---

① 闻一多:《戏剧的歧途》,见《闻一多全集》第2卷,第149页。

第二章 闻一多诗歌语言的弹性与限度

1933年,闻一多时年34岁,这篇文章是闻一多诗学观念转向时期的产物,体现了他后期的诗学观念。古诗批评以《唐诗杂论》为代表,此外,在《诗经》和《楚辞》研究方面也有不少精彩论文。外国诗评较少,主要是《泰果尔批评》。

一般来说,理论是批评的基础,批评是理论的源头,二者相互促进。事实上,闻一多对古代诗歌与国外诗歌的批评都是为新诗建设服务的。因此,他诗歌评论的核心是新诗批评。对闻一多来说,批评不仅是宣传自己主张的过程,也是让自己成名的一种策略。他说:"要打出招牌,非挑衅不可。……用意在将国内之文艺批评一笔抹杀而代以正当之观念与标准。……要一鸣惊人则当挑战,否则包罗各派人物亦足哄动一时。"①这表明闻一多在诗歌批评方面同样具有雄心。但在具体操作时,他认为"批评之态度宜和平"②,不可把批评作为相互攻击或标榜的工具。因此,他对郭沫若"攻击文学研究会至于体无完肤"十分不满,认为那是文人相轻的恶习;反之,如果批评朋友的作品,他认为应该避开"标榜底嫌疑"。③ 总之,闻一多认为批评宜稍隐藏,不可锋芒过露,因为那只会"逞一时之痛快以自失身分"。由此可见,闻一多的批评相当稳健,因为他较好地处理了批评各方面之间的关系,尤其是将巨大的雄心与必要的细心结合在了一起。

在清华读书时,闻一多曾计划出版一部《新诗丛论》:"这本书上半本讲我对于艺术同新诗的意见,下半本批评《尝试集》、《女神》、《冬夜》、《草儿》及其他诗人底作品。"④尽管此书没有完成,但这些想法在他后来的文章中不同程度地得到了表达。其中,《冬夜草儿评论》(与梁实秋合著)于1922年出版后很快得到郭沫若的好评:"如在沉黑的夜里得见两颗明星,如在蒸热的炎天得饮两杯清水……在海外得读两君评论,如逃荒者得闻人足音之跫然。"⑤闻一多批评的新诗人主要有

---

① 闻一多:《致梁实秋》,见《闻一多全集》第12卷,第215—216页。
② 同上书,第82页。
③ 同上书,第124页。
④ 闻一多:《致闻家驷》,见《闻一多全集》第12卷,第33页。
⑤ 闻一多:《致父母亲》,见《闻一多全集》第12卷,第131页。

俞平伯、郭沫若、臧克家和田间,此外还涉及胡适、方玮德、徐玉诺(1894—1958)、汪静之(1902—1996)、艾青、彭丽天、薛诚之(1907—1988)等人的作品。他批评一个诗人,往往把他放在当时新诗的整体背景中展开,从而使自己的批评既具有明确的针对性,又具有相当的普遍性。正如闻一多所说的:"以《冬夜》代表现时底作风,也不算冤枉他。评的是《冬夜》,实亦可三隅反。"①在新诗史上,俞平伯并非大诗人,但他是早期有名的诗人。闻一多对俞平伯以否定为主,这其实也是对当时民众艺术的否定,所谓"得了平民的精神,而失了诗底艺术",这其实是对俞平伯提倡的"诗底进化的还原论"的否定;不过,他肯定了《冬夜》与现实社会的关系,认为它是"时代的镜子",并赞誉其音节"凝炼,绵密,婉细",还从具体分析出发,肯定了俞平伯的部分优秀诗歌,如《凄然》等。

在闻一多的心目中,郭沫若是"现代第一诗人"。②他曾写两篇文章批评郭沫若的《女神》,二者一褒一贬,赞扬其时代精神,否定其欧化倾向,而提倡诗歌的地方色彩和民族文化精神。闻一多特别指出了郭沫若诗歌的技术粗糙:不加节制,没有选择,并认为这是他"太不'做'诗"的结果。闻一多不同意郭沫若的诗是"写"出来的说法,他认为艺术源于对现实的转化:"一切的艺术应该以自然作原料,而参以人工,一以修饰自然的粗率相,二以渗渍人性,使之更接近于吾人,然后易于把捉而契合之。"③因而,他有针对性地指出"没有选择便没有艺术",并有意提倡完美写作:"这虽是小地方,但一个成熟的艺术家,自有余裕的精力顾到这里,以谋其作品之完美。"④总体而言,闻一多肯定了《女神》的思想性,却否定了其艺术性。

但是,对臧克家和田间的批评就不同了。因为当时闻一多的唯美主义追求逐渐遭到冷酷现实的改写,所以,他对臧克家和田间的批评倾向于思想性以及作品与现实的对应关系,而把作品的艺术性视为一种

---

① 闻一多:《〈冬夜〉评论》,见《闻一多全集》第2卷,第63页。
② 闻一多:《致父母亲》,见《闻一多全集》第12卷,第131页。
③ 闻一多:《〈冬夜〉评论》,见《闻一多全集》第2卷,第63页。
④ 闻一多:《〈女神〉之地方色彩》,见《闻一多全集》第2卷,第120—121页。

第二章 闻一多诗歌语言的弹性与限度

奢侈品而不予考虑,甚至有所抵触。结果导致他对田间等人的评价过高,以至有失偏颇。一个最明显的例子是,闻一多认为田间高于艾青:"今天需要艾青是为了教育我们进到田间,明天的诗人。"其依据为艾青是"农民的少爷",而田间是"少爷变农民"。① 这简直是身份决定论,似乎作家的成就是由他的身份决定的。和超现实主义相比,这可以称为"极现实主义"。而"极现实主义"者由于拘泥于现实之中往往被现实限制。事实证明,闻一多后期的批评因过于现实而未能经得起时间的考验。

对于批评来说,最重要的是判断力。检验一个批评者是否具有敏锐的判断力,不宜看他对著名诗人的看法,最好看他对普通诗人的意见。方玮德是闻一多任教于中大时的学生,但直到他写出《悔与回》之后,闻一多才注意到他:"玮德原来也在中大,并且我在那里的时候,曾经与我有过一度小小的交涉。若不是令孺给我提醒,几乎全忘掉了。可是一个泛泛的学生,在他没写出《悔与回》以前,我有记得他的义务吗?写过那样一首诗以后,即便我们毫无关系,我也无妨附会说他是我的学生,以增加我的光荣。"② 由此可见,闻一多对方玮德是十分欣赏的。他认为:

> 玮德的文字比梦家来得更明澈,是他的长处,但明澈则可,赤裸却要不得。这理由又极明显。赤裸了便无暗示之可言,而诗的文字那能丢掉暗示性呢?我并非绅士派,"苍蝇似的思想垃圾桶里爬",我也有顾不到体面的时候,但碰到"梅毒""生殖器"一类的句子,我却不敢下手。③

这段话的重要性在于它揭示了闻一多倾心的诗歌语言观。所谓"明澈",就是一种貌似明晰其实富于弹性的语言,它介于赤裸与暗示之

---

① 闻一多:《艾青和田间》,见《闻一多全集》第 2 卷,第 233 页。
② 闻一多:《论〈悔与回〉》,见《闻一多全集》第 2 卷,第 166 页。
③ 同上书,第 165 页。

间,既不过于透明也不过于晦涩,在呈现与表现之间保持必要的张力。批评在某种程度上就是批评者与批评对象重叠的那一部分。就此而言,"明澈"是闻一多与方玮德对语言的共同要求,而且,"明澈"与闻一多后来提倡的"清新"是一致的。除了对方玮德的诗歌语言表示赞赏之外,闻一多更推崇方玮德的文化情怀,称道他具有"中国本位文化"的素养和风度。在当时的西化狂热中,他甚至把这种文化品格作为衡定作家的标准:"一个作家非有这种情怀,决不足为他的文化的代言者,而一个人除非是他的文化的代言者,又不足称为一个作家。"①在闻一多看来,像 Pearl Buck 这样的外国人其实是不能真正表达中国的,因为她没有深刻地把握中国文化。因此,他指出:"技术无妨西化,甚至可以尽量西化,但本质和精神却要自己的。"②这与他对郭沫若的批评是完全一致的。

在给梁实秋的一封信中,闻一多称赞徐玉诺而否定汪静之,认为徐玉诺是"文学研究会里的第一个诗人"③。他说:"《未来之花园》在其种类中要算佳品。它或可与《繁星》并肩。我并不看轻它。《记忆》、《海鸥》、《杂诗》(五十三页)、《故乡》是上等的作品,《夜声》、《踏梦》是超等的作品。'杀杀杀……时代吃着生命的声响'同叶圣陶所赏的'这一个树叶拍着那一个的声响'可谓两个声响的绝响!只冰心才有这种句子。"④相反,闻一多对汪静之《蕙底风》评价极低,认为他"只海淫而无诗":"这本诗不是诗。描写恋爱是合法的,只看艺术手腕如何。……汪静之本不配作诗,他偏要妄动手,所以弄出那样粗劣的玩艺儿来了。"⑤从引文来看,徐玉诺之所以得到称赞,并非由于他的作品具有时代性,而是由于这种时代性得到了艺术的表达,而这一点正是汪静之的诗歌缺乏的。也就是说,闻一多对汪静之的否定其实是对其作品艺术性的否定。

---

① 闻一多:《悼玮德》,见《闻一多全集》第 2 卷,第 186 页。
② 同上。
③ 闻一多:《致闻家驷》,见《闻一多全集》第 12 卷,第 162 页。
④ 闻一多:《致梁实秋》,见《闻一多全集》第 12 卷,第 127 页。
⑤ 闻一多:《致闻家驷》,见《闻一多全集》第 12 卷,第 162 页。

第二章 闻一多诗歌语言的弹性与限度

这里并无意全面分析闻一多的诗歌评论,但从上述批评中不难看出,他的诗歌批评始终是有主见、有个性、有勇气的,无论批评对象是否著名,也不管批评对象与自己的距离远近,他都始终坚持在诗歌的范围内进行分析探讨,表面上是对诗人的批评,其实却是对诗歌的批评。而且,观点的表述始终被感情驱动,这就使闻一多的诗歌批评语言本身获得了复调性:其核心是敏锐、独到而富于洞见的智性语言,这种语言源于批评者对批评对象的准确把握、理性判断和长期沉思;然而一旦形诸文字,这些观点就会被形象、生动而富于感染力的诗性语言所渗透,成为一种激情的表达。这是闻一多诗歌批评语言的基本特点。其诗性批评的代表应为《〈女神〉之地方色彩》。因为《〈冬夜〉评论》太长,而且其整体结构与观点表达还不够成熟,《时代的鼓手》中的观点因战时的特殊背景而不持久,只有《〈女神〉之地方色彩》既提出了普遍有效的诗歌观点,又不失动人心魄的激情表述,可谓他新诗批评的经典作品。从资源来看,闻一多的诗性批评源于中西诗学的融合,他作品中的诗性语言固然是其诗人气质的体现,同时也是他继承中国传统诗学的结果。正如他在谈到中国诗性文化时所说的:

> 诗——抒情诗,始终是我国文学的正统的类型,甚至除散文外,它是唯一的类型。赋,词,曲,是诗的支流,一部分散文,如赠序,碑志等,是诗的副产品,而小说和戏剧又往往以各自不同的方式夹杂些诗。诗,不但支配了整个文学领域,还影响了造型艺术,它同化了绘画,又装饰了建筑(如楹联,春帖等)和许多工艺美术品。①

闻一多的批评语言主要来自西方,弗洛伊德的精神分析学说几乎贯穿其学术生涯,此外还有浪漫主义、唯美主义、象征主义、意象派之类的诗学理论,以及历史学、社会学、神话学、文化学、人类学、语言学等多方面的理论因子。俞兆平曾对此做过总结:"他的诗歌美学思想主要

---

① 闻一多:《文学的历史动向》,见《闻一多全集》第10卷,第17页。

展现在诗歌创作论、新诗形式论、新诗发展论这三个侧面。它有一个鲜明的特色,即东方诗人那种敏锐的直觉感、点悟式的批评方法和西方理论家严密的逻辑推演、科学的分析方法,相互渗透、融为一体,形成感性体味与理性思辨二者兼备的特质。从而促使中国诗歌美学上升至一个新的层次,丰富了中国诗学的内涵。"① 可以说,闻一多是新诗初期用西方理论批评中国诗歌的杰出人物。

二　激情与沉思融合的奇迹:《唐诗杂论》

对于闻一多来说,唐朝诗人其实和他生活在同一个时代,否则他不可能把他们写得如此鲜活生动。《唐诗杂论》原拟写八篇:《诗与文的混淆》《类书与诗》《四杰》《宫体诗的自赎》《从久视到景龙》《陈子昂》《孟浩然》和《贾岛》。其中,《诗与文的混淆》与《从久视到景龙》二篇未曾动笔,《陈子昂》为残稿。也就是说,《唐诗杂论》真正完成的只有五篇。但这五篇均为精彩之作,其创作与发表时间如下:

1934年,《类书与诗》发表于《大公报·文艺副刊》第52期,1945年8月,校改后重新发表于《国文月刊》第37期。

1941年2月11日,《贾岛》发表于《中央日报·文艺副刊》第18期。

1941年8月22日,《宫体诗的自赎》写定。后来发表于《当代评论》第10期。

1943年8月,《四杰》发表于《世界学生》第2卷第7期。

1943年8月25日,《孟浩然》发表于《大国民报》。

这五篇文章从时间跨度上超过了十年,其中的观点如此独特,以至于它只属于闻一多所有,决不会与别人重复。在《类书与诗》中,闻一多认为初唐五十年(618—660)"说是唐的头,倒不如说是六朝的尾",因为当时的文学受学术和类书的影响,形成一种"太象文学的学术,和太象

---

① 俞兆平:《闻一多美学思想论稿》,上海文艺出版社,1988年,第112页。

第二章　闻一多诗歌语言的弹性与限度

学术的文学"的景观。文学被学术同化的结果是,类书成了"较粗糙的诗",而诗成了"较精密的类书"。因而闻一多认为唐初诗人追求的只是浮华的文藻,并把它视为"文辞上的浮肿"和"文学的一种皮肤病"。①

《宫体诗的自赎》是《唐诗杂论》中的杰作。文章认为宫体诗(从梁简文帝到唐太宗)的出现是"一桩积极的罪",是"一种文字的裎裸狂"。随着卢骆的出现,宫体诗出现了转机。到了刘希夷,宫体诗开始回返常态而归于正。张若虚的《春江花月夜》出现之后,宫体诗一跃而到庄严的宇宙意识。至此,闻一多不禁感叹:

> 这里一番神秘而又亲切的、如梦境的晤谈,有的是强烈的宇宙意识,被宇宙意识升华过的纯洁的爱情,又由爱情辐射出来的同情心,这是诗中的诗,顶峰上的顶峰。从这边回头一望,连刘希夷都是过程了,不用说卢照邻和他的配角骆宾王,更是过程的过程。至于那一百年间梁、陈、隋、唐四代宫廷所遗下的那份最黑暗的罪孽,有了《春江花月夜》这样一首宫体诗,不也就洗净了吗?向前替宫体诗赎清了百年的罪,因此,向后也就和另一个顶峰陈子昂分工合作,清除了盛唐的路,——张若虚的功绩是无从估计的。②

关于"四杰",闻一多认为他们其实是"一个大宗中包孕着两个小宗,而两小宗之间,同点恐怕还不如异点多"。所谓"一个大宗"即"四杰","两个小宗"即"卢、骆一组""王、杨一组"。闻一多认为"卢、骆"与"王、杨"在年龄、性格、友谊、作风和诗体等方面都是不同的,因而应当把"卢、骆"称为"前二杰","刘(希夷)、张(若虚)"与他们一脉相承,因此,"卢、骆与刘、张"可称为"四杰";把"王、杨"称为"后二杰","沈(佺期)、宋(之问)"与之一脉相承,因此,"王、杨与沈、宋"为一个集团,可称为另一组"四杰"。尤其深刻的是,闻一多认为:"卢、骆与王、

---

① 闻一多:《类书与诗》,见《闻一多全集》第6卷,第3—10页。
② 闻一多:《宫体诗的自赎》,见《闻一多全集》第6卷,第18—28页。

杨选择形式不同,是由于他们两派的使命不同",擅长七言歌行的"卢、骆"扮演的角色是破坏者,是宫体诗的改造者,而专攻五律的"王、杨"是建设者,是唐代抒情诗的定型者:"……宫体诗在卢、骆手里是由宫廷走到市井,五律到王、杨的时代是从台阁移至江山与塞漠。"①。

如果说以上三篇显示了闻一多卓越的史家眼光,《孟浩然》探讨的则是诗人与作品的关系。闻一多认为:"诗如其人,或人就是诗,再没有比孟浩然更具体的例证了。"在他看来,孟浩然诗歌的成就并非由哪一联或哪一句体现出来,而是"平均的分散在全篇中":"淡到看不见诗了,才是真正孟浩然的诗,不,说是孟浩然的诗,倒不如说是诗的孟浩然,更为准确。在许多旁人,诗是人的精华。在孟浩然,诗纵非人的糟粕,也是人的剩余。"②

而《贾岛》则侧重于探讨诗人与社会的关系,是《唐诗杂论》中最深刻的一篇。闻一多首先把贾岛还原到他生活的时代,并以横剖面的形式揭示了其整体状况,当时诗界存在着"三个较有力的新趋势":

> 这边老年的孟郊,正哼着他那沙涩而带芒刺感的五古,恶毒的咒骂世道人心,夹在咒骂声中的,是卢仝、刘叉的"插科打诨",和韩愈的宏亮的嗓音,向佛、老挑衅。
>
> 那边元稹、张籍、王建等,在白居易的改良社会的大纛下,用律动的乐府调子,对社会泣诉着他们那各阶层中病态的小悲剧。
>
> 同时远远的,在古老的禅房或一个小县的僻署里,贾岛、姚合领着一群青年人做诗,为各人自己的出路,也为着癖好,做一种阴黯情调的五言律诗。(阴黯由于癖好,五律为着出路。)③

在这里,闻一多形象地将时代空间化了,"这边"与"那边"是对立的,它们共同占据了诗界的中心,而贾岛属于"远远的"一派,处于诗歌的边

---

① 闻一多:《四杰》,见《闻一多全集》第6卷,第11—17页。
② 闻一多:《孟浩然》,见《闻一多全集》第6卷,第50—54页。
③ 闻一多:《贾岛》,见《闻一多全集》第6卷,第56页。

第二章　闻一多诗歌语言的弹性与限度

缘地位,原因是他们属于社会的"未成年"人,既未成名,也未通籍,只好做诗。贾岛之所以做五律,是因为"五律与五言八韵的试帖最近",所以最利于混得一"第"。其诗歌之所以情调阴黯,是因为贾岛曾一度为僧,"前半辈子的蒲团生涯"渗入了他的诗歌,其心境既契合于灰色的时代,又超然于时代之外,他的诗歌迎合了人们的疲惫心灵,为人们提供了一个理想的"休息场所":"休息,这政治思想中的老方案,在文艺态度上可说是第一次被贾岛发现的。"因此,不仅晚唐五代成了"贾岛的时代",而且,"几乎每个朝代的末叶都有回向贾岛的趋势",因为"每个在动乱中灭毁的前夕都需要休息"。①

综上所述,《唐诗杂论》的特色是以诗人之笔表达真知灼见,这些文章无一不是激情与沉思的融合、智性语言与诗性语言的统一:

> 他目前那时代——一个走上了末路的、荒凉、寂寞、空虚,一切罩在一层铅灰色调中的时代,在某种意义上与他早年记忆中的情调是调和,甚至一致的。惟其这时代的一般情调,基于他早年的经验,可说是先天的与他不但面熟,而且知心,所以他对于时代,不至如孟郊那样愤恨,或白居易那样悲伤,反之,他却能立于一种超然地位,藉此温寻他的记忆,端详它,摩挲它,仿佛一件失而复得的心爱的什物样。早年的经验使他在那荒凉得几乎狞恶的"时代相"前面,不变色,也不伤心,只感着一种亲切、融洽而已。于是他爱静,爱瘦,爱冷,也爱这些情调的象征——鹤、石、冰雪。黄昏与秋是传统诗人的时间与季候,但他爱深夜过于黄昏,爱冬过于爱秋。他甚至爱贫、病、丑和恐怖。②

这段话分析了贾岛与时代的关系,闻一多认为贾岛与时代既有一致性的一面,又有其独立性,而这一切都"得益"于他早年为僧的经历。他指出,不同于孟郊和白居易,贾岛与时代的关系是"和谐"的。这无疑

---

① 闻一多:《贾岛》,见《闻一多全集》第6卷,第61页。
② 同上书,第58页。

是闻一多对贾岛的独到判断,是一种还原历史真相而且极具深度的智性语言,所有这些最终都是通过诗性语言表达出来的:"他却能立于一种超然地位,藉此温寻他的记忆,端详它,摩挲它,仿佛一件失而复得的心爱的什物样。早年的经验使他在那荒凉得几乎狞恶的'时代相'前面,不变色,也不伤心,只感着一种亲切、融洽而已。于是他爱静,爱瘦,爱冷,也爱这些情调的象征——鹤、石、冰雪。"这段文字揭示了贾岛的性格,语言优美,接近于散文,但并非散文。值得注意的是,朱自清在评价这些作品时用的正是"散文":

  他创造自己的诗的语言,并且创造自己的散文的语言。诗大家都知道,不必细说;散文如《唐诗杂论》,可惜只有五篇,那经济的字句,那完密而短小的篇幅,简直是诗。我听他近来的演说,有两三回也是这么精悍,字字句句好象称量而出,却又那么自然流畅。他因此也特别能够体会古代语言的曲折处。当然,以上这些都得靠学力,但是更得靠才气,也就是想象。①

在我看来,这里的"散文"是与"诗"(韵文)相对的另一种文体,并非真正的"散文"。如朱自清所言,其中包含着"学力"。事实上,《杜甫》也不能称为真正的"散文",尽管这部未完成的传记通篇贯穿着文学语言,但其中融入了作者研究杜甫的丰富成果和价值判断,也就是说,学术语言仍然是其骨干部分,用闻一多的话说,就是跳过考证分析直接做了综合:

  子美第一次破口歌颂的,不是什么凡物。这"七龄思即壮,开口咏凤凰"的小诗人,可以说,咏的便是他自己。禽族里再没有比凤凰善鸣的,诗国里也没有比杜甫更会唱的。凤凰是禽中之王,杜

---

① 朱自清:《中国学术的大损失》,见《闻一多研究四十年》,季镇淮主编,清华大学出版社,1988年,第97—98页。

第二章 闻一多诗歌语言的弹性与限度

甫是诗中之圣,咏凤凰简直是诗人自占的预言。①

需要说明的是,《唐诗杂论》后来遭到质疑,但被质疑的只是文中的某些观点,并非其语言风格。事实上,这种诗性语言正是令人赞赏的:"《唐诗杂论》这几篇文章,对学术论著如何写得有诗意,如何做到既富有理致,又能给人以艺术享受,很能给人以思考。……把学术文章当作美文来写,这方面,闻先生也给后来者竖立了一个不太容易达到的标准。"②总之,对于诗歌批评来说,批评始终是个核心,诗性语言只是用于批评的一种表达方式,而且必须和智性语言融合在一起,否则便不能成为批评,更不能形成诗性批评。由此可见,不把批评写成散文,这是一个界限。

---

① 闻一多:《杜甫》,见《闻一多全集》第 6 卷,第 74 页。在《少陵先生年谱会笺》中,闻一多对此做了以下考证:"公七岁。始作诗文。《壮游》诗云:'七龄思即壮,开口咏凤凰。'《奉赠鲜于京兆二十二韵》云:'学诗犹孺子。'《进雕赋表》云:'自七岁所缀诗笔,向四十载矣,约千余篇。'"见《闻一多全集》第 6 卷,第 126 页。

② 傅璇琮:《闻一多与唐诗研究》,见《闻一多研究四十年》,季镇淮主编,清华大学出版社,1988 年,第 207 页。相关质疑见该文第一段。

第三章 闻一多诗歌语言的来源及其转化

闻一多诗歌语言的来源极其复杂,这个问题涉及古今中外的诗歌语言传统。这里无意将闻一多诗歌中的用语视为典故,并一一找到它们的出处。事实上,这既不可能也没有多大意义。在我看来,重要的是通过对闻一多诗歌语言来源的追溯,揭示他的诗歌语言是如何在传统诗歌语言的基础上发展创新的。也就是说,闻一多的诗歌语言中包含着一个对传统语言的转化问题。只有通过对传统语言的有效转化,诗人才能用它描述世界表达自我。因此,勾勒一条从来源到文本的诗歌语言转换轨迹,并考察其变异情形及文化观念,这是本章探讨的主题。①

第一节 闻一多的翻译实践与文化观念

一 闻一多的翻译实践

翻译是进行语言转换的基础工作。尽管闻一多不以翻译家著称,但翻译的确丰富了他的诗歌语言,甚至可以说,翻译是成就闻一多诗歌语言的重要方式之一。初入清华学校时,闻一多曾因英语较差而留级一年,这促使他用很大的精力学习英语。《仪老日记》(1919 年)中记载了他在清华后期学英语的情况,如读《古舟子咏》(1 月 29 日)、《Julius Caesar》(2 月 12 日)、《英文名家诗类编》(2 月 15 日),作英文《二月庐记》(2 月 19 日)等。并于 3 月 14 日提到"译波兰《千年进化史》",4 月 14 日,"译波兰《千年进化纪略》"。二者未保留下来,也许是同一篇文章。

值得注意的是闻一多和《天演论》的关系。他在 2 月 14 日、15 日、

---

① 前文已涉及的相关篇目,本章不再展开分析。

第三章　闻一多诗歌语言的来源及其转化

20 日、21 日、3 月 8 日至 11 日、14 日,无日不读《天演论》,并对该作发表了以下看法:

> 读《天演论》,辞雅意达,兴味盎然,直逯译之能事也,《新潮》中有非讥严氏者,谓译书不仅当译意,必肖其词气、笔法而后精,中文造句破碎,不能达蝉联妙邃之思,欲革是病,必摹西文云云。要之严氏之文,虽难以上追诸子,方之苏氏,不多让矣。必谓西文胜于中文,此又蛣蜣丸转,癖之所钟,性使然也。吾何辩哉![①]

这表明闻一多非常赞赏严复(1854—1921)的意译,同时否定了"西文胜于中文"的偏见。他现存最早的译作是散文。从小序来看,《马赋》是一篇译作,"美人亨曼长卿以诗纪之。兹译其意,广其辞,而为之赋。"[②] 这表明《马赋》本来是一首诗,闻一多根据大意,把它译成了一篇赋,并发表于 1917 年 6 月 15 日的《辛酉镜》上。《台湾一月记》是一篇历史纪实散文,作者是 Hosea B. Morse,由闻一多翻译,发表于 1919 年 7 月《清华学报》第 4 卷第 8 期。此外,他还翻译了一部剧本《铃声》,其作者为爱尔克曼(Erckmann)与夏椿(Chatrian),但未译完,也未发表。

闻一多的译诗也始于清华读书时期,共有四十一首。[③] 和诗歌创作对应,闻一多的译诗大致也可以分成三个阶段:旧体诗译作、自由诗译作和新格律诗译作。旧体诗译作只有两首,即《古瓦集》中的《渡飞矶》和《点兵之歌》。自由诗译作也很少,主要是《真我集》中的两首:《雪片》和《志愿》。其余译诗形式上大多比较整齐,可以称为新格律诗译作。这类译诗与闻一多的新格律诗创作时期是重叠的,而且数量上占绝大多数。

《渡飞矶》(Dover Beach)是闻一多最早的一篇译诗,作者为马休·阿诺德(1822—1888)。他以"渡飞"音译 Dover,并将 Beach 意译为

---

① 闻一多:《仪老日记》,见《闻一多全集》第 12 卷,第 423 页。
② 闻一多:《马赋》,见《闻一多全集》第 1 卷,第 275 页。
③ 包括《鲁拜集》中的三首,见《莪默伽亚谟之绝句》。

"矶"。现在一般译为《多佛海滩》。"Dover Beach"发表于 1867 年,是一首自由体诗,而闻一多却把它译成了旧体诗,虽然凝练优美,却使诗意受到部分限制:或被压缩,或被遗漏。许芥昱曾就这首译诗谈到闻一多的语言转换问题:"在清华多年,闻一多对中国古文的态度是相当保守的,他自己一直步林琴南的后尘用文言来翻译英文的文学作品。1919 年夏天,他试译了一首安诺德(Arnold)的诗《渡飞矶》。他的五言诗把安诺德的原诗锁在很整齐严格的形式内。安诺德的原诗是为英国人失掉对基督的信念而感伤,闻一多把它翻成中国服膺传统的人总是说世风不古、古道不行,那种悲哀。安诺德诗里提到人生痛苦的洪流,在闻一多的翻译里就变成佛家所说的无边苦海。这些都勉强对付了。可是到那诗的第三段里,原文有两句是对自己心爱的人发出的心声:'啊!爱人呀!让我们保留彼此一心的坚贞……'这两句闻一多实在没办法翻译,就只好跳过了,因为文字中间的思想及文字结构的距离,太远了,实在不能用古文来翻译这样的诗。因此在万分无奈的情况下,闻一多改用白话来翻译这类的诗。"[1]试看诗歌的第一节:

> 平潮静素漪,明月卧娟影。
> 巨崖灿冥湾,清光露俄顷。
> 夜气策寒窗,铿锵入耳警。
> 游波弄海石,揭来任扑打。
> 冲流断复续,长夜发悲哽。[2]
> 今夜海上是风平浪静,
> 潮水正满,月色皎皎
> 临照着海峡;——法国海岸上,光明
> 一现而不见了;英国的悬崖,
> 闪亮而开阔,挺立在宁谧的海湾里。
> 到窗口来吧,夜里的空气多好!

---

[1] 许芥昱:《新诗的开路人——闻一多》,卓以玉译,波文书局,1982 年,第 31—32 页。
[2] 闻一多:《渡飞矶》,见《闻一多全集》第 1 卷,第 283 页。

第三章　闻一多诗歌语言的来源及其转化

> 只是,从海水同月光所漂白的陆地
> 两相衔接的地方,浪花铺成长长的一排,
> 听啊! 你听得见聒耳的咆哮,
> 是水浪把石子卷回去,回头
> 又抛出,抛到高高的岸上来,
> 来了,停了,然后又来一阵,
> 徐缓的旋律抖抖擞擞,
> 带来了永恒的哀音。①

从诗意来看,这两个翻译还算接近,但形式差别很大。后一节的译文出自卞之琳,他在注释中说:"(Dover Beach)是一首当时少见的自由体诗,脚韵穿插得十分复杂,译文也照原样押韵。"这种自由体形式与脚韵穿插的情况,在闻一多的翻译中是看不出来的。诗歌翻译之所以被认为是难的,就是因为原诗的声音最难传达,而对于诗歌来说,声音始终是最直接、最重要的因素之一。所以,单纯地用意译来翻译诗歌往往是不可取的,尤其是使用文言文进行意译受到的限制更大。在翻译坎白尔的《点兵行》之后,闻一多也逐渐认识到了这个道理。所谓"译事之难,尽人而知,而译韵文尤难"。他还在小序中写道:"读工部《兵车行》,拟书所感,久而不成。顷见西人点兵之歌,其写战事惨况,亦复尽致,以视杜作,特异曲同工尔,爱译之。"②这首译诗本来是闻一多1920年的第二次月课,用四天时间译完。从小序可以看出,闻一多翻译此诗有融合中西的倾向。他用一篇译文表达了对《兵车行》的感想,并认为《点兵行》与《兵车行》是"异曲同工"之作。

《真我集》中的两首译诗显然还不成熟,不过《志愿》的诗意比较深刻。最初是"柔和的新月! 放荡的青春!"后来是"放荡的老月! 柔和的青春!"这种变化显示了志愿的落空。最后一句尤其耐人寻味:"过

---

① 卞之琳:《多弗海滨》,见《卞之琳译文集》中卷,安徽教育出版社,2000年,第134—135页。
② 闻一多:《点兵之歌》,见《闻一多全集》第1卷,第293页。"特异同工尔"应为"特异曲同工尔",据《闻一多青少年时代旧体诗文浅注》改。

了好久罢——过了一生。"闻一多成熟的新诗翻译始于 1923 年。这一年,他写了《莪默伽亚默之绝句》,对郭沫若翻译的《鲁拜集》进行修订和批评。在文章的开头,闻一多首先表示了他对当时诗歌翻译现状的不满:

> 当今国内文学界所译西洋诗歌本来寥如晨星,而已译的又几乎全是些最流行的现代作品。当然没有人敢说西洋只有这些好诗或再没有更好的诗。不过太戈尔底散文诗,学过几年英文的有本字典,谁都译得出来,所以几乎太戈尔底每一个字都搬运到中文里来了。至于西洋的第一流的古今名著,大点篇幅的,我只见过田汉君译的莎士比亚底 Hamlet 同郭沫若君这首莪默同一些歌德。胡适教授苏曼殊大师都译过一点拜轮,但那都是些旧体的文字。①

在这里,闻一多对诗歌翻译的数量和质量都提出了批评。在他看来,翻译首要的是质量,因而应该选译古今名著。同时,他明显流露出对旧体诗翻译的否定。但他并没有把自己定位为翻译家,只是零星地做了一些翻译工作,其中规模较大的译诗是白朗宁夫人(1806—1861)的情诗二十一首。此外便是他钟爱的诗人之一郝思曼(1859—1936)的诗歌,共译了五首:《樱花》《春斋兰》《情愿》《"从十二方的风穴里"》和《山花》,其中后两首是与饶孟侃合译的。

总体而言,闻一多的翻译观念是名著、意译和负责,即翻译对象应该是名著,翻译方法以意译为主,翻译态度是对原文和译文负责,既能传达出原文的精神,又能通过译文丰富本国的诗歌语言。在这方面,他认为《鲁拜集》是最典型的,因为对它的翻译会涉及三国文字。所以,闻一多认为最难的是"用中文从英文里译出波斯文底精神来":"译者于此首先要对莪默负责;其次要对斐芝吉乐负责,因为是斐氏底诗笔使这些 Rubaiyat 变为不朽的英文文学;再次译者当然要对自己负责……

---

① 闻一多:《莪默伽亚默之绝句》,见《闻一多全集》第 2 卷,第 95 页。

第三章 闻一多诗歌语言的来源及其转化

那便是他要有枝诗笔再使这篇诗籍转为中文文学了。"①

除了中外两种不同语言的翻译以外,闻一多的翻译还涉及古今汉语的转换,即"古诗今译",尽管这类译作只有一首,但不容忽视。这首《南山诗》是对唐朝诗人韩愈《南山》的翻译。韩愈是闻一多早年最喜欢的诗人之一。梁实秋谈到清华时期的闻一多时说过:"他喜欢作诗,尤其是长篇的古诗排律之类,他最服膺的是以'硬语盤空'著称的韩退之。生硬堆砌的毛病,是照例不可免的,但是字里行间有一股沉郁顿挫的气致,他的想像丰富,功力深厚。"②即使在留学美国的日子里,韩愈仍然是闻一多经常研读的对象。1923年4月,他致信闻家驷:"近方作《昌黎诗论》,唐代六大诗人研究之一也。义山研究迄未脱稿,已迁延两年之久矣。今决于暑假中成之。"③可惜的是,这两篇文章未被列入《唐诗杂论》,也不见于《闻一多全集》,也许没有完成。不过,在给友人的信里,闻一多对韩愈发表了以下意见:

> 景超问我读诗底方法……最要紧的,是要会 generalize——看完一个人底诗——一首诗也同然——要试试能否 locate his rake, classify his kind and determine his value;若不能,便须再细心研究,至能为此而止。譬如我读完昌黎,我的三个答案是一,他应占的位置比已占的许要高一点,二,他不是抒情的乃是叙事的天才(他虽没有作过正式的 Epics),三,他是一个新派别底开山老祖。要求这种答案非 read between the lines 不可。④

事实上,闻一多对韩愈的推崇绝不是停留在艺术层面上。1936年,鲁迅逝世,闻一多在鲁迅追悼会上发表讲话,他把韩愈与鲁迅相提并论:"我们试想一下,在中国文学史上的人物中,支配我们最久最深刻,取着一种战斗反抗的态度,使我们一想到他,不先想到他的文章而

---

① 闻一多:《莪默伽亚谟之绝句》,见《闻一多全集》第2卷,第95—96页。
② 梁实秋:《谈闻一多》,传记文学出版社,1987年再版本,第5页。
③ 闻一多:《致闻家驷》,见《闻一多全集》第12卷,第168页。
④ 闻一多:《致吴景超、梁实秋》,见《闻一多全集》第12卷,第97—98页。

先想到他的人格的,是谁呢?是韩愈。唐朝的韩愈跟现代的鲁迅都是除了文章以外还要顾及到国家民族永久的前途,他们不劝人作好事,而是骂人叫人家不作坏事。"①

《南山》是韩愈的一首五言古诗,长达二百零四句,闻一多仅翻译了前二十八句。有趣的是,他把它译成白话诗后,仍然是二十八句,可谓亦步亦趋。试看以下八句的翻译和原文:

> 没有风儿,还自簸动飘摇,
> 融液和软而且茂盛。
> 横列的云彩有时又平静地凝着,
> 露出点点的山岫;
> 天空里浮着一段长眉,
> 深绿底颜色,刚才画得;
> 孤单单地撑着的险岩
> 仿佛是在海里洗澡的大鹏伸起来的嘴子。②

> 无风自飘簸,融液煦柔茂。横云时平凝,点点露数岫。
> 天空浮修眉,浓绿画新就。孤撑有巉绝,海浴褰鹏噣。③

两相对比,不难看出,所谓翻译只是将原诗中的词句加以扩展而已。扩展之后似乎显得通俗易解了,但它破坏了原诗的紧凑感和节奏感,而且打乱了原诗整齐的外形。翻译事实上改变了原诗内在的音乐美和外在的建筑美。这无疑是得不偿失的。对于那些能够直接看懂原诗的读者来说,这种翻译是不需要的。就此而言,所谓的古诗今译其实是一种文

---

① 闻一多:《在鲁迅追悼会上的讲话》,见《闻一多全集》第2卷,第350页。闻一多之所以高度评价孟郊,是因为孟郊"敢骂",这种特色曾被韩愈称为"不平则鸣"。
② 闻一多:《南山诗》,见《闻一多全集》第1卷,第186—187页。在周良沛所编的《闻一多诗集》中,此诗的后四句与下面写春天的四句合在一起,被称为《所见》,是《真我集》中的一首。很可能这八句诗闻一多译得最早,或者他认为比较满意,所以单独抽了出来。
③ 韩愈:《南山》,又名《南山诗》,见《韩昌黎全集》,世界书局,1935年,第15页。

第三章 闻一多诗歌语言的来源及其转化

化普及性的工作,而这种文化普及是以扭曲诗歌之美为代价的。《南山诗》被收入《真我集》,从时间上来看,这是闻一多接受白话诗之初的一次实验,他尝试性地将一首古诗译成了白话诗,但显然未译完。因为第二十五至二十八句写南山的春景,接下来的十二句分别写夏、秋和冬的情形。由此可见,闻一多并非有意在此结束,而是放弃了翻译。他之所以放弃翻译,与其说是由于从文言文转换成白话文的难度,不如说是因为他对这种翻译本身感到失望。正如他自己所说的:

> 中国的文字,尤其中国诗的文字,是一种紧凑非常——紧凑到了最高限度的文字。像"鸡声茅店月,人迹板桥霜",这种句子连个形容词动词都没有了……这种诗意的美,完全是靠"句法"表现出来的。你读这种诗仿佛是在月光底下看山水似的。一切的都幂在一层银雾里面,只有隐约的形体,没有鲜明的轮廓;你的眼睛看不准一种什么东西,但是你的想象可以告诉你无数的形体。温飞卿只把这一个一个的字排在那里,并不依着文法的规程替它们联络起来,好象新印象派的画家,把颜色一点一点的摆在布上,他的工作完了。画家让颜色和颜色自己去互相融洽,互相辉映——诗人也让字和字自己去互相融洽,互相辉映。这样得来的效力准是特别的丰富。但是这样一来中国诗更不能译了。岂只不能用英文译?你就用中国的语体文来试试,看你会不会把原诗闹得一团糟?①

总而言之,无论是两种语言之间的翻译,还是一种语言内部的翻译,当诗歌以另一种语言的面目呈现出来时,事实上它已经蒙受了损失。在《英译李太白诗》中,闻一多集中表达了他的翻译观念。《英译李太白诗》的译者是日本人小畑薰良,因此,这是一部"从第一种外国文字译到第二种外国文字"的译作。据冯友兰自述,他曾参与此书的英译,时间为1921年:"我在美国上学的时候,日本领事馆有个翻译工

---

① 闻一多:《英译李太白诗》,见《闻一多全集》第6卷,第67—68页。

作的人,叫小畑熏良,他要翻译李白的诗为英文,找中国留学生中的中文比较好的人帮忙。当时找着了我、杨振声、邓以蛰、周炳琳。我们帮助他出了一部英文的《李白诗集》。"①《英译李太白诗》发表于 1926 年 6 月 3 日的《北平晨报》。闻一多认为:"李太白本是古诗和近体中间的一个关键。他的五律可以说是古诗的灵魂蒙着近体的躯壳,带着近体的藻饰。形式上的秾丽许是可以译的,气势上的浑璞可没法子译了。但是去掉了气势,又等于去掉了李白。"②因此,闻一多认为李白是"禁不起翻译的"。然而,翻译又是文化交流的必经之路,是一门有局限性和针对性的艺术。"一件翻译的作品,也许旁人都以为很好,可是叫原著的作者看了,准是不满意的,叫作者本国的人看了,满意的也许有,但是一定不多。"这是翻译的先天局限,但翻译毕竟不是让"原著的作者"和"作者本国的人"看的,它回避了这些人,针对的只是不懂原著的人。为不懂原著的人了解原著提供一种可能,同时还可以用外来语言丰富本国语言,这就是翻译的意义。

二 闻一多的文化观念

翻译不仅是文字转换工作,还是文化转化活动,或者输入外来文化,或者将古代文化转换为当代文化,因此,翻译活动势必体现翻译者的文化观念。值得注意的是,1990 年诺贝尔文学奖获得者奥克塔维奥·帕斯高度评价了闻一多的文化观念。他多次向友人和传媒表示,他的一大遗憾是不能从原文翻译源远流长、丰富多彩的中国诗词,尽管如此,他还是打算翻译一些中国近现代诗人的作品,其中他特别提到了闻一多。在评论闻一多时,帕斯认为他是现代中国诗歌的杰出代表,很好地解决了传统和创新、借鉴和发展的关系。③ 苏联汉学家苏霍鲁科夫也认为:"在他的作品里,'自己的'与'他人的','本国的'与'外国的','东方的'与'西方的','传统的'与'现代的',紧密交织,浑然一

---

① 蔡仲德:《冯友兰先生年谱初编》,河南人民出版社,1994 年,第 47 页。
② 闻一多:《英译李太白诗》,见《闻一多全集》第 6 卷,第 65 页。
③ 见《闻一多研究动态》第 17 期。

第三章 闻一多诗歌语言的来源及其转化

体。闻一多……不断注意使自己的诗始终保持民族特色,同时又大量吸收外国(英美)诗歌的精华,大胆吸取一切能对他有用的东西。"①总体来看,这些评价是准确的,但还需要具体分析。

如前所述,闻一多生活在奉行拿来主义的五四时期。在那个时代,引进西方文化和推行白话文学形成了共谋关系,而坚持文言文的人往往竭力维护中国的传统文化。在这种特殊的时代背景下,稍微激进一点的人往往成为前者,而守旧的人则倾向于后者。在这两大派别的斗争中,闻一多既不同意胡适的"全盘西化"和郭沫若的"欧化狂癖",也不赞同《学衡》的一味复古,他走的大致是一条中间道路,意在融合中西差异,超越新旧之争。也就是说,他不是新文化运动倡导者的同类,也不是异类,而是另类。他宣称:

> 有一桩事我们应当注意,就是我们谈到艺术的时候,应该把脑筋里原有的一个旧艺术底印象扫去,换上一个新的,理想的艺术底想象,这个艺术不是西方现有的艺术,更不是中国的偏枯腐朽的艺术底僵尸,乃是熔合两派底精华底结晶体。②

其后,他致力于提倡和创作新格律诗,并以新格律诗的形式翻译诗歌,这就是他心目中的"中西艺术结婚后产生的宁馨儿"。在文化激进的时代里,主张融合的新格律诗不可避免地会被视为保守之物。但是,随着时间的推移,新格律诗的优势便显示了出来,因为它既有继承传统文化的一面,又有吸收外来文化的另一面。这事实上正是文化激进主义以矫枉过正的方式最终达成的目标。新格律诗之所以经历了一个从被否定到逐渐被认可的过程,其原因正在于这种文化境遇的变迁。

这里把闻一多的文化观念大致分成三个时期:五四时期、留学美国时期和西南联大时期。五四时期大致与闻一多的清华求学时期

---

① [苏]苏霍鲁科夫:《闻一多诗歌中的民族传统与西方影响》,闻铭译,见《闻一多研究四十年》,季镇淮主编,清华大学出版社,1988年,第488—489页。
② 闻一多:《征求艺术专门的同业底呼声》,见《闻一多全集》第2卷,第15页。

(1912—1922)重叠,因而可以将闻一多的五四时期置换为清华求学时期。五四时期的闻一多大体上是被裹挟在文化激进的潮流之中的。仅以写诗而论,他此时放弃了旧体诗和文言文,转向写新诗和白话文,而且其新诗以自由体为主。在他发表的第一首新诗《西岸》中,表达了如下文化观念:"啊,这东岸底黑暗恰是那/西岸底光明底影子。"①在这里,东岸与西岸分别是东方文化与西方文化的象征。在闻一多看来,东岸是黑暗的,而西岸是光明的,身处黑暗中的诗人充满了对光明的向往。此诗无疑表明了他对西方文化的赞美和倾慕。闻一多此时之所以信奉基督教也是这个原因。在我看来,考察闻一多的文化观念必须和他的现实处境结合起来,因为他是个诗人,诗人就是生性敏感而善于想象的人。五四时期,闻一多生活在中国,他十分清楚当时中国的落后和黑暗,因而,有意在东西两岸之间"搭个桥",意在借助西方文化改善中国文化。而翻译正是这样一种搭桥的方式。他译的第一首白话诗是《雪片》,随后自己写了一首《雪》。这两首诗存在着一定联系。《雪片》的作者是 Mary Mapes Dooge,诗歌采用的是女子口吻,写雪片的降落过程:离开青天,经过树木,最后落在一个人的脸上。而《雪》拒绝这种再现语言,以一种富于想象力的抒情语言体现了男性的力量,以雪覆盖万物的情景表达了"再造生命"的主旨。其中引人注目的是"屋顶上的青烟""直上天堂迈往",这句诗明显得力于王维的"大漠孤烟直"。青烟是雪覆盖不住的,而且其方向是向上的,这就与译作中向下飘落的雪片形成了富于张力的对比关系:"离开了青天""轻轻地向前迈往"。由此可见,闻一多的诗歌不是对译作的简单模仿,而是一种别样的创造。

不过,早在赴美留学前夕,闻一多对西方文化的批判就已经开始了。严格地说,这种批判并非直接对西方文化的批判,而是对当时中国文化中的西方文化倾向的批判,即对清华这所预备留美学校的批判。在离开生活学习长达十年的清华前夕,闻一多写了一篇《美国化的清华》,将美国文化等同于物质文明,将东方文明视为"支那底国魂",表

---

① 闻一多:《西岸》,见《闻一多全集》第 1 卷,第 29 页。

第三章　闻一多诗歌语言的来源及其转化

达了"让我还是做我东方的'老憨'"的心愿。这预示了留学美国时期（1922—1925）的闻一多在文化观念上势必发生激变。当他置身于西方文化的现实场域，除了领略到西方文化的优势之外，感受更多的是种族歧视和文化冲突。来到美国之初，闻一多给父母写信说：

> 在国时从不知思家之真滋味，出国始觉得也，而在美国为尤甚，因美国政府虽与我亲善，彼之人民忤我特甚（彼称黄、黑、红种人为杂色人，蛮夷也，狗彘也）。呜呼，我堂堂华胄，有五千年之政教、礼俗、文学、美术，除不娴制造机械以为杀人掠财之用，我有何者多后于彼哉，而竟为彼所藐视、蹂躏，是可忍孰不可忍！①

闻一多在致家人的信中不只一次诉说这种境遇，种族歧视首先让他深刻地体验到中西文化的不平衡性和对立关系。闻一多留美后期参与发起了"大江会"，倡导"中华文化的国家主义"，大力宣扬民族文化。他一方面批评《女神》的欧化倾向，一方面在诗中大量运用典故和古诗词语，呈现出鲜明的复古倾向。② 而且此时他创作的不少诗歌就是文化冲突的产物。如《另一个支那人的回答》《长城下之哀歌》《洗衣歌》《我是中国人》等。不了解闻一多此时的文化观念，便不能真正理解他的这些诗歌。但是，如果认为他由于批判西方文化而完全排斥西方文化，那就大错而特错了。1925年3月，他给梁实秋写信说："着手撰著的文章有一篇《新民族的新诗》，是从民族主义底观点上论美国的新诗运动，又有一篇《印度女诗人——奈陀夫人》。奈陀夫人是印度国家主义底健将，在艺术上的成功亦不让太戈尔。"③印度与中国情形相似，不用多说。值得注意的是，尽管闻一多在美国受到歧视，但他仍然研究了美国的民族主义诗歌运动，这表明他并没有因为宣扬中国文化而把自

---

① 闻一多：《致父母亲》，见《闻一多全集》第12卷，第50页。
② 据陆耀东统计，闻一多"诗中化用的古诗词语多达数百个"。见《闻一多新诗与中国古代诗歌的联系》，《武汉大学学报》1999年第3期。
③ 闻一多：《致梁实秋》，见《闻一多全集》第12卷，第220页。可惜的是，这两篇文章未能保存下来，不知是否完成。

己完全封闭在中国文化或东方文化的区域里,而是注重借鉴一切民族发展的成功经验。

闻一多留美期间写了两首英语诗,但很少翻译,唯一一篇译作是拜伦的《希腊之群岛》,翻译时间是1925年初,1927年11月19日发表于《时事新报·文艺周刊》上。① 《希腊之群岛》意在召唤希腊人恢复古希腊的辉煌文化,表达了"这奴隶之邦不是我的家"的主旨。事实上,这是所有被欺凌的弱小民族的共同心声。从这首诗中不难看出闻一多此时的文化观念。

在我看来,回国之初的闻一多仍然延续了他留学时期的文化观念。正如他所说:"我决意归国后研究中国画并提倡恢复国画以推尊我国文化。"②事实上,他回国后并未研究中国绘画,他对西方文化的敌意也由于远离美国而逐渐化解,他在"大江"的活动也为期不长。在职业方面出现了许多机会,但又不断被失业所打断。从总体上看,此时的闻一多是个教师和编辑。由于和《晨报副刊》以及《新月》等报刊的关系密切,闻一多发表了大量诗作和译诗。1928年,对他是个转折点,这一年他出版了《死水》,其诗歌成就达到了顶点。也是在这一年,他决心转向中国古代文学研究。他的诗歌翻译也在一年后结束。从此以后,闻一多的文化观念进入了一个新阶段:西南联大时期。

理解闻一多后期文化观念有两篇重要文献:一篇是他写给臧克家的信,揭示了他对中国传统文化的态度;另一篇是《文学的历史动向》,谈中外文化的关系。这两篇文章均写作发表于1943年底。在致臧克家的信中,闻一多写道:"你不知道我在故纸堆中所做的工作是什么,它的目的何在……从青岛时代起,经过了十几年,到现在,我的'文章'才渐渐上题了。……你诬枉了我,当我是一个蠹虫,不晓得我是杀蠹的芸香。"③"杀蠹的芸香"表明闻一多研究中国传统文化是为了批判中国

---

① 1925年1月11日,闻一多致信梁实秋:"拙译《希腊之群岛》想亦可充《大江》篇幅。"表明当时此诗已译好。梁实秋提到闻一多同时还译有拜伦的《希腊之幽囚》,其译文不见于全集。
② 闻一多:《致梁实秋》,见《闻一多全集》第12卷,第215页。
③ 闻一多:《致臧克家》,见《闻一多全集》第12卷,第380—381页。

第三章　闻一多诗歌语言的来源及其转化

传统文化,这就是他十余年钻故纸堆的最终目的。从《龙凤》到《关于儒·道·匪》,从《新文艺和文学遗产》到《战后文艺的道路》,如此等等,闻一多认为中国文化无非是奴隶道德,匪盗文化。他后期对中国传统文化的批判是尖锐的,但也是片面的。之所以出现这种情况,是由现实处境和他力图干预现实的抉择造成的。由于当时中国社会极度黑暗,闻一多试图从传统文化的角度挖掘其根源。他对中国传统文化的批判其实是为当时的现实斗争服务的,他对中国传统文化的批判其实就是对当时社会现实的批判。在我看来,这种批判和他的战时文艺观念一样属于战时批判,既具有鲜明的现实针对性,甚至很有战斗性,但终归是一种权宜之计,而且由于他和现实过于贴近而丧失了全面批评中国文化的视角和可能。正如许芥昱所说:"当时的空气既然是那么激动,闻一多写这些政治文章跟演讲的时候又那样的匆忙,没有仔细推敲,结果这些文章里反应出的多半是一些情感的冲动,没有精密的分析。他用了好些当时流行的口头禅,信手拈来的比喻,政治上有偏见的名词。还下了些很武断的结论。"[①]但是,尽管在这种情况下,闻一多仍然坚持借鉴国外文化,并提出"予受并重"的观念。他说:

> 四个文化同时出发,三个文化都转了手,有的转给近亲,有的转给外人,主人自己却都没落了,那许是因为他们都只勇于"予"而怯于"受"。中国是勇于"予"而不太怯于"受"的,所以,还是自己的文化的主人,然而也仅仅免于没落的劫运而已。为文化的主人打算,"取"不比"予"还重要吗?所以仅仅不怯于"受"是不够的,要真正勇于"受"。[②]

这里的"受"就是接受外来文化的意思,"取"显得更积极更主动,接近于鲁迅所说的"拿来主义";而"予"则是文化输出,"予(取)受并重"意味着既受外来文化影响又影响外族文化,这无疑是一种完善的文化观

---

① 许芥昱:《新诗的开路人——闻一多》,卓以玉译,波文书局,1982年,第180页。
② 闻一多:《文化的历史动向》,见《闻一多全集》第10卷,第21页。

念。而且,由于身处黑暗的中国,这种现实处境不能不使闻一多再次感到西方文化的魅力。他认为西方社会是民主的,而当时的中国只有专制和独裁:"假使在英美的社会,作家自己如果不做民主的战士,由于社会周围充满了民主的空气,作家也许可以用观察来弥补。在中国缺乏这种空气,自己不做便体验不着,观察不到。"①很显然,当时的中国急需这种民主精神,而闻一多本人就是一个勇于"受"的人。从1944年开始,他用自己的行动和热血在没有民主的国度里谱写了一曲追求民主的悲歌。

闻一多去世前曾建议大学文学系和语言学系分开。这也是符合当时语言学发展的一种论断。特别是考虑到20世纪哲学的语言学转向,更可以看出闻一多的判断有一定的先见性。他说:

> 中国要近代化。我们要继续大革命后封建反帝国主义的努力,不复古,也不媚外。这是新中国的开端。文学应配合我们的政治经济及一般文化的动向,所谓国情的,自主的接受本国文化的与吸收西方文化。说文学是精粹的语言,等于说文学是修辞学,偏重形式,是错误的。我们要放大眼光。建设本国文学的研究与批评,及创造新中国的文学,是我们的目标;采用旧的,介绍新的,是我们的手段。要批判的接受,有计划的介绍,要中西兼通。②

闻一多后期没有翻译外国诗歌,但他曾和联大教授、英国作家白英(Robert Payne)试图将中国新诗译成英语,可以说这是一件勇于"予"的活动。在给臧克家的信中,他写道:"新闻的报道似乎不大准确。不是《抗战诗选》,而是作为二千五百年全部文学名著选中的一部分的整个《新诗选》。也不仅是'选'而是选与译——一部将在八个月后在英、

---

① 闻一多:《论文艺的民主问题》,见《闻一多全集》第 2 卷,第 225 页。
② 闻一多:《调整大学文学院中国文学外国语文学二系机构刍议》,见《闻一多全集》第 2 卷,第 440 页。

美同时出版的《中国新诗选译》(译的部分同一位英国朋友合作)。"①这个译本1947年出版于伦敦,书名是《中国当代诗选》,篇首印着"为了悼念闻一多"。②

纵观闻一多三个时期的文化观念,五四时期,他热爱并继承中国传统文化,同时向往并学习西方文化;留学美国时期,倾向于批判和抵制西方文化,回归并宣扬东方文化;西南联大时期,以批判中国传统文化代替对黑暗现实的批判,并对以民主为核心的西方文化充满了向往之情。总体而言,闻一多的文化观念虽然不乏偏激之处,但整体上是健全的、开放的、流动的。通过考察闻一多的文化观念不难看出,文化观念与现实语境之间始终存在着互补与调节的张力关系,即使现实语境不能完全决定一个人的文化观念,至少也是孕育文化观念的土壤。因此,每种文化观念其实都是现实语境的产物,因而它也必然会随着现实语境的变化而变化。

第二节 闻一多诗歌语言的中国血脉

一 "赋比兴"语言及其现代转化

中国古代诗歌语言可供讨论之处极多,这里只能抓住一点,从"赋比兴"说起。《诗经》既然是中国诗歌的源头,自然也是中国诗歌语言的起点。《诗经》对中国诗歌贡献最大、影响最深的是"赋比兴"。"赋比兴"也奠定了中国诗歌语言的优良传统。因此,历代的相关研究层出不穷。

"赋比兴"最早出现于《周礼·春官宗伯第三》:"教六诗,曰风,曰赋,曰比,曰兴,曰雅,曰颂;以六德为之本,以六律为之音。"在这里,"赋""比""兴"是三种诗体的名字,排在"风"与"雅""颂"之间。在《毛诗大序》中,"六诗"被称为"六义":"故诗有六义焉:一曰风,二曰

---

① 闻一多:《致臧克家》,见《闻一多全集》第2卷,第381页。
② 张小怿:《诗人·学者·战士》,见《闻一多纪念文集》,三联书店,1980年,第248页。

赋,三曰比,四曰兴,五曰雅,六曰颂。"①但《毛诗大序》只解释了"风雅颂",却对"赋比兴"不置一词。与之相反,钟嵘(466?—518)单独将"赋比兴"拿出来讨论,并把它们视为创作方法:

> 故诗有三义,一曰兴,二曰比,三曰赋,文有尽意有余,兴也;因物喻志,比也,直书其事,寓言写物,赋也。宏斯三义,酌而用之。干之以风力,润之以丹彩,使味之者无极,闻之者动心,是诗之至也。②

在"三义"中,钟嵘最重视"兴",把它排在了第一位,但他对"兴"的解释有些抽象,至少不如"比"和"赋"那样具体,因而不易把握和操作。在他看来,"兴"就是"文"与"意"之间的关系,"文"即诗歌语言,"意"即诗歌语言的意义。当"意"溢出"文"时,便达到了"兴"的效果。"文"与"意"的关系其实就是词与心的关系,由此可见,"兴"是一种抒情语言。要做到"文有尽意有余",就得借助诗歌语言的内在含义和言外之意,以及语言在特定语境中的新意和高明的语言组合才能达到目的。"比"是找到"物"与"志"的相似之处,为象征语言;"赋"是直接叙事或状物,是再现语言。钟嵘认为写诗应兼采三者之长,使诗歌深浅适度,既不晦涩也不浅薄:"若专用比兴,患在意深,意深则词踬。若但用赋体,患在意浮,意浮则文散,嬉成流移,文无止泊,有芜漫之累矣。"后来,宋代的郑樵延续了钟嵘的思路,提出"兴""以声为主"的观点:"夫诗之本在声,而声之本在兴,鸟兽草木乃发兴之本。汉儒之言诗者,既不论声,又不知兴,故鸟兽草木之学废矣。若曰'关关雎鸠,在河之洲',不识雎鸠,则安知河洲之趣与关关之声乎?"③郑樵将"兴"归结为"声",明确揭示了"兴"是一种抒情语言。

宋人李仲蒙(1019?—1069)认为:"叙物以言情谓之赋,情物尽者

---

① 《毛诗大序》,见《中国历代文论精选》,张少康主编,北京大学出版社,2003年,第29页。
② 钟嵘:《诗品序》,见《中国历代文论精选》,张少康主编,第118页。
③ 陈丽宏:《赋比兴的现代阐释》,中国美术学院出版社,2002年,第17页。

第三章 闻一多诗歌语言的来源及其转化

也;索物以托情谓之比,情附物者也;触物以起情谓之兴,物动情者也。"① 这段话分别从"叙物""索物"和"触物"的角度来解释"赋""比""兴",最后都归结到"情"字上面,但"赋"是"言"情,"比"是"托"情,"兴"是"起"情。"言"即表达,比较直接;后两种则比较复杂,"托"即寄托,由表及里,可深可浅;"起"是引起,由此及彼,可近可远。也就是说,尽管"赋比兴"手法各异,但最终目的都是为了表达感情。很显然,李仲蒙的解释侧重于"赋比兴"的精神。相对来说,朱熹(1130—1200?)对"赋比兴"的解释影响最大。他认为:"赋者,敷陈其事而直言之者也。""比者,以彼物比此物也。""兴者,先言他物以引起所咏之辞也。"② 这几句话简明扼要,非常经典。从总体上来看,朱熹与钟嵘对"比"的解释大体一致,对"赋"的解释比较接近。差别较大的是"兴",朱熹认为"兴"就是"先言他物以引起所咏之辞",这个解释比"文有尽意有余"更加具体,而且便于领会和操作。在我看来,朱熹对"赋比兴"的解释侧重于诗歌语言,这一点从他对"赋"与"兴"的解释看得十分清楚。由此可见,"赋比兴"最初是一种诗歌体裁,后来被视为创作方法,最终逐渐被纳入诗歌语言的范畴。

闻一多的《诗经》研究成果十分丰富③,本书仅对他的"赋比兴"语言研究略做梳理。作为诗人,闻一多重视暗示性强的语言,因而他较少谈到"赋",却对"比兴"做了大量的细致分析和深入探讨。其分析表明:"比兴"语言往往牵涉被压抑的感情意识,或者说是体现被禁止的社会文化现象的一种方式。简捷地说,由于和感情甚至性欲关系密切,"比兴"语言中有相当一部分是对性观念的曲折表达。闻一多说:"凡是诗人想到那种令人害羞的事体,想讲出来,而又不敢明讲,他就制造一种谜语填进去,让读者自己去猜——换言之,那就是所谓隐喻的表现

---

① 同上书,第19页。
② 《诗经集传》,朱熹注,上海古籍出版社,1987年,第1—3页。
③ 据悉,《闻一多全集》的缺佚篇目达102篇,其中与《诗经》有关的篇目为14篇,和本论题关系密切的大致有《说兴》(12页)、《比兴》(8页)、《风诗中的代语》(8页)等。见《闻一多研究动态》第2期。

方法。"① 在《诗经的性欲观》中，闻一多将《诗经》表现性欲的方式分为五种：

> （一）明言性交，（二）隐喻性交，（三）暗示性交，（四）联想性交，（五）象征性交。明言用不着解释。隐喻和暗示的分别，前者是说了性交，但是用譬喻的方法说出的，后者是只说性交前后的情形，或其背影，不说性交，让读者自己去想象。联想又有点不同，是无意的说到和性交有关系的事物，读者不由得要联想到性交一类的事。象征的说到性交，简直是出于潜意识的主动，和无意识的又不同了。②

按照闻一多的分类，"明言性交"显然属于"赋"；"隐喻性交"和"象征性交"属于"比"；"暗示性交"和"联想性交"属于"兴"。在《风诗类钞》的《序例提纲》里，闻一多给自己规定的一个工作是缩短《诗经》与读者之间的距离："用语体文将《诗经》移至读者的时代"，并用考古学、民俗学和语言学的方法"把读者带到《诗经》的时代"。③ 正是秉着这种精神，他对《野有蔓草》中的"赋"语言（"明言性交"）做了如下的精彩分析：

> 你可以想象到了夜深，露珠渐渐缀满了草地，草是初春的嫩芽，摸上去，满是清新的凉意。有的找到了一个僻静的岩下，有的选上了一个幽暗的树阴。一对对的都坐下了，躺下了，嚓哓的笑声变成了低微的絮语，絮语又渐渐消灭在寂静里，仿佛雪花消灭在海上。他们的灵魂也消灭了，这个灵魂消灭在那个灵魂里。停了半天，他才叹一声："适我愿兮！""与子偕臧"也许是她的回答。没有问题，《野有蔓草》一诗，从头到尾，都是写实的。④

---

① 闻一多：《诗经的性欲观》，见《闻一多全集》第3卷，第180页。
② 同上书，第170页。
③ 闻一多：《风诗类钞甲》，见《闻一多全集》第4卷，第457页。
④ 闻一多：《诗经的性欲观》，见《闻一多全集》第3卷，第172页。

第三章　闻一多诗歌语言的来源及其转化

在"比"语言("隐喻性交")方面,闻一多归纳了许多与性交有关的象征物,如"虹""风""云""雨""笱""罶"等。所谓"暗示性交",他主要是从烘托的角度而言的:"有一种作品,不必明白的谈到性交,但是烘云托月的写来,刺激性还来得更强烈。"①关于"联想性交",闻一多举的例子是《鸡鸣》:"至于齐风的《鸡鸣》形容一个国王的好色,不讲别的,偏挑出早上起床时那一段来描写,尤其容易联想起性交。"②在"象征性交"方面,闻一多却只举例不发挥,而且例子从先秦一下子滑入了唐朝,有卖弄材料的嫌疑。很显然,他的这个分类是不严谨的,至少有一定的随意性。最明显的问题是,他分析"隐喻性交"时一再用到"象征"这个词,分析"象征性交"时却毫无解释,只强调这种写法出自诗人的潜意识。我认为分类混乱的原因在于闻一多对"比兴"语言的理论把握还不够成熟。事实上,隐喻是一种修辞方法,揭示两种事物的局部相似或细节相似,只限于一个句子;象征是一种表现手法,通常用一篇文章揭示两种事物的相似,侧重于整体性。

在中国古代文学批评中,"比兴"语言往往联系在一起,甚至难解难分。为了对照中西诗学的异同,闻一多借助了"隐语"(简称为"隐")这个概念。他认为"隐"就是西方的"象征",而在中国诗歌里,"隐"是由"象"和"兴"体现出来的:

> 隐在《六经》中,相当于《易》的"象"和《诗》的"兴"(喻不用讲,是《诗》的"比")。西洋人所谓意象,象征,都是同类的东西,而用中国术语说来,实在都是隐。③

在这里,闻一多把"隐"与"兴"(象征)、"喻"与"比"对应了起来。要判断这个比较是否成立,必须了解他对"隐"和"喻"的区分。闻一多的解释是:"隐语古人只称作隐(䜌),他的手段和喻一样,而目的完全相反,

---

① 闻一多:《诗经的性欲观》,见《闻一多全集》第3卷,第185页。
② 同上书,第172页。
③ 闻一多:《说鱼》,见《闻一多全集》第3卷,第231—232页。

喻训晓,是借另一事物来把本来说不明白的说得明白点;隐训藏,是借另一个事物来把本来可以说得明白的说得不明白点。"①由此来看,"隐"就是使事物含蓄化,"喻"就是使事物明朗化。如果把它们置换成"比"和"兴",即"兴"就是使事物含蓄化,"比"就是使事物明朗化。这个判断显然偏离了钟嵘和朱熹的观点。不过,闻一多特别提到"隐"和"喻"是经常被混淆的,并为此做了辩解,认为二者"手段和效果皆同,不同的只是目的,同的占了三分之二",因而常常被人混淆。也许这正是导致此文分类混乱的原因。在我看来,"比"和"喻"显然是对应的,因为"比"语言显然建立在相似性的基础上。问题的症结在于"隐"和"兴"。在现存的闻一多作品中,尚未见到他对"兴"的直接解释。不过,他发现《诗经》中有许多以鸟起兴的作品,他认为这与图腾意识有关:

  《三百篇》中以鸟起兴者,不可胜计,其基本观点,疑亦导源于图腾。歌谣中称鸟者,在歌者之心理,最初本只自视为鸟,则图腾意识之残余。历时愈久,图腾意识愈淡,而修词意味愈浓,乃以各种鸟类不同的属性分别代表人类的各种习性。上揭诸诗以鸠为女性之象征,即其一例也。②

  在闻一多看来,以鸟性代表人性就是"兴",就是"象征"。其实这并非单纯的"兴",而是"比兴",或者说是"兴中有比",即以"性至谨慤,而尤笃于伉俪之情"的鸠象征贞洁的妇女。事实上,《诗经》中的"比兴"往往是一体化的,其结果是"兴"被整合于"比"中,出现明喻、暗喻、借喻和转喻等多种形式。单纯的"比"即明喻,"兴"中有"比"即隐喻或暗喻,隐语和廋语都属于此类,并与西方的"象征"构成对应关系;而代语则属于借喻,此外还有转喻。如闻一多认为"芣苢"就是"胚胎",二者古音相同,系双关的隐语;"鱼"就是"匹偶"或"情侣"的隐

---

① 闻一多:《说鱼》,见《闻一多全集》第 3 卷,第 231—232 页。
② 闻一多:《诗经通义甲》,见《闻一多全集》第 3 卷,第 293 页。

第三章 闻一多诗歌语言的来源及其转化

语,并由此形成了一个象征系列:"打鱼""钓鱼"是求偶的隐语,"烹鱼""吃鱼"喻合欢或结配。另一组形成转喻的比兴语言是"食":"食"是性的隐语,"饥"是大欲未遂,"饱"是欲望满足。由此可见,单纯的"兴"并非象征,也不能与象征构成对应关系。

如果说"比"的特点是相似性,那么,"兴"注重的则是相关性,是实现诗歌由此及彼、由实及虚的重要途径。因此,后来从"兴"中发展出"兴感"(王羲之《兰亭序》)、"兴寄"(陈子昂《与东方左史虬修竹篇序》)、"兴象"(殷璠《河岳英灵集》)和"兴趣"(严羽《沧浪诗话》)等多种说法。大体上,"兴感"对应的是抒情语言,"兴寄"对应的是象征语言,"兴象"对应的是再现语言,"兴趣"对应的是智性语言。这些语言侧重点不同,感情融入的程度也多少有别,但对于一首好诗来说,感情的兴起和渗透都是不可或缺的。完全可以说,正是"兴"奠定了中国诗歌的抒情传统,并由此形成了借景抒情和托物言志等艺术手法,在虚实结合的氛围中增强了诗歌语言的表现力。

值得注意的是,闻一多在分析《诗经》文本时,还用当代民歌来揭示"比兴"语言的连续性和强大魅力。如这首流传于桂平的《板傜情歌》:

  壁上画马求麒麟,漂亮情妹邪死人,
  好似鲤鱼浮水面,邪死一河两岸人。①

总之,在闻一多看来,"比兴"语言是复杂的,也是富于魔力的,其魔力来自对困难的克服以及对秘密的揭示。他本人的诗歌之所以注重抒情语言("兴")和象征语言("比兴"),就是由于这个道理。这里以他的几首小诗为例加以简析:

  他在夕阳底红纱灯下站着,
  他扭着颈子望着你,

---

① 闻一多:《说鱼》,见《闻一多全集》第3卷,第237页。

> 他散开了藏着金色圆眼的,
> 海绿色的花翎——一层层的花翎。
> 他像是金谷园里的
> 一只只开屏的孔雀罢?①

这首《稚松》除了最后一句是"比"之外,前四句主要是"赋"语言(再现语言),但写得非常活泼,因为诗人把小松树拟人化了——本来是人看树,却被诗人写成了树望人,而且,诗人特地把小松树放在黄昏时分,让夕阳的红(被比成了"红纱灯")照射在树枝的金色(圆形,被比成了"眼")和海绿色(长形,被比成了"花翎")上。在诗歌中,"赋"语言只是个前提,还有待于和诗人的感情结合在一起,这正是诗中不断出现"比"的原因。否则,一首诗无论描摹得多么逼真也无神韵可言。

> 这里都是君王底
> 樱桃艳嘴的小孩童:
> 有的唱出一颗灿烂的明星,
> 唱不出的,都折成两片枯骨。②

《火柴》这首诗用的主要是"比"语言(象征语言),诗人把一根根火柴比成一个个小孩,把划出的光亮比成明星,把折断的火柴比成枯骨,从整体上形成了一首象征诗。

> 在雪黯风骄的严冬里,
> 忽然出了一颗红日;
> 在心灰意冷的情绪里,
> 忽然起了一阵相思——

---

① 闻一多:《稚松》,见《闻一多全集》第1卷,第104—105页。
② 闻一多:《火柴》,见《闻一多全集》第1卷,第84页。

这都是我没料定的。①

这是《红豆》的第十六首,它利用了"兴"的手法,而且"兴"中有"比",以阴暗严冬的日出引出灰冷情绪中的相思,阴暗的严冬象征灰冷的情绪,红日象征相思,背景与主体都形成了对应关系,颇见功力。事实上,除了民歌,新诗中已很少使用"兴"的手法了,但"兴"语言还大量保留着:

> 我心头有一幅旌旆
> 没有风时自然摇摆;
> 我这幅抖颤的心旌
> 上面有五样的色彩。②

《爱国的心》全诗两节,各四行,这是第一节。表面上看,这几句诗写的是国旗,但并非"赋"语言,因为这幅旗并非飘动在自然界,而是摇摆在诗人心头,这一背景的改变使全诗成为强烈的抒情语言。

二 从律诗到新格律诗

除了对中国传统诗歌语言的继承之外,闻一多诗学最突出的特色是诗体建设,这也是闻一多诗学和中国传统诗学联系最密切的环节之一。返观历史,诗歌的鼎盛总是由特定的诗体体现出来的:唐代的律诗与绝句,宋代的词,元代的曲。就此而言,拥有稳定的诗体是一个时代诗歌成熟的标志。五四新诗的特点恰恰是由诗体大解放造成的诗体混乱,闻一多对这种状况十分不满,因而他成为建设新诗诗体最有代表性的诗人之一。尽管当时不只一个人意识到了新诗诗体建设问题,但是像闻一多这样既有主张又有创作,并将二者结合起来产生极大影响的作家还是少见的。

所谓诗体,就是诗歌在语言、结构、韵律等方面相对稳固的特定组

---

① 闻一多:《红豆·十六》,见《闻一多全集》第1卷,第112页。
② 闻一多:《爱国的心》,见《闻一多全集》第1卷,第236页。

织。闻一多认为中国古代诗体最成熟的是律诗。他对律诗的定义是："律诗是一种短练,紧凑,整齐,精严的抒情体的,合乎一种定格之平仄的五言或七言八句四韵或五韵诗——中间四句必为对仗。"① 律诗是一种抒情诗,其结构特点是八句四联,各联的关系是起承转合,中间两联必须对仗;在韵律方面讲究平仄和押韵(四韵或五韵)。律诗之所以是八句,闻一多解释说:"律诗八句为一章,取数之八,又非无谓。盖均齐为中国艺术之特质,八之为数,最均齐之数也。"②

古人认为:"凡存诸心曰志,志之所之曰情,情发于声曰音,音之最雅者曰诗。"③由此可见,诗歌是声音的艺术,而诗歌的声音永远是结构中的声音。律诗以"律"为名,表明它最注重的是声音。就此而言,律诗的结构其实是声音的结构,律诗是聚集声音(即最直接的感情)的容器,这也是它具有强大抒情魅力的原因。因此,体会诗歌的声音必须在一定诗体中去体会,否则便无意义。律诗的形成之所以历时漫长,就是因为律诗结构中的声音不易协调:"律诗之发展,丝变毫移。其始也,有句底组织,有章底组织,亦有句底声调,有节底声调,有章底声调,或隔代备体,或殊方创格;然后后起者掇拾前法,拼缀众制,初犹彼备此缺,前洽后乖,继乃渐臻纯粹,以成律体;正如沙中和丸,愈转愈大,愈转愈圆也。"④

尽管闻一多身处一个诗体语言剧烈变革的时代,但他仍然对律诗做了高度评价,甚至是最高的评价,认为律诗最能代表"中国诗底真精神","历万代而不泯"。然而,在新诗的初创期,律诗遭到了前所未有的围攻:"如今做新诗的莫不痛诋旧诗之缚束,而其指摘律诗,则尤体无完肤。"面对来自时代的压力,已经宣布要写新诗的闻一多仍然坚持认为律诗具有最高的鉴赏价值和研究价值。总体而言,他研究律诗是为了在新诗中重建格律,甚至认为兴之所至可以"偶尔为之"。闻一多的律诗现存十九首,其中七律占十五首。在《蜜月著〈律诗底研究〉,稿

---

① 闻一多:《律诗底研究》,《闻一多全集》第10卷,第131页。
② 同上书,第144—145页。
③ [清]张潜:《〈诗法醒言〉说》,见《诗法醒言》,梁颂成点校,未刊本。
④ 闻一多:《律诗底研究》,《闻一多全集》第10卷,第138—139页。

第三章 闻一多诗歌语言的来源及其转化

脱赋感》中有"手假研诗方剖旧,眼光烛道故疑西"之句,揭示了他此时研究律诗的心理动机。《释疑》写于美国,其中有"神州不乏他山石,李杜光芒万丈长"之句,表明了他回归中国诗歌传统的决心。其余七律皆为写新诗前所作:《夜泊汉口,将发,遇同学王君》《漫书》《答浦瑞堂三首》《感事》《入都留题二月庐二首选一》《夜作,风雨雷电交至,懔然赋此》《上海寄驷弟》《自言子文学书院射圃进谒言子墓》《维摩寺》和《清封恭人南母裴恭人五十寿诗五首录二》等十三首。此外,还有五律四首:《晚步湖上》《夜雨》《初起》和《登昭明读书台》。

　　与律诗写作相比,闻一多更有价值的工作是在新诗中重建格律。闻一多意识到抛弃律诗就意味着抛弃中国诗人在律诗中长期积累的声音经验,这其实是诗歌的精华,抛弃了十分可惜。对新诗的观察更增强了他这种认识,他指出郭沫若的《女神》接近译作:"……谓为输入西方艺术以为创倡中国新诗之资料则不可,认为正式的新体中国诗,则未敢附和。盖郭君特中人而西语耳。不知者或将疑其作为译品。"并向他提出如下建议:"为郭君计,当细读律诗,取其不见于西诗中之原质,即中国艺术之特质,以熔入其作品中,然后吾必其结果必更大有可观者。"①值得注意的是"正式的新体中国诗"这个提法,它既强调"新体",更强调"中国",由此可见,闻一多从这时起就有意将律诗熔入新诗了,其目的就是为了继承律诗结构中的韵律这个优势:在结构章法方面更好地传达声音的跳跃和连续,在韵律安排方面讲究声音的相互呼应与整体和谐。事实上,闻一多的新格律诗并非完全来自律诗,还吸收了英国格律诗的特点,尤其是"音尺"的概念。有学者认为:"闻一多的贡献在于,当'革命派'要打破一切诗歌格律时,他对格律形式给予了明确的肯定;当'守旧派'要保存旧诗固有的格律时,他对格律形式进行了彻底革新。"②这个概括很周全,因为人们大多关注前一点,往往忽略后一点,因而不能真正理解闻一多所说的"熔入"之意。他的态度之

---

① 闻一多:《律诗底研究》,见《闻一多全集》第10卷,第166页。"则不可"中的"不"似应删去,最后一个"其"字前疑缺一"知"字。
② 林植汉:《论闻一多对新诗发展的贡献》,见《闻一多研究四十年》,季镇淮主编,清华大学出版社,1988年,第229页。

所以如此明确而稳健,是因为此时他已经形成了自己的诗歌信念:第一,诗体要改革,第二,诗体改革并不否定旧诗体的价值。用他的话说就是:

> 夫文学诚当因时代以变体;且处此二十世纪,文学尤当含有世界底气味;故今之参借西法以改革诗体者,吾不得不许为卓见。但改来改去,你总是改革,不是摈弃中诗而代以西诗。所以当改者则改之,其当存之中国艺术之特质则不可没。
>
> 新文学兴后,旧文学亦可并存。①

诗体变革不仅要借鉴西诗,还要保存并继承中国传统诗歌的精粹,即律诗;不同诗体之间并非线性替代关系,而是可以同时并存的。这也许是新诗首次遭遇的有力纠正。早在 1921 年 5 月,闻一多就在《〈冬夜〉评论》中指出:"尤其在今日,我很怀疑诗神踏入的不是一条迷途,所以更不忍不厉颜正色,唤他赶早回头。……早些儿讲是枉费精力,晚些儿呢,又恐怕来不及了;只有今日恰是时候。"②尽管这些话针对的是民众艺术,但从中不难看出闻一多当时对新诗的态度。即使写《律诗底研究》时,闻一多只有二十三岁,是个在蜜月中等待赴美留学的青年人,尽管此时他并非著名诗人,也不是专家学者,尽管这篇文章既未完稿,也未发表,但面对"今之新诗体格日西"的倾向,闻一多以对新诗高度负责的态度和富于勇气、敏锐辩证的批评精神做出了独特的思考和判断。此文的基本材料和观点后来被写入《诗的格律》和《〈女神〉之地方色彩》,成为他最有分量的两篇文章。

在新诗中重建格律促成了新格律诗的诞生,其核心是诗歌的"建筑美"。也就是说,新格律诗意在吸取律诗的韵律美,并增强诗歌的形体美。在闻一多看来,诗歌的形体(富于外在节奏的视觉美)和韵律(具有内在节奏的听觉美)是一体的,所谓"没有格式,也就没有节的匀

---

① 闻一多:《律诗底研究》,见《闻一多全集》第 10 卷,第 166 页。
② 闻一多:《〈冬夜〉评论》,见《闻一多全集》第 2 卷,第 62 页。

第三章　闻一多诗歌语言的来源及其转化

称,没有音尺,也就没有句的均齐"①。由此可见,诗歌的韵律生成于诗歌的形体中,并在形体中得以呈现。这位新诗的赋形者引用基耀的话说:"理想的诗(专指其声律讲)可以释为一切情感的思想所必造的形体。"②不提别的,押韵就能说明问题。所谓押韵绝非某个字本身的问题,也不仅是每行诗最后一个字的韵母是否相同的问题,而是全诗中每个字的声音是否和谐的问题。因此,如何在新诗中形成一个类似于律诗的新诗体就成了问题的关键所在。对此,闻一多的回答是诗歌要有"建筑的美",要有像律诗那样均齐的形式,以便在一个简练、紧凑、整齐而精严的形体中更好地安排声音。当然,新格律诗的结构和韵律都不如律诗那么复杂严格,只要诗句大致整齐,韵律基本和谐就行了。就像词一样有不同的词牌,可以根据表达感情的需要任意选择。但是,新诗比词更自由,因为它不仅体式多样,而且可以根据表达的需要随时构造:

> 做律诗,无论你的题材是什么,意境是什么,你非得把它挤进这一种规定的格式里去不可,仿佛不拘是男人,女人,大人,小孩,非得穿一种样式的衣服不可。但是新诗的格式是相体裁衣。例如《采莲曲》的格式决不能用来写《昭君出塞》,《铁道行》的格式决不能用来写《最后的坚决》,《三月十八日》的格式决不能用来写《寻找》。在这几首诗里面,谁能指出一首内容与格式,或精神与形体不调和的诗来,我倒愿意听听他的理由。③

值得注意的是,多年以后,孙大雨(1905—1997)著文声称他是第一个写新格律诗的诗人。他以愤愤不平的语气写道:

---

①　闻一多:《诗的格律》,见《闻一多全集》第2卷,第140页。
②　闻一多:《律诗底研究》,见《闻一多全集》第10卷,第156—157页。
③　闻一多:《诗的格律》,见《闻一多全集》第2卷,第141—142页。《采莲曲》与《昭君出塞》是朱湘的诗歌,《铁道行》和《最后的坚决》是刘梦苇的诗歌,《三月十八日》和《寻找》是饶孟侃的诗歌。

为新诗赋形

1925年夏天,我在清华学校毕业后,根据学校当时的新规定,申请暂不到美国去留学,耽在国内一年,对于我国的文化和社会加深点接触和认识。我到浙江海上普陀山佛寺客舍里去住了两个来月,想寻找出一个新诗所未曾而应该建立的格律制度。结果被我找到,可说建立了起来,我写得了新诗里第一首有意识的格律诗,并且是一首贝屈拉克体的商乃诗。翌年1926年4月10日发表在北京《晨报·诗镌》上。而闻一多在4月15日的《晨报·诗镌》上发表他的第一首格律诗《死水》是在五天之后,不是有人在1979年说闻一多在"半世纪以前",而我在"四十年前"发表新诗中最早的有意识的格律诗吗?事实上还是我在前。①

现在看来,当时确有一批人在探索新诗的另一种可能,并尝试性地写新格律诗。孙大雨特别强调他的格律诗是一首商乃诗,表明它和西方诗歌的渊源关系。至于写新格律诗的第一人,公认是刘梦苇(1900—1929),即《铁道行》的作者。在《刘梦苇与新诗的形式运动》中,朱湘最早为他做了辩护:

> 这个运动的来源很久。音韵从胡适起就一直采用的。诗行方面,陆志韦的《渡河》当中就有字数划一的诗。关于诗章,郭沫若很早已经努力了。不过综合这三方面而能一贯的作出最初的成绩来的,那却要推梦苇。我还记得,当时梦苇在报纸上发表的《宝剑底悲歌》,立刻告诉闻一多,引起他对此诗形式上的注意。后来我又向闻一多极力称赞梦苇的《孤鸿》中序诗的形式音节,以后闻一多同我们在这一方面下了点功夫,《诗镌》办了以后,大家都这样作了。②

---

① 孙大雨:《我与诗》,最早发表于《新民晚报》(1989年2月21日),见《孙大雨诗文集》,孙近仁编,河北教育出版社,1996年,第314页。在《格律体新诗的起源》中,孙大雨还说他是最早提出"音组"的人。见《文艺争鸣》1992年第5期。

② 朱湘:《刘梦苇与新诗的形式运动》,见《闻一多与饶孟侃》,王锦厚著,电子科技大学出版社,1999年,第124页。

第三章　闻一多诗歌语言的来源及其转化

《宝剑底悲歌》发表于1925年8月28日的《晨报副刊·新少年旬刊》。该诗在诗意上和闻一多的《剑匣》有接近之处，但形式比较精严：全诗八节，每节六行，每行十个字。每节二、四、六行押韵，确实有一种"建筑的美"。闻一多本来就有写格律诗的愿望，在刘梦苇的启发下，他的诗歌愈来愈倾向于整齐了。

黄昏是闻一多最喜欢的题材之一，在《真我集》《红烛》和《死水》中都有写黄昏的诗。尽管这三首诗并非闻一多的重要作品，但它们可以揭示闻一多从自由诗到新格律诗的转变过程。《真我集》中的《黄昏》被收入《红烛》后，闻一多从形式上做了一些修改，目的是使诗句整齐一些。试看第一节：

> 太阳辛苦了一天，
> 赚得一个平安的黄昏，
> 喜得满面通红，
> 一气直往山洼里狂奔。①

在《真我集》中，这四行原来是两行，而且没有分节。在《红烛》中，闻一多删掉了第二行前面的"才"字，在第四行前增加了"一气"二字，并把"向"改成了"往"。其实这些修改都无关大局。最有效的是，闻一多把它重新分行，而且使它独立成节，在诗体上略有改观。在《死水》中，闻一多又写到黄昏：

> 黄昏是一头迟笨的黑牛，
> 一步一步的走下了西山；
> 不许把城门关锁得太早，
> 总要等黑牛走进了城圈。②

---

① 闻一多：《黄昏》，见《闻一多全集》第2卷，第36页。
② 同上书，第148页。

这首诗共两节,每节四行,每行十个字,这是第一节。在诗意上,大致都是描述黄昏的来临;在修辞上,原来的拟人变成了比喻,感情不再那么热烈奔放;在句式上,散乱变得整齐,感情不但得到了表达,而且受到了节制。

总体来说,闻一多的意义并不在于他是否是写新格律诗的第一人,但他凭借自己的创作才华和理论修养成为这个流派的代表人物,这是谁也无法否认的。当然,闻一多那一代诗人并未完成新格律诗体的建设,他们只是一个开始。正如律诗是数代诗人努力的结果一样,建立新格律诗体也需要一个漫长的过程。

三 意象采集和故事新编

除了诗歌语言和诗体之外,闻一多的诗歌创作在内容(诗歌语言的意义方面)上与中国诗歌传统同样存在着密切联系。20年代,闻一多就反对新诗中的"欧化"倾向,极力推崇雅致的东方文化,并呼吁中国诗人写中国,写出中国的现实状况和文化精神。30年代,他认为诗人应成为文化的代言人,认为只有这种诗人才能写出真正的中国诗歌,也只有这种诗人才能表现出中华民族的集体无意识。在诗歌中如何说话?这始终是闻一多思考的问题。用中国人的腔调,而不是外国人的腔调;用自己的腔调,而不是他人的腔调,这就是闻一多的选择和坚持。独特的选择造就了独特的诗人。从总体上看,闻一多所写的现实并非自我的小现实,而是祖国的大现实。他所写的文化并非单纯的旧文化,而是经过改造的新文化。值得注意的是,闻一多写到自我时常常流露出悲观消极的情绪,然而一旦写到祖国和文化,他便亢奋起来,全然忘记了个人的悲欢,这在新诗人中算得上一绝。这里仅从意象方面谈谈闻一多诗歌与中国诗歌传统的关系。

闻一多诗歌中的文化意象大致可以分成两类,一类是物意象,一类是人意象。前者大多采用"赋比兴"手法,后者常用叙事手段。他诗中的物意象大致包括静物、植物和动物三种。① 其成名作《红烛》中的"红

---

① 本文无意全面分析闻一多诗中的意象,只讨论和中国诗歌传统联系密切的那些意象。

第三章　闻一多诗歌语言的来源及其转化

烛"就是一个静物意象,但它在风中燃烧流泪,而且诗人特别强化了它的颜色:红。"流泪的红烛"这个意象来自唐诗"蜡炬成灰泪始干",闻一多把李商隐的这句诗题写在《红烛》的前面。

李商隐是闻一多早年最喜欢的诗人之一,他的诗唯美而神秘。在给梁实秋的信里,闻一多说:"我想我们主张以美为艺术之核心者不能不崇拜东方之义山,西方之济慈了。我想那一天得了感兴了,定要替这两位诗人作篇比较的论文呢。"① 可惜的是,闻一多一生没有著文论及李商隐,把他阅读李商隐的经验保留下来,仅在文中不时提到他。在评论《清华周刊》里的新诗时,闻一多把李商隐称为"堕落的诗家",因为他爱写女人,而且写得比较艳情。所以他认为"温飞卿、李义山这派人底思想根本已经受毒了",他们的作品是"时代的畸形的产物",因而不能被称为"美人香草"的遗音。② 这与他对宫体诗的批评是一致的。闻一多早年就受弗洛伊德的影响,意识到性欲和杀欲在生活中的威力。起初他对此持抵制态度,后来研究《诗经》,特别是抗战以后,他开始对性欲进行正面评价,认为那是生命的本性和蛮力。闻一多此处对李商隐的批评是从道德观念方面展开的,并未否定李商隐诗歌的艺术成就。在评论《冬夜》时,他把俞平伯的新诗与古人的旧诗加以比较,认为还是古人诗句的艺术性更高,他举的例子就是李商隐的诗:"不过那些古人底艺术比我们高些,就绘出那——'一春梦雨常飘瓦,尽日灵风不满旗'的仙境。"③ 闻一多对李商隐的青睐主要是早年,后来他不再讲究唯美主义,其工作与观念变得越来越有现实针对性。此时,他把李商隐称为"二等诗人":

> 我认为诗人有等级的……杜甫应该是一等的,因为他的诗博、大。有人说黄山谷,韩昌黎,李义山等都是从杜甫来的,那么,杜甫是包罗了这么多"资源",而这些资源大部是优良的美好的,你只

---

① 闻一多:《致梁实秋》,见《闻一多全集》第12卷,第128—129页。
② 闻一多:《评本学年〈周刊〉里的新诗》,见《闻一多全集》第12卷,第46页。
③ 闻一多:《〈冬夜〉评论》,见《闻一多全集》第2卷,第70页。

念杜甫,你不会中毒;你只念李义山就糟了,你会中毒的,所以李义山只是二等诗人了。陶渊明的诗是美的,我以为他诗里的资源是类乎珍宝一样的东西,美好而不有用,是则陶渊明应在杜甫之下。①

这是闻一多对中国古代诗人所做的一次比较集中的评价。在他看来,一等诗人绝对是少数,即使对屈原他也没有直接这样说过。所以,像李商隐这样重要的诗人属于二等诗人,也是符合实际的。但这只是从整体而言。事实上,二等诗人对后世的影响未必小于一等诗人,特别是在他擅长的领域里。尽管李商隐是个二等诗人,但他的《无题》却是中国诗歌里的一等诗歌。至少在这个领域,他达到了一个无人能及的高度。"蜡炬成灰泪始干"表达的是相爱者对感情的忠贞,这种忠贞在分离中固然不无痛苦,但情人们却听任它贯穿自己的生死,这是中国古人写出的最感人的诗句之一。闻一多用它作为题识,表达的感情却有所转移。在诗中,红烛既是内心矛盾的象征("烧蜡成灰"与放出光明),也是对诗人的指引(第一节),更是警醒世人之物(第三节)。②最重要的是,《红烛》表达的是诗人对生命的理解,以及在一种不良的社会处境里努力工作,一心奉献的精神。所谓"莫问收获,但问耕耘",就像闻一多一生所做的那样,这种精神可谓"红烛"精神。

在植物意象方面,闻一多的诗中出现了"红荷"和"红豆",它们与"红烛"一起构成了闻一多诗歌早期的"红色"主调。③《红荷之魂》是闻一多出国前夕写给梁实秋的一首诗,他在给梁实秋的信中说:"附奉拙作《红荷之魂》一首,此归家后第一试也。我近主张新诗中用旧典,于此作中可见一斑。"④此信写于1922年6月22日,大致也是《红荷之

---

① 闻一多:《诗与批评》,见《闻一多全集》第2卷,第222—223页。
② 闻一多:《红烛》,见《闻一多全集》第1卷,第7—9页。
③ 《红豆》中写到的红色意象很多,计有红豆、红旗、红日、红纸、红蜡烛(红烛)、红泪、红盖帕、红凹的簟纹等。《忆菊》中的菊花是闻一多诗中另一个重要的文化意象,对它的分析见第二章第一节。
④ 闻一多:《致梁实秋》,见《闻一多全集》第12卷,第38页。

第三章　闻一多诗歌语言的来源及其转化

魂》的创作时间。诗前有小序,表明此诗受了《爱莲说》的启发,其潜在的影响则是杨万里的咏荷诗《晓出净慈寺送林子方》,所谓"接天莲叶无穷碧,映日荷花别样红"。新诗的倡导者胡适是反对用典的,闻一多坚持用典也许是受了李商隐和艾略特等人的影响。《红荷之魂》是一首象征诗:

> 红荷底魂啊!
> 爱美的诗人啊!
> 便稍许艳一点儿,
> 还不失为"君子"。
> 看那颗颗坦张的荷钱啊!
> 可敬的——向上底虔诚,
> 可爱的——圆满底个性。①

由此可见,红荷之魂其实是"爱美""向上"和"圆满"的精神,这是青年时代的闻一多与友人之间的相互勉励。

《红豆》是闻一多在美国时写的一组短诗,共四十二首。诗成之后,他给梁实秋写信说:"放寒假后,情思大变,连于五昼夜作《红豆》五十首,现经删削,并旧作一首,共存四十二首为《红豆之什》。此与《孤雁之什》为去国后之作品。以量言,成绩不能谓为不佳。"②在《红豆篇》前面,闻一多引用了王维的一句诗"此物最相思",这表明这组诗从题材到诗意都与王维的同名作品有继承关系。留学时期的闻一多在两性关系方面是极度贫乏的。他向朋友诉苦说:

> ……浪漫"性"我诚有的,浪漫"力"却不是我有的。到美来还没有同一个中国女人直接讲过话,而且我真不敢同她们讲话。至于美术学校底同班,女儿居半,又以种族的关系,智识的关系,种种

---

① 闻一多:《红荷之魂》,见《闻一多全集》第1卷,第76页。
② 闻一多:《致梁实秋》,见《闻一多全集》第12卷,第124页。

的关系,我看见她们时,不过同看见一幅画一般。她们若有时 interest me,那不过因为那些条线那些色彩是作画的好资料。……哦,我真不愿再讲到女人了啊!实秋啊!我只好痛哭!①

当时有个在美留学的清华校友卢默生,他出国前已结婚生子,但由于所处的是"恋爱自由之美国社会",行为变得疯癫失常起来。同病相怜,闻一多写了一首诗《我是一个流囚》,表达了他们共同的悲哀:"《我是一个流囚》是卢君之事所暗示的;卢君之事实即我之事。"②在这种情况下,除了思念妻子,他再也没有别的办法弥补这种"异性缺乏症"。因此,作为一种异性的"话语替代物",《红豆》是深刻感人的:

> 相思枕上的长夜,
> 怎样的厌厌难尽啊!
> 但这才是岁岁年年中之一夜,
> 大海里的一个波涛。
> 爱人啊!
> 叫我又怎样泅过这时间之海?③

《红豆》的基本写法是大量运用"比兴"语言,这首诗也不例外,但它是《红豆》中最抒情的一首,因为此诗采用了直接倾诉的语气。如此难熬的一夜只是一个波涛,无数个日日夜夜该如何度过呢?那可是时间的海洋!《红豆》中写得最大气的是第十首:

> 我俩是一体了!
> 我们的结合,
> 至少也和地球一般圆满。

---

① 闻一多:《致梁实秋》,见《闻一多全集》第 12 卷,第 139 页。
② 闻一多:《致梁实秋、吴景超》,见《闻一多全集》第 12 卷,第 68 页。
③ 闻一多:《红豆·十一》,见《闻一多全集》第 1 卷,第 110—111 页。

第三章 闻一多诗歌语言的来源及其转化

> 但你是东半球,
> 我是西半球,
> 我们又自己放着眼泪,
> 做成了这苍莽的太平洋,
> 隔断了我们自己。①

由于喻象的庞大,这里的圆满与隔绝产生了令人震惊的对比效果:圆满如地球,令人鼓舞,却被眼泪的太平洋隔断,令人绝望。第二十三首仍然延续了隔海相望的主题,将相思的双方比成浮萍,同样写得风致动人。

《红豆》的结构是严谨的,第一首是序诗,最后一首是总结。前半部分的主题是相思,后半部分逐渐转入另一个变异的主题,即对旧式婚姻礼教的批判,大致从第二十四首开始,第四十一首达到高潮:

> 有酸的,有甜的,有苦的,有辣的。
> 豆子都是红色的,
> 味道却不同了。
> 辣的先让礼教尝尝!
> 苦的我们分着囫囵地吞下。
> 酸的酸得像梅子一般,
> 不妨细嚼着止止我们的渴。
> 甜的呢!
> 啊! 甜的红豆都分送给邻家作种子罢!②

在这里,红豆按味道被分成了四种,凭借这个分类,闻一多写出了他的胸怀和境界。旧式婚姻让他们吃尽了苦头,诗人已无奈地接受,所谓"命运织就了我们的婚姻之锦";酸味红豆无疑是诗人对当时出现的新

---

① 闻一多:《红豆·十》,见《闻一多全集》第1卷,第110页。
② 闻一多:《红豆·四一》,见《闻一多全集》第1卷,第121页。

式自由恋爱的感受。这写出了闻一多对婚姻问题的复杂态度,也增强了他反对旧式婚姻的决心,但这种反对并不指向自己的妻子,他注定要对妻子负责,他反对旧式礼教是为了让他人不再受此痛苦。所谓"甜的红豆都分送给邻家作种子"。

闻一多诗中的动物意象比较复杂:美的、丑的、无所谓美丑的。其中丑的意象在中国传统诗歌语言中是很少出现的,因为中国传统诗歌讲究纯粹的美。就此而言,后两种动物意象主要源于西方现代诗歌的影响,如《夜歌》中的"癞蛤蟆",《美与爱》中的"蛇"。① 值得注意的还有蝙蝠,这是闻一多钟爱的一个意象,仅在诗集《死水》中,就出现于《口供》《狼狈》《也许》等诗中。究其原因,应该和他的故乡有关。《大暑》中有一句诗:"家乡的黄昏里尽是盐老鼠。"闻一多在注释里说:"吾乡称蝙蝠为盐老鼠。"② 在《口供》和《狼狈》中都出现了"黄昏里织满了蝙蝠的翅膀"或"假如又是灰色的黄昏/藏满了蝙蝠的翅膀"这样的意象。在《玄思》中,闻一多把蝙蝠作为一个整体隐喻来写:

> 同野心的蝙蝠一样,
> 我的思想不肯只爬在地上,
> 却老在天空里兜圈子,
> 圆的,扁的,种种的圈子。③

"孤雁"与"蝙蝠"一起构成了闻一多早期生活状态与内心境况的隐喻。尽管闻一多诗中出现了大量动物意象,但它们大多属于"比兴"意象,其中,用墨较多的是《黄鸟》。④《诗经》中有两首《黄鸟》,一首属于《秦

---

① 许芥昱认为:"蛇的形象很可能是因为闻一多受了英国浪漫派诗人柯烈律己(Coleridge)的影响。在闻一多的诗中间有时有枯树枝的影子出现(见诗《初夏一夜底印象》及《美与爱》)。他诗里的蛇不是一个可怕的形象,而是使人连想起中国书法里龙蛇飞舞的笔锋(见诗《春之首章》)。"见《新诗的开路人——闻一多》,许芥昱著,卓以玉译,波文书局,1982年,第43页。
② 闻一多:《大暑》,见《闻一多全集》第1卷,第216—218页。
③ 闻一多:《玄思》,见《闻一多全集》第1卷,第85页。
④ 《鸟语》也不是写鸟的,而是诗人借鸟表达自己的心声。

第三章 闻一多诗歌语言的来源及其转化

风》,一首属于《小雅》。前者写黄鸟的声音,后者写黄鸟的动作,它们都属于"比兴"意象。不过,闻一多的《黄鸟》并没有很强的中国色彩。在诗歌的第三节,他直接用"希腊式的雅健"来称道黄鸟。而济慈正是一个向往希腊的诗人,他在《希腊古瓮颂》中称道"希腊的形状,唯美的观照"。这样看来,《黄鸟》更接近于济慈的《夜莺颂》,甚至还有雪莱(1792—1822)笔下云雀的影子。① 但诗中并不曾具体描写黄鸟的声音,只是劝黄鸟从容歌唱:"吐出那水晶的谐音,造成艺术之宫。"在《红烛》中,这首诗排在《艺术底功臣》之前,表明这两首诗有一定联系:黄鸟其实是济慈的象征,因为济慈只活了二十五岁,"喉咙里的/太丰富的歌儿/快要噎死你了",这正是对济慈生命的写照。

闻一多诗中的人物意象是和叙事结合在一起的。根据他的观点,叙事要用古体诗。所谓"故古诗叙事之体。至于抒情,斯唯律诗"②。闻一多诗中叙述的主要人物有李白、祢衡、张良、秦始皇和孙中山等。他的叙事的一个基本特点是注重想象,或激情十足,或冷静克制,只是根据历史或传说中的某个细节展开,如祢衡击鼓骂曹,张良为老人穿鞋,即"纳履"。最典型的是《李白之死》。在诗前小序里,闻一多写道:"世俗流传太白以捉月骑鲸而终,本属荒诞。此诗所述亦凭臆造,无非欲藉以描画诗人底人格罢了。读者不要当作历史看就对了。"③在这里,所谓"历史"即真实的代名词,所谓"臆造"就是诗人通过想象进行的合理虚构。因此,我把闻一多的诗歌叙事称为"故事新编"。《李白之死》长达181行,是他创作最早的一首中型诗。④ 1922年3月28日,闻一多致信闻家驷,第一次提到了这首诗:"我现在正作诗名曰《李白之死》。"⑤但是,《李白之死》的诞生并不顺利。6月22日,闻一多赴美

---

① 闻一多在《杜甫》中提到了"薛雷的云雀",见《闻一多全集》第6卷,第78页。
② 闻一多:《律诗底研究》,见《闻一多全集》第10卷,第153页。
③ 闻一多:《李白之死》,见《闻一多全集》第1卷,第10页。据说此诗受益于济慈的长诗《恩狄芒》,该诗写的是一个牧羊人寻找月亮神并与之恋爱的故事。
④ 中型诗是我的一个尝试性的提法。这些诗被闻一多本人视为长诗,其篇幅大多在二百行以内,我觉得称为中型诗比较合适。
⑤ 闻一多:《致闻家驷》,见《闻一多全集》第12卷,第27页。

前给梁实秋写信，感叹"《李白之死》竟续不成，江郎已叹才尽矣"①。9月29日，身在美国芝城的他对朋友说："拙作《李白之死》颇不浃意，拟修改后再寄上。"②这表明此时该作可能已完稿，只是作者对它还不满意。闻一多是个"看过一次旧作就想改它一改"的人，从这时到《红烛》出版还有一年，其间对此诗又做过什么修改已很难查证。从《红烛》中的定稿来看，《李白之死》的主要特色就是故事新编。诗歌从李白之醉（转化痛苦的一种方式）写起，将史书中记载的李白故事——融入诗中，突出了李白笑傲王侯（高力士）、独尊诗人（谢朓）、亲近自然（月亮）的个性。《李白之死》的语言具有显著的闻一多特色：丰富的想象通过繁缛的辞藻呈现出来，给人一种不是真相胜似真相的感觉。试看诗人描写李白目睹月亮升空的情景：

> 忽地有一个琥珀盘轻轻浮上，
> （却又像没动似的）他越浮得高，
> 越缩越小；颜色越褪淡了，直到
> 后来，竟变成银子样的白的亮——
> 于是全世界都浴着伊的晶光。
> 簇簇的花影也次第分明起来，
> 悄悄爬到人脚下偎着，总躲不开——
> 像个小狮子狗儿睡醒了摇摇耳朵，
> 又移到主人身边懒洋洋地睡着。
> 诗人自身的影子，细长得可怕的一条，
> 竟拖到五步外的栏杆上坐起来了。
> 从叶缝里筛过来的银光跳荡，
> 啮着环子的兽面蠢似一朵缩菌，
> 也鼓着嘴儿笑了，但总笑不出声音。
> 桌上一切的器皿，接受复又反射

---

① 闻一多：《致闻家駟》，见《闻一多全集》第12卷，第36页。
② 闻一多：《致梁实秋、吴景超》，见《闻一多全集》第12卷，第82页。

第三章　闻一多诗歌语言的来源及其转化

那闪灼的光芒,又好像日下的盔甲。①

在这里,闻一多以高度写实的语言把想象中的情景写得异常逼真,并将月亮上升及其光芒照射的情景一一凝固下来,细致极了。月亮在上升中显得越来越远,越来越小,也越来越明;而月光的照射却是自上而下的,但由于被照射物及其具体位置的不同,其情形又千差万别:花影起初落在脚下,后来随着月亮的转动移到主人的身边;诗人的身影被月光投射到很远的地方,显得又细又长,而且被现实中的物体(栏杆)折叠在一起,如同坐在那里。还有的月光透过叶缝照射在门环的兽面上,使它显出一脸傻相;而桌子上的那些器皿如同镜子,它们在月光照射下显得更加明亮,并将月光反射到各处,从而使整个空间亮如白昼。李白热爱月亮是历史事实,诗人把这种事实具体化了,把它放在日常生活中,并将写作对象的观念融入其中。事实上,这也是一种还原工作。优秀诗人笔下的历史能够带领读者穿越时空,这就是故事新编的魅力。

相对而言,短诗《秦始皇帝》是另一种风味。《秦始皇帝》全诗三节,每节四行,句式整齐,是一首格律诗。诗歌用的是第一人称,因而属于内心叙事,这就使诗歌获得了一定的抒情性。但各节都穿插了叙事成分,如荆轲和张良的谋刺(第一节),灭六国和筑阿房(第二节),被埋葬在墓中的肉体已经腐烂(第三节)。这首诗中出现了三个动物意象,最醒目的是"黑狼",它隐喻的是欲望,揭示即使是皇帝,也不能完全满足自身的欲望。另两个意象是"刺猬"和"青蛇",它们拥抱着死者的尸体,是死亡的象征。事实的真相是,更多的皇帝死于无边的欲望。这是此诗的深刻之处。从遇刺到被埋葬,对于秦始皇来说,这都是"故事",这首诗的"新编"之处在于:诗人将权力与欲望作为驱使主人公的动力,不受节制的权力使皇帝无畏于仇恨者的谋杀,而永难满足的欲望却将一代勇武的皇帝尽情愚弄后无情地吞噬。

---

① 闻一多:《李白之死》,见《闻一多全集》第 1 卷,第 12 页。

第三节　闻一多诗歌语言的外来营养

一　唯美语言、象征语言及其汉化尝试

除了中国传统诗歌语言和当代口语之外,闻一多诗歌语言还包括对国外诗歌语言的吸收。从《闻一多全集》中的文章来看,他对西方文化的接受主要侧重于近现代阶段,除了柏拉图以外,他很少谈到西方古代文化。诗歌方面也是如此,他翻译的都是西方近现代诗人的作品,包括袅默伽亚谟(通过斐芝吉乐的英译)、阿诺德、坎白尔、Mary Mapes Dooge(玛丽·玛贝·杜丝)、Bosworth Crocker(波思华斯·克鲁克)、劳伦斯·霍普、John Macbeiull、郝思曼、Sara Teasdale、Edna St. Vincent Millay、拜伦、白朗宁夫人、哈代。对他影响较深的外国诗人是济慈、丁尼生、伯朗宁、郝思曼等。闻一多在美国珂泉时曾与梁实秋一起选修过《丁尼生与伯朗宁》和《现代英美诗》两门课。梁实秋谈过这两门课对闻一多诗歌创作的影响:"在英诗班上,一多得到很多启示。例如丁尼孙的细腻写法 the ornate method 和伯朗宁之偏重丑陋 the grotesque 的手法,以及现代诗人霍斯曼之简练整洁的形式,吉伯林之雄壮铿锵的节奏,都对他的诗作发生很大的影响。"[1]

回国之后,闻一多曾一度教授外国文学。1927年,任国立第四中山大学外文系主任,教授内容包括英美诗、戏剧和散文等。1928年,去武汉大学,并开始研究中国古代文学。尽管外国文学教学活动又持续了一段时间,但转向中国古代文学研究的方向已经确定。1928年3月,闻一多与叶崇智(1904—1981)合选的《近代英美诗选》由新月书店出版。[2] 正是这一年,他出版了诗集《死水》。也就是说,在闻一多的整个诗歌创作期间,外国诗歌一直是他诗歌写作的营养品。1931年,闻一多为他的学生费鉴照编的《现代英国诗人》写序,他说自己"对于英国文学的兴趣早被线装书劫去了"。

---

[1] 梁实秋:《谈闻一多》,传记文学出版社,1987年再版本,第33页。
[2] 见《闻一多研究资料》(下),许毓峰等编,北岳文艺出版社,1986年,第837页。

第三章 闻一多诗歌语言的来源及其转化

从西方近现代诗学来看,影响闻一多最大的是唯美主义、象征主义以及意象派,本节仅从诗歌语言方面对此略作分析。闻一多早年是个执著的唯美主义者,他把纯形艺术作为自己的追求目标。济慈是他最喜欢的一个外国诗人,但却不曾翻译他一首诗,这表明不能根据是否翻译某个作家的作品或翻译多少来确定其重要性。济慈在《希腊古瓮颂》中提出"美即是真,真即是美"的论断,深得闻一多认同。早在清华读书时期,闻一多就写了一首歌颂济慈的诗《艺术底忠臣》。① 在诗中,闻一多把济慈称为"诗人底诗人",一个真正的"艺术底殉身者",其"光芒赛过一切的珠子",并认为其他人至多不过是"艺术底名臣",即通过艺术获得名声的人,而济慈却是"艺术底忠臣",即忠于艺术之真与美的人。正如济慈所说:"他有一个快活的春季,当明澈的鉴赏力/在安适的瞬息将一切美尽收眼底。"②在这里,"安适的瞬息"是一种审美心境,只要拥有这种心境,就能将尘世所有的美丽尽收眼底,并感到内心的快活。在艺术表达时,济慈认为"想象所把握的美同时就是真",他说:"我只确信内心感情的神圣性和想象力的真实——想象力把它作为美来捕捉到的一定是真——不管它以前是否存在——我对我们的全部激情和爱情也作如是观,它们在达到的崇高的境界时都能创造出本质的美。"③这种"美真合一"论其实就是唯美主义,是一种艺术(审美)地对待世界、生活和作品的方式。济慈的创作原则对闻一多也产生了深刻影响:

> 在诗歌创作中我有几条原则,你会看到我离它们的核心有多远。第一,我认为诗应该以出色的超越而不是以标新立异使人感到惊奇——它应该使读者感到表达了他自己的最高尚的思想,有一种似曾相识的感觉。第二,它对于美要写得很深,从而使读者屏

---

① 闻一多:《艺术底忠臣》,见《闻一多全集》第 1 卷,第 71—72 页。
② 原文为:"He has a lusty spring , when fancy clear /Takes in all beauty within an easy span ."《西岸》的这句英文引诗出自"The Human Seasons"。见《闻一多全集》第 1 卷,第 28 页。下文中所引的郑敏对这句诗的翻译并不准确。
③ [英]约翰·济慈:《济慈书信选》,王昕若译,百花文艺出版社,2005 年,第 27 页。

息瞋目而不是心满意足:形象的产生、发展和结束对他应该像太阳那样来得自然——照耀在他头上,缓缓西沉,景色壮丽,把他留在黄昏的享受中。不过想想诗歌应是什么样要比写诗更容易,而这又使我得出另一个原则,即如果诗歌的创作不像树木长出树叶那样自然,就最好根本不要创作。①

《泪雨》创作于留美时期,最早见于闻一多致朱湘的信。朱湘很欣赏此诗,把它发表在 1925 年 4 月 2 日的《京报副刊》上,并在附识中指出《泪雨》与济慈的"The Human Seasons""不约而同"。② 严格地说,二者并非"不约而同",而是闻一多借鉴了《人生的四季》:

> Four seasons fill the measure of the year ;
> There are four seasons is the mind of man :
> He has a lusty spring , when fancy clear
> Takes in all beauty within an easy span .
>
> He has his Summer , when luxuriously
> Spring's honey'd cud of youthful thought he loves
> To ruminate, and by such dreaming night
> His nearest unto heaven: quiet coves
>
> His soul has in its Autumn, when his wings
> He furleth close; contented so to look
> On mists in idleness—to let fair things
> Pass by unheeded as a threshold brook:

---

① [英]约翰·济慈:《济慈书信选》,王昕若译,第 67 页。其中第二条原则闻一多曾直接引用,见《评本学年〈周刊〉里的新诗》。

② 王锦厚:《闻一多与饶孟侃》,电子科技大学出版社,1999 年,第 6 页。在《闻一多全集》中,此诗并未注明首发出处。

第三章　闻一多诗歌语言的来源及其转化

He has his Winter too of pale misfeature,
Or else he would forgo his mortal nature.

一年有四季：
一颗心灵有春夏秋冬：
他的春天情稠意浓，幻想清晰
想用手掌轻松地把一切"美"来包容：

他有他的兴盛的夏天，当他将
早春蜜饯了的反刍草仔细品尝
青春的情思愉快地默想
在梦里比任何时更接近天堂：

秋天里他的心灵有静静的海湾
折起翅膀：满意于凝视
那迷雾，悠闲里，让美好的万般
事物没受到注意就像溪水流逝：

他也有苍白而不俊俏的冬季，
要不，他就会将人性抛弃。①

"The Human Seasons"是一首十四行诗，押韵格式为 abab cdcd efef gg，格律严谨。诗人将人的心灵分成四个季节，并分别写了它在春夏秋冬中的不同状态：春天时想把握一切美，夏天里感到与天堂非常接近，在秋天凝视万般美景，并听任它们流逝，而苍白的冬天也不可或缺，因为它也是人性的一部分。闻一多的《泪雨》同样写了四个季节，这一点沿袭了济慈的诗意，该诗用泪贯穿全诗，表达了人生不同时期的哭泣：

---

① 济慈：《人的四季》，郑敏译，见《英诗金库》（下卷），四川人民出版社，1987 年，第 1572—1575 页。

幼年的饥寒、少年的酸苦、中年的怅惘和老年的悲愁。这些都不是美，只能视为"美的变奏"。① 由此可见，《泪雨》的题材比较集中，但远不如《人生的四季》那样诗境开阔多变。更重要的是，闻一多此诗并非源于对生活的细致观察，而是模仿济慈的产物，因此，诗中的语言显得抽象生硬，不如《人生的四季》那样细致优美。从《人生的四季》可以看出，唯美语言其实是一种讲究艺术性的综合语言，其特点是意象鲜明、韵律流畅，因而往往是再现语言与抒情语言的结合。从这两首诗的比较来看，尽管闻一多的诗歌并未达到唯美的程度，但济慈的诗毕竟为闻一多表达自己的感受提供了一个框架，并促使他汲取了济慈诗中的唯美精神。

对闻一多来说，唯美主义与象征主义其实是密不可分的。他之所以看重象征主义，是因为象征主义既能表达美（感情）又能保持美（诗歌）的神秘性，而诗歌神秘性的实质就是生命的秘密。西方象征主义诗歌的鼻祖是波德莱尔，闻一多在给梁实秋的信里提到了他：

> 我近来认识了一位 Mr. Winter，是芝加哥大学底法文副教授。这人真有趣极了。他是一个有"中国热"的人。……他是最喜欢诗的。他所译的 Baudelaire 现在都在我这里。我同他过从甚密。他叫我跟他合同翻译我的作品。他又有意邀我翻译中国旧诗。②

我推测温特是将波德莱尔从法文译成了英文。闻一多对波德莱尔的吸收应该是通过英文完成的，因为波德莱尔的汉译根本不能满足他的需要。直到闻一多去世的第二年，戴望舒（1905—1950）才完成了他的《恶之花》翻译。他在"译后记"中谈到波德莱尔的汉译情况：

> 波德莱尔在中国是闻名已久的，但是作品译成中文的却少得很。……诗译出的极少，可读的更不多。可以令人满意的有梁宗

---

① 闻一多：《泪雨》，见《闻一多全集》第 1 卷，第 144—145 页。
② 闻一多：《致梁实秋》，见《闻一多全集》第 12 卷，第 126 页。

第三章　闻一多诗歌语言的来源及其转化

岱、卞之琳、沈宝基三位先生的翻译（最近陈敬容女士也致力于此），可是一共也不过十余首。这部小书所包涵的比较多一点，但也只有二十四首，仅当全诗的十分之一。①

李金发（1900—1976）是中国第一代象征主义诗歌的代表诗人，闻一多和他略有交往。1927年底，闻一多致信饶孟侃，曾拜托饶孟侃发表李金发的一篇文章。② 这些只能视为闻一多与象征主义关系的背景材料。从闻一多的所有诗歌创作来说，唯美主义尽管是他的最高目标，但实现得并不理想；"红烛"时期的闻一多确有抒情倾向，但又被"死水"时期的作者超越了。所以，能够贯穿闻一多创作过程的只有象征主义。从《西岸》到《奇迹》，这几乎是他诗歌创作的两个端点；《死水》是他整个创作的顶点，这三首诗都是象征主义作品。当然，不能说闻一多的象征主义诗歌与中国的托物兴寄传统无关，但从整体而言，他诗中的象征语言主要是从国外引入的。最能说明这一点的是，中国古人倾向于用和谐美好的事物象征自己的高洁情趣；而闻一多诗中的象征体大多是丑陋、病态，甚至是颓废的，充满了"恶之花"的味道。在这方面，最典型的一首诗是《爱之神——题画》：

啊！这么俊的一副眼睛——
两潭渊默的清波！
可怜孱弱的游泳者哟！
我告诉你回头就是岸了！

啊！那潭岸上的一带榛薮，
好分明的黛眉啊！
那鼻子，金字塔式的小邱，
恐怕就是情人的茔墓罢？

---

① 戴望舒：《〈恶之花〉译后记》，见《戴望舒诗全编》，浙江文艺出版社，1989年，第214页。
② 闻一多：《致饶孟侃》，见《闻一多全集》第12卷，第244页。

> 那里,不是两扇朱扉吗?
> 红得像樱桃一样,
> 扉内还露着编贝底屏风。
> 这里又不知安了什么陷阱!
>
> 啊!莫非是伊甸之乐园?
> 还是美的家宅,爱的祭坛?
> 呸!不是,都不是哦!
> 是死魔盘据着的一座迷宫!①

这首诗明显沿袭了《恶之花》中两性关系紧张的主题。在《恶之花》中,两性的紧张关系通常是由女性美的复杂性体现出来的。她们外貌美丽,但常给诗人带来伤害,因而被波德莱尔视为"恶之花"。在《献给美的颂歌》中,波德莱尔写道:"你来自幽深的天空,还是地狱,/美啊?你的目光既可怕又神圣,/一古脑地倾泻着罪恶和善举……"②这首《爱之神》同样沿袭了波德莱尔的写法,诗人写了爱神的眼、眉、鼻、唇、齿,它们无不美丽动人,然而,"两潭渊默的清波"被暗喻为"苦海",鼻子被比成了"情人的茔墓",嘴唇内部藏着"陷阱",女子的身体被视为"死魔盘踞着的一座迷宫"。这里表达的与其说是对女子的赞美,不如说是对女子的警惕。因为"美底家宅,爱底祭坛"都统一在爱之神的身上,这就必然会制造许多"爱底代价,美的罪孽"。③ 从诗歌语言来看,象征主义的写法无疑改变了传统的修辞格局。象征体与象征本身尽管仍然具有相似性,但二者不再保持同一性,而是有差异的,甚至是对立的,这就使象征的两个层面不再是一个和谐的统一体,而是充满了张力。

闻一多留美期间,适逢意象派大行其道。意象派的内在精神和象

---

① 闻一多:《爱之神》,见《闻一多全集》第1卷,第67—68页。"据"应为"踞"。
② 波德莱尔:《献给美的颂歌》,见《恶之花》,郭宏安译,漓江出版社,1992年,第41页。
③ 闻一多:《美与爱》,见《闻一多全集》第1卷,第42页。

第三章　闻一多诗歌语言的来源及其转化

征主义是一致的。从庞德(1885—1972)为意象派制定的三原则可以看得十分清楚：

  1. 对于所写之"物"，不论是主观的或客观的，要用直接处理的方法。
  2. 决不使用任何对表达没有作用的字。
  3. 关于韵律：按照富有音乐性的词句的先后关联，而不是按照一架节拍器的节拍来写诗。①

这里所说的"物"其实就是诗歌中的意象。庞德认为"确切、完美的象征是自然的事物"，所谓"自然"就是使象征的作用不显得牵强附会，而要让人易于辨识。用词简洁也是象征主义的传统，甚至被称为"词语炼金术"。至于对韵律感和音乐性的追求，象征主义的先驱爱伦·坡就已经开始强调了："音乐通过它的格律、节奏和韵的种种方式，成为诗中如此重大的契机，以致拒绝了它，便不明智。——音乐是如此重要的一个附属物，谁要是拒绝它的帮助，谁就简直是愚蠢，所以我现在毫不犹豫地坚持它的重要性，也许正是在音乐中，诗的感情才被激动，从而使灵魂的斗争最最逼近那个巨大的目标——神圣美的创造。"②闻一多对意象派的借鉴既有理论上的，也有作品上的。早就有学者指出"三美"中的"绘画美"和"音乐美"源于意象派③；至于相关创作就更多了，最显著的一个例子是《忘掉她》，该诗源于萨拉·狄丝黛尔的《让它被忘掉》：

  让它被遗忘掉，像一朵花被忘掉，

---

① 庞德：《回顾》，郑敏译，见《二十世纪西方文论选》(上)，高等教育出版社，2002年，第132页。
② [美]爱伦·坡：《美学原理》，转引自《外国精美诗歌读本》，耿占春主编，山东教育出版社，2009年，第310页。
③ [法]Perrin Viviane Wenqian：《闻一多文化爱国主义话语的追溯》，见《闻一多殉难60周年纪念暨国际学术研讨会论文集》，陆耀东等主编，武汉大学出版社，2007年，第46页。

>被忘掉，像熊熊燃烧过的火苗。
>让它被忘掉，永久，永久，
>时间是位仁慈的朋友，他会使我们老。
>
>如果任何人问起，就说它被忘掉，
>在很久很久以前，
>像一朵花，一团火，一个不动的足球，
>埋在长期被人忘掉的白雪里面。①

闻一多把"让它被忘掉"这个被动句改为主动句"忘掉她"，使句子显得简捷有力；同时以"她"替换"它"，使该诗成为一首悼亡之作。和《让它被忘掉》相比，闻一多的创造性主要体现在韵律感方面。全诗以狄丝黛尔诗中的改编句式"忘掉她，像一朵忘掉的花"领起并总结、预伏并呼应，串连全诗，韵律感极强。但由于诗人多次反复使用同一个句子（超过了三次），不免让人感到有些单调、做作以至厌倦，反而破坏了此诗的音乐效果。在这方面，狄丝黛尔的《让它被忘掉》就很自然，她没有刻意追求反复，偶尔出现的反复只是一种适度的加强，而且与内心的节奏起伏相应。

二 商籁体的翻译与创作

"商籁体"是闻一多对英文"Sonnet"的翻译。这个翻译以音译为主，但略有变通。如果严格地按照音译，应是"商乃"。闻一多把它翻译成"商籁"，"商"为五音之一，"籁"是声响的意思，这两个词合并在一起，表明十四行诗（意译）和律诗一样是一种声音的组织。"sonnet"源于拉丁文"sonus"，意思是声音。十四行诗（sonetto）是为歌唱而作的抒情诗体，源于意法交界的普罗旺斯地区的一种民间诗体。彼特拉克（1304—1374）是早期著名的十四行诗人，因而十四行诗又称为"彼特拉克体"。"彼特拉克的十四行诗，在形式上，分为两部分。前一部分

---

① 王锦厚：《闻一多与饶孟侃》，电子科技大学出版社，1999年，第27页。

第三章　闻一多诗歌语言的来源及其转化

由两个四行诗段组成,称为前八行(octave),后一部分由两个三行诗段组成,称为后六行(sestet)。前八行的韵式为 ABBA,ABBA;后六行的韵式,或为 CDE、CDE,或为 CDC、DCD。每行十一音节,多用抑扬格的节奏。"①16 世纪中叶,这种诗体传到英国,结构上变成了三节四行诗加上两行对句,每行十个音节。后来广泛流行的形式有两种,即莎士比亚体(ABAB、CDCD、EFEF、GG)和斯宾塞体(ABAB、BCBC、CDCD、EE)。除了律诗之外,十四行诗是闻一多最看重的诗体。他说:

> 律诗乃抒情之工具,宜乎约辞含意,然后句无余字,篇无长语,而一唱三叹,自有弦外之音。抒情之诗,无中外古今,边幀皆极有限,所谓"天地自然之节奏",不其然乎? 故中诗之律体,犹之英诗之"十四行诗"(Sonnet)不短不长,实为最佳之诗体。②

闻一多主要是通过英语认识十四行诗的。他之所以看重这种诗体,不仅因为它长短适宜,更因为它格律严谨,所谓"英文诗体以'商勒'为最高,以其格律独严也"③。律诗和十四行诗确有许多相似之处,它们都是格律严谨的抒情诗体,或者说是借助格律完成抒情的诗体。这两种诗体充分证明:格律可以使诗歌更牢固、匀称而富于节奏的美感。

白朗宁夫人的十四行爱情诗共四十四首,闻一多翻译了二十一首,占闻一多译诗的一半。这些译诗分两次发表于 1928 年 3 月和 4 月的《新月》杂志上。闻一多之所以花这么大力气翻译这组诗,一是因为它感人的爱情主题,二是因为它精严的十四行诗体。这里着重谈后一点。白朗宁夫人的十四行诗使用的韵式是 ABBA ABBA CDCD CD,闻一多尽力保留了原状。试看第十首的原诗和闻译:

---

① 钱光培:《中国十四行诗的昨天与今天》,见《中国十四行诗选》,中国文联出版公司,1990 年,第 4 页。
② 闻一多:《律诗底研究》,见《闻一多全集》第 10 卷,第 144—145 页。
③ 同上书,第 159 页。

Yet, love, mere, love, is beautiful indeed
And worthy of acceptation. Fire is bright,
Let temple burn, or flax. An equal light
Leaps in the flame from cedar—plank or weed.
And love is fire; And when I say at need
I love thee ... mark! ... I love thee ... in thy sight
I stand transfigured, glorified aright,
With conscience of the new rays that proceed
Out of my face toward thine. There's nothing low
In love, when love the lowest: meanest creatures
Who love God, God accepts while loving so.
And what I feel, across the inferior features
Of what I am, doth flash itself, and show
How that great work of Love enhances Nature's. ①

不过只要是爱,是爱,就够你赞美,
值得你容受。你知道,爱便是火,
火总是光明的,不问是焚着楼阁,
还是荆榛;你烧着松柏,烧着芦苇,
火焰里总跳得出同样的光辉。
所以每回灵府的要求吩咐我说:
"我爱你,我爱你,"便在那顷刻,
我就会变成不坏的金身,并且会
觉得我脸上的灵光射到你脸上。
讲到爱,本说不上什么寒伧来;
最渺末的生灵献爱给上帝,你想,
上帝受了他的爱,还赐给他爱。

---

① E. B. Browning: "Sonnet from the Portuguese",见《英诗金库》,四川人民出版社,1987年,第1700—1702页。

第三章 闻一多诗歌语言的来源及其转化

> 我心灵的光,闪过我丑陋的皮囊,
> 爱的意匠便改缮了造物的心裁。①

这首译诗各句最后的字分别是:美、火、阁、苇;辉、说、刻、会;上、来、想、爱、囊、裁,严格遵循了原诗的韵式:ABBAABBA CDCDCD。后来方平的译作虽然更准确有力,但他舍弃了原诗的韵式,是个不足。与原作相比,闻译中出现了多个"你",它们指代的内容并不相同,第七行和第九行中的"你"指的是白朗宁,其余三个"你"都是原作没有的,是闻一多翻译中增加的虚词,意在调节语气。但由于和其他三个"你"夹杂在一起,不免有混淆的嫌疑。此外,闻译中的部分诗句过于注重意译,未能按照原诗的节奏进行翻译,如第六行便发挥得过长,而第十行最后一个字显然是凑韵的。整体而言,闻译的可取之处在于,他是根据十四行诗体来译十四行诗的。也就是说,他重视的不是把诗意转换成汉语,而是力求保留原作的结构和韵律。就此而言,闻一多的翻译是成功的,至少他部分传达了原作的声音和节奏。

闻一多最早谈到十四行诗大约是1921年。他在评十四行诗《给玳姨娜》中说:"绍介这种诗体,恐怕一般新诗家纵不反对,也要怀疑。我个人的意见是在赞成一边。这个问题太重大复杂,不能在这里讨论。我作《爱底风波》,在想也用这个格式,但我的试验是个失败。恐怕一半因为我的力量不够,一半因为我的诗里的意思较为复杂。"②《爱底风波》是闻一多的十四行诗试作,收入《红烛》后改名为《风波》,写的是爱情中的玩闹以及双方的反应,体现了游戏与生活的互渗性。闻一多的十四行诗数量不多,却贯穿了他的诗歌创作。这是因为写律诗分明是复古,而写十四行诗却无此嫌疑,所以,这种既讲究格律又不失为新诗的外来诗体颇合闻一多的志趣。1931年,谈及曹葆华的诗歌,闻一多对其十四行诗给予了好评:"十四行诗,沫若所无,故皆圆重凝浑,皆可

---

① 闻一多:《白朗宁夫人的情诗·十》,见《闻一多全集》第1卷,第312页。
② 闻一多:《评本学年〈周刊〉里的新诗》,见《闻一多全集》第2卷,第159页。

爱。鄙见尊集中以此体为最佳,高明以为然否?"①在某种程度上,这也反映了闻一多对十四行诗体的偏爱。除了《风波》之外,他后期写了三首十四行诗:《收回》《"你指着太阳起誓"》和《回来》。此外还有两首双十四行诗:《心跳》和《天安门》。

《"你指着太阳起誓"》是闻一多的十四行诗中最成功的一首,甚至被誉为"神品"。这首诗也是写爱情的,但写的是对爱情的不信任:

> 你指着太阳起誓,叫天边的寒雁
> 说你的忠贞。好了,我完全相信你,
> 甚至热情开出泪花,我也不诧异。
> 只是你要说什么海枯,什么石烂……
> 那便笑得死我。这一口气的功夫
> 还不够我陶醉的?还说什么"永久"?
> 爱,你知道我只有一口气的贪图,
> 快来箍紧我的心,快!啊,你走,你走……
>
> 我早就算了你那一手——也不是变卦——
> "永久"早许给了别人,秕糠是我的份,
> 别人得的才是你的菁华——不坏的千春。
> 你不信?假如一天死神拿出你的花押,
> 你走不走?去去!去恋着他的怀抱,
> 跟他去讲那海枯石烂不变的贞操!②

这是一首英体十四行诗,押韵格式是 abba cdcd effe gg;在结构上完全符合起承转合的结构模式。前四句为起,中四句为承,后四句为转,最后两句为合。诗行较长,而且几乎每一行都有断句,加上诗中使用了许多口语,使得诗歌语言极其活泼,读此诗如同听到一对情侣在争吵:女

---

① 闻一多:《致曹葆华》,见《闻一多全集》第 12 卷,第 255 页。
② 闻一多:《"你指着太阳起誓"》,见《闻一多全集》第 1 卷,第 128 页。

第三章　闻一多诗歌语言的来源及其转化

的声称爱情永久,男的却不以为然。女的指日为誓,男的仍不肯信她,因为他知道所有的爱情都会遇到死亡,死亡会将所有的爱情回收,最忠贞的爱情也难免毁于死神之手。所以,男的对爱情的要求只是当下的陶醉。两种不同爱情观念的对立使此诗获得了一定的戏剧性。尽管此诗采用的是十四行形式,但其对话口吻却大有《诗经》中《搴裳》以及《溱洧》等篇章的风味,直接而决绝。

闻一多后期的三首十四行诗都与爱情有关,由此来看,他不仅吸收了白郎宁夫人的诗歌形式,也沿袭了其诗歌主题。《收回》中的关键词是行走、受损、收回、再走。大意是一对夫妻因命运而受挫,但是男子鼓励对方重新结伴而行:"我们再走,管他是地狱,是天堂!"所谓"收回"就是唤回昔日的爱情,并用新爱弥补旧爱。《你指着太阳起誓》中也有"走"字:"啊,你走,你走……"这是夫妻争吵中的分手之词。闻一多的最后一首十四行诗是《回来》,"回来"与"走"对应,爱情总是令人难以割舍:

> 我载着满心的希望走回来,
> 那晓得一开门,满都是寂静——
> 什么都没变,夕阳绕进了书斋,
> 一切都不错,只没她的踪影。①

回来的人感到绝望,因为他期待见到的人不在家里,此刻不在,还是永远不在?瞬间的怀疑让诗人意识到"生与死的距离",此时用得着《风波》中的一句话:一个失去情人的人"像小孩寻不见他的妈了"。《死水》出版后,闻一多创作的诗歌寥寥无几,《回来》是其中的一首。关于此诗,1928年4月,闻一多给饶孟侃写信说:"昨天又试了两首十四行,是一个题目,两种写法。我也不知道那一种妥当,故此请你代为批评。这东西确乎不容易。正因为不容易,我才高兴做它。"②一个月后,此诗

---

① 闻一多:《回来》,见《闻一多全集》第1卷,第259页。
② 闻一多:《致饶孟侃》,见《闻一多全集》第12卷,第247页。

发表于《新月》第 1 卷第 1 期。《回来》是闻一多最后一首十四行诗,他仍然想通过这种诗体挑战自己的写作才能。事实上,《奇迹》一开始也是构思成十四行诗的,动手写时却拉长了。由此可见,闻一多与商籁体也算与诗同久了。

　　朱自清对闻一多的十四行诗成就做过如下评价:"新文学大部分是外国的影响,新诗自然也如此。这时代翻译的作用便更大。……北平《晨报·诗刊》出现以后,一般创作转向格律诗。所谓格律,指的是新的格律,而创造这种新的格律,得从参考并试验外国诗的格律下手。译诗正是试验外国格律的一条大路,于是就努力的尽量的保存原作的格律甚至韵脚。这里得特别提出闻一多先生翻译的白朗宁夫人的商籁二三十首。他尽量保存原诗的格律,有时不免牺牲了意义的明白。但这个试验是值得的;现在商籁体(即十四行)可算是成立了,闻先生是有他的贡献的。"①需要强调的是,这个评价是在谈到翻译对新诗格律建设的大背景中作出的,这比单纯地评价闻一多的诗歌翻译和创作更有意义。

　　闻一多之后,十四行诗在中国不断得到发展。与闻一多同时的朱湘创作了七十一首十四行诗,分意体和英体两种,收入《石门集》;中国十四行诗的代表作是冯至的《十四行集》(1942)。上世纪后期,钱光培编选了《中国十四行诗选》(1920—1987),收入五十八家诗人的二百七十一首中国十四行诗,集中显示了中国十四行诗在各个时期取得的丰富成果。在该书序言中,钱光培骄傲地宣称:中国诗人已经对十四行诗做出了独特贡献。他写道:"'五四'以来的中国诗人已经用这一诗体闯进了广阔的生活与情感的领域,已经为这一诗体的汉语化寻找到了许多手段与方式,已经创造出了一批可以同世界上那些优秀的十四行诗媲美的艺术珍品。"②据钱光培考证,中国的第一首十四行诗是郑伯奇(1895—1979)的《赠台湾的朋友》(1920

---

① 朱自清:《译诗》,见《朱自清全集》第 2 卷,江苏教育出版社,1996 年,第 372—373 页。
② 钱光培:《中国十四行诗的昨天与今天》,见《中国十四行诗选》,中国文联出版公司,1990 年,第 2 页。

第三章　闻一多诗歌语言的来源及其转化

年),其次就数到闻一多的《风波》(1921年)了。而且,中国十四行诗创作的第一次热潮也是由闻一多引发的:"这个热潮的开始,是闻一多在《新月》杂志上发表了他所翻译的《白郎宁夫人的情诗》,接着又第一次在中国诗坛上给了 Sonnet 一个译名——'商籁体',将'商籁体'的概念和模样一齐推到了中国诗人的面前,于是,谈论商籁体和学写商籁体的人,就逐渐多了起来。"①由此可见,闻一多可谓汉化十四行诗的先驱人物。

第四节　中西合璧的典范:《死水》

一　《死水》的创作时间

《死水》的创作时间包括两层意思,一是《死水》这首诗的创作时间,二是《死水》诗集中所有诗歌的创作时间。本书将以前一个问题为中心,兼及后一个问题,意在考察并确定闻一多回国后的诗歌创作情况。《红烛》中的诗歌创作时间比较清楚②,而《死水》诗集中的诗歌创作时间却大多难以确定,这里只能大致以回国前后分界。不过,有一点可以肯定,闻一多回国后的诗歌创作篇目有限。《死水》诗集与"集外诗"中的很多诗歌都是闻一多在美国时创作的。

先看《死水》一诗的创作时间。《闻一多著译系年目录》认为《死水》作于"1926年4月",但又在后面的括号里加了个按语:"标1925年4月作,误。"③至于为什么"误",并未给出理由,只是将该诗的创作时间推迟了一年,几乎等同于该诗的发表时间。《死水》首发于1926年4月15日《晨报·诗镌》第3号上,也就是说,这首诗是一写出来就发表的。其证据应是饶孟侃的一段回忆,他说《死水》作于1926年春:"《死水》一诗,即君偶见西单二龙坑南端一臭水沟有感而作,今民族宫一带

---

① 钱光培:《中国十四行诗的昨天与今天》,见《中国十四行诗选》,中国文联出版公司,1990年,第10—11页。
② 《红烛》《剑匣》以及《孤雁篇》与《红豆篇》等63首作于美国,其余40首作于中国。
③ 见《闻一多研究资料》(下),许毓峰等编,北岳文艺出版社,1986年,第890页。

已层楼高耸,顿改旧观矣。"①而梁实秋却有不同的说法:"一多写这首诗的时候,正是我们一同读伯朗宁的长诗指环与书的时候。"②按照梁实秋的说法,《死水》是闻一多在美国时写成的,1925 年 4 月,闻一多还在美国。但闻一多与梁实秋同时学习现代英美诗的时间还要早些,大致是 1923 年 9 月至 1924 年 9 月之间。我认为否定梁实秋的这个说法是很难的。最近,李嘉娜和赵毅衡的文章为此提供了旁证。

2000 年 1 月,李嘉娜发表《借鉴与超越》一文,认为闻一多的《死水》源于米蕾(Millay,1892—1950)的诗集《竖琴织女谣及其它》中的十四行诗第 43 首:

> 我依然收获美,无论她生长在何处:
> 她栖息在彩色霉菌和斑斑雾气之中
> 惊见于丢弃的食物,臭沟烂泥地里
> 蒙上了一层斑驳怪异的彩虹,那是
> 铁锈和油污,半个城市朝那里扔入
> 空铁罐;在一些烂满空隙的木头里
> 青蛙翡翠亮丽软泥般纵身跃入水底……
> 绿色泡眼上睁大着一只黑色的瞳孔。
> 美哦,她真是无所不居,无所不在
> 费心遐想,我用力地推开每一扇门。
> 哦你,害怕门铰链发出吱咯响的人
> 永远转过头去扭回你怯懦受惊的脸,
> 我来告诉你,你哪能猜得到美裹着
> 蛛网头巾,还绣着极端出格的花边!③

---

① 饶孟侃:《诗词二题》,见《闻一多评传》,刘烜著,北京大学出版社,1983 年,第 140 页。后来,饶孟侃写了一首旧体诗,再次提到这种观点:"感旧年年发邃思,蝉鸣稻熟燕飞时。繁英铺地疑调色,巨浪滔天想怒姿。楼耸龙坑湮《死水》,花开艺苑茂新诗。此情欲报无星使,故向滇南奠一卮。"见《新诗的开路人——闻一多》,波文书局,1982 年,第 201 页。
② 梁实秋:《谈闻一多》,传记文学出版社,1987 年再版本,第 35—36 页。
③ 梁嘉娜:《借鉴与超越》,见《福州大学学报》(哲学社会科学版)第 14 卷第 1 期。

第三章 闻一多诗歌语言的来源及其转化

无论从意象还是从语言来说,《死水》和这首诗的相似都是惊人的。赵毅衡(1948—)也发现了《死水》和这首诗的关系,他说:

> 米蕾这首诗,见于她 1923 年出版的诗集《弹竖琴者》(The Harp—weaver),这正是闻一多在美国狂热地读新诗人的新作之时。米蕾在 20 年代被评论界一致看好,认为是美国最有希望的诗人,被称为"女拜伦"。《弹竖琴者》一出版,立即获得刚开始颁发的普利策奖,轰动全国……说闻一多从来没有读过米蕾诗,不合情理。或许应当说闻氏读了,留了印象,若干年后自己见水坑而生诗题,不自觉受了影响,忘了印象从何而来,反其题而用之,却又写出比米蕾诗更深的境界。①

看来,赵毅衡只见过饶孟侃的《诗词二题》,却未读过梁实秋的《谈闻一多》,而且他也没有注意到闻一多翻译过米蕾的《礼拜四》。② 许芥昱同时注意到了饶孟侃和梁实秋的不同说法,他有意将二者折中起来,但仍倾向于认可饶孟侃的观点。他说:"梁实秋与饶孟侃的说法,看来都有根据,如系在美开始的习作,按当时情形看,一定也可能是闻回国后有感才整理出来发表的。用此诗解释闻回国后心情,十分合情理。"③ 综上所述,我相信闻一多早在美国时就已经写出了《死水》的初稿,但也不排除他回国后可能对此诗有所修改,因为闻一多是个热衷于修改的诗人。在我看来,对《死水》创作时间的判断突出反映了一个问题:诗人固然靠观察写作,更靠记忆和想象写作。华兹华斯认为:"诗人和别人不同的地方,主要是在诗人没有外界直接的刺激也能比别人更敏捷地思考和感受,并且又比别人更有能力把他内心中那样地产生的这些思想和情感表现出来。但是这些热情、思想和感觉都是一般人的热情、

---

① 赵毅衡:《对岸的诱惑》,知识出版社,2003 年,第 26 页。
② 《礼拜四》,见《闻一多全集》第 1 卷,第 300 页。
③ 许芥昱:《新诗的开路人——闻一多》,波文书局,1982 年,第 125 页。

思想和感觉。"①既然闻一多可以在美国写《醒啊!》和《七子之歌》,为什么就不能写《死水》呢?

再看《死水》诗集中的诗歌创作时间。《死水》诗集无疑经过了诗人的有意编排。《口供》可以视为序诗,《闻一多先生的书桌》是个很好的总结。其余二十六首诗歌分别涉及自我及他者、亲情与爱情、国情和民生。可以肯定的是,《死水》中的诗绝对不是按照创作时间的先后安排的。遗憾的是,其中的诗大多未注明创作时间,而且当时的闻一多书信也很少提及相关信息,这给《死水》中的诗歌创作编年造成了难度。不过,其中有四首诗是闻一多回国前发表的,可以确定是在美国写成的。这四首诗是《大鼓师》《你看》《也许——葬歌》《洗衣歌》。集外诗是未被收编的"死水",其中作于美国的篇目就更多了。1923年的《笑》和《园内》②,1924年的《另一个中国人的回答》和《大暑》,1925年的《相遇已成过去》《渔阳曲》《闺中曲》《醒啊!》《七子之歌》《长城下之哀歌》《爱国的心》和《我是中国人》。至于闻一多回国之后创作的情况比较复杂,不过从他的书信中可以获得一些间接信息:

> 回国后仅仅做了两首诗,到艺专来后,文艺整个放在脑袋后边去了,长此以往,奈何! 奈何!(1926年1月23日《致梁实秋》)
>
> 一入国内,俗事丛身,九月之久,仅成诗两首。江郎将从此搁笔乎?(1926年1月《致梁实秋、熊佛西》)
>
> 别后诗思淤塞,倍于昔时。数月来仅得诗一首,且不佳。惟于中国文学史,则颇有述作,意者将来遂由创作者变为研究者乎?(1926年冬《致饶孟侃》)
>
> 诗极好,依然是那样一泓秋水似的清。我自己是惭愧极了。故纸堆终竟是把那点灵火闷熄了。近来也颇感着技痒,只是不知道如何下笔,干着急。怕的是朋友们问起我的诗。(1930年11月

---

① 华兹华斯:《〈抒情歌谣集〉序言》,见《十九世纪英国诗人论诗》,人民文学出版社,1984年,第18页。

② 《笑》其实为《秋色》的缩写。《秋色》见《红烛》。

第三章　闻一多诗歌语言的来源及其转化

7 日《致饶孟侃》）

　　子沅、子离：足二三年，未曾写出一个字来。今天算破了例。（1930 年 12 月 10 日《致朱湘、饶孟侃》）

　　久已想找你谈谈，老没有机会，话闷在心里，再加上周来疟魔的高温的力量，思想发酵了。整十五年没写诗，今天为你张奚若破戒了，就恕我拿你开刀吧。计划是要和教授阶级算帐，除你外，还有潘光旦，冯友兰，钱穆，梁宗岱，沈从文，卞之琳，和闻一多自己等七个冤家，题名曰八教授颂。(1944 年 7 月 1 日《致张奚若》）①

这些信息清楚地表明了闻一多诗歌创作的间歇和停顿情况。其中值得注意的是以下几个数字：一是"九月之久，仅成诗两首"。闻一多回国的时间是 1925 年 5 月，从 1925 年 9 月到 1926 年 1 月，他只写了两首诗。这两首诗是什么呢？试看其同期诗歌的发表情况，从回国到 1926 年 1 月，闻一多共发表十首诗，其中有三首后来被收入《死水》，《闻一多先生的书桌》作于 1924 年。② 另外两首为《狼狈》和《末日》。其余 7 首为集外诗，分别是《回来了》《故乡》《叫卖歌》《纳履歌》《南海之神》《秦始皇帝》和《抱怨》。可以确定的是《南海之神》是在美国写的③，既然此时他"仅成诗两首"，说明其余六首都是在美国写的。从内容来看，此时仅成的两首诗应该是《故乡》和《回来了》，特别是后者，写的正是归国途中的情景和心情。

　　1926 年，闻一多发表了八首诗，其中有四首后来被收入《死水》，即《天安门》《死水》《黄昏》和《春光》。可以确定的是《天安门》作于 1926 年 3 月。④ 另外三首诗《死水》《黄昏》和《春光》发表于 4 月。其中，《死水》和《黄昏》发表于同一天同一张报纸上。《死水》的创作情

---

　　① 见《闻一多全集》第 12 卷，湖北人民出版社，1993 年，第 230、231、237、251、253、387 页。
　　② 刘介民：《闻一多主要著述年表》，见《闻一多　寻觅时空最佳点》，文津出版社，2005 年，第 340 页。
　　③ 1925 年 3 月，闻一多致信梁实秋："近作有长诗《南海之神》（中山先生颂）可以尽《大江》有优先权。"见《闻一多全集》第 12 卷，第 216 页。
　　④ 见《闻一多研究资料》（下），许毓峰等编，北岳文艺出版社，1986 年，第 890 页。

况见上述分析。集外的四首诗分别是《唁词——纪念三月十八日的惨剧》《欺负着了》《比较》和《鸟语——送友人南归》。这些诗全部发表于1926年5月之前,由此可见,1926年上半年,闻一多的创作状态还是不错的。但后半年就不行了,由于他离开北京艺专,去了政治大学,诗歌发表也随之中断。1926年冬,闻一多所说的"数月来仅得诗一首,且不佳",这里的"数月来"应该是离开北京之后的几个月。至于所得的一首诗应该是《忘掉她》,该诗写于1926年冬①,当时,闻一多的长女闻立瑛夭折。其余几首相关的诗歌《你莫怨我》《我要回来》也应比较接近。

1927年,闻一多发表了九首诗,除了《贡献》以外,其余八首后来都被收入了《死水》。这八首诗是《心跳》《罪过》《一个观念》《发现》《收回》《什么梦?》《口供》《你莫怨我》和《"你指着太阳起誓"》。这些诗均发表于1927年下半年。这时,闻一多离开了总政治部和南京土地局,重新回到高校,因而迎来了一个新的创作高峰期。据相关情况分析,《心跳》应作于1926年5月至1926年冬天之间。②《什么梦?》其实是对《闺中曲》的改写,《闺中曲》发表于1925年4月5日《晨报副刊·文学旬刊》第66号,表明此诗作于美国。其余诗歌也许是当年所作,不过,《发现》中的感觉应产生于回国之初,但这并不否认闻一多经过长期酝酿才把这种感受写了出来。

《死水》中还有八首诗未注明发表日期,但并非都是首发。《泪雨》创作于美国,与《大暑》(作于1924年)一起出现在致朱湘的信中,后来被朱湘发表于1925年4月2日的《京报副刊》上。《祈祷》为《我是中国人》的缩写稿,《我是中国人》发表于1925年7月15日《大江季刊》第1卷第1期上,是在美国写的。《飞毛腿》从风格上和《天安门》非常接近,应为同期作品。《夜歌》作于1926年7月。③《荒村》的小序引用

---

① 《闻一多著译系年目录》认为《忘掉她》作于1926年秋冬之间,显然没有道理。因为闻立瑛夭折于1926年冬,悼诗只能后推,不能前移。见《闻一多研究资料》(下),许毓峰等编,北岳文艺出版社,1986年,第890页。
② 见本书第二章第三节对《心跳》一诗的分析。
③ 闻黎明、候坤菊:《闻一多年谱长编》,湖北人民出版社,1994年,第337页。

第三章 闻一多诗歌语言的来源及其转化

了1927年5月19日的《新闻报》,应为当年所作。《一句话》也应作于1927年。

1928年1月,闻一多的诗集《死水》出版。这一年,他只发表了一首诗《回来》,同时为武昌艺术专科学校创作了一首校歌。1930年底,创作了《奇迹》,所谓"足二三年,未曾写出一个字来"。1944年,他说自己"整十五年没写诗",大致就是《奇迹》(写于1930年底)之后未再写诗。当然,这只是大体情况,也许偶尔会有些例外,或许有时写了诗却不被作者认可。如《凭藉》和《我懂得》就写于《奇迹》之后。《凭藉》作于闻一多在青岛大学任教时期(1930年秋到1932年夏之间);《我懂得》发表于1935年3月22日的《武汉日报·现代文艺》。①

二 《死水》研究述评

一般而言,谈到闻一多必定谈到《死水》这首诗,因而关于它的研究成果十分丰富。在表达自己的看法之前,如果不把握别人的相关研究成果,写出来的文字可能会完全无效。首先看一下闻一多本人的自我评价:

> 这首诗从第一行
> 这是|一沟|绝望的|死水
> 起,以后每一行都是用三个"二字尺"和一个"三字尺"构成的,所以每行的字数也是一样多。结果,我觉得这首诗是我第一次在音节上最满意的试验。②

我只觉得自己是座没有爆发的火山,火烧得我痛,却始终没有能力(就是技巧)炸开那禁锢我的地壳,放射出光和热来。只有少数跟我很久的朋友(如梦家)才知道我有火,并且就在《死水》里

---

① 陈子善:《闻一多集外情诗》,发表于《书城》2008年第1期。
② 闻一多:《诗的格律》,见《闻一多全集》第2卷,第144页。

感觉出我的火来。①

闻一多的这两次自我评价都有自我辩解的意思。他之所以写第一段话,是因为"近来有许多朋友怀疑到《死水》这一类麻将牌似的格式"。在他看来,诗人并非故意用麻将牌似的格式表达自己的感情,而是为了有力地表达感情,最好借助这种整齐的格式,因为铿锵的音节带来了字数的整齐,换句话说,是"音乐的美"导致了"建筑的美"。第二段话是对臧克家来信的回复。40年代时,有人认为闻一多只长于技巧却没有激情,臧克家把这种言论告诉了他。闻一多说他不是没有"火",但"火"潜藏在"水"下面。这正是《死水》的突出风格。一个值得注意的问题是,《死水》为什么只选了二十八首诗?他不是无诗可选,事实上,同期的集外诗仍有二十四首之多。许芥昱指出:"……集中有诗二十八首,跟英国诗人亨利(William Evnert Henley)的《在医院中》那一组诗的数目字是一样的,这大概不是巧合吧!记得一九二五年闻一多曾说过,他很想仿照亨利的那一组诗,写一组自由体的白话诗。"②在给朋友的信里,闻一多确有类似的表述:"现拟作一个 series of sketches,描写中国人在此邦受气的故事。体裁用自由诗或如 Henley 底'In Hospital'。但散文则做不出。"③闻一多写此信时是1925年1月11日,这表明诗集《死水》早在美国时就已在计划中了,其重心正是"在此邦受气的故事"。至于自由体并未贯彻,这应该和他的文化转向及回国后与新月派同仁开展的格律运动有关。从入选《死水》的诗歌来看,闻一多明显确定了一个标准:只选那些形式整齐、讲究格律的短诗,其整体风格是以理性("死水")节制激情("火山")。所以,《死水》中没有选《园内》《渔阳曲》《长城之哀歌》《南海之神》等较长的诗,像《七子之歌》那样抒情性很强的诗也未入选。不能说这些诗写得不好,而是它们与《死水》的风格不合。

---

① 闻一多:《致臧克家》,见《闻一多全集》第12卷,第381页。
② 许芥昱:《新诗的开路人——闻一多》,波文书局,1982年,第111页。
③ 闻一多:《致梁实秋》,见《闻一多全集》第12卷,第210页。

第三章 闻一多诗歌语言的来源及其转化

> 《新月》三卷二号中沈从文的《评死水》,看见没有?那篇批评给了我不少的奋兴。……你们知道我不是那种追逐时髦,渔猎浮名的人。我并不为从文替我作了宣传而喜欢(当然论他的声价,他的文字,那文章的宣传的能力定是不小),实在他是那样的没有偏见的说中了我的价值和限度。我是为得了一个"知音"而欢喜。①

这是闻一多见到沈从文(1902—1988)批评《死水》后的真实感受。沈从文的批评针对的是整本诗集,而非《死水》一诗。他把《死水》界定为一本"理知的静观的诗",一本"标准诗歌":

> 《死水》一集,在文字和组织上所达到的纯粹处,那摆脱《草莽集》为词所支配的气息,而另外重新为中国建立一种新诗完整风格的成就处,实较之国内任何诗人皆多。《死水》不是"热闹"的诗,那是当然的,过去不能使读者的心动摇,未来也将这样存在。然而这是近年来一本标准诗歌!在体裁方面,在文字方面,《死水》的影响,不是读者,当是作者。②

沈从文的判断非常准确,甚至可以说是敏锐的,他把《死水》作为一种新风格的标准诗歌,并指出它影响的不是读者,而是诗人,这是很有预见性的评论。四年后,苏雪林(1897—1999)在《现代》上发表文章《闻一多的诗》,从诗歌语言的细节入手,全面评价了闻一多的《红烛》和《死水》:

> 《红烛》是一九二三年出版的,《死水》则在一九二八年。短短的五年内,技巧有惊人的进步。譬如说《红烛》注意声色,《死水》

---

① 闻一多:《致朱湘、饶孟侃》,见《闻一多全集》第12卷,第253—254页。
② 沈从文:《论闻一多的〈死水〉》,见《沈从文全集》第16卷,北岳文艺出版社,2002年,第110—111页。

> 则极其淡远,《红烛》尚有锤炼的痕迹,《死水》则到了炉火纯青之候;《红烛》大部分为自由诗,《死水》则都是严密结构的体制;《红烛》十九可懂,《死水》则几乎全部难懂。这真是一个大改变,一个神奇的改变,我几乎不信,两本诗集是出于同一人之手。
>
> 闻氏的《死水》是象征他那时代的中国。死水里也有所谓美,便是人家乱扔的破铜烂铁,破铜上能锈出翡翠,铁罐上能锈出桃花,臭水酵成一池绿茵茵的酒,泡沫便成了珍珠,还有青蛙唱歌,好像替这池水谱赞美曲。生在那时代的旧式文人诗人,并不知置身这种环境之可悲可厌,反而陶陶然满足,自得其乐。只有像闻一多那类诗人,看出这池臭水是绝望的,带着无边厌恶和愤怒的心情,写出这首好歌、奇歌。①

苏雪林把闻一多的两本诗集做了多方面的比较,并指出其间的巨大变化;同时把"死水"视为当时中国的象征,并分析了诗人对它的否定态度。这是很中肯的评价。闻一多在和费孝通谈话时曾提及此诗,从侧面证实了苏雪林的看法:"知识分子对现实无可奈何的一种想法,我自己过去就有过,而且钻进故纸堆,就象你们知道的,听任丑恶去开垦,看它造成个什么世界!结果呢?明哲可以报身,却放纵国民党反动派把国家弄成现在这样腐败、落后、反动,所以我们不能不管了,决不能听任国民党反动派为所欲为了。"②针对《死水》"爱国"论,梁实秋发表了不同的看法。他认为《死水》是闻一多的代表作之一,但它表达的并非"爱国思想",而是"现实的丑恶":

> 这一首诗可以推为一多的代表作之一,我们可以清楚的看出这整齐的形式,有规律的节奏,是霍斯曼的作风的影响。那丑恶的描写,是伯朗宁的味道,那细腻的刻画,是丁尼孙的手段。这首诗的主旨是写现实的丑恶,当然也有"化腐朽为神奇"的企图,一多

---

① 苏雪林:《闻一多的诗》,见《现代》1934年1月,第4卷3期。
② 《闻一多萃语》,闻黎明编,岳麓书社,1966年,第205页。

第三章 闻一多诗歌语言的来源及其转化

为人有一强烈的矛盾,理想与现实的要求在他心里永远在斗争,他想在艺术里诗里求得解脱与协调。我在前面提到的 Grigson 编的那本书也曾提到这一首诗,他说"'一沟绝望的死水'当然即是中国,闻一多终其一生都在希望着破铜烂铁能变成为翡翠一般的绿。"这完全是附会。……他有爱国思想,但不是表现在这首诗里。①

朱自清先后两次评价《死水》。起初谈的是整个集子:"《死水》前还有《红烛》,讲究用比喻,又喜欢用别的新诗人用不到的中国典故,最为繁丽,真教人有艺术至上之感。《死水》转向幽玄,更为严谨;他作诗有点像李贺的雕镂而出,是靠理智的控制比情感的驱遣多些。"②用理智节制情感是《死水》的主要特色,格律化以及戏剧化都是闻一多用于有节制地表达情感的方式。闻一多去世后,朱自清主编《闻一多全集》,他在序言中再次论及《死水》:"这不是'恶之花'的赞颂,而是索性让'丑恶'早些'恶贯满盈','绝望'里才有希望"③,不仅揭示了《死水》风格的来源,而且揭示了该诗主题的深度和复杂性。

文学史家司马长风(1920—1980)关于《死水》的评论言简意赅:"无一节不铿锵有声,无一行不灿烂夺目,无一字不妥帖精当。最大的本事在于每一句都是一清二白的口语,但却是光彩四射的诗句。他完全实践了自己主张的格律,并得到完美的成功。这首诗象征了新诗的成熟,是新文学的一个里程碑。"④汉学家马悦然的观点之深刻不可低估:

他的《死水》我认为是非常伟大的作品——这是/一沟/绝望

---

① 梁实秋:《谈闻一多》,传记文学出版社,1987 年再版本,第 35—36 页。
② 朱自清:《中国新文学大系·诗集导言》,见《中国现代诗论》(上),花城出版社,1985 年,第 245 页。
③ 朱自清:《开明版〈闻一多全集〉序》,见《闻一多全集》第 12 卷,湖北人民出版社,1993 年,第 443 页。
④ 司马长风:《中国新文学史》(上卷),昭明出版社,1980 年,第 202 页。

的/死水,清风/吹不起/半点/漪沦。《死水》是闻一多在诗歌构建方面最成功的实验,是五四运动期间诗歌中最悲哀的一首诗,是现代中国文学中韵律最完美的挽歌式的诗歌。他的诗有一种建筑的美,他是个诗歌建筑家,他的诗歌都有一个美丽的形式,非常好。①

马悦然对《死水》的分析主要侧重于形式方面,并从形式方面揭示了《死水》的伟大,所谓"现代中国文学中韵律最完美的挽歌式的诗歌"。除此以外,现当代学者还有许多关于《死水》的论述。如陈卫从"死"字展开分析,很有特色:"'死'表示着生命的终结。死去的人及生物体在生命终结之后往往回归大地,重返自然,空间上不能再现,无踪无迹。然而,'死'了的水不同,它不会消失,它却不动地出现在人们的视野之内,生命在形式上还存在着……它能够永不消失地展览它的生命枯竭状态,让人们随时感受生命的可厌,死亡的可恶,自由不可得的可悲。"②李乐平认为《死水》是"唯美、颓废和爱国的统一"③,这是典型的大杂烩,有堆砌的嫌疑。究其原因,这种观点不是来自对作品的具体分析,而是把各种不同的观点强行套到一个作品里,尽管这样说比较保险,或者总有一个符合作品的观点,但整体上并无可取之处,因为批评需要判断力,而这种大杂烩缺乏的正是判断力。

三 《死水》的美与丑

> 这是一沟绝望的死水,
> 清风吹不起半点漪沦。
> 不如多扔些破铜烂铁,
> 爽性泼你的剩菜残羹。

---

① 2005 年 10 月 20 日《南方周末》,见《闻一多研究动态》第 58 期。
② 陈卫:《论闻一多诗歌中的生命意识》,见《闻一多诗学论》,陈卫著,广西师范大学出版社,2000 年,第 289—290 页。这可以视为对苏雪林观点的发挥。
③ 李乐平:《唯美、颓废和爱国的统一》,见《江南大学学报》2005 年 2 月第 4 卷第 1 期。

第三章　闻一多诗歌语言的来源及其转化

　　也许铜的要绿成翡翠，
　　铁罐上锈出几瓣桃花；
　　再让油腻织一层罗绮，
　　霉菌给他蒸出些云霞。

　　让死水酵成一沟绿酒，
　　漂满了珍珠似的白沫；
　　小珠们笑声变成大珠，
　　又被偷酒的花蚊咬破。

　　那么一沟绝望的死水，
　　也就夸得上几分鲜明。
　　如果青蛙耐不住寂寞，
　　又算死水叫出了歌声。

　　这是一沟绝望的死水，
　　这里断不是美的所在，
　　不如让给丑恶来开垦，
　　看他造出个什么世界。①

《死水》共五节，每节四行，每行九个字，具有建筑美。在我看来，"这是一沟绝望的死水"，对于理解《死水》具有重要的意义。从这句诗本身来说，它具有鲜明的指代性和现场感，如同一个人边说话边指点，告诉你此处是一沟死水。"死水"时空体初露端倪。但是，诗人不仅指出死水的死寂本质，而且表明它是令人绝望的。绝望，这是诗人对死水的主观评价，表明他与死水对峙已久，既无法摆脱，也难以改造，只能和它持续并存。死水因此成为一个主观与客观的结合物。从整首诗歌来说，

---

　　① 闻一多：《死水》，见《闻一多全集》第1卷，第146—147页。

这是结构全诗的一个句子,它领起全诗,并预伏了全诗的感情基调。

第二句写死水之死,"清风吹不起半点漪沦",三四句转入对待死水的主观态度:既然死水已死,而且不可救药,不如干脆让它更死些:"不如多扔些破铜烂铁,/爽性泼你的剩菜残羹。"第二节可以被并入第一节,或者视为第一节的延续,这一节是对死水的客观描写,也是对它的主观感受。"破铜"引出第一句,"烂铁"引出第二句,"剩菜"引出第三句,"残羹"引出第四句,逻辑严密。在诗中,这四种客观物象都被主观化了,分别成为翡翠、桃花、罗绮和云霞的幻象,语言具有绘画美。至此,丑全部被美置换。

第三节为"承",诗人继续描写死水的外在景观,把死水比成"一沟绿酒",意在突出其整体性。以下三句写散布各处的雷同性细节:死水上到处漂满了白沫,它们被诗人喻为"珍珠",这些"珍珠"不断汇合扩大,最后在花蚊的偷嘴中纷纷破碎。从整体来看,这一节继续描绘了死水的视觉画面,同时出现了细微的声音,如小珠变成大珠的过程伴随着声音,所谓"笑声",意思是"笑一声",为了保持诗句的整齐,三个字被压缩成了两个。① 此外,大珠的破碎也会释放出声音。至此,所有被美置换的丑又恢复了原状。

第四节一开始出现了"一沟绝望的死水",这不是对第一节的照应,而是对第三节的总结。事实上,这一节的前两句都属于对第三节的总结,或者说是对死水鲜明意象的概括;后两句转入听觉,以青蛙的叫声反衬死水的寂静。从结构上来看,与其说这一节是"转",不如说它仍然是"承"。无论是从视觉到听觉,还是从寂静到声音,其中的转折力度都不大。

第五节显然是"合","这是一沟绝望的死水"的主调再次响起,一个更简捷的判断随之而来:"这里断不是美的所在。"至此,对死水的一切幻化全部遭到否定,既然如此,诗人说干脆把死水交给丑恶算了,看

---

① 在《死水》诗集中,此句原为"小珠笑一声变成大珠",后来闻一多编选《现代诗抄》时把它改成了"小珠们笑声变成大珠"。这个修改意在突出群象,却致使诗歌表意不明,改得并不成功。

第三章 闻一多诗歌语言的来源及其转化

它能丑到什么程度。这其实与第一节后两句的表述完全相同,只是写法上从具体转向了抽象。"看他造出个什么世界",这句诗的声音很大,更重要的是,它能产生经久不息的回声,这种回声使一个被否定的世界变得耐人寻味。原因不在别的,因为诗人否定的这个世界正是现实世界,而且是他正处身于其中的现实世界。就此而言,这种否定几乎是对自己的否定,也是对一个时代的否定。不难体会,这种否定中包含着诗人多么巨大的痛苦。令人惊叹的是,《死水》的句式非常整齐,而语气却非常活泼,诗中的虚拟式幻象与强烈的反讽倾向丝毫不曾受整齐句式的限制。这首诗真正做到了用音乐美统率建筑美。

在诗中,"死水"时空体既是一个具体的地方,也是一个普遍的隐喻,正是后一点使这首诗显得非同寻常起来。因为它使诗人的经验从一个很小的地方扩大到了与此类似的所有空间,并使死水成为现实社会的整体象征,也使死水的"死"成为时代氛围的隐喻。就此而言,"死水"是中国的"荒原"。值得注意的是,"死水"的普遍有效性可以在闻一多的另一首诗中得到印证。《荒村》是一首写实性作品,在某种程度上,它使"死水"这个象征时空体变得具体,或者说把它现实化了:"临淮关梁园镇间一百八十里之距离,已完全断绝人烟。汽车道两旁之村庄,所有居民,逃避一空。农民之家具木器,均以绳相连,沉于附近水塘稻田中,以避火焚。门窗俱无,中以棺材或石堵塞。"这段话出自民国十六年5月19日《新闻报》的报道,闻一多把它变成以下诗句:

> 虾蟆蹲在甑上,水瓢里开白莲;
> 桌椅板凳在田里堰里漂着;
> 蜘蛛的绳桥从东屋往西屋牵?
> 门框里嵌棺材,窗棂里镶石块![①]

在这里,恐怕无人会否认"荒村"时空体就是"死水"时空体,因为隐喻

---

① 闻一多:《荒村》,见《闻一多全集》第1卷,第156页。穆旦也写过一首《荒村》。对于他们来说,"荒村"既是对当时中国的客观写照,也可能受到艾略特《荒原》的启发。

总是对现实的隐喻,隐喻本身就包含了概括和凝缩,它更具有普遍性。

如前所述,《死水》与米蕾的一首十四行诗有继承关系,但它明显超越了后者。原因并不在于他们笔下的现实有何差异,而在于诗人对待现实的态度不同。米蕾笔下的城市分明具有两面性,"美哦,她真是无所不居","美裹着蛛网头巾,/还绣着极端出格的花边!"也就是说,城市中同样充满了美,但美与丑是共存的。对此,诗人的态度是肯定的,所谓"我依然收获美"。而闻一多就不同了,他笔下的一切都是丑的,这些丑不是出于诗人的杜撰,而是诗人对现实的真切反映,诗人也曾试图美化它们,但所有的美化最终都失败了,甚至使美化的过程也显得虚幻浮夸,荒谬可笑,像"珍珠似的白沫"一样纷纷破灭。事实上,这是诗人讽刺现实的一种有效手段。无论是对丑的曲折美化,还是对丑的断然否定,闻一多对现实的态度与米蕾都是迥然有别的。具体地说,他将米蕾那种单纯的审美观念问题扩展为艺术与现实的关系问题,从而使《死水》获得了广阔的社会视野,并使它成为一个时代的隐喻。这是米蕾的作品根本不具备的。

从艺术手法上来说,《死水》是一部写丑的作品,准确地说,是"化丑为美"的作品。丑来自社会现实,美指的是诗人对现实的艺术化。对于闻一多来说,丑是一种敌对的社会环境,一种不良的社会氛围,"化丑为美"从根本上体现了闻一多对现实的批判精神。传统艺术只表达美好和谐的事物,将现实中的丑陋面纳入写作范围是现代艺术的一个突出特征,其代表作是波德莱尔的《恶之花》。事实上,闻一多对丑的吸收来自中外两个传统,其中既有对波德莱尔、丁尼生和伯朗宁等西方诗人的借鉴,也包括他对中国传统艺术的继承:

> 文中之支离疏,画中的达摩,是中国艺术里最特色的两个产品。正如达摩是画中有诗,文中也常有一种"清丑入图画,视之如古铜古玉"的人物,都代表中国艺术中极高古,极纯粹的境界;而文学中这种境界的开创者,则推庄子。诚然《易经》的"载鬼一车",《诗经》中的"牂羊坟首"早已开创了一种荒诞丑恶的趣味,但

第三章 闻一多诗歌语言的来源及其转化

没有庄子用得多而精。①

在写丑时,闻一多是很慎重的,一方面他认为真正反映现实的诗人不应回避写丑(因为丑已经成为现代生活的一部分),否则,他的作品就会显得不真实;但是写丑应经过必要的艺术转化,并表达对丑的否定态度与超越倾向。韩愈在《元和圣德诗》里写了刘闢受剐刑的情景:"末乃取闢,骇汗如写。挥刀纷纭,争刌脍脯。"以"指事写实"的笔法写刘闢被千刀万剐的情景,令人触目惊心。苏辙对此提出批评,闻一多认为是合理的。在这个问题上,他确定了一个界线:"'丑'在艺术中固有相当的地位,但艺术底神技应能使'恐怖'穿上'美'的一切的精致,同时又不失其要质。"②这正是"化丑为美"的意思,《死水》一诗就是这种观念的完美实现。③

综上所述,《死水》并不唯美,因为诗中写了大量的丑;也不颓废,因为诗人对所写的对象持批判立场;也不爱国,如果把"死水"视为当时中国的象征,那样的国家只能让人厌恶,不可能让人热爱。在我看来,《死水》是一首具有强烈反讽色彩的批判现实主义诗歌。

---

① 闻一多:《庄子》,见《闻一多全集》第9卷,第16页。贾岛也是个写丑的诗人,见闻一多的《贾岛》。
② 闻一多:《〈冬夜〉评论》,见《闻一多全集》第2卷,第86页。
③ 化丑为美在闻一多的诗中已形成一个系列,如《烂果》《末日》《夜歌》等,其佼佼者无疑是《死水》。

结论　闻一多诗歌语言的当代意义

从诗歌创作实绩来看,闻一多的新诗创作时间不到十年,基本上在30岁以前就停止了创作。好在他才分极高,而且对诗歌异常热诚,创作了不少被人传诵一时或影响深远的诗歌。但由于种种原因,闻一多的诗歌质量参差不齐,所幸他奉献了一部高质量的诗集《死水》。其中佳作如云:《"你指着太阳起誓"》《大鼓师》《也许》《死水》《心跳》《发现》《天安门》《洗衣歌》和《闻一多先生的书桌》都是比较完善的作品,体现了闻一多诗歌语言的最高水准。在我看来,闻一多的意义不仅在于他创作了什么作品,更在于他的创作在新诗诞生之初有力地推动了诗歌形式的建设。帕斯认为:"对诗歌来说形式是实质性的,因为这是我们对抗死亡与岁月消耗的手段。形式是为了持久而采取的。有时是一种挑战,有时是一座堡垒,有时则是一个纪念碑,但永远是一个持久的意志。"①闻一多的姿态无疑具有挑战性,尽管他未能完全攻下新诗形式的堡垒,但他的诗歌创作确实起到了纪念碑的作用,对抗着"死亡与岁月消耗"。总体而言,也许闻一多并非中国新诗史上的大诗人,却是一位影响至今的重要诗人。1987年,汪曾祺(1920—1997)在美国耶鲁和哈佛大学演讲,一开始就提到了闻一多的语言观:

> 中国作家现在很重视语言。不少作家充分意识到语言的重要性。语言不只是一种形式,一种手段,应该提到内容的高度来认识。最初提到这个问题的是闻一多先生。他在很年轻的时候,写过一篇《庄子》,说他的文字(即语言)已经不只是一种形式、一种手段,本身即是目的(大意)。我认为这是说得很对的。语言不是

---

① ［墨西哥］帕斯:《另一个声音》,赵振江译,《帕斯选集》(上卷),作家出版社,2006年,第537—538页。

外部的东西。它是和内容(思想)同时存在,不可剥离的。语言不能像橘子皮一样,可以剥下来,扔掉。世界上没有没有语言的思想,也没有没有思想的语言。①

汪曾祺是闻一多的学生,他勾勒的这条线索突出了闻一多的语言观对后来作家的影响。在中国新诗史上,闻一多诗学的影响是迅速见效的,也是持久深远的,即使现在也没有过时,也不会过时。因为闻一多诗学触及了新诗发展的根本问题,即诗歌语言的特质、诗歌形式与格律建设、诗歌与现实的关系,以及诗歌与其他艺术形式融合的可能性等问题。只要诗歌还存在着,这些问题都不能回避,因为它们既涉及诗歌自身的特点,也关系到不同境遇中的诗歌发展前景。但他虽然提出了这些问题,并做出了相应的探索,但并未把它们真正解决。事实上,这些问题也很难从根本上得以解决,因为诗歌并非孤立之物,它始终是一种社会性的存在。不同的时代总会出现这样那样的新问题,这势必渗透到诗歌当中。谁也不可能一劳永逸地解决诗歌问题,但重要诗人总能在诗歌问题上做出重大推进或扭转局势,并因此使诗歌获得或多或少的新质。闻一多的意义在于他提出了诗歌发展中的一系列关键问题,并在此后的诗歌发展中不断得到回应。就此而言,研究闻一多诗歌语言就意味着探讨中国诗歌的发展之道。

第一节 诗歌形式:在格律与自由之间

谈到泰戈尔的诗,闻一多认为它们存在两个缺憾:"没有把捉到现实""没有形式"。关于后者,他说:"……我不能相信没有形式的东西怎能存在,我更不能明了若没有形式艺术怎能存在!固定的形式不当存在;但是那和形式的本身有什么关系呢?我们要打破一种固定的形

---

① 汪曾祺:《中国文学的语言问题》,见《汪曾祺全集》第 4 卷,北京师范大学出版社,1998 年,第 217 页。

式,目的是要得到许多变异的形式罢了。"①这段话集中表明了闻一多的辨证形式观:诗歌必须有形式,但形式应不断更新,力求多样化。同时,闻一多认为诗歌形式的核心是格律:"本来诗一向就没有脱离过格律或节奏。"②也就是说,诗歌形式可参差可整齐,格律可自由可严谨,但它们都不可或缺,否则就不成其为诗。纵观中国诗史,自由诗与格律诗并非20世纪的产物,其实它们都是历史现象。以诗歌发达的唐朝为例,杜甫有《茅屋为秋风所破歌》这样的自由体诗,更多的是《春望》之类的格律诗;李白有《登金陵凤凰台》这样的格律诗,更多的是《蜀道难》之类的自由体诗。恐怕不能说《春望》高于《茅屋为秋风所破歌》,也很难说《蜀道难》高于《登金陵凤凰台》。诗人用什么体裁写诗,取决于诗人的个性、学养以及所要表达的感情和不同诗体之间的对应关系和适应程度。不论是自由体诗还是格律体诗,都有可能写成好作品。但是对于诗来说,讲究形式与格律始终是正宗和主流,就此而言,格律诗是诗歌的高级形式;而自由诗只不过是诗歌的初级形式,或者说是诗歌的变体。事实证明,在诗歌写作方面并不存在唯一正确的道路,多元并存才是促进新诗繁荣的最佳格局:自由诗,格律诗,半格律半自由诗,如此等等,都无不可。闻一多的意义在于他在特定的历史时期对自由诗进行了有力的纠正,为新诗的写作提供了一种新的维度,即新格律诗。这种做法貌似保守,其实是一种更高程度的融合。它意在使新诗的自由与旧体诗的节制融为一体。

这里不妨简单回顾一下新格律诗的传统。朱自清认为,新诗形式运动的观念源于刘半农和赵元任,第一个有意创新格律的是陆志韦,但影响最大的是闻一多:

> 十五年四月一日,北京《晨报诗镌》出世。这是闻一多、徐志摩、朱湘、饶孟侃、刘梦苇、于赓虞诸氏主办的。他们要"创格",要发见"新格式与新音节"。闻一多氏的理论最为详明,他主张"节

---

① 闻一多:《泰果尔批评》,见《闻一多全集》第2卷,第128—129页。
② 闻一多:《诗的格律》,见《闻一多全集》第2卷,第140页。

结论　闻一多诗歌语言的当代意义

的匀称","句的均齐",主张"音尺",重音,韵脚。他说诗该具有音乐的美,绘画的美,建筑的美;音乐的美指音节,绘画的美指词藻,建筑的美指章句。他们真研究,真实验;每周有诗会,或讨论,或诵读。梁实秋氏说"这是第一次一伙人聚集起来诚心诚意的实验作新诗"。虽然只出了十一号,留下的影响却很大——那时候大家都做格律诗;有些从前极不顾形式的,也上起规矩来了。"方块诗""豆腐干块"等等名字,可看出这时期的风气。①

事实上,任何一个熟悉艺术规律的人都不难理解形式之于诗歌的合理性。尽管闻一多的有些诗受到了形式的限制,尽管新格律诗在30年代遭到了抵制,但是,其格律精神已深入新诗之中,对新诗的发展发挥着有益的影响,并促使那些对诗歌形式心存困惑的人对新诗的现状和前景进行反思。正如叶公超所说:

　　……我们现在的诗人都负着特别重要的责任:他们要为将来的诗人创设一种格律的传统,不要一味羡慕人家的新花样。一种文字要产生伟大的诗,非先经过一个严格的格律时期不可。格律的观念成立之后,也许就有反格律的运动起来。这不要紧,因为那时格律已存在,已在那文字的诗的传统中了,它对于以后的诗人是有用的。②

从某种意义上可以说,闻一多之后,形式和格律如果不在诗歌中明显体现出来,至少已经成为当代诗人的潜意识。《新诗协会》中的写作观念很有代表性。不难看出,这首内涵丰富的诗其实是和闻一多进行的一次潜对话。尽管他没有在诗中出场,但诗中的核心词"镣铐"和"舞蹈"分明源于他的名言"带着脚镣跳舞",这正是最能体现闻一多诗

---

① 朱自清:《〈中国新文学大系·诗集〉导言》,见《中国现代诗论》(上编),杨匡汉、刘福春编,花城出版社,1985年,第244页。
② 叶公超:《谈新诗》,见《中国现代诗论》(上编),杨匡汉、刘福春编,花城出版社,1985年,第322—323页。

歌语言精神的两个词。在《新诗协会》中,臧棣沿用了闻一多的诗歌语言:"舞蹈"即写诗,"镣铐"即诗的格律。臧棣是个形式感很强的诗人,但他并不完全赞同闻一多的观念,他认同"诗是一种舞蹈",但对镣铐的位置做了纠正:"制作它,并不一定要戴上它",而是把它"放到柜子顶上"。也就是说,创造格律是必要的,但未必把它直接用于诗歌,然而又必须使诗歌处于格律的诱惑下,使它们形成潜在的呼应关系:"当我跳舞,它就在一旁静静地观摩着。"由此可见,诗歌不可能脱离格律和形式,而是处于永恒的格律场和形式感之中。

1985年,诗人邹绛编选出版了一部《中国现代格律诗选》,收集了1919至1984年间的新格律诗作品三百五十余首,展示了新格律诗的阵容和发展轨迹。① 新诗发展将近百年之际,王光明对新格律派做了如下总结:"像何其芳、卞之琳关于'现代格律诗'的理论和实践,就是对早期闻一多、朱湘,中期的吴兴华、林庚等人的形式探索的延续与深化,这种探索后来又延伸到周策纵'定型新诗体'的提议中。虽然这方面的探索被视为'形式主义',被主流诗歌长期遮蔽,呈现出断断续续、欲断还续、欲续又断的状态,却是现代汉语诗歌发展非常值得重视的追求。"②从王光明的话中不难看出,长期占据新诗主导地位的是自由体诗,而且涌现出了艾青、北岛等大诗人,但他们也并非纯粹的自由体诗人,因为他们的诗也比较讲究形式,而且有些诗格律性很强。对于当代诗歌而言,健康的发展之道也许应该是处于格律与自由之间,一味的格律无疑是作茧自缚,而全然的自由只能离诗愈远。对此,九叶诗人陈敬容(1917—1989)的总结具有一定的普遍性:"根据自己的新诗创作实践,逐步得出了一点自以为是的体会:即凡属较为广阔的、较为新鲜活泼的内容,格律体往往不容易容纳;而凡属较为深沉或细致的思想感情,自由体有时也不易表达,因而我主观地认为,最好以每首诗所要表达的内容,作为选取形式的标准。"③

---

① 《中国现代格律诗选》(1919—1984),邹绛编,重庆出版社,1985年。
② 王光明:《现代汉诗的百年演变》,河北人民出版社,2003年,第18页。
③ 陈敬容:《学诗点滴》,见《诗探索》1981年第2期。

结论　闻一多诗歌语言的当代意义

至于能否还会形成一种接近于律诗的新诗体,人们看法不一。艾青对此持否定态度:"在生活内容越来越丰富的时代,人们的爱好也越来越丰富,无论从为了表现生活的需要出发,还是从满足人们的爱好出发,都不可能达到形式上完全的统一;要求形式上完全的统一是天真的想法。"①而冯雪峰(1903—1976)却认为这是可能的:"根据我们中国人民的语言的性质,我觉得我们新诗要建立完全新的格律,是完全可能的。我们一般地坚持新诗的自由创造的原则和精神,但绝对不是不可以建立某种或某几种相当有一定规律可循的格律。三十多年来新诗的摸索过程,就是时时在要求这类格律,并且为了不能建立这类格律而苦闷。"②在我看来,否定新诗会形成统一形式和新诗格律的看法可能是贸然的。在《诗经》时代,甚至到了汉代,人们还不可能看到律诗的影子;而新诗还不足百年,能否形成一种新诗体可能还处于人们的预料之外。人只能生活在历史的中途,难免受到现实语境的制约。唯一可行的方法也许是通过历史预见未来。通过考察《楚辞》对七言诗形成的曲折影响,林庚得到如下认识:

> 这个历史经验告诉我们说,诗坛在经过散文化的洗礼之后,就必须进行语言形式的再度诗化。楚辞的形式只是一个半诗化的过程,它只能成为介于诗文之间的赋体,还不能满足诗坛的要求。而从半诗化达到完全诗化的成熟阶段,并不是垂手可得的。任其自为的慢慢发展,也总有一天会成熟的,而时间上却往往是几百年的漫长的岁月。五言诗在四言诗之后的出现是这样,七言诗在楚辞之后的出现也是这样的。③

---

① 艾青:《诗的形式问题》,见《中国现代诗论》(下编),杨匡汉、刘福春编,花城出版社,1985年,第18页。
② 冯雪峰:《我对于新诗的意见》,见《中国现代诗论》(下编),杨匡汉、刘福春编,花城出版社,1985年,第7页。
③ 林庚:《谈谈新诗 回顾楚辞》,见《新诗格律与语言的诗化》,经济日报出版社,2000年,第102页。"垂"似应为"唾"。

为新诗赋形

本来楚辞中就已经出现了七言诗的雏形,为什么七言诗迟迟没有形成呢?林庚认为其原因是诗歌散文化的程度还不够,"新诗在彻底的散文化之后要形成它自己的成熟的诗歌形式"也不是唾手可得的。由此可见,林庚不仅相信新诗终将出现新的诗体,而且试验了"九言体""十言体"以及"十一言体"等不同方式,以争取早日促成新诗的定型化。古人云:"分久必合,合久必分。"诗歌也是这样:自由之后必趋于格律,格律形成后又会出现自由化的倾向,并促使格律走向解体,随后会再次探求新的格律。从无到有,从定型到打破,再从打破到重建,总之,诗歌永远围绕格律而运动,格律是存在于诗歌中的永恒冲动,而自由只不过是达成新格律的中介。因此,在新格律形成之前,诗人普遍处于形式的焦虑中,只有等新格律形成之后,诗歌才有可能成熟,并产生伟大的作品,这就是格律与形式对于诗歌的重要意义。对此,林庚做了很好的总结:

> 一切艺术形式归根结蒂,都无非是为了更有利于某种特殊的艺术性能,为了充分发挥某种特殊艺术性能而具备的特殊手段(或工具),否则一切艺术形式都是不必要的。作品的高下并不决定于形式,而是最后决定于其艺术性能之发挥得如何。形式的存在因此也必正是一种便利而不是束缚,更不是因为自由得不耐烦了故意找个桎梏。但形式既是一种手段(或工具),在还没有充分掌握自如之前也可能带来一定的束缚和桎梏。这好比初次穿上冰鞋在冰上行走,它可能还不如不穿冰鞋走得更痛快些,甚至于还不免要跌跤。可是在跌过几次跤之后,最后得到的却是更大的痛快与自由。更大的自由往往正是在掌握了某种规律才获得的,而掌握规律又总是需要过程和代价的。也许正是由于这个缘故,古代五七言诗的成熟才需要那么漫长的时间。①

---

① 林庚:《谈谈新诗 回顾楚辞》,见《新诗格律与语言的诗化》,经济日报出版社,2000年,第103页。

结论　闻一多诗歌语言的当代意义

不过,即使真能形成新的格律,也不应否定自由诗的存在,正如辉煌的唐诗是由近体诗和古体诗共同构成的一样。根据冯雪峰对新诗的展望,将来新诗的形式存在着三种可能:自由体,民歌体和格律体。民歌体大多是半自由半格律的,因此,未来的新诗应该主要是自由体、半自由半格律体和格律体三种。不过,可以确定的是,诗歌始终围绕着一个核心,即闻一多探寻的诗歌形式感。

第二节　诗歌语言:在文本与现实之间

尽管闻一多并非一个纯粹的现实主义诗人,但他始终关注现实。对他而言,现实既包括社会现实,也包括内心现实;既包括时代现实,也包括历史现实。这使闻一多的作品与现实形成了丰富的对应关系。其中特别值得称道的是,他的诗歌流露出浓郁的文化倾向,可以说开了寻根文学的先河。就此而言,闻一多可以视为中国现代文化诗学的先驱人物。在闻一多诗歌语言的四种模式中,显然以抒情语言与象征语言为主,以再现语言与智性语言为辅。而在当前的新诗发展中,这四种语言的位置发生了变化:抒情语言与象征语言的地位貌似衰落,而叙事语言(再现语言)与反讽语言(智性语言)的地位有所上升,同时出现了话语自我指涉的新型诗歌语言,即"语言的诗学":

> 与知识语言中发生的事态相似,描述个人感受性和感知经验的诗歌话语,在象征衰落之后,经历了古典再现式的话语的支配,而现代诗歌的兴起则采用了自主性、封闭性或者说是不及物的语言策略。它们使得对感知经验进行描述的语言自身成为描述的对象。语言越来越多地成为自我描述的对象。新的象征法则以能指形式再度出现在描述的语言中,就像在知识话语中的情况,诗歌话语从再现模式的"没有概念作为中介的知觉",变成了以语言自身为对象的"没有知觉作为中介的概念"。话语的自我参照成为诗歌话语的特征,对象征的参照、对事物的参照并没有彻底消除,它们变成了依赖于语境的次级参照物。语言中固有的象征模式彻底

解体,语言变成了自身的象征。①

这段文字主要谈到了两种变化:从象征语言转向再现语言,以及词与物的关系让位于词与词的关系。在我看来,这并非完全出于诗人的有意选择,也是当代世界图景与诗人的感受力在语言中相遇的结果,尤其是受了马拉美以来的西方诗歌语言理论以及语言学转向的影响:"在兰波和马拉美的作品中,语言已转向自身,它终止了它的所指。它既不指向外部现实,也非外部现实的一种象征。这里的外部现实包括物质的或超感觉的客体。"②不过,我认为语言本体论并不完全成立,准确的说法也许是语言具有独立性,自主性,甚至是主体性,但它并不凌驾于人的主体之上,至多是一种"主体间"的关系。同时还必须看到,富于主体性的语言未必有益于诗歌,因为它仅仅停留于语言本身,与现实缺乏对应关系:既不反映社会现实,也不揭示内心现实,这决定了它只能逞能于一时,难以对诗歌产生持久而有益的影响。如前所述,闻一多对诗歌语言的态度大致处于工具与本体之间,尽管他还保留着语言工具论的痕迹,但已经具有语言本体论的倾向。在这种语言观念的支配下,他绝无一首游戏笔墨或不及物写作。

用口语叙事,是闻一多诗歌的特色之一。口语其实是新诗的源头,早在1926年,闻一多就表明自己并不反对用土白做诗,但他强调必须对土白进行"一番锻炼选择的工作然后才能成诗"③。近年来,诗歌语言的口语化问题主要体现在两方面:或者是大白话,即所谓的"梨花体";或者把口语作为诗歌写作的狭隘资源,甚至当成争夺诗歌话语权的工具。从整体情况而言,这两种倾向都没有超越闻一多的视野。值得注意的是,闻一多的口语叙事已成为当前新诗的一个显著特点。但是叙事性并非叙事的最终目的,正如萧开愚在评价张曙光的诗歌时所说:"这批诗作包括了《给女儿》《为柯奇》和《纪念博尔赫斯》,这是

---

① 耿占春:《失去象征的世界》,北京大学出版社,2008年,第12—13页。
② [墨西哥]帕斯:《变之潮流》,郭惠民译,《帕斯选集》(下卷),作家出版社,2006年,第139页。
③ 闻一多:《诗的格律》,见《闻一多全集》第2卷,第138页。

一批心智成熟、写作从容不迫,各个方面恰到好处的杰作。它们把叙事与抒情交织起来,看上去是叙事,其实是抒情。它们拓宽了抒情诗的视野。"①事实上,萧开愚也写了不少具有叙事性的诗歌,而且大多深沉动人。其中有一首《我如此幸运,同友人到大兴安岭旅行抵达漠河,并于哈尔滨游览太阳岛》,这个题目本身就体现了抒情与叙事的结合。对于诗人来说,叙事与抒情的交织其实就是语言的一种小型综合化。对此,臧棣有过精当的概括:"在 90 年代,诗人对叙事性的运用,特别是在一些优秀的诗人那里(比如翟永明、陈东东、钟鸣、张曙光、孙文波等人),主要不是把它作为一种表现手法来运用,而是把它作为一种新的想象力来运用的。……叙事性,在一些优秀的诗人那里,它显形为一种新的诗歌的审美经验,一种从诗歌的内部去重新整合诗人对现实的观察的方法。从文体上看,它给当代诗歌带来了新的经验结构。"②事实上,这个概括对闻一多的诗歌也是适用的。《李白之死》就是一首充满想象力的虚拟叙事,如臧棣所言,它体现了"一种新的诗歌的审美经验",并且是闻一多从诗歌内部整合现实的一首长诗。但是,叙事性的局限也很明显。正如耿占春指出的,"在现代社会语境中,显现的诗学对现实或真实的要求越来越无法得到满足。显现的诗学置身于这样一种批判性和否定性的语境之中:世界不再能够体现为自足的意义,而世界作为整体存在的显现也越来越不可能"③。因此,即使在诗歌叙事中采用虚构手法,也只能写出现实的"瞬间的和片段的形式",而且,诗人在叙事过程中往往受到事的牵引,很容易丧失主体性或疏离诗歌的本质。

在闻一多的诗歌中,反讽倾向最突出的无疑是《死水》,其他作品中也不乏智性语言。从总体上来看,以理智节制情感是闻一多诗歌的一贯倾向,特别是"死水"时期。以反讽为主的智性语言之所以呈现出上升的局面,这是由现代人的生活境遇决定的。诗歌是映照现实的镜

---

① 萧开愚:《一位持怀疑论的诗人》,见《此时此地》,河南大学出版社,2008 年,第 462 页。
② 臧棣:《记忆的诗歌叙事学》,见《诗探索》2002 年第 1—2 辑,第 55 页。
③ 耿占春:《失去象征的世界》,北京大学出版社,2008 年,第 46 页。

子,通过它可以看出人与现实的冲突与和解关系。闻一多与现实生活之间的关系长期处于紧张状态,因而他的抒情诗很少赞美的成分,越是到后期,他的诗歌越呈现出抽象化和讽喻性的倾向,前者如《奇迹》,后者如《死水》。对于现代诗歌的这种特征,耿占春曾做过精当的表述:"作为赞美的诗歌正在变为作为批判的诗歌,因为,现代文化的主导原则,不是表现美好的事物,而是理性的批判。"[①]不难看出,抒情者往往被他要赞美的对象所吸引,因而难免依附性;而反讽者则是超脱的,至少要比他所写的对象站得高些,独立性强些。当然,超脱者有时也难免有眷顾之情,这就会使作品在反讽中呈现出一丝温情。

尽管抒情语言和象征语言貌似有所衰落,但它们仍是维护诗歌本质的核心要素和重要方法。北岛在接受唐晓渡的访谈时表示:"我确实只喜欢短诗,因为在我看来这才是现代抒情诗的'载体',即在最小的空间展现诗歌的丰富性。现代抒情诗没有过时,它的潜力有待人们发现。当今'抒情'几乎已经成了贬义词,那完全是误解。"[②]同样,象征语言仍然是维持诗歌魅力的基本方式,抛弃或拒绝它无疑是不明智的,离诗愈远的。佐藤普美子在采访王家新时问到这样一个问题:"闻一多当年曾提出诗歌的绘画美、音乐美、建筑美,你对诗歌的形式问题注重吗?"对此,王家新做了如下回答:

> 写到今天,应在形式问题上投入更多的关注。但我想对我这样的人来说,今后对形式的探索不会是"单向度"的,即在某一方面刻意发展,而很可能是整合式的。这种整合式的写作我已谈到过了,这是和复杂的心智及经历、和艺术的包容性、凝聚力与艺术的锤炼有关的一种写作。对一个具有多年写作经历的诗人来说,这往往还是一种"后期写作"或"晚期写作",也就是说,一种总结式的写作。我感到只有经过这种整合式的写作,才能把复杂的、矛

[①] 耿占春:《一场诗学与社会学的内心争吵》,见《改变世界与改变语言》,社会科学文献出版社,2000年,第395页。
[②] 唐晓渡:《我一直在写作中寻找方向——北岛访谈录》,见《山花》2009年第2期。

结论　闻一多诗歌语言的当代意义

盾的、多样的东西"锤炼成一个整体"。①

事实上,无论怎么融合,诗歌的核心都应该是抒情,任何无情可抒或与情无关的写作都是可疑的。王家新的整合式写作正是以抒情语言为核心。在当代诗人中,他是少有的仍然能给人带来感动的诗人之一:

> 滚滚波涛仍在到来
> 人们离去,带着盐的苦味,消失在宇宙的无穷里
> 仍有人驱车前来,在松林间支起帐篷
> 仍有孩子伸出手来,等待那些飞来的鸥鸟
> 海边的岩石,被海风吹出了洞……②

这是《带着儿子来到大洋边上》的最后一节,大洋的波涛一次次涌上岸边,有人离去,有人到来。人的来来去去貌似应和了海波的节奏,其实人与海截然不同。通过岩石"被海风吹出了洞"的意象可以看出,海水与海风是恒久的存在,而岸边的人与石都是脆弱的造物,岩石被海风洞穿,游人也会被岁月洞穿。在诗人令人震动的描述中,风与石以及海与人之间形成了对应性关系,并且融合了诗人的悲情和沉思。西渡也是整合式写作的代表人物。他还保持着对诗歌形式的敬畏和迷恋,而且对各种诗歌资源都具有良好的吸收能力。西渡首先是个注重声音的抒情诗人,同时又是个多面手,叙事、沉思、反讽无所不能。而且所有这些圆熟的技术性因素无不服务于他的内心感受和诗歌主旨,从而使他的诗歌日趋完美,呈现出走向大家的气象。

事实上,这种整合式写作体现的正是闻一多的"杂语式"诗歌语言观,这种写作不无难度,但非常有效。它一方面致力于不同诗歌语言的融合,另一方面强调用不同类型的语言表达当前复杂的现实生活。坚

---

① 王家新:《回答普美子》,见《先锋诗歌档案》,西渡、郭骅编,重庆出版社,2004年,第37页。
② 王家新:《带着儿子来到大洋边上》,见《先锋诗歌档案》,西渡、郭骅编,重庆出版社,2004年,第43页。

持把诗歌语言与现实生活以多种方式对应起来,这正是闻一多诗歌语言精神的核心。尽管他后期提倡"鼓点式"诗歌语言,但那毕竟是"战时",是他在特殊时期对诗歌语言的调整,并非对诗歌语言丰富性的根本否定。由此可见,闻一多诗歌语言的意义就是坚持诗歌语言的"杂语性",并在语言与现实之间形成丰富的对应关系。因此,写作需要整合的不仅仅是语言,更包括语言与现实的关系。在我看来,优质而富于弹性的诗歌语言应该以抒情语言为核心,同时结合诗人的个性和表达对象的特点充分运用并合理调配多种语言:再现语言、象征语言以及智性语言,口语方言、书面语言以及翻译语言,如此等等,从而在文本与现实之间形成丰富的对应关系。

第三节 诗体演进:在诗歌与非诗之间

新诗所用的语言更是向小说戏剧跨近了一大步,这是新诗之所以为"新"的第一个也是最主要的理由。其它在态度上,在技巧上的种种进一步的试验,也正在进行着。请放心,历史上常常有人把诗写得不像诗,如阮籍,陈子昂,孟郊,如华茨渥斯(Wordsworth),惠特曼(Whitmen),而转瞬间便是最真实的诗了。①

这段话集中表述了闻一多的"非诗化"观点。此处的"不像诗"只是说这种诗不同于以往的诗,或者说不同于那种已被公认的诗,但并非"非诗"。"非诗"是对诗的否定,因而是不可取的。但"非诗化"是可以成立的,因为它"非"的不是诗歌本身,而是此前的诗歌。就此而言,"非诗化"正是推进诗歌向前发展的重要途径。诚如闻一多所言,诗歌的发展过程就是诗歌不断扩展边界的过程。"非诗化"是诗歌发展创新的必然之道,它集中体现了后一代诗人的创新意识。值得注意的是,闻一多一方面提倡诗歌的"非诗化",一方面又将非诗文本纳入诗的范

---

① 闻一多:《文学的历史动向》,见《闻一多全集》第10卷,第20页。

畴。典型的是他的《易林琼枝》研究。他认为:"《易林》是诗,它的四言韵语是诗;它的'知周乎万物'的内容尤其是诗。"这种观点得到后世学者的认可,陈良运(1940—2008)据此写成了专著《焦氏易林诗学阐释》。① 这表明了闻一多诗体观念的辨证性。

在诗歌与其他艺术的关系方面,闻一多一直致力于将其他艺术语言的优势融入诗歌,起初他提倡"绘画的美""音乐的美"和"建筑的美",后来又提出诗歌要向小说和戏剧学习,但他始终没有提及诗歌的散文化问题,因为诗歌的散文化会导致诗体的自由,有悖于他的新格律诗追求。在国外,华兹华斯和惠特曼(1819—1892)都是将诗歌散文化的代表诗人。惠特曼就不用说了,华兹华斯同样坚持诗歌的散文化:"我以为很容易向读者证明,不仅每首好诗的很大部分,甚至那种最高贵的诗的很大部分,除了韵律之外,他们与好散文的语言是没有什么区别的,而且最好的诗中最有趣味的部分的语言也完全是那写得很好的散文的语言。"②中国当代诗人昌耀则主张"大诗歌观",并把它归结为中年写作的一种倾向。他说:"我并不贬斥分行,只是想留予分行以更多珍惜与真实感。就是说,务使压缩的文字更具情韵与诗的张力。随着岁月的递增,对世事的洞明、了悟,激情每会呈沉潜趋势,写作也会变得理由不足——固然内质涵容并一定变得单薄。在这种情况下,写作'不分行'的文字会是诗人更为方便、乐意的选择。但我仍要说,无论以何种诗的形式写作,我还是渴望激情……"③下面以陈先发、西川和于坚三人为例分析"非诗化"问题。陈先发是最近颇受关注的诗人,其代表作《丹青见》如下:

> 桤木,白松,榆树和水杉,高于接骨木,紫荆
> 铁皮桂和香樟。湖水被秋天挽着向上,针叶林高于
> 阔叶林,野杜仲高于乱蓬蓬的剑麻。如果

---

① 陈良运:《焦氏易林诗学阐释》,百花洲文艺出版社,2000年。
② 华兹华斯:《〈抒情歌谣集〉序言》,见《十九世纪英国诗人论诗》,刘若瑞编,人民文学出版社,1984年,第10页。
③ 昌耀:《〈昌耀的诗〉后记》,见《昌耀诗文总集》,作家出版社,2010年,第681页。

> 湖水暗涨,柞木将高于紫檀。鸟鸣,一声接一声地
> 溶化着。蛇的舌头如受电击,她从锁眼中窥见的桦树
> 高于从旋转着的玻璃中,窥见的桦树。
> 死人眼中的桦树,高于生者眼中的桦树。
> 被制成棺木的桦树,高于被制成提琴的桦树。[①]

这首诗采用了大量的再现语言,诗中铺陈了十多种植物的名称,并在各种植物之间形成了比较关系。起初是不同植物之间的高低比较,后来转向相同植物的比较,比较也由客观(具体、现实、物质)逐渐转向主观(抽象、虚拟、文化)。尤其是诗歌的后半部分写到桦树,同一种树在不同人眼里以及在不同处境下获得了不同的价值。此外,这首诗还写到湖水、鸟鸣和蛇的舌头等物象,它们构成了以各种树木为中心的外在语境,这不仅使作品显得更加真实,而且变换了诗歌的结构,调节了读者的视野,并深化了作品的主旨。这种写法不仅大胆,而且简直前无古人。

  从诗歌形体来看,陈先发的诗歌也存在着"非诗化"倾向。他的诗歌在形体上非常自由,很少对诗进行分节,大多一气呵成。诗行一般较长,但其间停顿颇多,散文化倾向十分明显。也许最值得注意的是,陈先发的诗歌普遍存在着跨行现象。跨行有时固然可以创造一种中断与联结的诱人效果,从而增强诗歌语言的表现力,但应谨慎使用,因为跨行太多就会破坏诗歌形体的稳定性,使作品陷入破碎松弛的窘境。尽管陈先发的诗歌常常贯穿着一种强大的情感激流,使整首诗处于节奏的有效控制之下,这在一定程度上克服了跨行的局限性,但仍有些跨行显得刺人耳目,至少我觉得并非非此不可。如《丹青见》全诗八句,前六句跨行,后两句不跨行,前六句形成了悬置与组接的对应关系,但我感觉后两句更好,这并非完全因为后两句是作品的高潮或重心。不跨行也是一种优势,它使这两句诗看起来显得完整严谨庄重。这里不妨做个还原,如果全诗都不跨行,结果如下:

[①] 陈先发:《前世》,复旦大学出版社,2005年,第1页。

结论　闻一多诗歌语言的当代意义

　　桤木,白松,榆树和水杉,高于接骨木,紫荆,铁皮桂和香樟。
　　湖水被秋天挽着向上,针叶林高于阔叶林,
　　野杜仲高于乱蓬蓬的剑麻。如果湖水暗涨,柞木将高于紫檀。
　　鸟鸣,一声接一声地溶化着。蛇的舌头如受电击,
　　她从锁眼中窥见的桦树高于从旋转着的玻璃中,窥见的桦树。
　　死人眼中的桦树,高于生者眼中的桦树。
　　被制成棺木的桦树,高于被制成提琴的桦树。

这样一来,全诗只有七句。尽管在形体上错落度更大一些,但原诗也是不整齐的,其实都是自由诗。当然,这只是表面现象。值得追问的是,跨行在形体上的作用是什么?是为了求得诗行的大致整齐,还是在诗行之间制造韵律感、张力感,或兼而有之?我相信诗人们大都倾向于追求总体效果,如果"兼而有之"可以成立的话,我觉得原诗第三行在"如果"后面跨行就不太合适,因为它不具备上述的任何一种功能,也无助于增强诗歌的表现力。也许在"湖水暗涨"后面断行效果更好,因为它不仅使诗行更整齐,而且突出了"涨"字的重要性,并在声音上与前一行的"香樟"和"向上"形成呼应关系。更重要的是,"湖水暗涨"提供了一种情景,可以在一瞬间唤起读者对下文的想象。另一处值得讨论的是第四行,在"鸟鸣,一声接一声地"后面断开有无必要,可不可以把"溶化着"跟上去,使这一句不跨行?而且,这样会使诗行更整齐。闻一多的诗歌很少跨行,我认为跨行首先要考虑是否有必要,其次要看跨行之后是否能增进诗歌的表现力,否则最好不要跨行,特别是孤立的字词跨行,就像第三句中的"如果"。当然,词组跨行或句子跨行是不得已的,因为诗歌的每一行不可能过长。在对待诗歌的散文化方面,西川经历了一个变化的过程。他在一篇访谈录中说:

　　我92年写《致敬》的时候,看到别人写的跟我写的都差不多,我也并不比别人好到哪里去,那个着急呵!就有了一种自己要埋

葬自己的愿望,所以就开始尝试写一种东西,也就是你一开始说的,开始有一种散文化的句式。散文化这种东西,我以前是很警惕的,后来慢慢地放松了。华兹华斯认为诗歌与散文没什么区别,当然有些人就特别较这真,比如瓦雷里。但实际上你对这问题的任何看法,全是你当时觉得合适就行,任何人说的都不是真理……①

在我看来,西川的这种改变并非普通意义上的散文化,而是一种文体压缩,或诗文的一体化,类似于尼采所写的那种格言体诗歌。特别是《鹰的话语》很容易令人想到《查拉图斯特拉如是说》。用西川自己的话说,这种文体是"诗歌的变种":"1992年以后,我对悖论和伪造的寓言发生了浓厚的兴趣。相应地,我的诗歌变成了诗歌的变种。它们有了一种模糊性和不确定性。我希望它们走出以往的稳定和封闭,在向物的世界敞开的同时,也向形而上或伪形而上的世界敞开,并且在物与形而上或伪形而上之间形成互相破坏和互相激发的关系。总的来说,我现在的诗歌介于诗歌与另一个精神之源之间。"②由此可见,西川的创作倾向并非出于单纯的形式探索,而是与当代世界的变化以及他的哲学思考具有潜在的对应关系。西川的探索同样是对诗歌语言弹性的实验。正如他说的:"就诗歌的语言来讲,诗歌分三种:歌唱性的,叙述性的,戏剧性的。能够综合此三种诗歌的人堪称集大成者。"③

也许,任何一种语言都不足以表达当代人的复杂生活经验,诗歌语言终将走向综合化。百年新诗积累了许多宝贵经验,在不违背诗人个性的前提下,多吸收一种语言技能就意味着增加一种写作的可能。对于诗人来说,大型的综合化往往是在戏剧性中体现出来的。因为戏剧可以融合多种艺术样式:"属于舞蹈的动作,属于绘画建筑的布景,甚至还有音乐"④,而且作者尽可以设置多个人物,让他们在复杂的关

---

① 西川:《视野之内》,见《深浅》,中国和平出版社,2006年,第280页。
② 西川:《答米娜问》,见《深浅》,第289页。
③ 西川:《我的诗观》,见《中国先锋诗歌档案》,梁晓明等编,浙江文艺出版社。2004年,第114页。
④ 闻一多:《戏剧的歧途》,见《闻一多全集》第2卷,第148页。

结论 闻一多诗歌语言的当代意义

系中展开冲突。因此,闻一多的诗歌戏剧化观点在新诗史中得到延续是必然的。1948年,闻一多的学生袁可嘉写了《新诗戏剧化》,总结并发展了闻一多的以理性节制情感的戏剧化观点:

> 当前新诗的问题既不纯粹是内容的,更不纯粹是技巧的,而是超过二者包括二者的转化问题。那末,如何使这些意志和情感转化为诗的经验?笔者的答复即是本文的题目:"新诗戏剧化",即是设法使意志与情感都得着戏剧的表现……尽量避免直截了当的正面陈述而以相当的外界事物寄托作者的意志与情感:戏剧效果的第一个大原则即是表现上的客观性与间接性……①

在新诗诗体实验方面,于坚也许是走得最远的中国当代诗人之一。其典型文本是《０档案》。全诗分五卷,前边以档案室为引子,后边附有卷末。每一部分均不分节,每行分成若干词组,不用标点。语言极其精确写实,诗人如同档案中自己的名字,处于层层封锁和看管之下,因而在无奈中不免时而流露出一丝反讽意识。总之,诗中贯穿了人生不同时期的各种感情,它不仅是诗人的自传,也几乎是所有人的自传:

> 他那30年1800个抽屉中的一袋 被一把钥匙掌握着
> 并不算太厚 此人正年轻 只有50多页 4万余字
> 外加 十多个公章 七八张相片 一些手印 净重1000克
> 不同的笔迹 一律从左向右排列 首行空出两格 分段另起一行
> 从一个部首到另一个部首 都是关于他的名字定义和状语
> 他一生的三分之一 他的时间 地点 事件 人物和活动规律
> ……抄写得整整齐齐 清清楚楚 干干净净 被信任着
> 人家据此视他为同志 发给他证件 工资 承认他的性别

---

① 袁可嘉:《新诗戏剧化》,见《中国现代诗论》(上编),杨匡汉、刘福春编,花城出版社,1985年,第500页。

为新诗赋形

　　据此 他每天八点钟来上班……①

　　可以说,这首诗的语言处于诗歌语言与非诗歌语言之间。单独拿出来其中一个句子,很难说它是诗,但是,从整体来看,它作为一首诗是成立的。闻一多对这种倾向十分赞赏,他在评价孟浩然时就称道其整体性:"全篇字句是不可分割的,不象盛唐好些作品有佳句可摘,使一篇的其他字句而变成空白。"并追溯其根源:"诗有佳句当自曹子建(植)开始,至唐而有'诗眼'之说,往往使用一字而全篇皆活,有人说这是诗的退化,倒也不尽然。"②

　　尽管《0档案》在"如何说"上比较前卫,在"说什么"上很保守,但它的"说法"给人留下的印象很深,以至于使读者忽略了它在"说什么"。因过于先锋而遭到误解,甚至被视为非诗、坏诗,也许这是先锋诗歌的当代境遇。当然,先锋诗歌被认可常常需要时间,正是在这段时间里,诗歌的先锋气质与传统势力完成了交融互渗。总之,谁也不能轻易否认诗歌与非诗之间存在着界限,但也不能坚持诗歌与非诗的界限一成不变。真正富于创新精神的诗歌正是游动在临近非诗的地方,以不断扩大诗歌的地盘,更新自身的形象。就此而言,闻一多的"非诗化"观点因富于预见性而获得了当代性,甚至具有未来性。

---

① 于坚:《0档案》,见《于坚的诗》,人民文学出版社,2000年,第342页。
② 《闻一多论古典文学》,郑临川编,重庆出版社,1984年,第126—127、135页。

附　　录

一　　闻一多年谱简编

1899年11月24日,出生于湖北浠水闻家铺

教育

受教期(约21年)

1904—1912,早教8年

1912—1922,清华10年

1922—1925,留美3年①

任教期(约21年)

1925—1932,辗转于北京艺专、政治大学、第四中山大学(后改名中央大学)、武汉大学、青岛大学等②

1932—1937,任教于清华大学

1937—1946,任教于西南联大

1946年7月15日,被暗杀于云南昆明

著述

1922年11月1日,《冬夜草儿评论》(与梁实秋合著)出版,为"清华文学社丛书"第1种

---

① 闻一多1922年7月16日赴美,在芝加哥大学学美术。1923年9月,去珂泉。1924年9月,去纽约。1925年7月,回到家乡。

② 大致时间如下:北京艺术专科学校(1925秋—1926年夏),政治大学(1926年秋冬及1927年初),第四中山大学(1927年秋—1928年夏),武汉大学(1928年秋—1930年4月),青岛大学(1930年秋—1932年夏),1932年秋回到母校清华大学后,生活才稳定下来。1927年,闻一多还曾在武汉总政治部和南京土地局等处短期任职。

1923年9月,《红烛》由泰东书局出版
1928年1月,《死水》由新月书店出版
1948年8月,《闻一多全集》(四卷)由开明书店出版,朱自清主编
1993年12月,《闻一多全集》(12卷)由湖北人民出版社出版,孙党伯、袁謇正主编

家庭

1922年2月,与姨妹高孝贞(1903—1983)结婚
1922年12月,长女立瑛出生,1926年冬夭折
1926年5月,次女立燕出生,1928年夏夭折
1927年秋,长子立鹤(1927—1981)出生
1928年9月,次子立雕(又名韦英)出生,其子闻黎明(1950—)
1929年10月,三子立鸿出生,1930年夏夭折
1931年9月,四子立鹏出生
1932年12月,三女闻名出生
1936年2月,四女闻惠(1936—2005)出生

二 闻一多诗集

真我集 早年诗作 12 首
红烛(1923年9月上海泰东书局)新诗 103 首
死水(1928年1月上海新月书店)新诗 28 首
集外诗 新诗 31 首
旧体诗 45 首
译诗 41 首

真我集(12首)

雨夜
月亮和人,作于11月14日
读沈尹默《小妹》! 想起我的妹了也作一首,作于11月16日
朝日,作于5月12日
雪

忠告,作于5月14日

率真,作于5月14日

伤心,作于5月17日

一个小囚犯,作于5月15日

黄昏,作于5月22日

所见

晚霁见月,作于7月1日

(雪片、志愿、南山诗为译作,"所见又一首"其实为南山诗)

红烛(103首)

序诗 红烛

李白篇(3首)

李白之死

剑匣

西岸,发表于1920年9月24日《清华周刊》第191期

雨夜篇(21首)

雨夜 选自《真我集》

雪 选自《真我集》

睡者 选自《真我集》

黄昏 选自《真我集》,《死水》中有同名诗作

时间底教训,发表于1920年10月8日《清华周刊》第193期

二月庐

印象,发表于1920年10月22日《清华周刊》第195期

快乐

美与爱,发表于1921年3月11日《清华周刊》第211期

诗人

风波,发表于1921年5月20日《清华周刊》第220期,原题《爱底风波》

回顾

幻中之邂逅,发表于1921年9月15日《清华周刊》第223期,原题《夜来之客》

志愿,发表于1921年10月1日《清华周刊》第224期

失败

贡臣,发表于1922年4月4日《清华周刊·双四节特刊》,原题《进贡者》

游戏之祸

为新诗赋形

花儿开过了

十一年一月二日作

死,发表于 1922 年 4 月 4 日《清华周刊·双四节特刊》

深夜底泪,发表于 1922 年月 4 日《清华周刊·双四节特刊》,原题《深夜的泪》

青春篇(17 首)

青春

宇宙

国手

香篆

春寒

春之首章,发表于 1922 年 5 月 12 日《清华周刊》第 247 期

春之末章,发表于 1922 年 5 月 12 日《清华周刊》第 247 期

钟声

爱之神——题画

谢罪之后

忏悔

黄鸟

艺术底忠臣

初夏一夜底印象———一九二二年五月直奉战争时,发表于 1922 年 5 月 26 日《清华周刊》第 249 期

诗债

红荷之魂 有序,发表于 1922 年 9 月 11 日《清华周刊》第 250 期

别后

孤雁篇(61 首)

孤雁

寄怀实秋,作于 9 月 10 日,发表于 1922 年 11 月 25 日《清华周刊》第 260 期《文艺增刊》第 1 期

太阳吟,发表于 1922 年 11 月 25 日《清华周刊》第 260 期《文艺增刊》第 1 期

玄思,发表于 1922 年 12 月 22 日《清华周刊》第 264 期《文艺增刊》第 2 期

火柴,发表于 1923 年 1 月 13 日《清华周刊》第 267 期《文艺增刊》第 3 期

晴朝,发表于 1923 年 1 月 13 日《清华周刊》第 267 期《文艺增刊》第 3 期

忆菊——重阳前一日作 作于 1922 年 10 月 27 日,发表于 1923 年 1 月 13 日《清华周刊》第 267 期《文艺增刊》第 3 期

我是一个流囚,发表于1923年2月15日《清华周刊》第269期《文艺增刊》第4期

秋之末日,初见于1922年7月19日致梁实秋信(全集不载),题作《晚秋》,发表于1923年2月15日《清华周刊》第269期《文艺增刊》第4期

太平洋舟中见一明星,发表于1923年3月16日《清华周刊》第273期《文艺增刊》第5期

记忆

秋色——芝加哥洁阁森公园里

秋深了

废园

小溪

稚松

烂果

色彩,初见于1922年12月1日《致梁实秋信》,为拟写长诗《秋林》之一节。

梦者

红豆篇 红豆(共42首)

死水(28首,1928年1月版)

已发表部分(21首)

大鼓师,发表于1925年3月25日《晨报副刊·文学旬刊》第65号

你看,发表于1925年3月27日《清华周刊·文艺增刊》第9期,原有副题"春日寄慰在美的友人"

也许——葬歌,发表于1925年3月27日《清华周刊·文艺增刊》第9期,原题《薤露词(为一个苦命的夭折少女而作)》

泪雨,发表于1925年4月2日《京报副刊》

洗衣歌,初见于1925年3月致梁信,发表于1925年7月11日《现代评论》第2卷第31期,原题《洗衣曲》。又刊于1925年7月15日《大江季刊》第1卷第1期

狼狈,发表于1925年8月14日《晨报副刊》第1250号

闻一多先生的书桌(1924年作),发表于1925年9月19日《现代评论》第2卷第41期

末日,发表于1925年9月22日《晨报副刊》第1277号

天安门,作于1926年3月,发表于1926年3月27日《晨报副刊》第1370号

死水,作于1925年4月,发表于1926年4月15日《晨报副刊·诗刊》第3号

黄昏,发表于1926年4月15日《晨报副刊·诗刊》第3号

春光,发表于 1926 年 4 月 29 日《晨报副刊·诗刊》第 5 号
心跳,约作于 1926 年,发表于 1927 年 5 月 20 日《时事新报·学灯》
罪过,发表于 1927 年 6 月 18 日《时事新报·学灯》
一个观念,发表于 1927 年 6 月 23 日《时事新报·学灯》
发现,发表于 1927 年 6 月 25 日《时事新报·学灯》
收回,发表于 1927 年 7 月 15 日《时事新报·学灯》
什么梦?,发表于 1927 年 7 月 26 日《时事新报·学灯》
口供,发表于 1927 年 9 月 10 日《时事新报·文艺周刊》第 1 期
你莫怨我,发表于 1927 年 9 月 17 日《时事新报·文艺周刊》第 2 期及第 3 期(重排版)
"你指着太阳起誓",发表于 1927 年 12 月 3 日《时事新报·文艺周刊》第 12 期

首发部分(7 首)
忘掉她,写于 1926 年冬
我要回来
夜歌,写于 1926 年 7 月
祈祷(《我是中国人》的缩改稿),后者首发于 1925 年 7 月 15 日《大江季刊》第 1 卷第 1 期
一句话
荒村(序文为 1927 年 5 月 19 日《新闻报》片段)
飞毛腿

集外诗(31 首)
笑,发表于 1923 年 2 月 19 日《清华周刊·文艺增刊》第 4 期
园内,1923 年 3 月 16 日二稿,发表于 1923 年 4 月 23 日《清华十二周年纪念号·清华生活》,1923 年 7 月 20 日三稿,见家信
另一个中国人的回答,英文诗,袁可嘉译,发表于 1924 年 3 月 28 日《科大之虎》,见于《闻一多与饶孟侃》
相遇已成过去 1925 年春,英文诗,许芥昱译,发表于 1981 年 4 月《诗刊》
渔阳曲,发表于 1925 年 3 月《小说月报》第 16 卷第 3 号
大暑 1924 年夏美国珂泉,发表于 1925 年 4 月 1 日《京报》副刊第 106 号
闺中曲,发表于 1925 年 4 月 5 日《晨报副刊·文学旬刊》第 66 号
醒啊!,发表于 1925 年 6 月 27 日《现代评论》第 2 卷第 29 期
七子之歌,发表于 1925 年 7 月 4 日《现代评论》第 2 卷第 30 期

长城下之哀歌,发表于1925年7月15日《大江季刊》第1卷第1期
爱国的心,发表于1925年7月15日《大江季刊》第1卷第1期,及《现代评论》1925年7月11日第2卷第31期
我是中国人,发表于1925年7月15日《大江季刊》第1卷第1期,及《现代评论》1925年7月25日第2卷第33期
回来了,发表于1925年8月13日《晨报副刊》第1249号
故乡,发表于1925年8月29日《晨报副刊》第1260号
叫卖歌,发表于1925年9月19日《晨报副刊》第48期
纳履歌,发表于1925年10月5日《晨报副刊》第49期
南海之神——中山先生颂,发表于1925年10月15日《大江季刊》第1卷第2期
秦始皇帝,发表于1925年12月1日《晨报》七周年纪念增刊
抱怨,发表于1925年12月1日《晨报》七周年纪念增刊
唁词——纪念三月十八日的惨剧,发表于1926年3月25日《国魂周刊》第10期
欺负着了,发表于1926年4月1日《晨报副刊·诗刊》第1号
比较,发表于1926年4月8日《晨报副刊·诗刊》第2号
鸟语——送友人南归,发表于1926年5月6日《晨报副刊·诗刊》第6号
贡献,发表于1927年5月21日《时事新报·学灯》
答辩,发表于1928年4月10日《新月》第1卷第2期
回来,发表于1928年5月10日《新月》第1卷第3期
武昌艺术专科学校校歌,作于1928年秋,发表于《黄石师院学报》1984年第3期
奇迹,作于1930年12月,发表于1931年1月20日《诗刊》创刊号
凭藉,见于梁实秋《看云集》,1984年8月台北皇冠出版社
我懂得,发表于1935年3月22日的《武汉日报·现代文艺》
八教授颂 1944年7月1日,发表于1948年6月11日《诗联丛刊》第一期

旧体诗(45首)
项羽,又名读项羽本纪
拟李陵与苏武诗三首(以上4首发表于1916年11月30日《清华周刊》第89期)
春柳
月夜遣兴
七夕闺词(以上3首发表于1917年6月15日《辛酉镜》)
古瓦集 二月集(13首,1918年暑假在家里作)
夜泊汉口,将发,遇同学王君

晚步湖上

为陈甥画扇

夜雨

初起

漫书

芦褐行

答浦瑞堂三首

感事

戊午秋日惩志,七十七韵

入都留题二月庐二首录一

抵都寄驷弟

清华园秋日(以上两首约写于1918年秋)

提灯会 有序(1919年5月《清华学报》第4卷第6期)

清华体育馆

清华图书馆(以上两首发表于1919年7月《清华学报》第4卷第8期)

古瓦集 恋恋集(14首,1919年作)

齿痛

夜坐,风雨雷电至,凛然赋此

上海寄驷弟

朝雾(以上4首在上海作)

昆山午发

自言子文学书院射圃谒言子墓

辛峰亭远眺

寻桃源石屋二涧,皆涸,溯石屋上游,乃得水,因濯足焉

维摩寺(以上5首发表于1919年11月《清华学报》第5卷第1期)

等昭明读书台

即景,又名北郭即景

望山前昆承二湖,作图(以上8首在虞山作)

清封恭人南母裴恭人五十寿诗五首录二(在家中作)

其他(6首)

蜜月著《律诗底研究》,稿脱赋感(1922年3月8日,在家中)

废旧诗六年矣。复理铅椠,纪以绝句

释疑

天涯

实秋饰蔡中郎演《琵琶记》,戏作柬之(以上4首出自1925年4月《致梁实秋》,在美国)

讽哲学家(1937年,南岳)

译诗(41首)

渡飞矶(阿诺德《多佛海滩》)1919年5月《清华学报》第4卷第6期

点兵行,又名点兵之歌 有序(1920年春)(以上两首出自《古瓦集》)

雪片(玛丽·玛贝·杜丝著)

志愿(波思华斯·克鲁克著)

南山(韩愈著)(以上三首出自《真我集》)

纳克培小会堂(节译),发表于1921年10月21日《清华学生周刊》第1期

鲁拜集三首(第19首,90首,99首)(《莪默伽亚谟之绝句》),发表于1923年5月《创造季刊》第2卷第1号

沙漠里的星光(劳伦斯·霍普著),发表于1925年8月17日《晨报副刊》第1252号

我要回海上去(John macbeiull,与饶孟侃合译),发表于1927年5月9日《时事新报·学灯》

樱花(郝思曼著),发表于1927年10月8日《时事新报·文艺周刊》第5期

像拜风的麦浪(Sara Teasdale),发表于1927年10月29日《时事新报·文艺周刊》第8期

礼拜四(Edna st Vincent millay),发表于1927年11月5日《时事新报·文艺周刊》第9期

希腊之群岛(拜伦著),发表于1927年11月19日《时事新报·文艺周刊》第11期

春斋兰(郝思曼著),发表于1927年12月31日《时事新报·文艺周刊》第16期

白朗宁夫人的情诗(白朗宁夫人著)21首,发表于1928年3月10日《新月》第1卷第1号及1928年4月10日《新月》第1卷第2号

幽舍的麋鹿(哈代著),发表于1928年4月10日《新月》第1卷第2号

情愿(郝思曼著),发表于1928年6月10日《新月》第1卷第4号

"从十二方的风穴里"(郝思曼著),与饶孟侃合译,发表于1928年9月10日《新月》第1卷第7号

山花(郝思曼著,与饶孟侃合译),发表于1929年11月10日《新月》第2卷第9号

三　闻一多诗学文集

诗歌理论

敬告落伍的诗家,作于3月3日,发表于1921年3月11日《清华周刊》第211期

诗歌节奏的研究,1921年12月2日,英文报告提纲,聂文杞1984年12月译

律诗底研究,作于1922年3月8日

诗的格律,发表于1926年5月13日《晨报·诗刊》第7号

诗人的横蛮,发表于1926年5月27日《晨报·诗刊》第9号

论《悔与回》,作于12月29日,发表于1931年4月《新月》第3卷5、6期合刊

谈商籁体,作于2月月19夜,发表于1931年4月《新月》第3卷第5、6期合刊

诗与批评,1943年12月演讲,发表于1944年9月1日《火之源丛刊》第2、3集合刊

新诗的前途,1943年12月,《火之源文艺丛刊》第5、6集合刊,节选自《文学的历史动向》

新诗批评

评本学年《周刊》里的新诗,作于5月28日,发表于1921年6月《清华周刊》第7次增刊

《冬夜》评论,1922年11月1日《冬夜草儿评论》

《女神》之时代精神,发表于1923年6月3日《创造周报》第4号

《女神》之地方色彩,发表于1923年6月10日《创造周报》第5号

悼玮德,发表于1935年6月11日《北平晨报》第11版《玮德纪念专刊》

时代的鼓手——读田间的诗,发表于1943年11月13日《生活导报周年纪念文集》

艾青和田间,1945年演讲,发表于1946年6月22日《联合晚报·诗歌与音乐》第2期

《烙印》序,作于1933年7月,《烙印》,臧克家著,自印于1933年7月

《晨夜诗庋》跋,作于1937年4月6日,《晨夜诗庋》,彭丽天著,1937年4月自印出版

《西南采风录》序,作于1939年3月5日,《西南采风录》,刘兆吉编,上海商务印书馆1946年12月版

《三盘鼓》序,作于1944年11月,《三盘鼓》,薛诚之著,昆仑百合出版社1944年11月

外国诗评

莪默伽亚谟之绝句,1923年3月2日,发表于1923年5月《创造季刊》第2卷第1号

泰果尔批评,发表于1923年12月3日《时事新报·文学》第99期

先拉飞主义,作于5月26日,发表于1928年6月10日《新月》第1卷第4期

《现代英国诗人》序,作于1931年2月25日,《现代英国诗人》,费鉴照著,新月书店1933年2月出版

古诗研究

诗经的性欲观,发表于《时事新报·学灯》1927年7月9至21日

匡斋尺牍,发表于1934年《学文月刊》第1卷第1、3期

庄子,发表于1929年11月10日《新月》第2卷第9期

读骚杂记,发表于1935年4月3日天津《益世报》文学副刊

端节的历史教育,作于1943年7月,发表于1943年7月3日昆明《生活导报》第32期

屈原问题——敬质孙次舟先生,作于1944年12月,发表于1945年10月《中原》第2卷第2期

人民的诗人——屈原,作于1945年6月,发表于1945年6月《诗与散文》诗人节特刊

什么是九歌

九歌的结构,发表于《中国社会科学》1980年第4期

论九章,发表于《社会科学战线》1981年第1期

英译李太白诗,发表于1926年6月3日《北平晨报》副刊

杜甫,发表于1928年8月10日《新月》第1卷第6期

类书与诗,1934年,发表于《大公报·文艺》第52期,1945年8月校改后重新发表于《国文月刊》第37期

贾岛,1941年2月11日,发表于《中央日报·文艺》第18期

宫体诗的自赎,作于1941年8月22日陈家营,发表于《当代评论》第10期

四杰,1943年8月,发表于《世界学生》第2卷第7期

孟浩然,1943年8月25日,《孟浩然》发表于《大国民报》

歌与诗,作于 1939 年 6 月 1 日,发表于 1939 年 6 月 5 日《中央日报·平明》第 16 期

文学的历史动向,发表于 1943 年 12 月《当代评论》第 4 卷第 1 期

书信中的诗论

致梁实秋(1922 年 6 月 19 日)

致亲爱的朋友们(1922 年 8 月 17 日,英文)

致吴景超(1922 年 9 月 24 日)

致梁实秋、吴景超(1922 年 9 月 29 日)

致梁实秋(1922 年 12 月 27 日)

致闻家驷(1923 年 2 月 10 日)

致吴景超、梁实秋(1923 年 3 月 17 日)

致闻家驷(1923 年 3 月 25 日)

致吴景超(摘录片段,1923 年)

致左明(1928 年 2 月)

致朱湘、饶孟侃(1930 年 12 月 10 日)

致曹葆华(1931 年)

致臧克家(1943 年 11 月 25 日)

艺术论集

建设的美术,发表于 1919 年 11 月《清华学报》第 5 卷第 1 期

出版物底封面,作于 1920 年 4 月 24 夜,发表于 1920 年 5 月 7 日《清华周刊》第 187 期

征求艺术同门的同业者底的呼声,发表于 1920 年 10 月 1 日《清华周刊》第 192 期

对于双十祝典的感想,发表于 1920 年 10 月 22 日《清华周刊》第 195 期

电影是不是艺术?,作于 12 月 10 日,发表于 1920 年 12 月 17 日《清华周刊》第 203 期

文艺与爱国——纪念三月十八,发表于 1926 年 4 月 1 日《晨报·诗刊》第 1 号

邓以蛰《诗与历史》附识,发表于 1926 年 4 月 8 日《晨报·诗刊》第 2 号

戏剧的歧途,发表于 1926 年 6 月 24 日《晨报副刊·剧刊》第 2 期,署名夕夕

论形体——介绍唐仲明先生的画,作于 1934 年 1 月,北京,发表于 1956 年 11 月 17 日《文汇报·笔会》

宣传与艺术,发表于 1939 年 2 月 26 日《益世报·星期评论》

字与画,作于1943年

说舞,发表于1944年3月19日《生活导报》第60期

论文艺的民主问题,发表于1945年3月31日《民主文艺丛刊·文艺的民主问题》

五四与中国新文艺,发表于1945年5月4日《五四特刊》

新文艺和文学遗产,1944年5月8日晚,演讲

"新中国"给昆明一个耳光罢!,作于1945年7月7日

冯法祀战地写生画展观后感,1946年2月18日,发表于1946年2月25日《正义报·文艺》

昆明的文艺青年与民主运动,1946年《今日文艺》

战后文艺的道路,发表于1947年9月《文汇丛刊》第4辑《人民至上主义的文艺》

匡斋谈艺,发表于1948年9月《文学杂志》第3卷第4期

主要参考文献

《闻一多全集》(12卷),孙党伯、袁正霎主编,湖北人民出版社,1993年。
《闻一多论古典文学》,郑临川编,重庆出版社,1984年。
《闻一多年谱长编》,闻黎明、侯坤菊编,湖北人民出版社,1994年。
《闻一多萃语》,闻黎明编,岳麓书社,1996年。
《闻一多青少年时代旧体诗文浅注》,闻惠编,群言出版社,2003年。
《闻一多研究动态》(共82期)。
《闻一多纪念文集》,三联书店,1980年。
《闻一多作品欣赏》,凡尼、鲁非主编,广西人民出版社,1982年。
《闻一多论新诗》,武汉大学闻一多研究室编,武汉大学出版社,1985年。
《闻一多在美国》,方仁念编,华东师范大学出版社,1985年。
《闻一多研究资料》(上下),许毓峰等编,北岳文艺出版社,1986年。
《闻一多选集》(两卷本),四川文艺出版社,1987年。
《闻一多研究四十年》,季镇淮主编,清华大学出版社,1988年。
《闻一多研究丛刊》(第一辑),武汉大学出版社,1989年。
《闻一多教育文集》,刘烜选编,江苏教育出版社,1990年。
《闻一多研究文集》,余嘉华、熊朝隽编,云南教育出版社,1990年。
《闻一多名作欣赏》,王富仁主编,中国和平出版社,1993年。
《闻一多学术文化随笔》,乔志航编,中国青年出版社,2001年。
《闻一多作品精编》,凡尼、郁苇编,漓江出版社,2004年。
《2004年闻一多国际学术研讨会论文选》,陆耀东等主编,武汉大学出版社,2005年。
《新文艺和文学遗产》,颜浩考释,山东文艺出版社,2006年。
《闻一多殉难60周年纪念暨国际学术研讨会论文集》,陆耀东等主编,武汉大学出版社,2007年。
[日]近藤光男:《闻一多:歌与诗》,江南书院,1956年。
[香港]林曼叔:《闻一多研究》,新源出版社,1974年。
王康:《闻一多传》,湖北人民出版社,1979年。

[美]许芥昱:《新诗的开路人——闻一多》,卓以玉译,香港波文书局,1982年。
时萌:《闻一多 朱自清论》,上海文艺出版社,1982年。
刘烜:《闻一多评传》,北京大学出版社,1983年。
刘烜:《闻一多》,人民出版社,1986年。
[台]梁实秋:《谈闻一多》,传记文学出版社,1987年。
俞兆平:《闻一多美学思想论稿》,上海文艺出版社,1988年。
陈明华:《闻一多生平与创作》,黑龙江人民出版社,1988年。
闻黎明:《闻一多传》,人民出版社,1992年。
[台]李子玲:《闻一多诗学论稿》,文史哲出版社,1996年。
唐鸿棣:《诗人闻一多的世界》,学林出版社,1996年。
王锦厚:《闻一多与饶孟侃》,电子科技大学出版社,1999年。
苏志宏:《闻一多新论》,中央编译出版社,1999年。
刘志权:《闻一多传》,团结出版社,1999年。
陈卫:《闻一多诗学论》,广西师范大学出版社,2000年。
张巨才、刘殿祥:《闻一多学术思想评传》,北京图书馆出版社,2000年。
闻立雕、张同霞:《追随至美——闻一多的美术》,山东美术出版社,2001年。
邓乔彬、赵晓岚:《学者闻一多》,学林出版社,2001年。
吴艳:《壁垒间的桥梁——闻一多与艾略特诗论启示录》,长江文艺出版社,2004年
刘介民:《闻一多 寻觅时空最佳点》,文津出版社,2005年。
谢泳:《血色闻一多》,同心出版社,2005年。
闻黎明:《闻一多画传》,河南人民出版社,2005年。
杨洪勋:《闻一多:从诗人到学者》,中国海洋大学出版社,2006年。

外围文献
朱光潜:《朱光潜全集》,安徽教育出版社,1987年。
宗白华:《宗白华全集》,安徽教育出版社,1994年。
李泽厚:《美的历程》,安徽文艺出版社,1994年。
郑敏:《诗歌与哲学是近邻》,北京大学出版社,1999年。
林庚:《新诗格律与语言的诗化》,经济日报出版社,2000年。
陈丽宏:《赋比兴的现代阐释》,中国美术学院出版社,2002年。
王光明:《现代汉诗的百年演变》,河北人民出版社,2003年。
程光炜:《中国当代诗歌史》,中国人民大学出版社,2003年。
赵毅衡:《对岸的诱惑》,知识出版社,2003年。

姜涛:《"新诗集"与中国新诗的发生》,北京大学出版社,2005年。
解志熙:《现代文学研究论衡》,河南大学出版社,2005年。
耿占春:《改变世界与改变语言》,社会科学文献出版社,2000年。
耿占春:《隐喻》,河南大学出版社,2007年。
耿占春:《失去象征的世界》,北京大学出版社,2008年。
卞之琳:《雕虫纪历》,三联书店,1982年。
戴望舒:《戴望舒诗全编》,梁仁编,浙江文艺出版社,1989年。
艾青:《艾青全集》,花山文艺出版社,1991年。
蔡仲德:《冯友兰先生年谱初编》,河南人民出版社,1994年。
朱自清:《朱自清全集》,江苏教育出版社,1996年。
俞平伯:《俞平伯全集》,花山文艺出版社,1997年。
于坚:《于坚的诗》,人民文学出版社,2000年。
冯友兰:《冯友兰全集》,河南人民出版社,2001年。
沈从文:《沈从文全集》,北岳文艺出版社,2002年。
李叔同:《李叔同诗文遗墨精选》,中国文联出版社,2003年。
西川:《深浅》,中国和平出版社,2006年。
萧开愚:《此时此地》,河南大学出版社,2008年。
《诗经集传》,朱熹注,上海古籍出版社,1987年。
《中国现代诗论》,杨匡汉、刘福春编,花城出版社,1985年。
《中国现代格律诗选》(1919—1984),邹绛编,重庆出版社,1985年。
《中国十四行诗选》,钱光培编选,中国文联出版公司,1988年。
《先锋诗歌档案》,西渡、郭骅编,重庆出版社,2004年。
《中国先锋诗歌档案》,梁晓明等编,浙江文艺出版社。2004年。
《英诗金库》,帕尔格雷夫编,罗义蕴等译,四川人民出版社,1987年。
《西方现代诗论》,杨匡汉、刘福春编,花城出版社,1988年。
《世界诗库》,飞白主编,花城出版社,1994年。
《上帝的故事》,叶廷芳、李永平编,中国广播电视出版社,2000年。
[德]格罗塞:《艺术的起源》,蔡慕晖译,商务印书馆,1984年。
[德]黑格尔:《美学》,《朱光潜全集》第13至16卷,安徽教育出版社,1990年。
[德]本雅明:《本雅明文选》,陈永国、马海良译,中国社会科学出版社,1999年。
[德]本雅明:《经验与贫乏》,王炳钧、杨劲译,百花文艺出版社,1999年。
[德]海德格尔:《荷尔德林诗的阐释》,孙周兴译,商务印书馆,2000年。
[法]波德莱尔:《波德莱尔美学论文选》,郭宏安译,人民文学出版社,1987年。

[法]波德莱尔:《恶之花》,郭宏安译,漓江出版社,1992年。
[法]瓦雷里:《瓦雷里诗歌全集》,葛雷、梁栋译,中国文学出版社,1996年。
[法]莫里斯·梅洛-庞蒂:《知觉现象学》,姜志辉译,商务印书馆,2001年。
[法]德拉克洛瓦:《德拉克洛瓦论美术和美术家》,平野译,河北教育出版社,2002年。
[法]莫里斯·布朗肖:《文学空间》,顾嘉琛译,商务印书馆,2003年。
[法]加斯东·巴什拉:《科学精神的形成》,钱培鑫译,江苏教育出版社,2006年。
[法]加斯东·巴什拉:《空间的诗学》,张逸婧译,上海译文出版社,2009年。
[法]程抱一:《中国诗画语言研究》,涂卫群译,江苏人民出版社,2006年。
[法]阿波利奈尔:《阿波利奈尔精选集》,李玉民译,北京燕山出版社,2008年。
[俄]巴赫金:《巴赫金全集》,河北教育出版社,1998年。
[俄]曼德尔施塔姆:《第四散文》,安东译,学林出版社,1998年。
[俄]帕斯捷尔纳克:《人与事》,乌兰汗、桴鸣译,三联书店,1991年。
[俄]沃洛申:《我的灵魂的历史》,许贤绪译,学林出版社,1998年。
[英]济慈:《济慈书信选》,王昕若译,百花文艺出版社,2005年。
[意]列奥纳多·达·芬奇:《达·芬奇论绘画》,戴勉译,广西师范大学出版社,2003年。
[意]米开朗基罗:《我,米开朗基罗,雕刻家》,初枢昊译,上海人民出版社,2007年。
[瑞士]索绪尔:《普通语言学教程》,高名凯译,商务印书馆,1980年。
[瑞典]马悦然:《另一种乡愁》,三联书店2004年。
[美]邓肯:《邓肯论舞蹈艺术》,张本楠译,上海文艺出版社,1985年。
[美]苏珊·朗格:《情感与形式》,刘大基等译,中国社会科学出版社,1986年。
[美]艾布拉姆斯:《镜与灯》,郦稚牛等译,北京大学出版社,2004年。
[美]厄尔·迈纳:《比较诗学》,王宇根等译,中央编译出版社,2004年。
[美]史蒂文斯:《最高虚构笔记》,陈东飚、张枣译,华东师范大学出版社,2009年。
[阿根廷]博尔赫斯:《博尔赫斯全集》,林之木等译,浙江文艺出版社,2006年。
[墨西哥]帕斯:《帕斯选集》,赵振江等译,作家出版社,2006年。
T. S. Eliot: *On Poetry and Poets*, the noonday press, 1961

后记　凝聚词语的力量

　　这本书稿超过了二十万字。如果每个词语是一块石子，可以铺满我家乡那条小河的河床；如果每个词语是一棵幼苗，可能会覆盖我村子南边那片辽阔的土地。这些词语是从哪里来的呢？是什么力量把它们安排成了一个整体？

　　词语在心灵的呼唤声中纷纷出场，并依据一定的秩序被凝聚在一起。整个过程如同一次众人合作的魔术。我首先要谈到耿占春先生，是他启动了词语召唤的仪式。2007年11月11日下午，我在河大东门一家小书店看书，耿先生也出现在那里。于是边翻书边聊天，他推崇闻一多，认为现代诗家无人超越。他说闻一多那一代人对西学的接受与国学的融合很值得研究，目前人们大多局限于静态罗列，却很少进行动态分析。读博之初，我就确定了中国诗歌美学的大致方向，耿先生这一提，闻一多诗学就成了我的研究对象。但是，从哪个方面入手呢？后来，耿先生上课时讲到诗歌语言，对我很有启发。因此，我决定从诗歌语言的角度研究闻一多诗学："闻一多诗学语言问题"就这样被召唤出场了。

　　本书的词语主要来自《闻一多全集》以及研究闻一多的大量论文和专著。《闻一多全集》1993年由湖北人民出版社出版，该书为我的论文写作提供了极大方便。在论文写作过程中，时胜勋兄为我从北大图书馆复印了《闻一多诗学论稿》等闻一多研究资料多种，日本学者青野繁治先生向我提供了《闻一多：歌与诗》一书的电子文本。当这些文献资料和我的问题意识相遇以后，随之进入了一个漫长的筛选和组合的过程。在这里，我要特别感谢几位先生，他们是促成本书词语凝聚的重要力量。第一位自然是耿占春先生，他不仅启动了我论文写作的方向，而且在无数次亲切宜人的谈话中提出了诸多指导意见。完全可以说：没有耿占春先生，就没有这本书稿。另一位是耿先生的朋友，诗人萧开

后记 凝聚词语的力量

愚。他的讲课极具魅力,散漫深入,具有思想者的风采,而不是那种流畅平滑却没有融入个人声音的知识传声筒。论文初稿完成后,曾得到开愚老师的指点。第三位是闻一多的孙子闻黎明先生。在《也许——葬歌》是写给谁的这个问题上,尽管我意识到该诗不可能是写给闻立瑛的,但一时难以确定该诗的具体写作对象。带着这个疑问,我咨询了闻黎明先生,他很快给我回复了邮件,增进了我对该诗的理解。第四位是云南诗人于坚。在我论文写作陷入深深困惑时,于坚先生接受了我的访谈,写了一篇将近七千字的长文对我的问题做了详细解释,加深了我对论述对象的认识。①

匿名评审时,我的论文被寄给吴晓东与张清华二位先生。吴晓东先生对这篇论文评价甚高,令我深受鼓舞。他在学位论文评阅意见中写道:"闻一多研究多年来缺乏突破性的成果,而这部《闻一多诗学语言问题》则是一部令人欣喜的既有集大成品格,又有开创性的论文。论文深刻突显了闻一多在中国新诗史上的意义,这种突显又是建立在系统深入的诗学探讨基础上的,因此比以往的闻一多研究更有证明力。作者表现出扎实的理论功力,对论题和诗学领域有独到的理解,有方法论视野,相关材料占有量颇大,论证充分,态度严谨,语言流畅,符合规范,是一篇近来少见的诗歌研究领域的优秀论文。"后来,吴晓东老师将这篇论文推荐给洪子诚老师,得到洪老师的认可:"确如你所说,这是一部有较高质量的著作。如你所说,理论意识较强。许多分析细致,有自己创见。文字也好,没有现在一般论文的那种八股气。论点推进也简捷有力。"随后,洪老师提出了两个问题:

> 一个是论文在开始对闻一多意义的概括,可能存在问题(不是观点上的,而是事实上的)。论文引述本雅明的说法,论证闻一多的诗"绝不低劣,符合可批评性原则"——这应该是没有问题,其实也是无需论证的(虽然可能有的批评家有这样的言论),但由此转到闻一多是中国新诗的"有效起点","新诗的有效起点是由

---

① 于坚:《答程一身问》,见《红岩·重庆评论》2009年第2期。

闻一多奠定的","闻一多之后的诗人都不同程度地经历了'回到闻一多'的过程",这样的论断,我想有些夸张。这虽然基于论文作者的诗学观念,但事实并非如此。在新诗"史观"上,也表现了一种中国文学研究中经常出现的把复杂现象归纳为一条清晰的"发展"线索的思路。其实新诗一开始就呈现不同(或有差别)的路向(我比较同意姜涛对胡适诗歌意义的分析)。好像也不是闻一多之后的诗人都不同程度经历"回到闻一多":论文中对这个论点论证举例,也不能说明这一点(只是举了有关格律方面的论述)。

这段话对我启发很大。我的确是抱着将闻一多视为新诗正宗的意识展开写作的,加上视野的限制,不免简化了新诗史的复杂性。根据洪老师的提醒,我对文中的相关说法做了调整,并在自序中有所解释,此不赘。洪老师提的另一个问题是觉得"诗学语言"表意不明。因此,我将论文题目改成了"闻一多诗歌语言研究",把它作为副标题,并起了一个正标题"为新诗赋形",以概括闻一多在中国新诗史上的意义。

进河南大学读书前,耿老师请我吃了一顿午饭,那顿饭我至今念念不忘。最后,谨以当时写成的一首十四行诗《与耿占春共进午餐》向各位老师致敬!

> 球鞋踏上台阶那一瞬间
> 你就像蜻蜓掠过水面
> 一声清晰可闻的口啸
> 先于我们坐在了桌前
>
> 紧贴额头的三绺浓发
> 如黑色檀木雕刻的瀑布
> 你的话像燃烧的岩石
> 崩裂的碎片沾满了水珠

后记 凝聚词语的力量

我的筷子停留在半空
与满桌杯盘看落红纷飞
究竟哪个词能一路闪烁
引领我穿越这茫茫的尘世

话语停息之处一片沉静
胡须如门守护着记忆